Notas quentes

Notas quentes

série HOMENS MARCADOS
Jet

JAY CROWNOVER

TÍTULO ORIGINAL *Jet*
© 2013 by M. Voorhees.
© 2015 Vergara & Riba Editoras S.A.

EDIÇÃO Paolla Oliver
EDITORA-ASSISTENTE Natália Chagas Máximo
TRADUÇÃO Cassandra Gutiérrez
PREPARAÇÃO Fabiana Camargo Pellegrini
REVISÃO Luciana Araujo e Juliana Sousa
DIREÇÃO DE ARTE Ana Solt
DIAGRAMAÇÃO Pamella Destefi
CAPA E DESIGN Pamella Destefi

Dados Internacionais de Catalogação na Publicação (CIP)

(Câmara Brasileira do Livro, SP, Brasil)

Crownover, Jay
Notas quentes / Jay Crownover ; [tradução Cassandra
Gutiérrez]. -- São Paulo : Vergara & Riba Editoras, 2015. --
(Série homens marcados; v. 2).
Título original: Jet.
ISBN 978-85-7683-900-2

1. Ficção erótica 2. Ficção norte-americana I. Título. II. Série.

15-04636   CDD-813

Índices para catálogo sistemático:

1. Ficção: Literatura norte-americana 813

Todos os direitos desta edição reservados à
VERGARA & RIBA EDITORAS S.A.
Rua Cel. Lisboa, 989 | Vila Mariana
CEP 04020-041 | São Paulo | SP
Tel.| Fax: (+55 11) 4612-2866
vreditoras.com.br | editoras@vreditoras.com.br

Ayden

Jet Keller representa todas as tentações do mundo embrulhadas em calças justíssimas e com muitos demônios interiores escondidos atrás daqueles olhos escuros com uma auréola dourada. É a fantasia *rock'n'roll* de qualquer garota, com aquele jeito alternativo de quem é pura encrenca. Ai, meu Deus! Como eu tive vontade de poder me "encrencar" com esse gatinho de tudo quanto é jeito.

O problema é que, neste momento, eu deveria tomar juízo e andar na linha. Uma linha muito mais tranquila e tênue. Não posso me dar ao luxo de parar no meio do caminho para fazer o tipo de coisas que o Jet inspira. Muito menos me desviar da minha rota para ir de encontro com a combustão espontânea que ele representa. Infelizmente – ou felizmente, dependendo do ponto de vista – era uma batalha de dois contra um: meu cérebro levando a pior, com o meu corpo e meu coração fazendo gato e sapato do meu bom senso.

Ayden Cross é um quebra-cabeça. Toda vez em que eu acho que vou terminar, acabo encontrando cinco peças a mais, sem nenhum cantinho para facilitar. Por muito tempo, achei que ela era uma daquelas garotas bonitinhas típicas do Sul dos Estados Unidos: bem nascida, com pernas intermináveis dentro das botas de caubói. Mas aí ela vira e faz alguma coisa que me surpreende.

Acho que não estou nem perto de conhecer a verdadeira Ayden. Posso passar, o resto dos meus dias tentando desvendar essa garota, procurando revelar seus segredos. Mas sei, por experiência própria, o que acontece quando duas pessoas que têm opiniões opostas sobre como deve ser um relacionamento tentam forçar a barra. Não estou nem um pouco a fim disso, mesmo que ela faça todas as partes mais ardentes do meu corpo funcionarem de um jeito que ninguém nunca fez.

COMO TUDO COMEÇOU

AQUILO IA contra tudo o que eu acreditava, principalmente agora que mudei de vida: pedir para um gatinho de uma banda me levar para casa. Tenho regras. Parâmetros. Coisas que simplesmente sei que preciso evitar para não voltar a ser do jeito que eu era antes. E ficar esperando pelo Jet Keller estava no topo da minha lista de coisas proibidas. Mas ele tinha uma coisa... Vê-lo gemendo em cima do palco, levando a plateia à loucura, transformou o meu cérebro, que costuma funcionar bem direitinho, em geleia.

Eu sabia que não adiantava perguntar para minha melhor amiga qual era o meu problema.

Ela estava numa de meninos tatuados, cobertos de *piercings* da cabeça aos pés, furados sabe-se lá onde. Ia dizer que aquilo era só uma atração por alguém muito diferente de mim, por um homem que obviamente não faz meu tipo, mas sei que não tem nada a ver com isso.

Jet é arrebatador. Todo mundo naquele bar lotado só tinha olhos para ele e ninguém conseguia parar de olhá-lo. Ele conseguia fazer a plateia sentir – de verdade – o que estava berrando no microfone, era uma coisa muito impressionante.

Odeio *heavy metal*. Para mim, é só uma gritaria por cima de um som superbarulhento. Mas aquele show, aquela intensidade e aquela energia inegável, poderosa, que ele consegue transmitir só usando a voz... Sei lá, tinha alguma coisa naquilo que me fez arrastar a Shaw até a frente do palco. Eu não conseguia parar de olhar.

Jet é bonito, claro. Todos os rapazes que andavam com o namorado da Shaw são. E um rostinho bonito e um corpo legal sempre surtiram efeito sobre mim. Sinceramente, houve tempos em que essas duas coisas eram uma fraqueza que me causaram muita encrenca. Agora, estou a fim de me sentir atraída por garotos em um nível mais "intelectual".

Mas eu tinha tomado umas doses de tequila a mais e, seja qual for o feromônio maluco que o Jet estava exalando, esqueci de todos os meus novos parâmetros de homem.

Parecia que ele tinha acabado de desmanchar o penteado que uma garota qualquer havia feito. Em um momento do show, ele tirou a regata branca e revelou um peito musculoso, coberto do pescoço até a fivela do cinto com uma tatuagem gigante de um anjo da morte em preto e branco. Estava usando o jeans preto mais justo que já vi alguém usar, decorado com diversas correntes que saíam do cinto e acabavam no bolso de trás. Aquela calça revelava quase tudo, não deixava nada para imaginação.

Talvez tenha sido por isso que a Shaw e eu nem chegamos perto das poucas mulheres que estavam na frente do palco.

É claro que eu já tinha visto o Jet. Ele frequentava o bar onde trabalho. Sei que aqueles olhos, que agora estavam bem fechados, enquanto ele gritava uma nota capaz de fazer a menina do meu lado esquerdo ter um orgasmo espontâneo, são de um castanho escuro que brilha com um humor tranquilo. Sei que curte paquerar as meninas na cara dura. O Jet é o conquistador da turma e não tem vergonha de usar esse charme, combinado com um sorriso de matar, para conseguir o que quer.

Senti uma mão quente no meu ombro. Eu me virei e vi o Rule, o namorado da Shaw. Ele é alto e se sobressai no meio da plateia. Tive certeza, pelo jeito da boca dele, que queria ir embora. A Shaw nem esperou ele pedir, já foi virando para mim com aqueles olhos verdes e sinceros, dizendo:

– Eu vou com Rule. E você?

Eu e ela temos um combinado: "não deixar ninguém para trás". Mas pra mim a noite ainda era uma criança. A gente teve que ficar gritando por cima daquelas guitarras ensurdecedoras e dos vocais de furar os tímpanos que nos bombardeavam naquele lugar privilegiado. Eu me abaixei para berrar no ouvido dela:

– Vou ficar mais um pouquinho. Acho que eu vou pedir para o amigo do Rule me dar uma carona.

Percebi a desconfiança no olhar dela, mas a Shaw tinha seus próprios problemas sentimentais para resolver. Sabia que não ia tentar me convencer a ir embora. Minha amiga se pendurou no braço do Rule, sorriu para mim sem graça e disse:

– Qualquer coisa me liga.

– Pode deixar.

Não sou do tipo que precisa de companhia para ir para balada. Estou acostumada a sair sozinha e tomo conta de mim mesma há tanto tempo que já virou hábito. Sei que a Shaw ia dar um jeito de me buscar se eu não conseguisse carona para voltar ou se demorasse muito para conseguir um táxi. E saber que posso contar com ela já está bom.

Eu assisti ao restante do show completamente fascinada e tenho quase certeza que, quando o Jet jogou o microfone no chão depois da última música, piscou para mim antes de mandar ver numa dose de uísque. Eu não parava de pensar em tudo o que tinha para fazer, mas aquela piscadinha me convenceu.

Fazia muito tempo que eu não aprontava, e o Jet parecia ser o professor perfeito para um rápido curso de aperfeiçoamento.

Ele sumiu do palco com o restante da banda, e fiquei perto do balcão do bar, onde todo mundo estava antes do show começar. Pelo jeito, o Nash, que divide o apartamento com o Rule, tinha sido arrastado para casa pelos dois pombinhos. O cara estava mal, não tinha jeito de sair do bar por conta própria. O Rowdy, o melhor amigo do Jet, estava ocupado, se amassando com uma menina qualquer que passou a noite inteira olhando feio para mim e para Shaw. Quando meu amigo parou para respirar, dei uma olhada para ele, como quem diz "Você podia ter se dado melhor", e achei uma banqueta para sentar.

O problema é o seguinte: nos bares de *heavy metal*, tem metaleiro por todos os cantos.

Eu passei uma hora me livrando de cantadas e de ofertas de bebidas grátis de homens com cara de quem não viam banho nem lâmina de barbear há anos. Estava começando a ficar irritada e, por consequência, mal-educada, quando uma mão conhecida, usando um monte de anéis de prata pesados pousou no meu joelho. Olhei para cima e dei de cara com os olhos castanhos do Jet, que sorria e pedia mais uma dose de tequila para mim e uma água para ele.

– Ficou na mão, né? Do jeito que aqueles dois se olhavam, estou surpreso de terem aguentado até a metade do show.

Bati o meu copinho no dele, dei o sorriso que, no passado, sempre usava para conseguir o que queria e disse:

– Acho que o Nash brigou com a tequila, e a tequila levou a melhor.

Ele deu risada e se virou para falar com dois garotos que queriam dar parabéns pelo show. Quando virou de volta para mim, estava com um jeito meio envergonhado.

– Acho isso tão estranho, sempre achei – disse.

Eu fiz cara de espanto e cheguei mais perto, quando percebi que uma ruiva de roupa justa estava circulando por ali, e perguntei:

– Por quê? Vocês são demais, e é óbvio que as pessoas gostam.

O Jet jogou a cabeça para trás e riu, e foi aí que reparei que ele tem um *piercing* na língua.

– As pessoas gostam, mas você não? – perguntou.

Fiz uma careta e encolhi os ombros.

– Eu sou do Kentucky – respondi, imaginando que ele ia entender que, por ser do Sul dos Estados Unidos, metal não faz a minha cabeça.

– O Rule me mandou um torpedo dizendo que você precisa de carona. Tenho de arrancar o Rowdy daquela garota e ajudar o pessoal a guardar as coisas na van. Mas, se puder esperar uma meia hora, eu te levo.

JET

Eu não queria parecer muito oferecida. Não queria que ele percebesse o quanto eu estava a fim de que me desse outro tipo de carona, então encolhi os ombros de novo.

– Claro! Legal.

Ele apertou o meu joelho, e eu tive que controlar a tremedeira que se apoderou do meu corpo. Definitivamente, o Jet tinha algo. Só de encostar nele já fiquei toda tremendo.

Eu me virei para o balcão, pedi um copo d'água e tentei fechar minha conta. Fiquei surpresa quando o *barman* me disse que ela já estava paga e meio irritada por não saber a quem agradecer. Dei a volta na banqueta e fiquei olhando com atenção as pessoas se aglomerando, tentando pedir uma bebida em um bar cheio de garotos entusiasmados demais e garotas óbvias demais. Não sou nenhuma santa, mas não tenho o menor respeito pelas meninas que ficam se rebaixando, se oferecendo para ter uma noite de prazer e nada mais só porque o Jet estava um gato de calça justa.

Não sei o que estava acontecendo comigo, mas era algo além disso. Eu simplesmente não conseguia encontrar uma palavra que descrevesse o que eu sentia. E aquela noite eu estava bêbada o suficiente – e fora do meu juízo normal – para ignorar esse sentimento.

Quando o Jet voltou, eu estava fingindo interesse na conversa de um sujeito que parecia ter roubado o guarda-roupa do Glenn Danzig, vocalista do Misfits, aquela banda de *horror punk*. Ele estava me contando sobre todos os gêneros de *heavy metal* e porque as pessoas eram sensacionais ou ridículas dependendo de qual gênero curtiam. Me segurei para não enfiar um chiclete na boca do cara, para ele parar de mandar aquele bafo de bêbado em cima de mim.

O Jet fez um "toca aqui" com ele, mas, por trás, fez o gesto de quem estava mandando-o tomar no cu.

– Vamos nessa, Pernocas.

Fiz uma careta para aquele apelido genérico, porque a minha vida inteira ouvi variações dele. Sou bem alta. Eu meço menos do que o um e noventa dele, mas pareço gigante perto da Shaw, que tem um metro e sessenta.

E tenho mesmo pernas bem compridas e bonitas. Naquele momento, elas até estavam um pouco trêmulas e instáveis, mas dei um jeito de seguir o Jet até o estacionamento.

O Rowdy e o resto da banda estavam espremidos dentro de uma van enorme e gritando todo tipo de bobagem para gente enquanto se mandavam do estacionamento. O Jet só sacudiu a cabeça e usou o controle na chave para destrancar seu Dodge Challenger, que parecia invocado e veloz. Fiquei surpresa quando abriu a porta para mim, e ele achou graça disso. Eu me ajeitei no banco e tentei planejar meu ataque. Afinal de contas, o Jet está acostumado a lidar com um monte de vagabundas que são fãs da banda se atirando em cima dele todos os dias, e a última coisa que eu queria era ser mais uma.

Ele abaixou a música, que estava no último volume. Aquela aparelhagem de som do carro, obviamente, tinha custado bem caro. A gente saiu do estacionamento sem falar uma palavra. O Jet tinha vestido a camiseta de novo, que ficou coberta por uma jaqueta de couro que parecia ser a preferida dele, cheia de tachas de metal e o bordado de uma banda que nunca ouvi falar. Minha cabeça estava começando a girar com aquela combinação de roqueiro gato, tequila em excesso e cheiro inebriante de couro e suor. Abri o vidro um pouquinho e fiquei olhando as luzes do centro da cidade passarem.

– Você está bem?

Virei a cabeça na direção dele e vi uma preocupação verdadeira naqueles olhos castanhos. Pela luz escassa do painel do carro, aqueles círculos dourados brilhantes que emolduram a íris dos olhos dele pareciam uma auréola dos deuses.

– Estou. Eu só não devia ter tentado seguir o ritmo do Nash na primeira hora de bar.

– É. Isso não foi uma boa ideia. Ele manda ver na bebida.

Nem respondi. Normalmente, consigo acompanhar qualquer um, dose a dose, mas não gosto de ficar falando disso. Mudei de assunto e fiquei passando a mão pelo interior impecável e novo do carro dele.

JET

– Esse carro é superlegal. Eu não sabia que ficar gritando em um microfone dava tanto dinheiro.

Ele deu uma risada fingida, me olhou de lado e disse:

– Você precisa deixar de ser tão provinciana e de ouvir só a sua música country de sempre, Ayd. Tem um monte de bandas de country alternativas e outras incríveis de *folk* que com certeza você ia adorar.

Encolhi os ombros e respondi:

– Sei muito bem do que eu gosto. Sério, a sua banda é tão famosa assim para você ter um carro destes? O Rule disse que vocês são bem famosos por aqui, o que ficou bem claro para mim esta noite. Mas, mesmo com toda aquela plateia, não parece que vocês ganham o suficiente para viver só de música.

Eu estava bancando a intrometida, mas me ocorreu de repente que não sabia quase nada sobre ele, além do fato de que faz o meu coração bater mais rápido. Também faz minha cabeça criar uma porção de roteiros interessantes, envolvendo nós dois e pouca roupa.

Ele estava batucando no volante com aquelas unhas pintadas de preto, e eu não conseguia parar de olhar.

– Tenho um estúdio aqui na cidade – disse. – Como faz tempo que eu batalho, conheço um monte de bandas da cena local. Escrevo um monte de músicas que outras pessoas acabam gravando, e a Enmity está de bom tamanho para eu não me preocupar em passar fome. Muitas pessoas ganham a vida só fazendo música. É difícil, e você tem que se dedicar. Mas prefiro mil vezes não ter grana e fazer o que eu gosto do que ser rico e ter um empreguinho qualquer.

Aquilo não fazia o menor sentido para mim.

Preciso de estabilidade e de um futuro bem embasado. Quero ter certeza que vou conseguir me sustentar, que nunca vou depender de ninguém para garantir minhas necessidades básicas. Ser feliz não tem nada a ver com isso.

Já ia fazer mais perguntas, mas o apartamento que divido com a Shaw apareceu bem rápido no nosso horizonte. E eu não tinha nem tentado dar a entender que estava interessada em algo mais do que uma simples carona.

Eu me virei para encarar ele de frente e coloquei o meu melhor sorriso de *me possua* na cara. O Jet levantou a sobrancelha na minha direção, mas não disse nada, nem quando me inclinei para o meio do carro e coloquei a mão naquela coxa durinha dele. Percebi que a veia do seu pescoço saltou, e isso me deu vontade de rir. Fazia muito tempo que não me sentia tão atraída por alguém, e era bom saber que ele também sentia alguma coisa.

– Quer subir e beber uma? A Shaw foi dormir na casa do Rule, deve ficar fora pelo menos uns dois dias.

Aqueles olhos castanhos ficaram mais escuros, com alguma emoção que eu não sabia qual era, porque a gente não se conhecia direito. Mas ele pôs a mão em cima da minha e apertou de leve.

Eu queria engoli-lo. Queria entrar nele e não sair nunca mais. Tinha alguma coisa ali, alguma coisa nele que apertava todos os botões que eu tinha desativado com tanto cuidado quando deixei minha antiga vida para trás.

– Não me parece uma boa ideia, Ayd – disse, numa voz baixa, cheia de tons que não consegui identificar.

Eu me endireitei no banco do carro, peguei em seu rosto e fiz ele olhar para mim.

– Por quê? Sou solteira, você é solteiro, e nós dois somos adultos. Eu acho uma ótima ideia.

Ele deu um suspiro e colocou minhas duas mãos de volta no meu colo. Eu estava observando com atenção, porque, apesar de ter passado por uma mudança dramática de vida nos últimos anos, ainda era esperta o suficiente para saber que sou mais bonita do que boa parte daquele lixo do bar que passou a noite inteira em volta dele. Além disso, nunca vi um homem dizer "não" para sexo sem compromisso.

– A gente tem amigos em comum que estão namorando, você bebeu meia garrafa de tequila, e, para ser sincero, você não é o tipo de menina que leva alguém que mal conhece para casa. Você é inteligente e ambiciosa e não faz a menor ideia do efeito que esse seu sotaque do interior me causa nem como seria fácil a gente acabar sem roupa e todo enroscado. Você é só uma menina certinha. Não me entenda mal. Você é bonita e, de manhã, quando ficar repassando essa conversa, vou querer bater minha própria cabeça na parede, mas acho que você não quer fazer isso de verdade. Talvez, se eu tivesse certeza de que a gente nunca mais iria se ver de novo, que a gente nunca mais precisaria se encontrar, eu faria isso na maior tranquilidade, mas gosto de você. De verdade, Ayd. Prefiro não estragar as coisas.

Ele estava redondamente enganado.

Queria muito ir para cama com ele, mas o fato de pensar que eu era certinha caiu como um balde de água fria sobre minha libido. Joguei minha cabeça para trás com tanta força que bati no vidro do carona, e o carro de repente ficou parecendo um caixão, de tão silencioso. Me atrapalhei toda para abrir o pino da porta e saí correndo. Ouvi o Jet chamar meu nome, perguntar se estava tudo bem, mas eu precisava sair de perto dele. Digitei o código de segurança no portão e corri para dentro de casa.

Foi só depois de trancar todas as portas e entrar debaixo do chuveiro quente que me dei conta de que quase tinha estragado tudo o que me custou tanto conquistar. Sei lá o que o Jet me fez sentir esta noite, mas era perigoso demais embarcar naquela onda. Aquilo não só tinha acabado em pânico e humilhação. Também tinha posto em risco tudo o que era importante para mim neste momento, e eu não podia permitir que isso acontecesse.

Eu ia deixar o Jet Keller trancado na mesma caixa onde eu havia trancado a Ayden que existia antes de eu vir para o Colorado. Só que agora eu ia garantir que a tampa ficasse bem fechada, para nunca mais dar a chance de os dois saírem. Não valia a pena arriscar, não mesmo.

CAPÍTULO 1

Ayden, um ano depois

Eu estava com o computador aberto, fazendo um trabalho de bioquímica. A Cora, que mora comigo, estava sentada no sofá da sala pintando as unhas de verde-limão antes de ir para o trabalho. A porta do quarto que fica nos fundos da casa se abriu. Empurrei meus óculos até o nariz e dei *aquela olhada* para a Cora. Ela girou no sofá e pendurou os braços nas almofadas.

— Nós só esperamos e observamos.

Esse era o nosso ritual nos últimos três meses, desde que o Jet veio morar com a gente. Pelo menos umas duas ou três vezes por semana, sujeitamos a periguete aleatória que ele trouxe para casa na noite anterior a uma (humilhante para elas, hilária para nós) "passarela da vergonha".

Eu e a Cora damos uma nota de um a dez, dependendo da cara de bem comida que elas fazem no dia seguinte. Até agora, o Jet só apareceu com meninas que levaram notas sete ou oito, mas umas duas tinham ido embora tão putas porque ele não demonstrou o menor interesse em repetir o show, que a gente foi obrigada a dar quatro ou cinco. Aquela que se trancou no banheiro, e se recusou a ir embora até a Cora ameaçar bater nela, tirou nota um.

A garota de hoje era bem bonita.

Loira, de peitões e pernas compridas. A maquiagem da noite anterior não estava mais tão *sexy* assim, toda borrada, mas ela estava com o queixo assado por causa da barba por fazer do Jet e aquele olhar sonhador e apaixonado que a maioria delas faz quando saem do quarto dele.

Aumentei a nota dessa imediatamente, porque ela saiu com o sutiã escondido na mão, como se fosse uma tábua de salvação. Tive quase certeza de que estava com a blusa de seda do avesso. Ela olhou para a Cora, depois para mim de novo, e ficou vermelha de vergonha.

Não consigo entender por que o Jet nunca conta para essas meninas que mora com duas mulheres. Acho que ele deve ter uma mente doentia e gosta de ver as garotas passarem por isso depois de usá-las. Mas, quando perguntei, não disse nem que sim nem que não.

– Ah, oi – gaguejou a coitada.

A tentativa desengonçada de nos cumprimentar fez a Cora dar um sorriso lunático. Ela já é bocuda e barulhenta. Quando tem munição ou alguém mostra uma fraqueza, vira uma piranha e fareja o sangue na água.

Minha amiga parece uma fadinha em miniatura. Bom, uma que resolveu virar *punk*. Não é raro o tamanhozinho da Cora deixar as pobres coitadas que andam pela sala despreparadas para o ataque que ela fica à espreita para dar. Essa aqui estava toda chapada pós-orgasmo, e eu sabia que era só uma questão de tempo para a Cora soltar aquela língua afiada de quem veio de Nova York.

Passou bem a noite?

Era uma pergunta inocente, mas não vinda dessa loira briguenta com um olho de cada cor.

– Com certeza. Acho que... vou indo. Fala para o Jet que deixei meu telefone anotado em cima do criado-mudo.

A Cora abanou a mão e disse:

– Claro. Por que ele vai mesmo te ligar, né, Ayd? Não vai querer perder esse número de jeito nenhum.

Como não gosto quando ela tenta me cooptar para os seus joguinhos verbais, encolhi os ombros e levantei minha caneca de café para esconder meu sorrisinho relutante. Era como ver um acidente de carro acontecer bem na minha frente.

A Cora sacudiu os braços num gesto dramático e disse para a loira, que já estava passada:

— Tenho certeza que ele ligou para aquela ruiva que saiu daqui ontem de manhã. E também para a morena que passou o fim de semana in-tei-ro aqui! E tenho certeza absoluta de que ele vai te ligar. Né, Ayd?

Aí revirou os olhos e se jogou de novo no sofá, como se não tivesse acabado de destruir os sonhos românticos da pobre menina.

A garota olhou para mim, depois para a Cora. Vi ela apertar os lábios e dizer "filha da puta" antes de sair correndo pela porta. Dei mais uns pontos para ela quando vi que estava com a calcinha enfiada no bolso de trás.

Sem nem olhar para cima, a Cora levantou as mãos e esticou sete dedos.

— Ela nem brigou comigo. Eu teria dado pelo menos oito se tivesse mandado eu me foder ou tomar no cu. Qualquer coisa.

Sacudi a cabeça e respondi:

— Você foi mesmo meio filha da puta.

Ela abafou o riso e retrucou:

— Tenho que encontrar um jeito de me divertir. Qual é a sua nota?

Eu estava prestes a responder, mas outra figura saiu do quarto. Era de se pensar que, depois de três meses vendo aquele homem entrar e sair do nosso banheiro, dando de cara com ele sem camisa enquanto se arruma para sair ou vê-lo dançar seminu em cima do palco, eu já teria criado anticorpos contra a visão do peito nu do Jet Keller.

Mas, enquanto ele andava pelo corredor, colocando uma camiseta preta lisa, me esqueci de todos os meus pensamentos. Minha cabeça apagou, como sempre.

Depois daquele acidente desastroso na frente do meu prédio no inverno passado, a gente acabou criando uma amizade estranha. Sei quais são os limites que preciso manter com o Jet, e ele me trata como se eu fosse uma deusa virginal, uma mulher que ele não pode mexer. E até que funciona.

JET

Quando a Shaw decidiu ir morar com o Rule e o Nash, eu e a Cora ficamos preocupadas com quem ia pagar a parte dela do aluguel. Felizmente, a menina que morava com o Jet pirou de vez e jogou todas as coisas dele no quintal enquanto ele estava em turnê. E ainda encontrou alguém para substituí-lo quando se sentiu sozinha. O Jet acabou sem ter onde morar e precisando de um lugar para passar uns dias e veio ficar com a gente. Eu o vejo todos os dias e passo muito tempo com ele.

Mesmo assim, a visão daquele abdome malhado, das tatuagens que o cobrem e as duas argolas que ele tem nos mamilos faz todas as minhas boas intenções e meus pensamentos focados virarem pensamentos sexuais e safados. O que é totalmente desnecessário. Quando olho para o Jet, tenho dificuldade de lembrar da rejeição e do que eu deveria estar fazendo em vez de permitir que seu sorrisinho maligno acabe com todo o meu autocontrole.

Desviei o olhar e me obriguei a não respirar quando ele se inclinou por cima de mim para roubar a outra metade do meu pão intacto. Não tenho permissão para ficar cheirando ele, mesmo que tenha cheiro de tentação e *rock'n'roll*.

Aí levantou aquela sobrancelha castanho-escura para mim e andou na direção da Cora com o pão, tipo bagel, nas mãos.

– Qual foi o estrago que vocês duas aprontaram? Deu para ouvir a batida da porta lá dos fundos da casa.

Então ele esticou aquelas pernas compridas, enfiadas num jeans preto superjusto, bem na minha frente, e fiquei mais uma vez imaginando como é que conseguiu entrar naquela calça. Nunca vi um garoto usar calças tão justas, mas para ele ficava bem. Passei um tempo obsceno imaginando como tirá-las.

– A Cora estava desejando que a sua última conquista voltasse bem para casa.

Ele ficou em silêncio, mordeu o pão e parou os olhos na parte de trás da cabeça da Cora.

– O que foi que você disse para ela?

Dava para ver os ombros da Cora sacudindo de tanto rir em silêncio, mas ela não se virou.

– Nada. Quer dizer, nada além da verdade.

Ele deu uma mordida grande no pão e espremeu os olhos. São tão escuros que é difícil dizer onde termina a pupila e onde começa a íris.

– Acho que você está puta porque a Miley Cyrus copiou o teu corte de cabelo e está descontando nas meninas inocentes de todo o país.

Soltei uma risada surpresa quando a Cora ficou em pé de repente e atirou o vidrinho de esmalte de unha que tinha na mão na cabeça do Jet. Por sorte, os reflexos dele são bons e ele pegou o troço no ar antes de bater na cabeça dele ou quebrar e espalhar esmalte por todo o chão de madeira da sala.

– Faz a vida inteira que meu cabelo é assim! Não tenho culpa se ela resolveu virar roqueira de uma hora para a outra.

Ela saiu da sala resmungando, e eu e o Jet demos um sorrisinho.

– Ela não gosta de tocar nesse assunto. Seja educado.

– Não é nem um pouco educado vocês ficarem dando nota para cada menina que trago para casa, mas eu não reclamo, certo?

Depois dessa, eu fiquei sem resposta e voltei a olhar para tela do computador.

– Um dia desses, vai rolar uma nota dez, e vocês não vão saber o que fazer.

Fiquei surpresa de descobrir que ele sabia o que a gente andava fazendo. Não era exatamente um sinal de respeito pelas meninas que trazia regularmente.

Coloquei as pontas do meu cabelo, que agora estava com um corte chanel curto e liso, atrás da orelha, e olhei para ele por cima dos óculos. Não sabia direito o que pensar agora que tinha descoberto que ele estava participando do jogo.

– Por que você não falou que sabia o que a gente estava fazendo?

Ele encolheu os ombros e fiquei observando sua boca se transformar numa careta. O Jet tem um rosto expressivo. Acho que é porque tenta projetar cada sentimento, cada emoção para o público quando está em cima do palco. Conheço bem essa careta: quer dizer que ele está pensando em algo e não está a fim de falar. Sempre fico imaginando o que é.

– Elas ganham o que pedem e vão para casa satisfeitas. Lidar com vocês duas na saída está incluído no preço do ingresso – aí olhou para mim e piorou a careta. – Onde você estava ontem à noite? Todo mundo foi lá para o Cerberus, ficou lá umas horas. A Shaw disse que você iria encontrar a gente lá, mas você nem apareceu.

Limpei a garganta e fiquei mexendo na alça da minha caneca.

– Saí com o Adam. Ele não estava a fim de ir, então pedi para me deixar aqui e fiquei fazendo uns trabalhos atrasados para a faculdade.

Vi ele arregalar os olhos e aqueles círculos dourados brilharem nitidamente. O Jet não gosta muito do Adam, e o Adam odeia com todas as forças o fato de eu morar com o Jet. Tento manter os dois separados, uma tarefa que está cada vez mais difícil, principalmente agora que o Adam quer que a gente seja mais do que ficantes. Faz uns quatro meses que a gente está saindo, e é óbvio que eu sei que preciso dar um passo além ou terminar com ele, mas alguma coisa sempre me impede.

– É claro que o Adam não estava a fim de ir. Quando é que ele faz alguma coisa que você queira fazer? Caramba, Ayd, a quantas óperas, balés e exposições chatas para caralho você ainda vai deixar esse imbecil te obrigar a ir? Por que ele não pode encontrar os seus amigos e relaxar no bar por um minuto?

Como a gente já teve essa conversa várias vezes, soltei um suspiro.

– Ele se sente intimidado pelos meus amigos. O Rule e o Nash não são muito simpáticos, e você e o Rowdy gostam de tirar sarro de quem não gostam. Ia ser estranho para todo mundo, então a gente prefere evitar esse tipo de situação. O Adam é legal.

Tento me convencer disso pelo menos dez vezes por dia. O Adam é bacana, se encaixa muito melhor no meu futuro garantido do que alguém cujo plano de vida é o *heavy metal*. Isso para não falar de que o Adam não me dá vontade de perder o controle e jogar a prudência para o alto a cada esquina. Não do jeito que o Jet dá.

– Nós somos seus amigos, Ayden, e a Shaw é a sua melhor amiga. Se ele quer ficar com você, não acha que precisa engolir isso e se acostumar com a gente? Ou pretende nos trocar por esse riquinho assim que for possível?

O tom de voz dele dava a entender que aquele era um papo muito mais profundo. Mas, como sempre, antes que eu pudesse descobrir mais informações, o Jet resolveu mudar de assunto e falar de um lance menos ameaçador.

– Além do mais, se ele não quer aguentar eu e o Rowdy tirando sarro da cara dele, não devia usar toda vez aquele coletinho de tricô. Fala sério, quem é que ainda usa coletinho de tricô?

Chutei ele de leve por baixo da mesa.

– Seja educado. Coletes de tricô não são tão ruins assim.

O Jet fez uma careta e ficou de pé. Me esforcei para não babar quando ele espichou os braços por cima daquele cabelo bagunçado e a bainha da camiseta subiu por cima do cós da calça. Só admito sob tortura, mas meu principal objetivo na vida é descobrir até onde vai essa maldita tatuagem de anjo e passar a língua nela todinha.

Limpei a garganta, tentei controlar minha mente poluída e percebi que ele estava prestando atenção em mim.

– Aí é que está. Você não vê nenhum problema em namorar alguém que acha que coletinhos de tricô são irados, e eu não vejo nenhum problema em deixar as duas lesadas que moram comigo avaliarem as minas que eu pego na manhã seguinte. Dois mundos diferentes, Ayd. Dois mundos completamente diferentes.

Então passou a mão no meu cabelo. Vários fios mais compridos ficaram presos nos anéis, e ele foi embora. Fiquei observando, até ele sumir dentro do quarto, sem tirar os olhos dele. Só aí consegui respirar. Demorei um tempão para conseguir soltar a caneca de café.

O Jet não faz a menor ideia do que existe por baixo de todo esse verniz que criei antes de mudar para o Colorado só com a roupa do corpo. Ninguém faz ideia. Já conversei com a Shaw sobre isso rápida e vagamente, mas nem minha melhor amiga sabe como era minha vida antes de começar a faculdade, há três anos.

Eu só tenho vinte e dois anos, mas parece que já vivi cem vidas nesse curto período de tempo. A menina certinha, que o Jet jura ser intocável e tão diferente dele, é só uma ilusão que luto todos os dias para manter. Ter o Jet tão perto de mim e tão presente põe à prova meu desejo de deixar a velha Ayden (que está enterrada nas montanhas do Kentucky), a cada minuto de cada dia.

– Ei! – resmunguei, indignada, quando um pano de prato me acertou bem na cara.

A Cora tinha acabado de sentar na cadeira que o Jet estava ocupando e me olhava com cara de quem sabe das coisas.

– Achei que você ia querer o pano, para limpar a baba que está escorrendo do seu queixo.

Espremi os olhos e falei:

– Para com isso.

– Que seja. O tempo todo, Ayd, parece que você está com uma onda de calor ou algo do gênero. Não sei como conseguem ignorar esse lance que rola entre vocês estando a centímetros de distância um do outro, mas preciso te dizer que cansa ficar observando.

Abri a boca para dizer que, sem sombra de dúvida, a gente não se sente atraído um pelo outro, mas minha amiga levantou a mão e me mandou um olhar inquisidor antes de eu conseguir dizer a primeira palavra.

– E não venha com esse papo furado de que são apenas bons amigos. Eu tenho amigos homens. Para falar a verdade, tenho mais amigos homens do que mulheres, e não olho para nenhum deles como se tivesse a fim de trepar com direito a puxões de cabelo, marcas de dente e quebrar a cama. Do jeito que você olha para o Jet quando ele não está reparando, Ayd – aí ela fez questão de se abanar com o pano de prato que tinha jogado em mim –, até eu preciso de um banho de água fria.

Como fiquei sem saber o que dizer, mandei o mesmo papinho de sempre.

– Nós somos amigos, um não faz o tipo do outro, e já te contei o que foi que aconteceu quando deixei o álcool me fazer mudar de opinião.

A Cora se encostou na cadeira e ficou me olhando com aqueles olhos malucos. O castanho-escuro era pura censura e julgamento, e o turquesa era cheio de alegria e compaixão. Minha amiga é difícil de desvendar, mas não desisti de tentar. Para construir a vida que eu quero, a vida que desejo tão desesperadamente, tenho que convencer todo mundo de que é isso mesmo que mereço. A pessoa que eu era antes não pode interferir em quem sou agora. Por mais que o Jet seja gato e me dê vontade de ir pelo mau caminho. Não posso permitir que isso aconteça.

– Além disso, queremos coisas muito diferentes da vida. Assim que me formar, vou entrar no mestrado. O Jet quer ser *rock star* desde a adolescência. Não entendo ele não ter ambição, querer ser só isso, não se preocupar em ter um futuro garantido. A gente quer coisas completamente diferentes.

Sem mencionar que ele me dá vontade de esquecer tudo o que sei sobre os perigos dessa vida louca e pira a minha cabeça completamente.

Minha amiga balançou a cabeça, e pareceu que a própria Tinker Bell estava me julgando. Foi difícil para mim compreender tanta atitude nessa pequena cena.

– Vou ser bem sincera, meu bem. Olhando de fora, vocês dois querem exatamente a mesma coisa. Só que os dois estão com medo de admitir e tomar uma atitude. E, só para você saber, ninguém, mesmo, fica bem de colete de tricô. Então pode parar de tentar convencer os outros que esse Adam aí serve para ser seu namorado – aí a Cora ficou de pé, segurou as costas da cadeira e mudou de assunto com aquele jeitinho meigo de sempre, enquanto eu ainda tentava processar as últimas informações que ela tinha jogado na minha cara. – Então, você não deu nota para vadia de hoje. O que achou?

Fico incomodada toda vez que vejo uma garota sair meio que tropeçando daquele quarto, mas me recuso a admitir. Mostrei nove dedos e fingi entrar no jogo.

JET

– Tinha dado sete porque ela estava sem sutiã e com a blusa do avesso. Mas, depois de te chamar de filha da puta e guardar a calcinha no bolso, subiu no meu conceito.

Minha amiga caiu na gargalhada. Ela ria tão alto que fiquei com medo de o Jet sair do quarto por causa do barulho.

– Que merda, não reparei na calcinha. Sei que ele tem razão: um dia vai aparecer uma nota dez, uma menina tão bem comida que não vai ter mais graça, porque a gente vai saber que foi ela quem se deu bem.

Mordi minha bochecha por dentro para me segurar e não olhar feio para Cora.

– Mal posso esperar – falei.

Mas eu não consegui enganar minha amiga nem por um minuto, porque ela respondeu:

– Tenho certeza que não.

Frustada com essa conversa e com a manhã em geral, eu fechei o meu *laptop* e levantei.

– Vou dar uma corrida antes de ir para aula – anunciei.

Para ninguém em especial, porque a Cora estava mexendo no celular, e o Jet ainda não tinha reaparecido. Coloquei roupas quentes para enfrentar o frio que faz em Denver no mês de fevereiro e coloquei meus tênis de corrida, que estão detonados.

Amo correr. Me ajuda a clarear a cabeça e, já que moro num dos estados mais saudáveis dos Estados Unidos, sempre sou só mais uma entre as centenas de pessoas que saem para se exercitar. Coloco meus fones de ouvido e fico ouvindo o que o Jet chama de "aquele country-*pop* horroroso" o mais alto que posso. Gosto de música que não faz pensar, e a maioria das letras de country explicam tudo bem direitinho. A menina estava brava porque foi traída, o garoto ficou puto porque detonaram a picape dele, todo mundo ficou triste porque o cachorro morreu, e a Taylor Swift tem tanta sorte com os homens quanto eu.

Sei que o Jet prefere coisas mais barulhentas e pesadas, mas a verdade é que ele é um esnobe quando se trata de música. Agora que o

25

conheço há mais de um ano, não me dou mais ao trabalho de brigar pelo que é ou deixa de ser bom.

Entrei no ritmo com o vento frio queimando meu rosto e fui em direção ao Parque Washington, minha rota de sempre. Quando corro, gosto de bloquear todo o resto, calar o zumbido constante das coisas ao meu redor e sentir só o chão embaixo dos pés e o ar batendo na cara. Mas não estava dando muito certo.

Não posso ignorar que estou vivendo uma mentira. Tem a Ayden Cross, uma zé-ninguém de Woodward, Kentucky. E tem a Ayden Cross que faz faculdade de Química em Denver, Colorado. São duas faces da mesma moeda e, às vezes, acho que uma vai tacar fogo na outra, deixando só cinzas e péssimas lembranças para contar a história.

Woodward não é um lugar ruim, mas é uma cidade muito, muito pequena, e todo mundo se conhece. Quando você é da família de quem todo mundo da sua idade fala mal, todo mundo mais velho faz fofoca e todos contam histórias, a vida não é lá muito fácil.

Minha mãe não é uma pessoa ruim, mas não estava nem um pouco preparada para ser mãe aos dezesseis anos. Muito menos para ser mãe de uma filha difícil e de um filho que veio ao mundo só para causar problemas. Não existe crime que o Asa, meu irmão mais velho, não quis cometer nem lei que não quis infringir. E como meu pai e o dele caíram fora, minha mãe ficou sozinha com dois filhos revoltados, tentando controlar o estrago. Aprendi da pior maneira que, se você ouvir que é uma coisa muitas vezes, acaba sem opção e tem de acreditar que é mesmo aquilo.

Apesar de saber que não devia, acabei andando com o estilo de gente que pode arruinar a perspectiva de um bom futuro. Quem me levou a fazer isso foi meu irmão mais velho, que só se importava consigo mesmo e com o golpe que estava planejando no momento. A gente era um lixo, nunca ia ser nada na vida e, com todos os problemas que o Asa criava, é um milagre estarmos vivos.

Se não fosse por um professor de química, super bem intencionado e perceptivo que tive no Ensino Médio, era para eu ter acabado como a

JET

minha mãe: grávida e vivendo para sempre sob o olhar de julgamento de todo mundo em Woodward.

Mas eu me esforcei muito na escola, ganhei bolsas de estudo e trabalho muito todos os dias para garantir que não vou acabar assim. Nunca mais vou dar motivo para acharem que sou fácil, burra e sem valor. Vou me cuidar, garantir meu futuro e, se Deus quiser, tirar minha mãe daquela cidadezinha. Vou mostrar que existem outras coisas na vida além de uma caixa de cerveja, um maço de cigarros e o caminhoneiro que ela resolveu pegar naquele mês. Na minha opinião, o Asa é uma causa perdida. A última notícia que tive é que ele estava na cadeia. Mas, como já fui vítima das fofocas de Woodward, não sei se é verdade. Só que faz tempo que passei da fase de tentar proteger meu irmão de si mesmo.

Cometi muitos erros e fiz muita burrada, mas agora saí do mau caminho. Acho que minha recompensa por levar a vida do jeito certo é, finalmente, ter boas notas na faculdade, ter amizades com pessoas de bem, que me amam do jeito que sou, e nunca mais ter medo de ficar na miséria.

Se, para isso, eu tiver que enterrar a atração e o desejo sufocante que sinto pelo Jet, paciência. Se ele quer me tratar como se eu morasse num internato de freiras, melhor ainda. Fica mais fácil me comportar direito. Não tenho motivo para contar que ele não só está enganado a meu respeito, mas que dou de dez a zero em qualquer uma dessas meninas que ele traz para casa no quesito "saber qual é o preço do ingresso".

Dei a volta no parque e comecei a diminuir o ritmo quando me aproximei de um fluxo mais pesado de pessoas que estavam levando os cães para passear ou brincando com os filhos.

Quando a Cora me perguntou o que eu achava de alugar o quarto que era da Shaw para o Jet, minha vontade era dizer que não. Depois daquele incidente no carro dele durante o inverno passado, ficou difícil para mim estar perto dele sem ficar repassando todos os mortificantes detalhes na minha cabeça, em câmera lenta. Dou graças a Deus todos os dias por não ter seguido em frente. Duvido que conseguiria me olhar no espelho depois disso. Mas aí pensei na experiência horrorosa que a Shaw teve com o ex e fiquei com tanto medo de um estranho vir morar com a gente que acabei concordando.

Achei que conviver com o Jet de um jeito intenso ia ajudar a matar essa minha quedinha por ele. Afinal de contas, o Jet sabe ser sarcástico e intrometido. Só que aconteceu o contrário: gosto dele. Quer dizer, ainda tenho vontade de fazer um monte de sacanagem, se possível regularmente, mas agora também gosto dele como pessoa.

Ele é muito mais divertido e inteligente do que imaginava, para alguém com tantas tatuagens e com um gosto musical tão péssimo. Aguenta bem a marra da Cora e nunca me incomoda quando resolvo ficar na minha. Normalmente, a gente toma café da manhã juntos e, pelo menos uma vez por semana, a gente sai para beber. Apesar de eu odiar – odiar mesmo – a música que toca, vou assistir à banda dele pelo menos duas vezes por mês.

O Jet é de longe meu parceiro preferido para beber. Não é marrento como o Rule, não é chegado num mau humor como o Nash e não curte fazer escândalo, como o Rowdy. É simplesmente na dele e gosta de se divertir. É só quando alguém começa a falar da banda ou tratá-lo como se fosse grande coisa que se fecha e fica distante. Para alguém que nasceu para ser *rock star*, ele com certeza tem muitos problemas em ser semifamoso e admirado. É estranho, mas também é tocante. Mais uma razão para eu gostar de estar com ele.

Quase perdi o equilíbrio quando um cão pastor alemão se soltou do dono e passou por mim correndo. Levei um tempinho para recuperar o fôlego e me dobrei para colocar as mãos nos joelhos. Como estava parada, o vento castigava sem dó minha pele encharcada de suor, me fazendo tremer de frio. Eu devia ter posto um gorro ou quem sabe umas luvas, mas era tarde demais. Tinha de voltar, senão ia me atrasar para aula.

Estou determinada a terminar a graduação e entrar num programa de mestrado, tudo isso antes de completar vinte e cinco anos. Sempre fui boa de números e entendo ciências de boa. Quando me inscrevi, procurei as faculdades mais distantes de Woodward, mas as que também fossem

JET

uma referência na minha área. Não sei direito o que quero fazer quando me formar, só sei que não quero ganhar menos do que cem mil dólares por ano, que quero um lugar que valorize meu potencial e que tenha um plano de aposentadoria generoso. Sei que esses são objetivos um pouco ambiciosos para alguém da minha idade, ainda mais para quem veio de onde eu vim. Mas cansei de me contentar com pouco.

Diminuí o passo ainda mais e tirei os fones de ouvido quando cheguei perto de casa. Parei de repente quando virei a esquina, porque jurei que conhecia o sujeito que estava do outro lado da rua de algum lugar.

Para falar a verdade, ainda estou assustada com o ataque que a Shaw sofreu, e quase todo mundo que não conheço me parece perigoso. Mas alguma coisa no jeito dele me fez ficar parada na calçada, tentando descobrir o que era. Como ele passou por mim do outro lado da rua sem olhar nenhuma vez na minha direção, deixei os calafrios para lá e subi correndo as escadas até a porta de casa. Eu ia abrir quando o Jet saiu, quase me fazendo cair de costas na escada. Soltei um gritinho e tentei me agarrar no corrimão, mas foi em vão. Eu estava acelerada demais e fui caindo no chão de concreto.

O Jet tentou me segurar, mas não deu tempo. Quando pegou minha mão, só conseguiu ser arrastado para frente, e nós dois ficamos suspensos no ar por um milésimo de segundo. Nossos olhares se encontraram antes de a gente cair no chão com tudo.

O Jet aterrissou em cima de mim. Soltei uns palavões baixinho quando a minha cabeça bateu com força na laje dura da calçada, me fazendo ver estrelas. O seu peito apertou o meu e, entre a minha calça de correr fininha e os jeans colados dele, não teve um centímetro do nosso corpo que não ficou grudado de maneira íntima. Esqueci de respirar, esqueci que estava machucada e, principalmente, esqueci por que ficar com esse garoto era uma péssima ideia.

Deu vontade de me esfregar nele. De passar a mão naquele cabelo despenteado. De beijar e lamber aquele ponto no seu pescoço onde dava para ver a pulsação batendo rápido e com força. Mas nada disso aconteceu.

29

O Jet se levantou com um impulso e me olhou de olhos arregalados. A borda dourada tinha avançado para dentro dos olhos, e ele parecia uma espécie de animal selvagem. Aí segurou minha cabeça e sussurrou:

– Você está bem? Mil desculpas, não sabia que estava do outro lado da porta.

Aqueles anéis gelados encostaram no meu rosto, e a sensação da calçada fria nas minhas costas estava me deixando dormente.

– Estou bem. Eu estava distraída. Não foi culpa sua.

Meu sotaque fica um pouco mais carregado quando estou chateada, e deu para ver que o Jet percebeu.

– Tem certeza? Posso te levar para o hospital. A gente não pode arriscar nenhum defeito nesse seu cérebro gigante.

Queria que a gente tivesse conversando sobre qualquer outro assunto enquanto ele estava ali, praticamente em cima de mim. Segurei os pulsos dele e dei um puxão, para ele me soltar.

– É sério, estou bem. Me ajuda a levantar?

Passou alguma emoção naqueles olhos castanho-escuros, algo que eu nunca tinha visto antes. Parecia que estava pensando no que dizer, ao mesmo tempo que acenava com a cabeça um "não" como resposta, até que passou. Aí ficou de pé e me puxou. Não queria me soltar e ficou segurando minha mão. Minha pele ardeu onde ele estava me encostando. Precisava ficar longe desse garoto, e rápido. Tive que engolir um gemido quando ele me virou e começou a alisar minhas costas.

– Tem certeza que você está bem? Não sou exatamente um peso de pena.

Não é mesmo. É alto e encorpado, mas não todo musculoso ou ridiculamente malhado. Está em forma de tanto correr pelo palco e carregar equipamentos de som, mas sei que não se exercita com regularidade. Não que isso tenha alguma importância. Me soltei (porque era isso que eu tinha de fazer para conseguir respirar) e tirei o cabelo da cara.

– Ãhn-hãn. Não quebrei nenhum osso, e você sabe tão bem quanto eu que minha cabeça é dura. Estava perdida nos meus pensamentos.

JET

Só preciso prestar mais atenção quando saio para correr, senão vou acabar de cara no chão de novo.

O Jet me deu uma olhada estranha e enfiou as mãos nos bolsos da jaqueta de couro. Sempre fiquei me perguntando como é que ele consegue usá-la no inverno. Os fechos e as tachas devem ser gelados, mas essa peça é uma parte tão característica do seu visual que ele não seria o mesmo sem ela.

– Tá bom, se você tem certeza que está bem... Preciso ir nessa. Tenho uma sessão de estúdio com uma banda do Novo México hoje à tarde, depois vou ensaiar. Uma das bandas com que a gente tocou no Metalfest ano passado vai fazer uma turnê no verão e precisa de umas músicas novas.

Tremi porque estava ficando com frio e porque odiava pensar que ele ia fazer outra turnê. Para falar a verdade, me deu até enjoo. Já tinha ouvido as histórias que os meninos contam sobre o que acontece quando um gato de uma banda famosa faz turnê, e não são nada agradáveis. Dei um sorriso forçado e desci alguns degraus da escada.

– Bom, parece que o seu dia está corrido. Tenho aula e depois trabalho até o bar fechar. Só vou chegar em casa bem tarde.

Ele estava me olhando, e eu olhava para ele. E me dei conta de que a Cora tem razão. Eu sou um gênio quando o assunto é química, e o que rola entre a gente um dia ainda vai explodir. Tenho mantido essa história sob pressão e em fogo baixo e constante, e nada tão reativo aguenta esse tipo de calor por muito tempo.

O Jet coçou o queixo, levantou a sobrancelha e falou:

– Se terminar cedo, de repente, a gente passa lá para tomar uma cerveja.

Segurei um ataque de pânico e dei mais um sorriso forçado. Tenho certeza de que ele não acreditou nesse sorriso nem por um segundo.

– Ótimo! – respondi.

Como não queria ver a reação dele, corri para porta. Desta vez, consegui entrar em casa sem nenhum acidente. Mas estava atrasada e tive que tomar um banho correndo, enfiar uma calça jeans e uma blusa de manga comprida antes de entrar no meu jipe e voar para o campus.

A Universidade de Denver não é muito longe de casa, mas estacionar é um saco, e eu já estava estressada. Por isso, quando meu celular tocou, nem me dei ao trabalho de tirar o aparelho da bolsa. Fui a última pessoa a entrar na sala e tive que aguentar olhares inquisidores e expressões de irritação quando interrompi o professor para chegar até a cadeira. Tentei prestar atenção, mas minha cabeça estava a quilômetros de distância. E, depois de passar uma hora no laboratório e a segunda aula como uma sonâmbula, me dei conta de que era melhor tirar minha cabeça das nuvens, senão trabalhar hoje à noite ia ser um pesadelo.

Trabalho num bar de esportes bem popular no Ba-Tro, apelido do Baixo Centro de Denver. A gente tem de usar uns uniformes ridículos que mais mostram do que cobrem nosso corpo. Como fica bem perto do Estádio Coors, a casa ainda lota de torcedores de hóquei e basquete, mesmo quando a temporada de futebol americano já terminou. Ganho o suficiente para pagar o aluguel e as coisas da faculdade que a minha bolsa de estudos não cobre. Não ligo para ter que rebolar um pouquinho, desde que consiga pagar as contas.

Mas preciso ficar esperta, porque o que não falta por lá são bêbados de mão boba e clientes regulares tão afetuosos, a ponto de querer tocar nas minhas partes íntimas. Também preciso ficar de olho nas minhas colegas, que são umas maldosas. Essas meninas vivem para fazer fofoca e descobrir podres dos outros. Eu e a Shaw temos uma briga eterna com a Loren Decker, a abelha-rainha. Se aparecesse para trabalhar do jeito que estou agora, ela encontraria uma brecha para transformar minha noite em um inferno.

Só lembrei que meu telefone tinha tocado quando já estava no vestiário, nos fundos do bar, vestindo meu uniforme de líder de torcida. Fiquei surpresa quando vi que tinha cinco ligações perdidas do DDD 502. Não sei por que alguém do Kentucky podia querer falar comigo, muito menos como podia ter meu número. Como não tinha nenhuma mensagem de texto ou na caixa postal, simplesmente enfiei o telefone no sutiã, onde sempre deixo enquanto estou trabalhando, e resolvi ligar no dia seguinte.

Estava penteando meus cabelos pretos e colocando um grampo com glitter na frente, quando ouvi aquela vozinha nojenta da Loren. Eu não estava nem um pouco a fim de falar com ela, então só apertei os dentes e me virei.

Ela é perfeita para trabalhar num bar como o Goal Line. Faz a fantasia de líder de torcida de qualquer um, incluindo os peitos falsos tamanho GG. Tem a cabeça tão vazia quanto a de uma boneca. Não consigo entender por que ela me enfrenta, se sempre perde. Além disso, ela é uns oito centímetros mais baixa do que eu, e fica ainda menor quando uso salto agulha para dar uma engordada nas minhas gorjetas. Essa garota, com certeza, está abaixo de mim. No sentido literal e no figurado.

– E aí, Ayden?

– Tô tendo um dia de merda, Loren. O que você quer?

A Loren ficou passando a mão nas pontas do cabelo de um jeito que me dava vontade de arrancar aqueles fios loiros e perfeitos da cabeça dela. Um por um.

– Será que você pode me fazer um favorzinho?

Revirei os olhos e bati a porta do escaninho com força.

– Vou trabalhar o fim de semana inteiro, não posso pegar seu turno – respondi.

Ela piscou aqueles olhões azuis para mim, e juro que, naquele segundo, meu ódio por essa menina se consolidou até o fim dos dias. Tive de respirar fundo porque sabia que estava irritada e sendo grosseira sem motivo.

– Nããão, queria saber se você pode falar com o Jet e ver se ele consegue ingressos para eu assistir o show do Bryan Walker, no Teatro Ogden, com as minhas amigas. Ele tem um monte de contatos, não tem?

O Bryan Walker é um cantor *pop*, tipo o Justin Bieber, mas muito menos famoso. Por nada neste mundo vou perguntar para o Jet se ele consegue dar um jeito dessa imbecil ir a esse show. Passei por ela fazendo careta.

– Por que você não pergunta para ele? O Jet disse que deve passar por aqui hoje à noite para tomar uma cerveja.

Ela me olhou como se eu fosse de outro planeta e respondeu:

– Não posso falar com ele!

Essa me pegou de surpresa, e virei para ela com uma cara confusa:

– Por que não, porra? Ele vem aqui toda hora. Sei que já serviu a mesa dele.

A Loren sacudiu a cabeça, dando a entender que sou burra, e trocou um sorrisinho com as amigas.

– Ai Ayden, você é um amor. Acho tão fofo andar com todos esses supergatos, supergostosos e não saber nada sobre como conquistá-los. Se eu pedir um favor para o Jet, ele vai saber que eu sei quem ele é e como é famoso. Para um cara reparar em mim, preciso ignorá-lo e tratá-lo como se ele fosse qualquer um. Senão, vou acabar que nem você, amiguinha para sempre, e namorando um mocinho que tem coletes de tricô de todas as cores do arco-íris.

Fiquei tão passada que só consegui ficar encarando ela. Tenho quase certeza que todo o sangue saiu da minha cabeça e foi direto para minha cara porque, em primeiro lugar, não dava para acreditar que ela estava interessada no Jet depois que seu interesse pelo Rule foi dizimado, sem misericórdia, pela Shaw. Também não dava para acreditar que essa garota estava criticando o Adam ou meu gosto para homens.

A Loren foi feita sob medida para ser a mulher-troféu que é traída depois que a beleza se apaga. Não faz a menor ideia do que é um futuro de verdade ou do que alguém sério como o Adam tem a oferecer.

Eu estava prestes a despejar um caminhão de raiva em cima dela. No mau humor que estava, ia atacar essa garota verbalmente, talvez até fisicamente. Mas a vontade passou quando o Lou, o segurança do bar, pôs a cabeça dentro do vestiário e nos mandou mexer a bunda. Disse que um ônibus cheio de rapazes saindo do trabalho tinha acabado de entrar. Pagar minhas contas é muito mais importante do que pôr a Loren no seu devido lugar. Meu caminho também não inclui paradas para derrubar periguetes.

Dei um sorriso falso e falei, virada para trás:

JET

– E eu acho fofo você babar em cima de todos esses supergatos e supergostosos que andam comigo, como se tivesse a menor chance de ser amiguinha deles. Eles reconhecem uma mulher plastificada e falsa a quilômetros de distância, Loren. E é por isso que, mesmo com todos os seus atributos – dei uma olhada de escárnio para aqueles peitos falsos dela –, eles nem perdem o tempo com você.

Fui rebolando até a minha área do bar, na esperança de que esse papinho de pedir favores para o Jet tivesse acabado. Os rapazes sabem mesmo reconhecer uma mulher plastificada e falsa. Para falar a verdade, já os vi fazerem isso mais de uma vez. Na minha opinião, é um milagre os meninos ainda acharem que sou uma moça direita, que merece a amizade e a proteção deles. Se for preciso aprender a amar coletes de tricô para manter a minha fachada, juro por Deus que é isso que vou fazer. E faço sorrindo.

CAPÍTULO 2

Essa dancinha ridícula que estou fazendo em volta da Ayden já está perdendo a graça. Quando mudei para casa delas, achei que ter a bocuda da Cora por perto ia facilitar as coisas, só que isso não aconteceu. Então achei que ter uma porta giratória no meu quarto fosse dar conta do recado, mas nada parece funcionar.

Penso na Ayden o tempo todo (com a minha cabeça, quando tento trabalhar; com a pele, quando estou com outra mulher) e juro que aquele sotaque sulista me vira do avesso toda vez que ela fala comigo. Odeio não saber o que fazer a esse respeito. Sempre foi fácil para mim arrumar mulher, mas a Ayd é tudo, menos isso.

Há um ano, tive a oportunidade de satisfazer todas as minhas fantasias com ela. Para falar a verdade, acho que me apaixonei um pouquinho pela Ayden a primeira vez que a vi usando aquele uniforme *sexy* do Goal Line, com uns saltos altos de matar. Essa menina tem um jeito de quem não leva desaforo para casa, com umas pernas supercompridas e olhos cor de uísque que batem muito mais rápido e com força do que uma boa dose da bebida. Quero essa mulher. Quero essa mulher como um viciado que quer tomar um pico, mas ela é muita areia para o meu caminhãozinho. E vem de um universo tão distante do meu que é um milagre a gente ter conseguido manter até essa forma estranha de amizade.

JET

O Rule deixou bem claro que, se eu magoar a Ayden e isso magoar a Shaw, a porrada vai rolar como há anos não rola aqui em Denver.

Sei me virar e passo um bom tempo tentando não apanhar em shows de metal país afora. Mas também sei, por experiência própria, que é melhor não me meter com o Rule. Ele está ainda mais assustador agora, que tem essa atitude protetora tipo homem das cavernas com a Shaw.

Então fiz a coisa certa, a coisa decente a fazer, e disse "não" para Ayden quando tudo o que eu mais queria era dizer "sim". Agora estou aqui nessa situação horrível de ser amigo dessa mulher, só que não. Tenho sonhos intermináveis com a voz e as pernas dela, que dorme tranquilamente do outro lado do corredor. É um problema de proporções épicas e não sei o que posso fazer além de me mudar ou nunca mais falar com ela (alternativas que não são nada práticas nem agradáveis). Gosto de morar com as meninas. A Cora é uma figura, e a Ayden mal para em casa, mas, quando a gente se junta, é divertido e tranquilo. Não preciso me preocupar se todas as minhas coisas vão parar no lixo porque uma delas ficou puta comigo enquanto eu estava em turnê.

Meu estúdio fica num armazém antigo na rua Califórnia, no centro. A acústica é ótima e, depois da última turnê com a minha banda, consegui a grana para deixar ele bem equipado.

Conheço todo mundo nesta cidade que tenha alguma coisa a ver com música. Todo mundo *mesmo*. É verdade que Denver não é nenhuma Los Angeles ou Nova York, mas é bem no meio dos Estados Unidos. Tem uma população tão gigante e diversificada que é mesmo um destino para bandas, algumas mais famosas do que outras, que vêm para cá gravar.

Minha banda é bem famosa por aqui. E, depois de ter feito uma turnê com a Artifice no Metalfest do ano passado, está ficando mais conhecida pelo resto do país. O que paga as minhas contas é o estúdio e compor músicas para os outros. Não ligo. Se eu tiver fazendo música e compondo, fico feliz. A música é o que me faz acordar de manhã e me leva para a cama à noite. Claro, eu canto numa banda de *heavy metal*. Mas, quando era mais novo, era da cena *punk rock* e *indie*. A verdade é que eu simplesmente gosto de música

37

boa. Não me importa a cor ou o credo, apesar de eu não parar de encher o saco da Ayden porque ela é viciada na parada de sucessos country. Gosto de zoar com ela, só para ver aqueles olhos cor de âmbar soltarem faísca.

Eu estava planejando me jogar no trabalho. A banda que reservou o estúdio é boa, e a gente já fez um *setlist* bem legal para o álbum novo. O que eu não tinha planejado é parar o carro na minha vaga, bem na frente da porta, e dar de cara com o meu pai. Não consegui evitar a careta e precisei fazer um grande esforço para desgrudar meus dedos do volante, sair do carro e enfrentar o coroa.

Ele estava de óculos escuros modelo aviador e uma calça jeans meio larga demais para alguém da idade dele. Mas esse é o meu pai: se recusa a deixar a juventude e os velhos tempos para trás, e não liga se isso magoa os outros.

Soltei um suspiro e abri a porta do carro. Fiz uma cara de desconfiado, e ele se aproximou do capô.

– O que você está fazendo aqui, pai? Tenho que trabalhar. Não posso ficar aqui falando merda.

Às vezes, é melhor dar logo um corte antes de ele começar a falar, mas parece que não ia funcionar.

– Você voltou da turnê há três meses e nem pensou em ligar para o seu velho? Estou morrendo de vontade de saber o que aconteceu no Metalfest. Conseguiram um contrato com uma grande gravadora?

Seria uma pergunta normal, que todo pai faz para o seu filho, se fosse qualquer outro pai que não o meu. Dave Keller foi *roadie* profissional e já fez turnê com todo mundo, do Metallica ao Neurosis. E agora tudo o que ele mais quer é que seu filho único faça sucesso. Não para eu cuidar dele ou comprar uma mansão para ele em Malibu, mas para ele voltar para a estrada e viver de novo os dias de drogas ilícitas e sexo, como se ainda tivesse vinte anos. Meu coroa fica louco porque estou feliz fazendo sucesso só aqui em Denver, ganhando muito dinheiro com o estúdio e fazendo uma turnê de vez em quando, e porque morro de medo de ser famoso e ter reconhecimento internacional.

JET

Isso para não falar que ele largou eu e a minha mãe um monte de vezes e está longe de ser o melhor candidato a pai ou marido do ano. Nunca entendi por que a minha mãe, que é gentil, afetuosa e tem bom coração, fica casada com esse escroto. Mas, por mais que eu tenha insistido e implorado, ela se recusa a largá-lo. O que, por sua vez, torna ainda mais difícil eu não odiar esse vagabundo, traidor e mentiroso.

— Não falo com grandes gravadoras, pai. Já te disse isso um milhão de vezes.

Ele debochou:

— Os meninos da banda sabem que você está embaçando o futuro deles? O que eles falam de você tomar esse tipo de decisão?

Não queria ter essa conversa com ele. Para falar a verdade, não queria ter nenhuma conversa com ele, mas meu pai não irá embora, a menos que eu o obrigue. A banda que vem gravar no estúdio vai chegar a qualquer momento, e a última coisa que quero é que o coroa dê uma de fã da meia idade.

— Eles sabem qual é a minha posição e sabem que a porta é serventia da casa. Toco com o Boone e com o Von desde os quatorze anos, então duvido que qualquer coisa que eu faça possa ser surpresa para os dois. O Catcher tocava numa banda que já virou *mainstream* e odiava. A última coisa que ele quer é estourar de novo. Me deixa em paz, pai. Isso não é da sua conta. A menos que queira grana emprestada. Se for isso, diz para mãe me ligar. Transfiro para ela, não para você.

Aí ele pôs os óculos de sol no alto da cabeça, para eu não conseguir mais enxergar meu reflexo neles. Puxei os olhos e o cabelo preto dele, mas as semelhanças param por aí. Ele é acabado. Uma vida de muitas drogas e noites da pesada cobraram seu preço e, quando olho para ele, só consigo pensar como alguém tão horrível conseguiu convencer alguém tão maravilhoso como a minha mãe a casar com esse ser lamentável. Meu pai me deixa furioso de um jeito que não tenho nem palavras. Só consigo pôr tudo isso para fora no palco, com vocais sangrentos e melodias de estourar os tímpanos.

39

– É melhor tomar cuidado com o que me diz, filho. Ainda sou seu pai e ainda moro com ela, ao contrário de você.

Queria responder isso com um milhão de coisas, mas não respondi. Nunca respondo. Por mais que eu ame minha mãe, não tem jeito de morar naquela casa e ficar vendo esse sujeito acabar vezes e mais vezes com ela. Minha mãe ficou tão chateada quando eu e o coroa brigamos por causa do desrespeito descarado que ele tem por ela e pelos seus sentimentos, que saí de casa assim que fiz quinze anos. Era isso ou acabar com a raça dele. Por sorte, o Phil, tio do Nash, tinha praticamente um albergue para adolescentes infelizes e não viu nenhum problema em me receber.

Sei que minha mãe fica chateada porque não apareço muito por lá, ainda mais que moro a poucos quilômetros de distância. Mas não aguento vê-lo sumir e magoá-la constantemente. Sei que ele faz chantagem emocional com ela, mas não vou fingir que não vejo. Isso só pioraria a situação, até chegar num limite que nenhum de nós três vai poder ignorar. Mas não sei o que posso fazer. Minha mãe é uma mulher sensacional e merece alguém que a trate como uma rainha, não como um prêmio de consolação.

– O que você quer? – disse, já estava perdendo a paciência.

A gente ficou se olhando em silêncio por um minuto que, na verdade, pareceu uma eternidade. Aí, meu pai colocou os óculos de sol de volta no lugar e deu um sorrisinho que me deixou com vontade de dar um soco na cara dele.

– Aquela banda que você ajudou a conseguir um contrato, a Artifice, está fazendo muito sucesso. Foi você que compôs a maioria das músicas do álbum deles, não foi?

– E daí?

– Daí que eles te devem muito, e acho que não custa nada perguntar se não precisam de uma mãozinha para turnê que eles vão fazer pela Europa logo mais.

Estava a um passo de agarrar ele pelo colarinho daquela camisa de jogador de boliche ridícula e empurrá-lo na parede do prédio, quando ele levantou a mão e deu um sorriso de desdém.

— Sei que ama a sua mãe, filho. E ela? Você realmente quer que eu fique sozinho com ela para sempre? Quem sabe como as coisas vão ser dessa vez? A gente não é mais jovem.

A ameaça ficou bem clara pelo tom de voz dele. A mim e à minha mãe. Fiquei só olhando e tentando me convencer a não arrancar a cabeça dele e chutar para o outro lado do estacionamento como se fosse uma bola de futebol.

— Você pirou de vez, seu velho. Eu já te odeio de morte. Você realmente vai me mandar uma dessas?

— Ela não vai me largar, filho; sabe disso. Você não pode fazer nada comigo enquanto tiver preocupado de ela estar em casa comigo, e sabe disso tão bem quanto eu. Arranja alguma coisa com a Artifice. Não estou pedindo para ser o empresário da turnê, muito menos engenheiro de som. Mas eu quero entrar no show. Preciso de um pouquinho de aventura e de muita diversão.

Me deu vontade de esfolar meu pai vivo e usar a carcaça sangrenta para decorar o palco do meu show. Passei por ele empurrando e bufando.

— Vou ver o que dá para fazer, mas se a mãe me ligar e eu suspeitar que você a deixou chateada ou estava pensando em deixar ela chateada, juro que vou te atropelar como um cachorro, porque é isso que você é. Se acha que vai se relacionar comigo me chantageando, você não me conhece.

— Não conheço mesmo. Um filho meu nunca ia desperdiçar seu talento divino nessa cidadezinha quando poderia estar pelo país inteiro ganhando milhões e arrancando calcinhas em toda cidade que passa.

Olhei para ele por cima do ombro enquanto destrancava a porta e disparei:

— Meu maior desejo é não ser seu filho, mas nem eu nem você tivemos essa sorte. Vai embora, pai, antes que você me obrigue a fazer algo do qual um de nós dois com certeza vai se arrepender.

Entrei no lugar escuro e fui ligando as luzes. Precisei me esforçar muito para segurar a onda de toda a irritação e o ressentimento que sempre tomam conta de mim quando enfrento o coroa.

Fico incomodado, num nível inexplicável, quando ele insiste que a gente é muito parecido. Nasci com o talento que meu pai queria tão desesperadamente ter nascido. A vida que ele sempre quis está batendo na minha porta, e o coroa fica furioso por eu só querer que a minha pobre mãe reconheça que merece coisa melhor e saia de perto dele. Não vou dizer que, quando viajo em turnê, sou um anjo nem negar que ter uma banda é o jeito mais simples e seguro de comer a mulherada fácil. Mas nunca prometi para ninguém que me comportaria e nunca deixei ninguém me esperando. Não faço promessas que não posso cumprir. Aprendi isso com meu pai.

Arrumei a área de gravação e folheei a *setlist* que os moleques da Black Market Alphas tinham deixado. Era um nome bem idiota, mas os moleques são talentosos e têm muito potencial. O som deles é meio *pop* para o meu gosto, uma coisa parecida com o Avenged Sevenfold, aquela banda de metal californiana. Mas é pesado o suficiente para os meninos adolescentes curtirem e tem melodia o suficiente para as meninas do *rock* curtirem também. E além do mais, eles são jovens (o vocalista deve ter só uns dezoito ou dezenove anos) e têm a vida inteira para melhorar. Ou estourar e acabar, o que é mais provável. Topei trampar com eles porque o baterista, que compõe as músicas, é talentoso para caramba e parece comigo quando era mais novo.

Ser de uma banda dá trabalho, e ser de uma banda boa dá mais trabalho do que recompensa. Tenho sorte dos rapazes com quem toco entenderem que fico feliz sendo bem famoso só aqui, em vez de ser uma gota no oceano que come as bandas novas vivas.

Posso até ser convencido em outros aspectos, mas tenho certeza de que mando bem quando o assunto é música. Sei cantar e posso tocar qualquer guitarra que puserem na minha mão. A fúria que sinto pelo meu pai, toda a minha raiva e angústia me dão gás para compor músicas poderosas e relevantes pela vida inteira.

Também sei que tenho carisma e atitude para mandar bem em qualquer palco que pise. E que, se eu quiser que o público sinta o que

JET

estou sentindo, consigo cativar a galera e só deixar ir embora quando eu quiser. Sou um bom líder de banda. Só não tenho paciência para entrar no joguinho nem quero que os outros pensem que têm direito sobre minhas criações. Não tenho a tolerância necessária para ficar puxando o saco e falando merda para ser alguém importante nesse meio.

Além do mais, morro de medo do que pode acontecer com a minha mãe se meu pai descobrir que assinei um contrato com uma grande gravadora. Isso tiraria o velho dos eixos, e ela afundaria junto com ele. Minha mãe merece mais do que isso. O coroa cairia fora e a deixaria num piscar de olhos. Ia colar em mim para aproveitar toda a pompa e circunstância de ser de uma banda e gravadora famosa. Sempre fico pensando se minha mãe ia conseguir me perdoar se eu fosse a causa dele abandoná-la para sempre e ir atrás do que jura ser puro merecimento.

Olhei para cima quando a porta se abriu e o grupo começou a entrar com os instrumentos. O vocalista é um moleque chamado Ryan, que é legal, mas meio convencido. E para muita gente isso pega mal. Tem muita atitude e presença de líder de banda, mas é imaturo e está mais interessado no dinheiro e na mulherada do que em fazer música de qualidade. Quando o moleque estendeu a mão por cima da mesa de som para me cumprimentar, notei que estava com o antebraço todo enrolado em papel-filme. Fiz sinal com a cabeça para aquela tatuagem tão nova e perguntei:

– Foi um dos meus amigos que fez?

Quando a gente estava na turnê, todos os moleques da BMA se apaixonaram pelas tatuagens que o pessoal da Enmity tinha, assinados pelo Homens Marcados, o estúdio de tatuagem onde todos os meus amigos trabalham.

O anjo que atravessa meu peito, da clavícula até o umbigo, deve ser minha tatuagem mais conhecida. Também tenho um dragão japonês que cobre meu braço inteiro, que o Nash fez quando estava começando a tatuar. Meu outro antebraço é fechado do cotovelo até o pulso com uma complicada mistura de obras do Salvador Dalí que o Rowdy terminou recentemente. Parece mais um quadro pintado na pele do que uma *tattoo*.

43

Todos do estúdio têm seus pontos fortes. O do Rule são os contornos pesados e os desenhos góticos que cobrem grandes extensões de pele, e ele tem uma tendência a fazer um estilo mais tradicional. Nash curte cores fortes e *design* arrojado. Dá para ver o estilo urbano e a estética *new-school* em tudo o que ele faz. O Rowdy, apesar de ser o mais irreverente de nós três, realmente encara o trabalho dele como arte. Gosta de criar desenhos sob medida que ninguém mais vai ter e aperfeiçoa seu talento como um verdadeiro artesão. Para ele, tatuar é mais uma forma de arte, e acho que leva o que faz mais a sério do que os outros. Na verdade, já chamei o Rowdy para fazer todas as capas da banda e todas as camisetas.

As mãos e as agulhas da Cora já passaram por lugares que não gosto nem de lembrar, mas toda a equipe de lá trabalha superbem. Não tenho nada a reclamar e não penso duas vezes antes de recomendar o estúdio para todo mundo que me pergunta.

– Foi, cara. Foi do caralho. Total falei que te conheço, e o sujeito que tem as chamas tatuadas na cabeça me atendeu na hora – disse o Ryan. Aí revirou os olhos de um jeito dramático e me olhou com uma cara de quem achava que eu devia ter revelado informações importantes antes de ter indicado o estúdio para ele. – Você não me contou que o estúdio é cheio de gente talentosa. Aquela loira que fica na recepção... Amigo, ela é a mulher dos meus sonhos.

Engoli o riso porque a Cora é mesmo a mulher dos sonhos de qualquer roqueiro. Até abrir a boca. Com aqueles olhos de cores diferentes e seu charme inegável, ela engana muita gente. Meninos como o Ryan ficaram atraídos por aquele cabelo maluco e por ela ter o braço esquerdo fechado de *tattoos* e alargadores pretos pequenininhos nas orelhas. O fato de ela ser desbocada, mandona e nos tratar como se a gente tivesse no jardim da infância só aparece quando o pobre coitado já está completamente apaixonado por ela.

Sacudi a cabeça e avisei:

– Ela é muito velha para você e não vale a pena a encrenca. Acredita em mim. O que você fez?

JET

O Ryan tirou o curativo e mostrou, todo orgulhoso, uma gárgula rosnando. Era legal, bem feita. Mas, para ser sincero, meio genérica. Dava para ver que o Nash fez de tudo para deixar o desenho especial, mas era óbvio que era uma daquelas *tattoos* que o moleque fez só porque acha que ter um desenho grande vai fazer ele parecer mais descolado em cima do palco e nas fotos. Mas, como a banda está me pagando mais de mil dólares a hora, só balancei a cabeça e disse para ele entrar no estúdio com os outros. Deu para sentir que ele queria que eu fizesse mais elogios, mas estava quase sem paciência para as pessoas, então fiquei de boca fechada para não dizer nada que pudesse me causar problemas.

Por três horas, ajustei os vocais e mixei instrumentos para terminar as primeiras cinco músicas. Os outros moleques da banda estavam realmente querendo fazer um álbum de estreia bom, mas o Ryan é difícil, e dava para perceber que ele estava ficando irritado porque eu continuava falando direto com o Jorge, o baterista, que é o principal compositor.

Eu precisava entender o que tem por trás de cada música antes de deixar tudo no jeito, mas era óbvio que o Ryan queria ser o centro das atenções, e isso dificultava o processo. O moleque tem uma voz decente e um monte de carisma. Mas, se não deixar de ser um idiota, esses moleques vão ser, no máximo, uma boa banda de abertura para os shows das bandas melhores.

A sessão de gravação demorou tanto que, quando o pessoal da minha banda começou a aparecer para o ensaio, eu ainda estava tentando acertar o refrão da música número dois. Eles estão acostumados a dar um tempo enquanto eu tento pagar as contas. Quando os moleques viram que tinham uma plateia de verdade para impressionar, se acertaram, e consegui dar um jeito em tudo, até a faixa número cinco.

O Von é meu guitarrista principal e parceiro de composição. O Catcher toca baixo, e o Boone manda ver na batera. Nós somos bem próximos. Temos que ser, porque passamos muito tempo juntos. Não precisei dizer nada para eles, só dar um grunhido e uma olhada de canto quando eles perguntaram, tirando sarro, como é que estavam as coisas.

Os moleques saíram do estúdio para dar "oi", e me deu vontade de dar um soco na cara do Ryan quando ele me perguntou se eles podiam ficar para assistir ao nosso ensaio. Eu já estava por aqui de bandas de metal adolescentes e queria só ensaiar um pouco para gente ir logo tomar uma cerveja, comer umas asinhas de frango e encher o saco da Ayden. Sei que preciso ficar longe dela, mas não consigo fazer isso por muito tempo. Nossa banda tem um show importante marcado para o Dia de São Valentim, no fim de semana seguinte, e me dei conta que ia ser mais fácil deixar os moleques ficarem do que discutir com eles.

Levei todo mundo para sala nos fundos do estúdio, onde a gente se ajeitou. Há cinco anos que fazemos isso duas vezes por semana. Nossa banda é uma máquina bem lubrificada. A gente sabe o que está fazendo e que nenhuma banda dá certo quando a motivação é o ego de alguém. Pensei que ver como funciona uma banda de verdade podia ajudar o Ryan a descer do pedestal. O Boone mandou uma batida, me deu uma olhada por cima da bateria e perguntou:

– A gente vai tocar a *setlist* do show ou você está precisando de uma coisa mais pesada?

O pessoal sabe quando estou de mau humor. A gente é amigo antes de ser colega de banda, de verdade, e eles entendem como me sinto.

Enfiei as mãos no meu cabelo preto e bagunçado, como sempre, e soltei os ombros. Quando tirei o microfone do pedestal, ficou parecendo uma extensão do meu braço. Todo mundo me olhava com cara de curiosidade, e fiz sinal para o Boone com a cabeça.

– Pode crer – respondi. – Vamos pegar pesado e depois a gente faz a *setlist* de sempre.

Antes de eu terminar a frase, os ritmos profundos já estavam saindo da bateria e notas graves de baixo estavam fazendo o chão tremer embaixo dos meus coturnos desamarrados. O Von fez o ar zunir com os acordes de guitarra, tão afiados que dava para arrancar a tinta da parede, e comecei a cantar. Pus toda a raiva que estava sentindo do meu pai para fora. Deixei a frustração de lidar com artistas jovens explodir nos vocais, que fluíam, levando junto cada emoção que estava me estrangulando. Quando começamos a segunda música, os caras da BMA tinham sentado nos *cases* dos instrumentos e estavam nos observando de olhos arregalados e queixo caído. Quando vieram as músicas mais melódicas, que tocamos para o público do bar, percebi que o Jorge estava mesmo prestando atenção e entendendo que as letras têm um significado e são poderosas. Também deu para ver que o Ryan ia tentar imitar tudo o que eu fiz no próximo show deles.

Depois de gritar, suar e purgar todas as coisas ruins que me aconteceram hoje, joguei o microfone no chão e limpei o rosto com a barra da camiseta. Me sentia vazio, mas bem melhor.

Virei para o pessoal da banda e disse que ia encontrar o Rowdy para tomar uma cerveja e os convidei para irem comigo. Normalmente, a gente tenta se encontrar uma vez por semana só para pôr os assuntos em dia, mas o Catcher ia fazer uma demo para outra banda, o Von e a namorada tinham acabado de ter um filho, e o Boone estava se esforçando para ficar sóbrio. Ultimamente, tenho passado cada vez mais tempo com o Rowdy e a turma do Homens Marcados.

Conheço o Rule e o Nash desde os tempos do colégio, mas esses dois são muito próximos e, quando o Rome, o irmão mais velho do Rule, está na área, isso só piora. Sempre acabo ficando de lado nos rolos deles. Fiquei superfeliz quando o Rowdy começou a aparecer também, porque ele é meio esquisito, imprevisível, diversão garantida. Todos são excelentes amigos, e quero acreditar que eles acham a mesma coisa de mim. Mas eu e o Rowdy simplesmente fechamos, nos damos bem. Então, ele acaba sendo o meu parceiro de todas as horas.

O pessoal das duas bandas saiu pela porta, mas o Jorge ficou para trás enquanto eu matava uma garrafinha d'água e arrumava as nossas coisas.

– Tudo em cima? – perguntei.

Ele passou a mão na nuca e ficou olhando para o chão. Aí falou:

– Vocês são tão melhores do que a gente, são melhores do que metade das bandas com que a gente tocou no Metalfest. Por que estão nos ajudando em vez de gravar o próprio álbum? Não consigo entender.

– Vocês são muito bons, mas se não obrigarem o Ryan a baixar a bola, vão acabar terminando antes de chegar a algum lugar. Chamaram muita atenção no Metalfest, têm de aproveitar. Estão me pagando para eu ajudar, Jorge, mas isso não significa que eu não saiba reconhecer um talento. Você compõe umas músicas muito boas, mas qualquer um pode cantá-las. A banda não precisa de um vocalista que não sabe dar valor a isso.

Ele olhou para mim, deu um sorriso e disse:

– Valeu.

– Imagina.

– A última música que você tocou, "Uísque de manhã", é sobre uma garota, não é?

Soltei um suspiro, dei uma tapinha nas costas dele e fui levando o moleque para fora do estúdio.

– E as melhores músicas não são todas sobre mulheres? Não importa se é metal, country, *blues* ou *rock*. Todas as músicas que a gente grava e nos dão vontade de cantar são sobre o melhor gênero de mulher, aquela que você não pode viver sem, mas nunca consegue conquistar.

– Você tem uma dessas?

Soltei uma gargalhada amarga e parei perto do meu carro.

– Pode crer.

Mandei um torpedo para o Rowdy avisando que estava a caminho, e ele respondeu que era melhor eu me apressar, porque o bar estava lotado. A Ayden e as colegas estavam supergostosas e usando uns uniformes esportivos bem *sexies*. Perto delas, as minas que atendem no Hooters parecem vestidas para ir ao culto. O bar está sempre lotado. Até aí, nada de novo. A gente vive lá, e o Lou, o homem que fica na porta, arruma um lugar para gente sentar mesmo quando tem fila na porta.

Quando entrei, reparei que a loira com os peitos de silicone gigantes estava me olhando, mas nem pisquei para ela. Sei que a Ayden a odeia e que minha obrigação de amigo – nossa, odeio usar essa palavra para falar dela – é ter inimigos em comum, mesmo que esse inimigo tenha cara de quem quer me dar banho com a língua.

JET

O Lou balançou a cabeça para mim e apontou, com um daqueles dedos grossos dele, para uma parte mais reservada, do lado do bar. Fica perto da área descoberta que eles abrem no verão, e foi fácil enxergar o cabelo preto da Ayden e o cabelo do Rowdy, que é bem mais claro e vistoso. Não sei quando ele resolveu que um topete acompanhado de costeletas impecáveis é um penteado que ele pode usar no mundo real, mas há mais ou menos um ano ele usa esse cabelo que parece o do James Dean e se veste como alguém dos anos 1950. O Rowdy é excêntrico e gosta de chamar atenção, então, levo na boa, porque isso é parte da personalidade dele e pouca gente me faz rir como ele.

Cruzei o olhar com o da Ayden e dei um sorrisinho para ela, que me olhou por um segundo e virou o rosto sem esboçar nenhuma expressão. Franzi a testa e sentei numa banqueta na frente do Rowdy. Mesmo quando há uma forte tensão sexual entre a gente, essa garota sempre faz cara de feliz quando me vê.

– O que foi que deu nela hoje?

Eu ainda estava me sentindo mal por ter derrubado a Ayden no chão, mas ela jurou que estava bem. Não sei o que mais posso ter feito para deixar ela puta desde aquela hora. A menos que tenha percebido a ereção instantânea que tive quando fiquei em cima dela. Não posso ser responsabilizado por essa reação incontrolável. Ela é muito gata e, se fizesse ideia do quanto quero ficar o tempo todo em cima dela, ia fazer muito mais do que só uma careta para mim.

O Rowdy me empurrou uma dose de alguma bebida da mesma cor dos olhos da Ayden e usou o dedo que tem uma caveirinha com dois ossos cruzados tatuada para apontar para o bar.

– Ele apareceu faz uns vinte minutos e, desde então, ela está agindo como se tivesse uma lança cravada nas costas.

Virei a cabeça e soltei um palavrão baixinho quando vi o dito cujo no meio da galera que estava perto do balcão. Não sei o que a Ayden viu nele. Tudo bem, os dois estão na mesma faculdade. E ele faz estágio no governo, uma espécie de pesquisa revolucionária sobre combustíveis

49

bioquímicos ou qualquer porcaria dessas. O Adam até que é atraente, que nem uma torrada seca, um iogurte natural ou arroz branco. Bom, no fim das contas, é legal e um verdadeiro cavalheiro, mas tudo nele dá vontade de gritar: *chato!*

Além disso, estava usando uma droga de um colete de tricô e parecia não ter a menor ideia do que fazer com a maravilha que é a Ayden Cross. Ela é especial, uma mulher que faria homens de outra era duelarem com pistolas reluzentes ou espadas afiadas. Mas esse cara, esse *nerd* idiota que só usa colete, não é capaz nem de me mandar tomar naquele lugar, mesmo *sabendo* que tenho sonhos sensuais e pornográficos com a namorada dele. Por mais que eu me esforce, tenho absoluta certeza que minha cara entrega tudo quando olho para essa mulher.

– Sensacional.

Virei a dose e peguei a outra, que o Rowdy nem tinha encostado ainda, e mandei para dentro também. Ele me olhou feio e se inclinou para trás, cruzando os braços sobre aquele peito largo. A gente tem mais ou menos a mesma altura, quase um metro e noventa, mas ele parece que consegue derrubar um touro, graças ao seu passado de jogador de futebol americano famoso. A gente nunca conversou direito sobre o porquê de ele ter largado a carreira, mas achei que, já que ele encontrou seu lugar ao sol no mundo da tatuagem, isso não tem a menor importância. E, se um dia ele quiser me contar, sabe que vou ouvir.

– Trouxe um buquê de flores gigante e uma caixa de bombons ridícula, em forma de coração. Acho que quer obrigar a Ayden a passar o Dia de São Valentim com ele.

Um arrepio gelado desceu pela minha espinha e, sem querer, meus olhos ficaram com uma expressão pesada.

– Mas ela falou que vai ao show lá no Fillmore, com o Rule e a Shaw.

É um show importante para banda. O Auditório Fillmore é uma das principais casas de show de Denver. E é importante para mim, quero a presença dela. Simplesmente, achei que ela iria.

JET

O Rowdy encolheu aqueles ombros largos e disse:

– Já faz um tempinho que eles estão saindo. Acho que o cara está planejando o pacote de São Valentim completo. Você sabe: jantar num lugar chique, dar um presente caro e terminar a noite com uma ida a um hotel cinco estrelas. É a cara dele. Pelo que entendi, quando a Cora fica enchendo o nosso saco com aquele papinho de mulher lá no estúdio, já faz meses que ele está pressionando a Ayden.

Cerrei os dentes e reprimi minha vontade de levantar e estrangulá-lo com o próprio coletinho de losango. Tinha outro copo na minha frente, mais um prato de asinhas de frango. Uma garrafa de cerveja tinha surgido na frente do Rowdy, e espremi os olhos para contra-atacar o olhar atento da Ayden quando percebi que ela estava fazendo cara feia para mim.

– Para com isso.

Tentei fazer cara de inocente, mas tenho de admitir que, mesmo nos meus melhores dias, essa não é uma cara que sei fazer.

– Que foi? – perguntei.

– Para de fazer careta para o Adam. Só passou para dar "oi". Falei para ele vir sentar com vocês e tomar uma, mas aí ele viu o Jet com cara de quem estava planejando um assassinato e achou melhor não.

Eu não ia negar, então peguei o copo e passei os olhos por aquele uniforme. Hoje era o dia de líder de torcida, o meu preferido. A sainha curta de pregas era azul e laranja, as cores do time dos Broncos, e tinha um suéter branco superjusto que deixava quase tudo à mostra. A Ayden já é mais alta do que a média e, quando põe aqueles saltos de "me possua" fica quase da minha altura. E aquelas pernas, que por si só já merecem um hino de louvor, ficam ainda melhores. Eu estava perdido no meu próprio mundinho, onde aquelas pernas ficam enroladas em volta do meu pescoço ou da minha cintura (não sou enjoado), mas a Ayden me fez voltar para realidade. Me deu um tapa do lado da cabeça e disse:

– Pode parar. Não sei qual é o seu problema, mas se liga. Tem certeza que não foi você que bateu a cabeça no chão quando a gente caiu hoje de manhã?

51

Fiquei esfregando o canto da minha orelha que tem um *piercing* de *spike*, que estava doendo por causa dela. Mandei ver na dose e empurrei o prato de asinhas para o Rowdy. Talvez só precisasse ficar bêbado, para poder pôr a culpa dessa minha vontade de agir errado em alguma coisa.

– Você vai me dar o cano no show do Dia de São Valentim? – percebi a intensidade do meu tom de voz e odiei.

Não era para eu me importar com o que essa garota faz ou deixa de fazer ou com quem resolve passar o tempo, mas me importo. Queria que me escolhesse, mesmo que eu não possa escolhê-la. Aí ela ficou pulando de um pé para o outro, mexendo na barra da saia, e falou:

– Não sei. A Shaw vai ficar toda enrabichada com o Rule, e a Cora costuma sumir e fazer as coisas dela. E você – apontou para o Rowdy – sempre me troca por alguma vagabunda. O Nash se ofereceu para ser o motorista da vez, então não vai beber e ficar mal humorado e mala a noite inteira – aqueles olhos, que brilhavam em todos os tons de dourado e bronze possíveis e imagináveis, pararam em mim, e ela mordeu o lábio e completou: – Você vai estar em cima do palco. Então, vou ficar avulsa. O Adam me convidou para jantar, e tem toda uma noite planejada. Não sei ainda.

A gente ficou se olhando em silêncio por um tempo. Tanto tempo que acabou ficando um clima esquisito. Queria pedir para ela dar o fora no Adam e ir ao show, e acho que a Ayden queria que eu pedisse para ela dar o fora no Adam e ir ao show. Tenho certeza que ela faria isso. Mas, se a Ayd queria ter um encontro chato e previsível no Dia de São Valentim com um imbecil de colete de tricô, quem sou eu para impedir? Nunca vou ter um PhD e um emprego fixo, com plano de carreira. Nunca vou ser do tipo que dá mais valor à segurança e à estabilidade do que à paixão e à criatividade. E é claro que nunca vou ser um sujeito que usa coletinho de losangos em público.

– Bom, você precisa se divertir. Sai com o Adam para uma bela noite romântica. Você merece.

Quase me engasguei quando disse isso, mas consegui dizer.

Uma expressão que não consegui interpretar apareceu naquele rostinho lindo. A Ayden é muito boa de esconder as emoções por trás de um sorriso sedutor e uma tirada sarcástica. Seja o que for, a expressão desapareceu quando ela pegou meu copo vazio e perguntou se eu queria mais uma dose. Fiz que "sim" com a cabeça e me virei para o Rowdy. Meu amigo estava me olhando com cara de nada e empurrou a cerveja na minha direção.

– Vamos encher a cara?

Tentei soltar o ar, mas parecia que tinha uma faixa apertando meu peito, e só balancei a cabeça com força.

– Pode crer. Acho que é uma boa.

CAPÍTULO 3

LIGUEI PARA O NÚMERO DO KENTUCKY todos os dias, o resto da semana, e não consegui completar a ligação. Liguei para minha mãe, e ela não tinha a menor ideia de quem poderia ser. Jurou que não ouvia falar do Asa há meses e ficou brava quando perguntei se ele estava na cadeia. É fácil cair na conversa do meu irmão: ele é charmoso, meio desajeitado, não precisa fazer esforço para ser atraente e sedutor. É do tipo que consegue roubar a sua roupa do corpo e depois te convencer que você é que quis dar para ele. Faz as pessoas terem vontade de cuidar dele a qualquer custo apesar de nunca retribuir. Nunca mesmo.

Não consigo imaginar por que, de repente, ele sentiu necessidade de entrar em contato comigo. Fiquei apreensiva mesmo assim e não conseguia me livrar desse sentimento. Além do mais, juro que vi alguém que pensei ter reconhecido perto da minha casa as duas últimas vezes que saí para correr. Fiquei tentada a parar e perguntar se a gente se conhecia, mas ainda estou mantendo distância de pessoas estranhas depois que a Shaw foi atacada, no nosso antigo apartamento. Tudo bem, minha amiga foi encurralada por um ex-namorado maluco, que queria que ela fosse dele custe o que custar, mas acho que é melhor prevenir do que remediar.

Poderia ter comentado com o Jet, que é o homem da casa, mas tenho a impressão de que, nos últimos tempos, ele está chateado comigo e me evitando. Não tive muita oportunidade de conversar com ele. Rolou alguma coisa quando eu disse que não sabia se ia ao show de sábado, alguma mudança sutil que fez as coisas entre a gente ficarem diferentes, e não sei o que foi nem o que posso fazer.

Para ser bem sincera, não quero passar o Dia de São Valentim com o Adam. Ele é tão fofo, exatamente o que acho que devo procurar para ser meu companheiro a longo prazo. Mas, quando entrou no bar com aquelas flores ridículas e aquela caixa de bombons, numa cena que poderia ter saído do filme *Uma linda mulher*, tudo o que eu queria era encontrar um lugar para me esconder.

Sei que ele quer que a noite do nosso dia dos namorados seja especial. Nas últimas vezes que a gente saiu, ele me pressionou para o nosso relacionamento *ficar* mais sério. Mas, por mais que eu tente e fique me dando sermão após sermão, não consigo sentir pelo Adam nem uma pontinha do desejo que sinto pelo Jet.

A última vez que transei com alguém, para falar a verdade, foi com o Kyle, meu colega de faculdade. Usei ele para tentar me livrar da lembrança e da humilhação de ter sido rejeitada pelo Jet no inverno passado. Só serviu para eu me sentir pior ainda e me lembrar que as meninas certinhas fazem um sexo chato e que não satisfaz. Sou tão atraída pelo Jet. Claro, os planos dele para o futuro (ou a ausência de planos, melhor dizendo) me preocupam. Mas a verdadeira razão para eu ficar o mais longe possível dele é muito mais séria. Me dá vontade de esquecer de tudo e só ficar com ele, e isso faz meu sangue congelar e meu bom senso começar a emitir sinais de alerta.

Posso até odiar aquele entra e sai de mulher no quarto dele, mas sou honesta comigo mesma para admitir que nenhuma delas saiu de lá querendo mais ou insatisfeita. Minha vontade é amarrá-lo na cama e trepar, mas isso não está nos meus planos. Então, nesse meio-tempo, preciso resolver o que fazer com o Adam.

Sei que não é justo ficar segurando ele se não estou a fim de ter nada mais sério. Sei que não é justo comigo tentar encaixar esses garotos perfeitos no papel que preciso que eles desempenhem na visão que tenho de um futuro perfeito só para depois me dar conta de que não eram o homem certo. Infelizmente, não conheço nenhuma alternativa. No fundo, sei o que quero de verdade, qual é o meu desejo mais profundo, mas a gente não combina. O Jet não se encaixa na minha visão impecável. Tenho a impressão de que, se eu tentar fazer com que ele se encaixe em qualquer outro papel além do que já ocupa, vou perder muito mais do que a nossa amizade. O Jet não é do tipo que respeita limites.

Eu estava sentada numa mesa do lado de fora da biblioteca da faculdade, ruminando isso tudo sem prestar nenhuma atenção no que estava acontecendo à minha volta, quando um livro de anatomia bem pesado caiu em cima da mesa, bem na minha frente. Dei um pulo e vi minha melhor amiga, que se abaixou para sentar na cadeira do meu lado.

A Shaw Landon é o meu oposto em todos os sentidos possíveis e imagináveis. É baixinha, tem um cabelo louro quase branco, olhos verde-folha e vem de uma família cheia da grana e superprivilegiada. Também é tímida, fofa e, nos últimos tempos, ridiculamente feliz e apaixonada. Preciso me esforçar para não vomitar em cima dela.

Não me entenda mal. Fico feliz por ela ter assumido o que sente pelo Rule e que, depois de terem se causado muito mal e tentarem reparar os danos, os dois tenham conseguido encontrar um jeito de as coisas darem certo. Tenho de admitir que sinto uma pontinha de inveja porque, apesar de os dois serem tão diferentes, isso não tem a menor importância, e eles estão juntos. Não sei como fazer isso. Se eu soubesse, não estaria tão frustrada sexualmente e pensando em magoar alguém superlegal sem motivo, só porque não me excita nem me faz sonhar acordada com calças jeans *skinny* e seu conteúdo.

— Falei seu nome umas quatro vezes. Parece que você estava tentando resolver um assunto muito sério.

Nós duas cursamos a Universidade de Denver, UD, e nos conhecemos desde o primeiro ano da faculdade. A Shaw faz medicina, então vai estudar mais tempo do que eu. Mas é legal, a gente consegue ser colegas de sala em umas duas matérias do básico. Eu quase não vejo a minha amiga, só quando a gente sai ou trabalha no mesmo horário. E, mesmo assim, é bem provável ela ir para casa mais cedo para ficar com o Rule ou estudar. Tenho saudade dela. A Cora é divertida, gosto da sua companhia, mas conversar com a Shaw é bem diferente.

Fiquei passando a unha no contorno da figura da capa do livro e me recusei a olhar para minha amiga.

– Acho que está na hora de terminar com o Adam – falei.

– Humm. Isso por acaso tem alguma coisa a ver com o Dia de São Valentim?

Fiz uma careta, me encostei na cadeira e soltei um suspiro.

– Pode ser – respondi.

Olhar naqueles olhos verdes da minha amiga era como olhar para uma esmeralda bruta. Ela ficou me observando por um segundo, depois se encostou na cadeira e copiou minha pose, com os braços cruzados sobre o peito.

– O que você *está a fim* de fazer amanhã à noite?

Acho que a pergunta correta é de *quem* eu estarei a fim amanhã à noite, e é óbvio que a resposta não é o Adam. Bufei de um jeito que meu cabelo preto foi parar no meio da testa.

– Queria ir ao show com todo mundo, mas aí o Adam apareceu no bar com flores, chocolate e toda uma produção programada. O Rowdy estava lá e viu tudo. Aí o Jet chegou e me disse que eu devia aproveitar a noite romântica, porque mereço. E agora não faço a menor ideia do que estou a fim de fazer, mas sei que me irritei com os dois, por motivos diferentes.

A Shaw levantou aquela sobrancelha clarinha e ficou tamborilando na capa do livro, com as unhas pintadas com um esmalte de oncinha muito louco.

– Então me conta quais são os motivos.

– É uma bobagem...

– Se você está de cara amarrada do lado de fora da biblioteca nesse frio de quatro graus, não pode ser bobagem. Tem alguma coisa te incomodando, e a gente precisa conversar sobre isso.

Suspirei e passei as mãos no cabelo, irritada. Normalmente, uso ele mais curto, mas entre a faculdade e o trabalho, não tenho tempo para nada que seja frescura ou desnecessário, incluindo o meu atual estado de confusão por causa dos homens.

– Gosto do Adam. Ele é legal, e a gente se diverte quando está junto, mas me incomoda nunca querer sair com os meus amigos. Ele é quase certinho *demais*, entende? – esperei até a Shaw balançar a cabeça e continuei: – Tem um futuro brilhante, todo planejado, uma família sensacional, que é daqui, e sei que gosta de mim de verdade. É bem bonitinho, e a gente tem um milhão de coisas em comum, mas...

Não deveria ter um "mas", no entanto tem.

– Mas o que, Ayd? – a Shaw não ia me deixar escapar.

– Mas quando ele me beija ou tenta passar a mão em mim, parece que eu estou lixando as unhas ou assistindo ao noticiário. Não tem química. Nem um pouquinho, droga. É chato e monótono, e eu odeio isso.

– Tá, isso não é nada bom.

Respondi, em tom de deboche:

– Você acha? Não me sinto atraída pelo garoto que devia namorar. Mas, Deus me defenda, se o homem que vive no quarto do lado sai de lá sem camisa, eu entro em combustão espontânea na hora. Ver o Jet no palco, ficar tão perto dele a ponto de encostar nele acidentalmente ou sentir seu cheiro me dá mais prazer e excitação do que qualquer coisa que o Kyle ou o Adam fizeram no último ano. E é por isso que eu estou irritada e frustrada com ele. Não quero me sentir atraída pelo Jet, Shaw. Quero me sentir atraída por um alguém como o Adam, com quem tenho a chance de construir um futuro. E me incomoda ao extremo que, por mais que eu tente, não consigo de jeito nenhum.

A Shaw ficou me olhando por um tempão com cara de quem entendia tudo. Ela conhece todos os detalhes da minha tentativa desastrosa de seduzir o Jet e sempre me disse que tinha alguma coisa estranha ali. Tudo bem, ele acha que sou tão pura que devo usar luvas brancas de virgem, como se fosse para primeira comunhão. Mas minha amiga estava convencida de que tem algo a mais do que cavalheirismo na atitude dele. Ela sempre me incentivou a soltar um pouquinho mais da velha Ayden, para o Jet se dar conta de que não deve me colocar nesse pedestal que inventou para mim.

A última vez que fiz isso, ele me magoou e me fez sair correndo. Então não estou muito a fim de soltar a velha Ayden para o cara me rejeitar de novo. Sinceramente, ele me dá vontade de mandar a precaução para o espaço, e morro de medo disso.

– Bom, você sabe tão bem quanto eu que não dá para manter um relacionamento com alguém por quem não sente nenhuma atração física. E, quanto ao Jet, talvez só precise tirá-lo da cabeça. Quem sabe, quando ele deixar de ser o gato que fugiu, você não vai mais querer ele tanto. O que aconteceu entre vocês dois no ano passado continua aí. Talvez você só precise de uma dose completa do que ele tem a oferecer para isso passar. Aí vai poder se concentrar em encontrar um gatinho mais parecido com o Adam para ter um relacionamento sério.

– Já tentei isso. O Jet disse que era uma péssima ideia, lembra? – não pude evitar o tom de amargura.

A Shaw cruzou os dedos e se inclinou para a frente da mesa, para que eu não conseguisse evitar aqueles olhos superverdes dela.

– Então o convença de que é uma ótima ideia. Acha mesmo que, se tentar seduzir o Jet, ele vai dizer não? Você me contou o que aconteceu da última vez, Ayd. Ele fez uma objeçãozinha de nada, e você saiu correndo porque isso te lembrava de algo que poderia ter feito na sua outra vida. A gente não fala muito dos seus tempos no Kentucky, mas tenho para mim que a menina de Woodward não ia deixar o Jet escapar aquela noite como a menina de Denver deixou.

Resmunguei e enfiei a cabeça no meio das mãos para esconder o meu rosto.

– A menina de Woodward não teria dado a impressão de que era só uma criança brincando com fogo. O que eu era antes não era nada bonito de se ver, Shaw. Posso até te contar, mas acho que você não entende a dimensão da encrenca.

Ela abanou a mão e ficou de pé, equilibrando o livro pesado. Parecia que aquele troço pesava mais do que a minha amiga.

– Isso não tem a menor importância. Eu me preocupo com *esta* Ayden. Esta Ayden merece ser feliz, seja lá o que o futuro lhe reserve, e esta Ayden precisa decidir se vai se contentar com café com leite, quando o que realmente quer é tinta corporal comestível e algemas de pelúcia.

Depois dessa, comecei a rir e levantei atrás dela.

– O que você entende de tinta corporal comestível? – perguntei.

A Shaw sacudiu o cabelo comprido na altura dos ombros, e a parte preta brilhou embaixo daquele louro claríssimo.

– Meu namorado é tatuador, lembra? Ele gosta de desenhar.

A gente se olhou com ar de malícia e foi cada uma para sua aula. Odeio o fato de ela ter razão. Posso enrolar o Adam para sempre e, mesmo assim, acabar dando em nada. Mas ele é muito legal para merecer isso, e agora eu sou uma boa pessoa. Não vou fazer ele sofrer e esperar sem necessidade por coisas que não estou a fim de dar. Sei que ficar com alguém como o Adam ajuda a manter as coisas ruins do meu passado sob controle. Namorar alguém como ele não dá espaço para espontaneidade nem para decisões impulsivas que têm consequências ruins. O Adam é do genêro certinho e não tem muito a oferecer em termos de paixão e emoção. E meu lado racional sabe que é isso que eu devia querer. Mas o meu lado que funciona na base do instinto e da emoção é muito maior e sabe que nunca vou me libertar dos meus instintos mais básicos e físicos.

Passei a aula inteira pensando nisso e não cheguei a nenhuma conclusão. Infelizmente, o Adam foi monitor da aula de química inorgânica que estava rolando bem na sala da frente. Quando minha aula terminou, ele estava me esperando. Tentei não me encolher toda quando se inclinou para me dar um selinho. Não era para ser tão difícil assim. Ele até que é bonitinho, de cabelo castanho e olhos azuis-claros. Mas se veste como se fosse dar uma palestra sobre divisão celular ou sobre os efeitos do aquecimento global. Não rola nada entre a gente, nem uma faísca, uma coceirinha, nada.

Ele se ofereceu para carregar meus livros, mas sacudi a cabeça, dando a entender que não queria.

Estava me preparando para dizer que íamos ter que cancelar os planos para o Dia de São Valentim e que não achava uma boa ideia a gente continuar se vendo. Mas aí ele pegou na minha mão, deu um beijo nela e falou:

– Sei que está em dúvida sobre passar o dia de amanhã comigo, então me adiantei e fiz uma reserva naquele restaurante de comida brasileira que gosta tanto. Quero muito que a gente passe a noite juntos, Ayd. Esse relacionamento é muito especial para mim. Você é especial para mim.

Engoli um gosto amargo de culpa e tentei dar um sorriso, que saiu mais parecido com uma careta.

– Isso é muito fofo, Adam. Mas, como eu te disse, não sei se quero sair para jantar e passar a noite com você. Acho que não penso a mesma coisa que você sobre esse relacionamento.

Percebi que as minhas palavras o magoaram e me senti péssima, mas eu sabia que era verdade. Não podia usá-lo para me impedir de agir de certo modo. Talvez eu tenha mesmo mudado ou estava só fingindo, mas, seja lá como for, o Adam não precisa ser enrolado enquanto eu tento descobrir a verdade. Não precisa ser rejeitado mentalmente enquanto fico tirando as calças do Jet na minha cabeça a cada cinco minutos.

– Me desculpe, sei que não é isso que queria ouvir.

Ele apertou a minha mão, me deu um sorriso triste e gentil e disse:

– Bom. A gente pode ir jantar, e eu posso até tentar te seduzir. O que acha? Depois, você decide o que quer fazer. Nós dois precisamos comer, e foi bem difícil conseguir essa reserva de uma hora para outra. Acho que você vai perder uma coisa muito legal se não nos der uma chance.

Me deu até um arrepio, mas só puxei minha mão para me soltar dele e fiquei torcendo as alças da mochila. Eu sabia que a coisa certa a fazer era ir embora, mas o Adam parecia tão arrasado. Tinha se dedicado tanto nos últimos quatro meses, e era difícil para mim, simplesmente, puxar o curativo de uma vez só.

– Olha, eu tenho planos de assistir ao show da banda do meu amigo amanhã à noite. Posso jantar com você, mas precisa entender que só vai rolar o jantar. Não vou mudar de ideia. Você é muito legal, Adam. Mas falta alguma coisa entre a gente. Depois de quatro meses, sei que é hora de acabar.

Ele deu risada e falou, com um tom amargo:

– Eu sei o que significa quando uma menina diz que eu sou legal. Não precisa ficar tentando me poupar, Ayd. Eu te deixo entediada. Já vi os rapazes com quem você anda quando não está na faculdade ou trabalhando. Ninguém em sã consciência chamaria eles de legais, especialmente aquele que mora com você, o da banda.

A essa altura, a gente já estava no estacionamento, do lado do meu carro. Abri a porta e joguei minhas coisas lá dentro. Fiquei pulando de um pé para o outro e tentei não fazer cara de culpada.

– Não tem nada a ver com isso. Eu simplesmente sei quando não rola e não vou forçar a barra nem para mim nem para você. Pode acreditar, Adam. Houve um tempo em que eu ia te namorar até me encher de você, aí iria embora sem pedir desculpas nem olhar para trás. Agora, sei que tanto eu quanto você merecemos mais do que isso. Então, se quiser cancelar o jantar, vou entender.

Eu torci para ele fazer isso. Não queria ter um jantar esquisito com um garoto para quem eu tinha acabado de deixar bem claro que não me sinto atraída por ele. Só que o Adam é um cavalheiro, e suas boas maneiras jamais permitiriam que fizesse isso.

– Não. Já fiz a reserva e ainda quero te levar. Não quero passar essa data sozinho, especialmente quando pensei que as coisas estavam caminhando numa direção muito mais favorável.

O Adam estava sendo legal até quando terminei com ele. Respirei fundo, entrei no meu jipe e respondi:

– Tudo bem. Sinto muito, muito mesmo.

Ele sacudiu a cabeça, com um ar triste, pôs as mãos nos bolsos da calça e falou:

JET

– Para ser sincero, Ayd, às vezes, quando a gente estava junto, parecia que num momento você estava ali, comigo; mas, num minuto depois, você era como uma pessoa estranha, que ficava me olhando. É bem difícil se aproximar de você, mas, realmente, achei que valia a pena tentar.

Depois dessa, meus olhos começaram a ficar irritados e precisei sair de perto dele.

– Te vejo amanhã – disse.

– Passo para te pegar às oito.

Estava com uma resposta na ponta da língua, mas fiquei quieta. Ia falar que eu encontrava com ele no restaurante, para poder ir direto para o show, sem precisar ir de carona com ele. Mas achei que já tinha causado muito estrago por um dia. O comentário que o Adam fez, sobre eu ser duas pessoas diferentes, ainda martelava na minha cabeça, então fui embora.

Fiquei surpresa quando cheguei em casa e vi o mini cooper da Cora na entrada da garagem. Ela costuma fechar o estúdio de tatuagem e depositar o dinheiro no banco à noite. Normalmente, só chega em casa quando estou saindo para trabalhar. Também fiquei irritada e aliviada quando vi que o carro do Jet não estava lá. O cara anda meio sumido, o que me deixa morta de curiosidade para saber o que ele anda aprontando. E também fico agradecida, por não ter de lidar com os seus humores imprevisíveis dos últimos dias.

Quando entrei na sala, fiquei surpresa com a figurinha que estava encolhida no sofá. A Cora não é de se enrolar num cobertor e assistir filmes tristes, e o fato de essas duas coisas estarem acontecendo naquele momento me fez jogar a bolsa no chão e correr para o lado dela. Fiquei passada quando vi que tanto o olho castanho quanto o azul estavam embaçados e cheios de lágrimas, e que aquele sorriso alegre que ela sempre tem estava escondido debaixo de lábios trêmulos e bochechas vermelhas. A Cora é mais velha do que eu, mas parecia uma menininha de cinco anos.

– O que foi? – perguntei.

Como não sabia direito o que fazer, fiquei dando uns tapinhas no joelho dela, por baixo do cobertor.

Minha amiga assoou o nariz num lenço de papel e limpou o rosto encharcado com as costas da mão. Parecia uma fadinha triste.

– Tive um dia muito ruim, só isso.

Franzi a testa, me acomodei no sofá e insisti:

– Já te conheço há um tempinho e você nunca deixou de trabalhar porque estava doente. Nem quando teve intoxicação por causa daquela comida tailandesa estragada. O que foi que aconteceu?

Ela soltou um suspiro e se virou, para ficar deitada de costas. Pôs o braço em cima dos olhos inchados e falou, quase sem mover o lábio:

– Meu ex-noivo vai casar no fim do ano. O cretino me mandou um pré-convite do casamento por e-mail.

Fiz um olhar de surpresa, nem sabia que ela tinha sido noiva e nunca achei que a Cora fizesse o estilo que fica remoendo um amor não correspondido.

– Sinto muito. Isso deve ser bem difícil.

Ela soltou uma porção de palavrões que deixariam o Rule e os meninos orgulhosos e sentou, abraçando os joelhos.

– Eu não devia ligar. Ele era um filho da puta e me traiu o tempo inteiro que ficou comigo. Era dono do estúdio que eu trabalhava, lá no Brooklin. Passei lá tarde da noite um dia, porque tinha esquecido um negócio, e dei de cara com ele comendo uma cliente na sala dos fundos. E isso nem foi o pior. Achei que a gente era uma família, que o estúdio era a nossa casa, mas todo mundo sabia e ninguém me disse nada. Fui uma idiota.

A Cora passou as mãos pelo cabelo curto, rosnou como um cãozinho bravo e continuou:

– Foi o primeiro homem que amei de verdade, sabe? Tinha certeza que já tinha me esquecido dele. Mas, quando vi aquele convite idiota, parecia que eu estava vivendo aquilo tudo de novo. Se o Phil não tivesse me tirado de Nova York, não sei o que eu teria feito. É uma droga ele ter partido para outra, com outra menina inocente, e eu continuar sozinha.

Fui até a cozinha pegar uma garrafinha d'água e papel toalha para ela limpar o rosto.

JET

– Até parece que você não tem oportunidade de sair com gatinhos e ter um namorado. Já saí com você. Te paqueram o tempo todo.

Ela esfregou a mão naqueles olhos coloridos, soltou mais um suspiro e retrucou:

– Sou paquerada pelo mesmo estilo de cara, todas as vezes. Tatuados, encrenqueiros e que só querem se divertir. Trabalho com tipos assim, meus melhores amigos são assim, Ayd. Sei como eles funcionam. Já tive meu coração esmigalhado uma vez. Por mais que eu possa passar um tempinho com eles, a longo prazo, vou continuar sozinha e de coração partido.

– Então, sai com alguém diferente!

Aí a Cora me olhou por baixo daqueles cílios espetados e um pouquinho do seu velho jeito começou a aparecer.

– Falou a garota que namora um garoto que parece que deveria estar fumando cachimbo e lendo Chaucer.

Aí foi a minha vez de lamentar e me jogar no sofá. Cruzei os braços em cima da barriga e olhei de canto para ela.

– Terminei com o Adam hoje.

Ela levantou aquela sobrancelha clarinha, a que tem o *piercing* cor-de-rosa, e disse:

– Sério? Achei que você planejava ter um futuro perfeito e chato de ir ao cinema e ter supergênios com doses tediosas de sexo papai e mamãe.

– É. Bom, para ter supergênios eu ia ter que querer fazer sexo com ele, e isso não vai acontecer. Nem papai e mamãe nem de jeito nenhum. Não posso mais ficar enrolando o Adam.

Ela me deu um soco no ombro com aquela mãozinha pequena e abriu um sorrisão.

– Que bom! Agora você pode parar de fingir que não quer ficar pelada na horizontal com o Jet de todas as maneiras possíveis e imagináveis.

Virei o rosto e fiquei olhando para ela de queixo caído.

– Você é a segunda pessoa que me diz isso hoje. Que eu deveria ir em frente e transar com ele.

A Cora encolheu os ombros e jogou o cobertor no chão.

– Eu e a Shaw conversamos sobre isso o tempo todo. O Jet é *sexy*, *sexy* de doer, e a gente entende completamente. O que a gente não entende é porque você fica lutando tanto para mantê-lo distante. Vejo que você fica olhando para ele dia sim e o outro também. E precisa ver o jeito você o olha quando ele está em cima do palco, Ayd.

Fiquei me mexendo, nervosa. Mais uma vez, não tinha percebido que estava deixando tão óbvio que o Jet mexe comigo e que é uma luta manter minhas mãos longe dele.

– Todo mundo olha para o Jet desse jeito quando ele está em cima do palco. Ele é demais e supertalentoso.

Ela ficou de pé e espichou os braços por cima da cabeça. Me deu um tapinha na cabeça com a mão do braço tatuado, saiu da sala, virou para trás e falou:

– É, é verdade mesmo. Mas você é a única pessoa da plateia para quem ele olha. É a única que ele faz questão de procurar no meio do povo quando sabe que você está no show.

Esse comentário me fez ficar sem ar, e meu coração começou a bater descontrolado. Não que não soubesse que eu e o Jet sentimos uma atração muito forte um pelo outro, mas sou esperta o suficiente para saber que, depois de ter me dado o fora no inverno passado, ele não ficou com a cama vazia nem teve um relacionamento sério.

Um relacionamento precisa mais do que fogo e paixão para dar certo. Além disso, ele não conhece a verdadeira Ayden, e acha que a Ayden que conhece é pura demais. Quando mais de uma pessoa me fala que existe a possibilidade de o Jet estar olhando para mim, percebendo todas as coisas proibidas que quero fazer com ele e desmascarando a imagem perfeita que tento passar, fico supernervosa. Já fico sem jeito perto dele e, se ele fizer a menor ideia do que eu realmente quero, não sei como vou conseguir segurar minhas mãos em vez de enfiá-las nas calças dele por muito tempo.

Peguei minhas coisas do chão e fui para o meu quarto, resmungando sozinha. Fiz uma careta na frente da porta fechada do quarto dele e me ajeitei para estudar e curtir meu mau humor. Não queria sair para jantar com o Adam e agora, depois dessa revelação surpreendente da Cora, também não queria ir para o show. Acho que, quando fui embora do Kentucky, devia ter virado freira. Acho que seria uma vida muito mais fácil.

FICO BEM DE VERMELHO, porque meu cabelo é preto, e meus olhos têm uma cor estranha. E, já que era Dia de São Valentim, achei que o meu vestido vermelho de saia godê e decote canoa com ombro caído era uma escolha perfeita. Meu cabelo está muito curto para ficar inventando penteados, então só fiz uns cachos na frente e prendi a franja comprida para trás com um grampinho que tem um coração grande de *strass*. Já tinha ido a muitos shows do Jet para saber que salto alto não era a melhor opção. Mas, como não tinha outra coisa que combinasse com o vestido, resolvi usar um sapato boneca de verniz preto.

Quando olhei no espelho, eu tive que admitir que estava bonita demais só para ir jantar com meu ex-quase-namorado, e que tinha me arrumado para uma pessoa completamente diferente. E isso não era nada inteligente, mas não liguei nem troquei de roupa.

O Adam chegou pontualmente, em seu Subaru, e a gente foi jantar. A conversa no caminho foi esquisita, apesar de ele ter me dito que eu estava bonita e ter sido supereducado. A gente ficou falando da faculdade e de química. Quando sentamos no restaurante, me esforcei para não olhar para o celular a cada cinco minutos para ver que horas eram. Eu estava inquieta e ainda meio preocupada com o comentário dele sobre eu ser duas pessoas diferentes. Luto contra isso constantemente e jurei que tinha dado um jeito de trancafiar meu velho eu dentro de mim.

Sou a primeira a admitir que esse deve ser o pior encontro de São Valentim de todos os tempos. Quando o Adam pediu uma garrafa de vinho para acompanhar o jantar, me deu vontade de sumir, porque me pareceu uma coisa muito de casal. Mas precisava pelo menos tentar ser uma pessoa agradável. Devia isso a ele. Deixei ele me servir uma taça e dei um sorriso forçado.

– Obrigada, Adam.

– Estou feliz que veio. Quero muito que você mude de ideia e pense em tentar resolver as coisas entre a gente. Gosto muito de você, Ayden. Você é inteligente, divertida e bonita. Além do mais, a gente tem tanta coisa em comum.

Qual era o meu problema? O Adam é legal, bonitinho e pensa que eu sou incrível. É o garoto dos sonhos da maioria das garotas, mas, por algum motivo, quanto mais exalta as minhas virtudes, mais eu brocho. Empurrei a taça de vinho, peguei o copo d'água e disse:

– Adam, acho que não me conhece direito. Odeio vinho, por exemplo. Normalmente, eu bebo tequila. Muita tequila. E aí fico me odiando por isso na manhã seguinte. A gente estuda química na mesma faculdade, mas, além disso, não temos muito mais em comum. Eu não gosto de balé nem de ópera. Gosto mais de rodeios e de dançar country. Achei que fosse me fazer bem namorar alguém como você, porque é legal e atencioso, mas isso só serviu para me mostrar que tentar forçar uma situação não funciona.

Ele limpou a garganta, colocou a taça de vinho na mesa e respondeu:

– Você podia ter me dito isso meses atrás, Ayd. Nem me deu uma oportunidade de te conhecer de verdade. Você já resolveu, antes mesmo de começar a ficar comigo, qual das suas versões eu ia namorar, sem levar em consideração que eu poderia gostar das duas e ficar com você. Eu posso gostar de dançar country, sabia?

Ele tinha total razão, e fiquei me sentido pior ainda.

Passei o resto do jantar emburrada, e mesmo assim o Adam se ofereceu para pagar a conta. Ponto para ele. Como não podia permitir isso, paguei metade da conta e a gorjeta, para compensar o fato de eu ser tão idiota. Ele me levou até o Auditório Fillmore. Queria pular para fora do carro e correr lá para dentro. Mas, quando ele viu o povo na fila, cheio de tachas e usando jeans, resolveu que tinha que parar o carro e entrar comigo.

Minha vontade era de dizer para ele que não precisava. Fui a muitos desses shows nesse último ano. E, apesar do meu vestido chique atrair alguns olhares estranhos, a maioria deles não dão a mínima para mim.

JET

Estão aqui por causa da música. Mas eu já tinha estragado o dia do Adam, e deixei me acompanhar até a porta. Não pude deixar de perceber que ele fez cara feia quando eu disse para a moça da porta que meu nome estava na lista.

Ela verificou se era verdade e pôs uma pulseirinha no meu pulso, que dizia que eu tenho mais de vinte e um anos. Deu uma olhada inquisidora para o Adam, que só encolheu os ombros e pagou pelo ingresso. Ele se destacava no meio daquele monte de metaleiros e não tive coragem de dizer que lá dentro ia estar ainda pior. A gente teve de esperar um pouco na fila para entrar, e tentei dizer que eu estava bem, mas o Adam ficou insistindo que precisava, pelo menos, me levar até onde meus amigos estavam. Como a Enmity era a banda principal, eu sabia que o Jet tinha conseguido um camarote VIP no mezanino, perto do bar. Deu certo trabalho chegar lá, ainda mais porque tive que ficar esperando o Adam parar de olhar, de queixo caído, para as meninas seminuas e para os caras que comem vidro e metal no café da manhã.

A Shaw estava agarrada no Rule, toda gata, de vestido preto com estampa de coraçõezinhos cor-de-rosa. Para combinar com a data, o Rule pintou a parte da frente do cabelo de *pink*. Só um garoto como ele consegue usar cabelo rosa sem precisar se preocupar com os outros. O Nash estava num papo profundo com a Cora, que parecia um pouco melhor. O Rowdy estava falando alguma coisa para o Jet, tentando chamar a atenção dele. Mas foi em vão. Na hora em que o Jet me viu com o Adam, tentando chegar no camarote, aqueles olhos castanhos ficaram ainda mais escuros, e o círculo dourado em volta começou a brilhar como se estivesse em brasa. Tive que engolir um caroço na garganta, porque não conseguia entender por que ele estava tão bravo. Antes de eu conseguir falar alguma coisa, ele se afastou da mesa e saiu andando sem dizer nada para mim nem para ninguém.

Fiquei toda dura quando a Shaw se soltou do Rule e veio me dar um abraço.

– Ei, gata! Você está linda – disse.

69

Limpei a garganta, sacudi a mão em volta da mesa e disse:

– Adam, esse aqui é o pessoal. Pessoal, esse aqui é o Adam.

Não esperei para ver se alguém ia falar com ele. Foquei o olhar no Rowdy e andei até ele, decidida. Ele estava olhando direto para o Adam e tomando uma lata gigante de cerveja. Fiquei bem no campo de visão dele e cruzei os braços em cima do peito.

– Qual é o problema do Jet? – perguntei.

Eu estava a um passo de bater o pé como uma criança birrenta e acho que ele percebeu, porque só sorriu e levantou a cerveja.

– Por que você não pergunta para ele?

Cutuquei meu amigo bem no meio do peito, irritada, e respondi:

– Estou perguntando para você. Ele está assim, puto, a semana inteira. O que está acontecendo com ele?

Ele tirou a cerveja da frente e espremeu os olhos. O Rowdy é uma verdadeira dádiva de Deus para as mulheres: cabelo loiro, olhos azuis e rosto perfeito. Mas sempre tem alguma coisa por trás daqueles olhos da cor do mar que dá a entender que ele é muito mais do que um sorriso fácil e uma fonte de prazer. Há profundeza por baixo de toda aquela pele tatuada e daquele cabelo impecável. Não o conheço tão bem quanto os outros meninos, mas sinto que ele tem uma alma boa e não me dou ao trabalho de tentar definir o porquê.

– É São Valentim, Ayd. E você me aparece toda *pin-up*, de braço dado com um sujeito que se veste como se fosse o pai de alguém. Como eu disse, acho que você devia ir lá perguntar para o Jet qual é o problema dele. Acho que já passou da hora de vocês terem uma conversa sincera antes que um dos dois, ou os dois mesmo, acabe causando um estrago irreparável no outro.

Prendi a respiração e coloquei a mão no meu coração acelerado. A primeira banda já estava começando a tocar, e sabia que o Jet devia estar no *backstage* para garantir que a banda dele estivesse pronta para subir no palco. Olhei para trás e percebi que o Adam olhava para o Rule com cara de quem tinha visto um ET. E para Shaw como se ela fosse louca de estar agarrada no namorado como se ele fosse um urso de pelúcia. Ele não entendia nada. Mesmo que eu tivesse tentado fazer meu relacionamento com ele dar certo, o Adam jamais entenderia.

– Será que eles vão me deixar entrar no *backstage* e falar com o Jet? – perguntei.

– Gatinha, vestida desse jeito, ninguém vai ser louco de dizer "não" para você.

Depois dessa, tive que sorrir para o Rowdy.

– Você fica de olho no Adam? Cuida para o Rule não matá-lo ou para Cora não convencê-lo de fazer alguma coisa imbecil, tipo ir morar na Antártida.

Ele balançou a cabeça e voltou a tomar a cerveja.

– Deixa comigo, Ayd.

Dei meia-volta, desci correndo as escadas e atravessei a grande área da pista até as escadas, que ficam do lado do palco. Como a primeira banda já estava tocando, o lugar estava ficando ainda mais lotado, e tive que rebolar um pouco mais do que gostaria. No alto da escada, o segurança tentou me impedir de passar, mas disse que estava com a banda. Disse que estava com o Jet e, como o Rowdy apostou, o cara me olhou de cima abaixo rapidinho (dando uma parada nas minhas pernas) antes de me deixar passar. Levei um tempo para achar o camarim certo e, quando consegui, encontrei o Von e o Catcher sentados numas poltronas de couro, mexendo nos instrumentos. Fizeram uma cara de surpresa quando me viram, e meu coração afundou quando vi que o Jet não estava ali.

– Ãhn, oi – falei.

– Oi – disseram os dois, em uníssono.

– Eu... ãhn... estou procurando o Jet. Vocês viram ele por aí?

Os dois se olharam com cara de quem não entendiam nada, e o Catcher limpou a garganta. Aí fez sinal para porta no fundo do camarim com a cabeça e respondeu:

– Ele entrou e espatifou uma garrafa de uísque na parede. Já faz um tempinho que se fechou lá dentro.

Olhei para porta, depois para eles. Se tivesse trancada e o Jet não me deixasse entrar, eu não ia saber o que fazer. Fui pisando com cuidado em volta do monte de cabos e tomadas esparramados no chão. Estava prestes a abrir a porta quando o Von gritou:

– A gente precisa que ele se recomponha o mais rápido possível, então faz favor de não o deixar ainda pior do que já está.

Balancei a cabeça, sem pensar muito, bati na porta e chamei:

– Jet?

Não tive resposta, mas foi só girar a maçaneta para abrir a porta. Entrei e rezei para o Jet não fazer nada que pudesse deixar nós dois envergonhados. Ele estava de costas para mim, inclinado sobre a pia, se olhando no espelho encardido. Quando nossos olhos se cruzaram pelo espelho sujo, não tive como não notar a hostilidade estampada naquele rosto lindo e a expressão selvagem naqueles olhos castanhos. Os círculos dourados estavam queimando, derretendo, e ele estava com cara de quem estava prestes a perder o controle. O bíceps tenso e flexionado. Parecia que ele ia arrancar a pia da parede e atirar em alguém.

– O que é que você quer aqui, Ayden?

Não tinha como ele fazer uma pergunta mais capciosa do que essa.

– Só queria ver o que você tem. Passou a semana inteira agindo como se tivesse bravo comigo, e não consigo entender por quê.

Notei que ele apertou as mãos e dobrou os dedos. Também notei que, em vez do esmalte preto de sempre, tinha pintado a unha dos indicadores com o mesmo tom de vermelho sangue do meu vestido. Isso não devia ser *sexy*, mas nele era total.

– Por que trouxe aquele idiota para o meu show? – perguntou.

O banheiro era pequeno e abafado. Dava para sentir a intensidade de seja lá o quê que o Jet estava sentindo vibrando na minha pele. Nunca vi o Jet assim, tão exposto, sem estar em cima do palco, e não sabia se ia conseguir dar conta disso num espaço tão pequeno.

– Eu não trouxe o Adam. A gente foi jantar e, nos meus planos, ele só ia me deixar aqui, mas ele meio que surtou quando viu o povo lá fora

JET

e insistiu para entrar comigo. E o que isso tem a ver com você estar me tratando tão mal? Não pode ficar bravo porque estou com alguém com quem saio há meses quando, há menos de uma semana, uma menina saiu do seu quarto com a calcinha no bolso – fiquei em silêncio por um instante e continuei: – Sério, Jet. Qual é?

Achei que ele ia vir para cima de mim. Achei que ia me dizer que não tenho direito de julgá-lo. Achei que ia gritar que eu não devia trazer um rapaz que sabia que ele não gostava, justo quando ia fazer um show tão importante.

Só não achei que ele fosse se soltar da pia e vir na minha direção com fogo e algo mais nos olhos. Ou que aquelas mãos cheias de anéis iam me grudar na porta do banheiro e depois começar a subir pelo meu corpo e pelo meu cabelo. O Jet grudou a boca na minha com tanta força que eu gemi. E, por um segundo, fiquei tão surpresa que só consegui ficar parada e deixar que ele me devorasse com aquelas mãos, que eu havia observado por meses a fio, e com aquela língua de gosto metálico.

Quando meu cérebro voltou a funcionar, ele estava começando a se afastar, mas agora que o estrago estava feito não tinha mais como parar. Eu queimava de desejo e cruzei os braços em volta do pescoço dele, para ele ficar exatamente onde estava. O Jet tinha gosto de uísque e da mais doce das tentações. O tesão fez eu me apertar o mais junto a ele possível e senti o seu joelho subir por baixo da saia do meu vestido. O contraste entre o calor e o frio do *piercing* que ele tem na língua percorreu a minha e me fez ficar sem ar. E isso só serviu para ele ter um acesso melhor a tudo o que estava tentando invadir. Nesta altura, eu estava na ponta dos pés, e as partes interessantes do corpo dele estavam roçando nas minhas partes desejosas e não me lembro de um simples beijo ter sido tão poderoso. Não queria soltar o Jet por nada neste mundo.

CAPÍTULO 4

Eu estava vivendo num estado de fúria permanente. Ainda estava puto porque meu pai narcisista e autoritário achava que podia me chantagear usando minha mãe; lívido porque minha mãe permitia que ele a usasse desse jeito; furioso por não conseguir tirar a Ayden da minha cabeça e bravo por ligar se ela preferia passar o Dia de São Valentim comigo ou com o Sr. Perfeitinho. O resultado é que, nesses últimos dias, eu agia como um babaca com todo mundo que ousasse cruzar meu caminho. Os caras da banda estavam de saco cheio das minhas merdas. E, se o Rowdy me falar de novo para eu levar a Ayd para cama logo e parar com isso, tenho quase certeza que vou quebrar todos os dentes dele.

Eu só queria fazer o show logo, resolver o que vou fazer a respeito dos meus coroas e, quem sabe, acertar uma turnê curta fora da cidade para ficar longe de uma morena que não sai da minha cabeça.

Mas aí ela apareceu de vestido vermelho-sangue, parecendo que tinha acabado de sair de uma revista de carros antigos, com aquele vacilão de coletinho de tricô atrás dela dando uma de cachorrinho perdido. A Ayden é problema demais para eu lidar neste momento. Aquelas pernas intermináveis e aqueles lábios vermelhos levam meus pensamentos justamente aonde não devem. Como ela estava lá com o Adam, saí andando, deixei o Rowdy falando sozinho e fui para o camarim. O pessoal da banda já estava esquentando, se preparando para subir no palco, mas surtei só

JET

de pensar em fazer um show me sentindo tão instável. Peguei a primeira coisa ao alcance da minha mão (a garrafa de uísque que eu estava bebendo) e joguei contra a parede.

Meus amigos pararam o que estavam fazendo e ficaram olhando para mim com curiosidade e cuidado. Parecia que eu ia me partir em mil pedaços. Só gritei "Agora não!" e resolvi me trancar no banheiro até conseguir me recompor.

Estava com dificuldade para respirar e vendo no espelho como os meus olhos estavam com uma expressão de loucura. Ia jogar uma água fria no rosto e tentar recuperar pelo menos um pouco de controle quando ouvi uma voz com um sotaque sulista dizer meu nome, do outro lado da porta. Eu já ia gritar para essa garota me deixar em paz, mas nem tive chance, porque ela abriu a porta e cruzou os olhos com os meus pelo espelho. Só consegui ficar olhando para ela enquanto todos os sentimentos que eu estava tentando reprimir vieram à tona de uma só vez. Ouvi a Ayden me perguntando o que havia de errado comigo e exigi que ela me respondesse o que estava pensando quando trouxe aquele idiota para o show.

Mas tudo isso era apenas um ruído de fundo perto dos gritos poderosos que vinham da minha cabeça quente.

Nem percebi que fui andando na direção da Ayden. Não percebi que empurrei ela contra a porta com meu corpo. Não percebi que enfiei os dedos naquele cabelo sedoso, que ficou preso nos meus anéis. Ouvi a menina ficar sem fôlego quando minha língua alcançou o meio daquela boca quente. Eu ia me afastar, pedir um milhão de desculpas e dizer que aquela semana tinha sido uma merda. Mas, antes que eu pudesse fazer isso, ela passou os braços no meu pescoço e senti que toda resistência dela e todo o controle que eu estava tentando manter tinham se esvaído em um murmúrio de prazer.

A gente estava na altura exata para eu pôr o joelho no meio daquelas pernas incríveis e me esfregar ainda mais nela, que se jogou contra a porta. A Ayden tinha gosto de vinho e de desejo e tive quase certeza de que essas duas coisas estavam me deixando bêbado. Quando sussurrou

75

meu nome, qualquer pensamento racional que eu tinha, que não deveria estar encostando nessa mulher assim desse jeito, muito menos no banheiro do *backstage*, foi para o espaço.

Ela tirou os dedos do meu pescoço e passou pelas costas da minha camiseta preta. Por mais que isso tenha sido mais gostoso do que qualquer coisa que eu senti há muito tempo, ficar grudado nela dos pés à cabeça não era suficiente, então soltei seu cabelo e coloquei as mãos por baixo daquela sainha armada. Quando peguei naquela coxa durinha, esperava encontrar um pouco mais de relutância. Mas passei as pernas dela em volta da minha cintura e pus meus dedos sedentos naquela parte do seu corpo que eu não devia nem chegar perto. Foi rápido. Ela teve zero de resistência e deu vários suspiros de surpresa.

Aí arregalou aqueles lindos olhos, mas em vez de me pedir para parar ou me mandar à merda, sussurrou meu nome. E enterrou a ponta dos dedos nas minhas costas, bem em cima da bunda.

A gente estava se olhando nos olhos, nossas testas quase se tocavam, e dava para ver todas as reações dela aos meus toques naquelas profundezas reluzentes e úmidas. Quando passei os dedos embaixo da calcinha de renda, vi um olhar que fez meu pau ficar ainda mais duro do que já estava. Tinha certeza de que aquilo não era muito confortável. A Ayden estava tremendo, e eu não sabia se era por causa do metal frio nos meus dedos, que apertavam a sua pele nua ou porque eu tinha pegado ela de jeito, e a Ayd estava ali, toda exposta, prestes a ser tocada de maneiras que eu sonhava em fazer. Seja lá o que for, estava segurando o meu cabelo, já todo bagunçado, com tanta força que quase doía, e seus olhos ficaram meio fechados. Ela puxou minha cabeça mais para perto, para as nossas bocas ficarem alinhadas, e me beijou. Entrei naquele calor úmido da sua boca e soltei um palavrão, porque estava quente e escorregadia; parecia que eu tinha fogo na língua e nos dedos.

Me abaixei, para o meu antebraço ficar encostado na porta, em cima da cabeça dela, e cheguei ainda mais perto. Meu *piercing* da língua bateu nos dentes dela e me afastei para chupar a veia que pulsava forte bem embaixo da sua orelha. As mãos seguravam meu cabelo e minha pele, tensas. Fiquei enfiando e tirando os dedos nela, e alisei aquela parte dela que latejava e queimava de desejo pelo meu toque. Cada gemido, cada suspiro me fazia ir mais rápido, tocá-la de um jeito que eu tinha certeza que a faria gozar. Senti ela tremer nos meus dedos e fui para trás para beijar a Ayden com força e bem rápido, logo antes de ela ficar toda mole, e aqueles olhos se iluminarem como se fossem fogos de artifício de tanto tesão e satisfação. O peito dela subia e descia rápido, e a lucidez estava voltando devagar, quando ouvi um soco na porta bem atrás da sua cabeça relaxada. Ela pulou de susto.

– Ô, Jet! A gente tem que subir no palco em dez minutos. Dá para parar de ser retardado e sair daí para gente fazer essa merda?

O Von estava irritado, e eu não podia culpá-lo por isso. Estava agindo de um jeito instintivo e tinha uma plateia gigante que tinha pago um bom dinheiro esperando para ver a gente tocar.

Puxei a Ayden da porta e soltei minhas mãos para longe dela. Ela se inclinou para trás, e a gente ficou se olhando, com cara de desconfiado, sem falar nada. Passei as mãos no rosto, o que foi um erro, porque estava com o cheiro dela, e isso não ia me ajudar nem um pouco a controlar a situação mais do que desagradável que rolava nas minhas calças. Que já são justas, mas ela as deixou insuportáveis.

– Preciso ir nessa – falei.

A Ayden mordeu o lábio, e tudo o que eu mais queria era encontrar uma superfície plana qualquer e exigir que ela fizesse um uso melhor daquela boca.

– Jet? – disse ela, antes de eu ter tempo ou a capacidade de pensar nas consequências dessa ficadinha.

Só sacudi a cabeça e pus a mão em volta dela para girar a maçaneta.

– Olha, você sabe tão bem quanto eu o que tenho para oferecer: uma trepadinha rápida no banheiro do *backstage*. E nós dois sabemos que você merece uma noite numa cama *king size* com lençóis de seda. Não vou pedir desculpas, mas posso te dizer que isso não vai mais acontecer. Ok?

Achei que ela ia fazer cara de remorso ou de vergonha. Não estava preparado para ela ficar puta. Aqueles olhos cor de uísque se acenderam com um fogo que nunca tinha visto antes. E, antes que eu pudesse reagir, ela deu um tapa na minha cara com tanta força que meus dentes bateram e meu rosto ardeu.

– Caralho, Ayd!

Aí ajeitou aquele cabelo preto e abriu a porta. Odiei o fato de adorar como ela estava amassada e com cara de bem comida, e que tinha sido eu o responsável por aquela bagunça.

– Caso você tenha esquecido, fui eu que te ofereci uma noite numa cama *king size* com lençóis de seda, seu cretino. E você não quis. Disse que eu não era seu estilo. Se parasse de tentar me dizer por um segundo o que eu mereço ou deixo de merecer, talvez conseguisse enxergar que o lugar não é importante, mas a pessoa, sim.

Fiquei em silêncio de tão chocado. Mas ela era boa, estava puta, e é óbvio que não ia parar por aí.

– E, só para saber, terminei com o Adam ontem porque, toda vez que ele tentava me tocar, toda vez que tentava me beijar, eu tinha que fingir que era você para conseguir aguentar. Mas tem toda a razão, Jet, isso não vai mais acontecer, porque você não sabe nem a metade do que acha que sabe sobre mim. Toda vez que eu acho que está começando a entender, ou pelo menos tentando, só faz eu me sentir uma otária.

Então abriu a porta com força, num ataque de indignação. Os rapazes da banda estavam todos me olhando com cara de que tinham entendido tudo, enquanto ela saía do camarim parecendo uma rainha das deusas. Vi que o Von abriu a boca, mas só espremi os olhos, apontei para ele e disse:

– Nem começa.

Peguei minha Les Paul e pendurei no ombro. Sacudi a cabeça para tentar pôr meu cérebro e a minha libido em seu devido lugar, e enfiei a palheta no meio dos dentes.

– Quero começar com uma música diferente. Será que conseguem me acompanhar?

JET

A gente toca junto há anos e não teve uma vez que eu tenha mudado a *setlist* de última hora que eles não tenham conseguido acompanhar ou entrar no ritmo depois de eu começar. O Boone espremeu os olhos para mim, pegou no baixo e disse:

– Ah! Então esse vai ser um *daqueles* shows?

Bufei e tentei não pensar em como tinha sido bom ficar com a Ayden, como seu gosto é bom e como ela se esfrega em mim perfeitamente. Tudo bem, faz um tempão que tenho uma quedinha por essa mulher, mas não estava preparado para realidade dar de dez a zero nas minhas fantasias. Mas ela quer certas coisas da vida que eu jamais vou ter para oferecer. Eu não devia pirar toda vez que ela está perto de mim se sei que essa história nunca vai dar em nada. Não tenho nada contra ser o *playground* de uma garota bonita, mas algo me diz que, quando ela for embora depois de brincar, vai levar muito mais do que estou disposto a dar.

O técnico de som da casa nos chamou para subir no palco e, assim que a gente apareceu, a plateia enlouqueceu. Levantei a mão e vi o Von mandar um salve. Em Denver, somos os reis do pedaço, e o que acontece fora daqui não importa, não pode importar. Amo tocar ao vivo. Amo fazer um show para plateia se sacudir e cantar. É o meu jeito de filtrar o veneno que corre no meu sangue, para não morrer. As luzes se apagaram, e um holofote vermelho acendeu bem na minha cara. Olhei para o público, me recusando a admitir que sempre procuro uma certa morena no meio da massa. Dei um sorriso forçado e enfiei as mãos no cabelo. Ouvi umas minas dando uns assovios altos.

– É São Valentim, seus filhos da puta! – berrei.

Todo mundo gritou, e o Von tocou um acorde longo na guitarra. Agarrei o microfone com as duas mãos e espremi os olhos por causa da luz.

– Infelizmente, para os pombinhos na plateia, preciso dizer que vocês vieram assistir a um show de *rock*. A gente não toca canções de amor – mais aplausos, e a alguém gritou "Te amo, Jet!" com toda a força.

Dei risada e senti a intensidade aumentar cada vez mais. Pus a mão na cintura e dei uma risada sarcástica, sentindo que tudo o que tinha acabado de acontecer com a Ayden me queimava por dentro.

– A gente não costuma tocar *covers,* mas hoje... ah... hoje a gente quer dar um toque de metal numa das minhas músicas, das antigas, preferidas.

Senti a expectativa arrepiar minha pele, vi que o Von e o Catcher se olharam com um ar de preocupação, mas, antes que eles pudessem me impedir, toquei os primeiros acordes de "Love the one you're with", aquela canção do Crosby, Stills, Nash & Young que diz que você deve amar a pessoa que está do seu lado, mesmo que ela não seja perfeita. Curto o *rock* das antigas quando as músicas têm um significado, e essa me pareceu perfeita para o clima da noite. Peguei aquelas notas de *blues,* aquele toque de *folk* e berrei a letra por cima dos *riffs* de guitarra gritantes. O Stephen Stills ficaria indignado, porque cantei cada gota de dissonância que eu sentia.

Cantei diretamente para Ayden, mesmo que ela não soubesse disso. A plateia engoliu. Os mais velhos cantaram junto, e os mais novos estavam achando que era uma canção contra o amor. Quando terminei, o lugar estava pegando fogo, e meus companheiros de banda não estavam mais preocupados se eu ia entrar em erupção e estragar tudo.

A gente mandou ver no resto das músicas previstas, e com certeza foi um show da hora. Quando joguei minha palheta para o público, depois da última música, vi três minas se pegando no chão para ver quem ia ficar com ela. E isso é um sinal inegável de sucesso. Quando voltei para o *backstage,* fiquei instantaneamente chateado por ter espatifado aquela garrafa de uísque. Tive que me contentar em tomar tequila com o Von e o Catcher, enquanto o Boone se mantinha firme e tomava um energético.

O Von me deu um tapa no ombro, me olhou bem nos olhos e perguntou:

– Agora você vai nos contar qual foi a da música das antigas?

Como não consegui olhar para ele, peguei o *case* da minha guitarra, encolhi os ombros e respondi:

– Você sabe que de vez em quando curto tocar outras coisas.

– É verdade. Mas por que fiquei com a impressão de que você estava cantando para uma pessoa específica? Não faz muito o seu estilo dedicar músicas para o público daquele jeito.

Meu amigo não estava errado. Eu nunca dedicava músicas para o público, nunca mesmo. Mas aquela noite eu me sentia virado do avesso e não consegui me controlar. Só encolhi os ombros de novo e falei:

– Tudo tem sua primeira vez.

Normalmente, a gente faz uma puta festa depois do show quando é no fim de semana. Mas, como o Rule e a Shaw estavam de parzinho, e o Nash e o Rowdy com certeza já deviam ter se enrabichado, eu sabia que ninguém ia ficar mais muito tempo por ali. Só de pensar em pegar uma garota (ou melhor, ser pego por uma garota) depois do que tinha rolado com a Ayden me dava um pouco de enjoo. Não queria voltar para casa. Mas, depois de ter enrolado tudo o que podia no *backstage*, precisava voltar. Não tinha mais ninguém para me fazer companhia ou dizer como o show tinha sido maravilhoso. Aí saí e comecei a atravessar a cidade na direção do Parque Washington, morrendo de medo de ter um confronto com a garota *sexy* que mora comigo.

Estava tudo escuro quando cheguei na porta, mas uma luzinha saía do quarto da Cora. Tentei ir pelo corredor até o meu quarto no maior silêncio possível, mas os meus coturnos fazem mais barulho do que uma manada de búfalos naquele chão antigo, de madeira. A Ayden não pôs a cabeça para fora do quarto, e fiquei ao mesmo tempo agradecido e irritado. Depois de tirar a roupa e tomar um banho para me livrar de todo o sexo e o suor que estavam grudados em mim, fui para o quarto e sentei na cama, para secar o cabelo com a toalha. Fiquei olhando para porta fechada até não aguentar mais. Pus umas calças de moletom pretas, atravessei o corredor descalço e bati na porta dela.

– Ayd! A gente precisa conversar.

Esperei um tempinho e franzi a testa quando não tive resposta. Tudo bem, a gente tinha passado muito dos limites hoje à noite. Mas moramos na mesma casa e íamos ter que dar um jeito para as coisas não ficarem estranhas. Ou mais estranhas do que já estão.

– Anda, Ayden. Não faz isso, abre para gente conversar – bati na porta com o lado da mão e estava pensando seriamente em derrubar aquela porcaria para falar com ela se fosse preciso, quando ouvi a porta da Cora se abrir.

Ela pôs aquela cabeça loura para fora e ficou me olhando feio, mas preciso dizer que isso não fez nenhum efeito, porque estava usando um pijama de flanela *pink*.

– Ela não está aqui – falou, meio grossa.

Não gostei nem um pouco da expressão maldosa dos olhos dela.

– Onde é que ela está?

Só de pensar que ela podia ter ido para casa daquele cuzão de coletinho de tricô ridículo, minha cabeça ficou para explodir. Cerrei os pulsos e tive que me esforçar para não enfiar um soco no meio da porta. A Cora cruzou os braços em cima do peito, levantou aquela sobrancelha clarinha e disse:

– E por acaso você se importa com isso?

Apertei os dentes e contei até dez para não sacudir aquele corpinho minúsculo dela como se fosse uma boneca de pano.

– É claro que eu me importo. Não ia perguntar se não me importasse.

– Que interessante. Porque, quando ela voltou para o bar, depois de ter falado com você, estava meio... amassada... e muito puta. A Shaw se ofereceu para levar ela para casa, mas a Ayden disse que queria ficar para assistir ao show. Quer dizer, até você começar a cantar aquela música. Caralho! O que estava pensando, Jet? A Ayden não é nenhuma imbecil. Não é uma dessas suas vagabundas que te acham perfeito só porque você tem uma voz bonita e uma bela duma bunda. Ela sabia o que você estava querendo dizer e surtou.

Meu coração afundou dentro do meu peito, e minha garganta ficou apertada. Fechei os olhos e soltei minha cabeça para trás, que bateu na porta.

– Para onde ela foi? – perguntei.

– Aquele cara com quem a Ayden está saindo se ofereceu para levar ela para casa dele.

Gritei um palavrão tão alto que a Cora levou um susto e disse:

– Se acalma. Ela não aceitou o convite e disse que ia dar um jeito. Para sua sorte, o Rowdy é um grande amigo e bancou o cavaleiro de armadura reluzente. A Ayden foi para casa com ele e espero que você aproveite esse tempo para tirar esse pau do seu cu. Porque, se não fizer isso, vou pegar aquele *piercing* que coloquei na cabeça do seu pau e fazer coisas com ele que vão te dar vontade de chorar toda vez que você pensar em sexo. Não sei o que está rolando entre os dois, mas pode parar.

Aí ela se virou, toda bravinha, com aquele cabelo loiro espetado e aquele pijama cor-de-rosa e bateu a porta com tanta força que fiz uma careta. Estava deixando uma mulher muito importante na minha vida puta, e isso estava acabando comigo. Voltei correndo para o meu quarto e peguei o celular no bolso da calça, que estava largada no chão. Liguei para o Rowdy. Chamou três vezes, e ele atendeu.

– O que é que está rolando? – perguntei.

Ele ficou em silêncio por um tempo e, quando começou a falar, fiquei surpreso com o tom de censura na sua voz.

– Sei lá. Me diz você?

Sentei na beirada da cama, esfreguei a testa e respondi:

– Fiz merda.

Meu amigo bufou e falou:

– Das grandes. A garota por quem você morre de tesão está aqui dormindo no meu sofá porque você está puto com o teu pai e agindo como um imbecil. Você precisa resolver essas porcarias que tem na cabeça antes de acabar com suas chances de ficar com ela. A Ayden deu um pé na bunda daquele rapaz que se veste como professor do colégio, e acho que ele nem ligou que a ex-namorada voltou com cara de quem tinha sido comida por alguém. Duas vezes.

Soltei um palavrão baixinho e deixei as palavras do Rowdy entrarem na minha cabeça. Deitei na cama e fiquei olhando para o teto.

– Não faço a menor ideia do que estou fazendo com ela.

– Merda.

– Além disso.

– Ninguém é perfeito, Jet. Todo mundo tem seu passado, seu futuro, coisas que fazem da gente o que a gente é. Acho que você tem que parar de prestar atenção nesse monte de coisa superficial que você vê nessa menina e enxergar o que há por trás disso.

Eu estava começando a achar que a Ayden tem razão: não sei metade do que acho que sei, mas ele continuou falando.

– É, o teu pai transformou a tua mãe numa sombra do que ela já foi um dia, e isso é uma merda, mas supera. Isso não quer dizer que você não possa ter um relacionamento com alguém nem que a história precisa se repetir.

– Eu nem acho que seja isso que rola entre a gente. É só uma atração mútua do caramba que finalmente chegou ao ponto de ebulição. O meu futuro não combina com o futuro dela.

Ele resmungou alguma coisa que não ouvi direito e aí me xingou de outra coisa que me deu vontade de rir, apesar de eu estar me sentindo péssimo.

– Tenho sérias dúvidas de que a Ayden estava pensando se o futuro de vocês combina quando deixou você pegar ela no banheiro do *backstage*. Ela me contou que vai trabalhar amanhã às dez horas, então arrasta essa tua bunda até aqui para levá-la e acertar as coisas. Achei que você ia conseguir chegar a essa conclusão sozinho, mas depois do seu showzinho de hoje, nem sei por que a gente é amigo.

Dei uma risadinha e passei os dedos no meio dos meus olhos.

– Por que nós dois somos imbecis, e ninguém mais quer sair com a gente.

– Bom argumento, Jet – senti que ele estava falando sério e calei a boca. – Não vou deixar você zoar com essa garota. Gosto dela. Ela é inteligente e gata. Ainda por cima, é amiga da Shaw, e não quero ter de encarar o Rule se isso ficar pior do que já está. Põe a cabeça no lugar ou esquece, mas para com essa idiotice de ficar em cima do muro porque isso já encheu o saco. E não é só o meu.

Depois dessa, não tinha mais o que dizer, então falei "até" e joguei o telefone no criado-mudo que fica ao lado da minha cama. Deitei de lado no colchão, cruzei as mãos em cima do peito e continuei olhando as sombras que passavam no teto.

O Rowdy tinha um bom argumento: não sou meu pai. Odeio tudo nele, então tento, todos os dias, tomar decisões que me tornem o completo oposto dele. E isso inclui não deixar mulher nenhuma se aproximar de mim. Eu saio com elas, como umas por aí e pego umas minas que são fáceis de virar as costas, de sair andando. Tento pegar as que conhecem as regras, para que, quando saio em turnê ou caio fora, não aconteça um imprevisto. Tenho vinte e cinco anos, sou bem-sucedido, tenho amigos incríveis e mais oportunidades do que sou capaz de aproveitar. E, mesmo assim, faço tudo isso sozinho. Não tenho ninguém para dividir essas coisas, ninguém para aproveitar elas junto comigo, porque sempre morro de medo do que pode acontecer se eu deixar alguém se aproximar tanto assim de mim.

Aquela noite com a Ayden, meses atrás, acho que eu sabia.

Acho que, mesmo naquela época, quando a gente nem se conhecia direito, eu sabia que, se eu tivesse entrado naquele apartamento com ela, não ia simplesmente conseguir virar as costas, dar um perdido e não me importar mais. Acho que, mesmo naquela época, me dei conta do quanto ela podia ser importante para mim e fiquei apavorado. De repente, eu podia me ver preocupado com o meu portfólio de investimentos que não existe, em que faixa do imposto de renda eu vou cair e não acho isso legal. Ela me faz perder o equilíbrio, e não gosto nem um pouco disso.

Não sei nem se vale a pena pensar em ficar com a Ayden a longo prazo, mas sei que me transformar num corretor de ações só para fazer ela feliz não é uma alternativa viável para mim. Porque sei que nunca vou sacrificar a música e as coisas que eu amo por mulher nenhuma. Só não sei o que fazer com tudo isso a partir de agora. Pois, depois daquele beijo, as coisas vão ter de mudar.

CAPÍTULO 5

Ayden

EU QUASE NÃO DORMI, apesar de o Rowdy ter feito de tudo para me receber bem. Ele me emprestou umas calças de corrida que ficaram muito compridas e muito largas em mim e uma camiseta com o logo do estúdio de tatuagem onde trabalha. Me deu um cobertor macio e um travesseiro para dormir no sofá. E, melhor ainda, uma dose de Jägermeister e me deixou ficar falando de como eu estava puta com o Jet por mais de uma hora, sem tentar defender o amigo ou justificar as atitudes dele.

O Rowdy parece um ursinho de pelúcia gigante e loiro, só que coberto de tatuagens, com costeletas invocadas e uma *tattoo* de âncora irada do lado do pescoço. Ele só me respondia balançando a cabeça e resmungando, mas não falou nada nem mandou eu me acalmar. O sol já estava nascendo quando finalmente meus olhos ficaram pesados demais para ficarem abertos. Mas, mesmo quando estava pegando no sono, enxergava o Jet dando aquela risadinha sarcástica e falando para plateia que não toca canções de amor.

Quando acordei, pensei "Chega!". Chega de me sentir presa entre o passado e o presente. Chega de tentar pensar vinte passos à frente. Por que, não importa o que eu faça, bem ou mal, acabo me machucando e me sentindo péssima. Estou magoando gente legal e agindo impulsivamente, e tudo o que eu ganho com isso são uns sentimentos bem doentios por um gato para quem eu nem consigo mostrar quem sou de verdade.

JET

A solução era ótima, e me senti poderosa. Até que a porta do apartamento se abriu, quando eu estava dobrando o cobertor e arrumando minha cama improvisada. Me virei e vi a causa do meu sofrimento entrar na maior cara de pau, segurando dois cafés, como se não tivesse me virado do avesso na noite passada só com um simples toque e o melhor beijo do mundo. Aqueles olhos castanhos tinham ainda mais sombras do que o normal, e ele estava com a boca franzida, como se estivesse se segurando para não dizer alguma coisa que ia fazer tudo aquilo começar de novo. Fiquei ainda mais puta quando lembrei que ele fica gato, muito gato, com a barba por fazer.

Olhei feio, cruzei os braços em cima do peito e disse:

– O que você está fazendo aqui?

O Jet me ofereceu um dos cafés, mas sacudi a cabeça e mudei de lugar, para o sofá ficar no meio da gente. Não sabia se ele tinha ido para casa sozinho ontem à noite ou se nem sequer tinha ido para casa, e esse foi um dos principais motivos para eu aceitar o convite para dormir no sofá do Rowdy. Se o Jet estivesse sozinho em casa, eu ficaria tentada a atacá-lo enquanto ele dormia. Se tivesse levado alguma mulher, eu não só ia ser obrigada a mudar de casa no dia seguinte, como também teria que contratar um advogado, porque com certeza ia rolar um duplo homicídio.

– A Cora disse que você estava aqui, e queria conversar antes de te levar para casa, para você poder se arrumar e ir para o trabalho.

Ele parecia meio perdido, como se não soubesse direito o que estava fazendo ali. Não posso esquecer que ele acha que sou uma menina inocente que não deve ser tocada por mãos sujas. Estava tão de saco cheio de o Jet achar que sabe quem eu sou e o que sinto por ele.

– Ouvi tudo o que você tem a dizer em alto e bom som ontem à noite, Jet. Não precisa repetir. Na verdade, por favor, não repita. Já ouvi você falar o que é que rola entre a gente para o resto da minha vida.

O Jet soltou um suspiro, bem profundo. Colocou os dois cafés na mesa que fica na frente do sofá e enfiou as mãos nos bolsos da calça jeans. Fiquei só imaginando como é que elas entraram ali, de tão justa que é a calça.

87

– Fiz uma grande merda ontem à noite. Me desculpe.

Fiquei toda arrepiada porque, por mais que esteja muito brava com ele, não quero que ele se arrependa de ter me tocado nem por ter me feito sentir muito mais do que sinto há anos. Quero que ele fique tão mexido com o que aconteceu quanto eu, que não consiga se controlar e faça tudo de novo.

– Achei que você não ia se desculpar pelo que aconteceu, só ia garantir que isso nunca mais acontecesse – falei, sem conseguir disfarçar a amargura.

Aqueles olhos castanhos se acenderam de repente, e os círculos dourados brilharam com uma paixão que ardia, apesar da distância que nos separava.

– Não estou pedindo desculpas pelo que rolou entre nós, Ayd. Meu Deus, passei a noite inteira acordado pensando nisso, pensando em você. Peço desculpas por ter tocado aquela música, por ter feito você se sentir mal, por ser um cuzão. Você fica me falando que eu não te conheço, que não faço a menor ideia de quem você é de verdade. Mas a verdade é que nenhum de nós dois está preparado para lidar com o outro. Mas quero você mais do que quero continuar respirando.

Ele parecia tão sincero, tão honesto, que senti alguma coisa se soltando no meio do peito. Aí, continuou falando, com a voz meio rouca, e a coisa se soltou de vez.

– Meu pai é louco, me arrasa emocionalmente. Engravidou minha mãe quando ela era supernova e, desde então, só acaba com ela. Transformou minha mãe numa pessoa que não tem vontade própria, nem desejos nem disposição para fazer nada além de agradá-lo. Meu pai trai ela, some por meses, não liga nem diz quando vai voltar. Nunca teve um emprego fixo e, até hoje, minha mãe se mata de trabalhar para sustentar os dois e não cansa de me dizer que ele não é tão mau assim.

As sobrancelhas pretas do Jet caíram até a altura dos olhos. Ele fechou os punhos e continuou falando:

– Sei que não quero nada disso para mim. Não quero ser assim de jeito nenhum. E também sei que há muito tempo ninguém me faz sentir

JET

como você me faz. As mulheres vão e vêm na minha vida. Gosto de pensar que a gente sempre se diverte, mas nenhuma delas ficou comigo como você ficou. Talvez você não seja esse modelo de virtude que eu penso que é. Para falar a verdade, depois de ter te pegado daquele jeito, tenho quase certeza de que você não é nada disso. Por que não me dá uma chance de conhecer esse seu outro lado?

– O que você quer dizer, Jet? Quer ser meu pau amigo? Que quer passar pelo corredor e me comer de vez em quando? É melhor você esclarecer sobre o que a gente está conversando, porque ontem à noite eu bem que poderia ter te estrangulado.

Minha voz falhou um pouco, revelando o quanto as palavras e a rejeição dele tinham me magoado.

Aí ele chegou um pouco mais perto de mim, e me esforcei para não me engasgar de nervoso. Estava com medo de que, se a oportunidade surgisse, todos aqueles sentimentos que guardo no peito iam se libertar, e a decisão do que a gente ia ser um para o outro não estaria mais nas minhas mãos. Ele sempre me pareceu muito maior e muito mais forte do que todas essas coisas contra as quais estou sempre lutando.

Ele deu um sorrisinho de canto, e senti o efeito disso na boca do estômago. O Jet não precisa me xavecar ou tentar ser sedutor, não com um sorrisinho tão malicioso que prometia momentos fantásticos.

– Quero transar, Ayd. Transar muito. Com você, só com você. A gente precisa mais do que isso neste momento? Depois do que aconteceu ontem à noite, você consegue negar que também quer?

Sacudi a cabeça e soltei o ar bem devagar. Ia perguntar o que tinha mudado, já que todas as complicações que o Jet tinha quando a gente se conheceu ainda existiam. Mas ele continuou falando, e fiquei sem palavras.

– Não falei que, em algum momento, não possa ser mais do que isso. Mas agora estou me sentindo muito arrasado e não sei se vou conseguir me recuperar.

Essa foi de cortar o coração, e não posso acusá-lo de não ter sido sincero. Para falar a verdade, gostei mais disso do que aquele joguinho de

89

gato e rato que passou o ano inteiro me comendo por dentro. A gente só ficou se olhando em silêncio até que meu celular tocou perto dele. Ele pegou o aparelho e jogou em mim sem nem olhar para tela. Franzi a testa quando vi que a ligação era daquele número do Kentucky. Passei o dedo na tela para atender e só ouvi silêncio. Falei "alô" várias vezes, mas ninguém respondeu. Joguei o telefone no sofá. Esse era um problema que, por enquanto, podia esperar. Aí me virei para o Jet e disse:

– Deixa eu esclarecer uma coisa, Jet. A gente mora na mesma casa, tem um monte de amigos em comum e opiniões muito diferentes sobre coisas básicas do que é importante para o nosso futuro. Nada disso mudou desde a primeira vez que você me disse que a gente não podia se envolver. Então, qual é que é?

Eu sabia o que queria: Jet. Parecia que queria ele desde sempre. Não ia bancar a louca e dizer que estou apaixonada por ele, que não posso viver sem ele, mas ele mexe comigo, de um jeito que nunca ninguém mexeu. Ele até pode achar que está arrasado, mas eu sei a verdade. Ele é divertido, fofo e tem um talento inegável. E tenho certeza que, se eu quiser, posso ajudá-lo a se recuperar. O Jet tem tanto a oferecer, mesmo que não sejam as coisas que passei todos esses anos me convencendo de que queria. Fiquei imaginando se podia revelar todos os meus segredos para ele e finalmente parar de arrastá-los por aí sozinha.

Ele ficou se balançando nos calcanhares, e aqueles *piercings* de *spike* nas orelhas o deixavam ainda mais demoníaco. Estava com a boca retorcida, dando um sorriso de canto, e era fácil de entender porque todas as mulheres da cidade morrem de tesão por ele.

– Isso a gente vai ver aos poucos, um dia depois do outro – disse. – Eu tenho a impressão de que qualquer coisa além disso vai te fazer fugir na hora.

Arregalei os olhos de surpresa e fiquei de boca aberta. Acho que preciso fazer um comentário por ele ser tão curto e grosso, mas eu não esperava isso. Não fazia ideia de que ele me conhecia a ponto de saber que é exatamente isso que eu faria. Nem tive chance de responder porque ele já tinha dito tudo o que tinha para dizer. Chegou perto de mim e me abraçou com força.

Dessa vez, quando me beijou, não senti nada da raiva, do desespero e da mágoa que tinham ficado entre a gente na noite anterior. Foi um beijo cheio de promessas, cheio daquele monte de sentimentos que tinham pesado e queimado a gente por tanto tempo. Esqueci que estava no meio do apartamento do Rowdy e furiosa com o Jet. Esqueci de tudo, menos dos seus sentimentos e de como ele mexe comigo. Me perdi na sensação da língua dele passando na minha, nos dedos dele segurando meus quadris. Esperei a vida inteira por ele, desejei por tanto tempo que parecia que o desejo tinha vida própria dentro de mim.

O Jet conseguiu tocar bem no ponto de todo aquele desejo, onde todo o meu tesão crescia e fervia. E conseguiu fazer isso vir à tona só passando os dedos em mim de leve e mexendo aquela língua com jeito. Me beijou como se a gente tivesse todo o tempo do mundo para fazer isso um milhão de vezes. Me beijou como se estivesse tentando decorar cada movimento, cada som, cada gosto, para poder escrever músicas sobre eles. Me beijou como se eu fosse a única mulher que beijaria para o resto da vida, e isso fez minha cabeça girar e minha respiração ficar agitada. Queria chupar aquele *piercing* no meio da língua dele como se fosse um pirulito.

Fiquei com as mãos cnfiadas naquele cabelo preto bagunçado e estava tentando subir no Jet como se ele fosse uma árvore, apesar de a gente estar no meio da sala do melhor amigo dele. Aí, ouvi o som de alguém limpando a garganta e vi o Rowdy saindo da cozinha. Estava segurando uma banana e olhando para gente com uma expressão de bom humor naqueles olhos azuis-claros.

– Não queria interromper, mas gosto do meu sofá e não preciso ver o Jet todo excitado. Além disso, acho que vocês não estão prestando atenção no horário. A Ayd precisa ir nessa se não quiser se atrasar.

Eu soltei um palavrão e corri até onde tinha jogado meu celular. Ele tinha razão. Eu mal tinha tempo de voltar para casa e pegar meu uniforme. Olhei para o Jet de olhos arregalados e falei:

– Preciso ir nessa.

Ele balançou a cabeça, olhou para o Rowdy, apontou para o café abandonado em cima da mesa e disse:

– Já que você é um empata-foda, pode tomar esse troço.

O Rowdy deu risada, levantou a sobrancelha e respondeu:

– Eu te salvei e você sabe disso.

Eu não fazia a menor ideia do que eles estavam falando e não tinha tempo para descobrir, então dei um beijinho rápido de despedida no Rowdy, resmunguei um "obrigada", peguei o Jet pelo cotovelo e arrastei o cara para fora do apartamento. A gente voltou para casa em silêncio. Eu queria perguntar se ele tinha voltado para casa sozinho ontem, mas pensei que, se ele não tivesse, a Cora não ia ter dito onde eu estava de jeito nenhum. Ele mal parou o carro na entrada de casa, e eu entrei correndo para pegar minhas coisas. O Jet ficou parado, nervoso, perto da porta do meu quarto, olhando eu correr que nem louca. Olhei para ele enquanto enfiava o uniforme na bolsa e passei a escova no cabelo freneticamente.

– Que foi? – perguntei.

Ele encolheu os ombros, ficou do lado da porta e respondeu:

– É que eu não sei o que a gente deve fazer agora.

Como não sabia direito o que responder, parei na frente dele e beijei aquela boca com força, para surpresa dele.

– Também não sei, mas a gente pode pensar nisso depois. Que tal se concentrar na parte do sexo por enquanto e ver aonde isso vai dar? Acho que vai concordar que essa parte não vai dar nenhum trabalho e, como você falou, um dia depois do outro superfunciona comigo.

Quando passei por ele, não pude deixar de reparar a expectativa brilhando naqueles olhos. O Jet não disse mais nada, e achei bom, porque estava me sentindo como se tivesse pulado de um precipício bem alto sem fazer a menor ideia do que me esperava lá embaixo, e isso me deixava apavorada. Não tinha nenhuma garantia de que ele ia ficar comigo depois de me conhecer a fundo, mas queria dar uma chance. Na verdade, queria dar muito mais do que isso, o que me dava coceira de tanto nervoso.

Até agora, tinha tentado me controlar, porque esse controle me dava um pouco de segurança, mas estava com a forte impressão de que o Jet ia me fazer jogar tudo isso para o alto.

Quando cheguei no trabalho, vi uma caminhonete bem conhecida parada perto do meio-fio, uma cabeça muito loira e uma preta com pontas cor de rosa espetadas viradas uma para a outra. Como os vidros estavam fechados, não consegui ouvir o que estavam falando. Mas a Shaw estava com cara de brava e o Rule fazendo careta. Quando ela me viu passando, abanou e foi para o lado da porta do carona. Ri sozinha quando o Rule puxou minha amiga de volta e deu um beijo ardente na sua boca. A Shaw estava vermelha e ofegante quando deu a volta no carro e parou do meu lado. Dei uma olhada para ela, que revirou os olhos. O Rule abriu o vidro e pôs a cabeça para fora. Ninguém devia ser tão bonito assim, ainda mais quando tem metade do rosto furado e cheio de *piercings*. Mas o Rule tem uma coisa, não dá para ignorar.

Tive que sorrir quando ele me perguntou:

– Você precisa que eu vá lá encher o Jet de porrada? Ele foi o maior imbecil ontem à noite, e faço isso feliz.

Sacudi a cabeça, a Shaw ficou de braço dado comigo, e eu respondi:

– Nãããooo... A gente meio que fez as pazes.

O Rule levantou a sobrancelha que tem os *piercings* e me lançou um sorriso malicioso:

– Isso quer dizer que vocês finalmente foram para cama?

A Shaw deu um suspiro de surpresa e disparou:

– Rule!

Mas eu só ri até chorar e disse:

– Não. Ainda não. Mas vou dar um jeito nessa situação.

Ele bateu na porta da caminhonete com a palma da mão e falou:

– Aí sim! – depois apontou para Shaw e declarou: – E você, pensa no que eu te falei hoje de manhã, Gasparzinho.

Minha amiga me fez uma careta, mas gritou:

– Te amo, bobão! – quando ele começou a fechar o vidro.

O Rule soprou um beijo para namorada, e ela fez um gesto obsceno e começou a me puxar até o bar. Tentei fazê-la diminuir aquele ritmo frenético, mas ela estava obviamente exaltada e sem a menor disposição para se acalmar.

– O que está rolando entre vocês dois?

Ela me olhou de canto, abriu aquela porta pesada dos fundos do bar e disse:

– Eu é que pergunto! Você sumiu ontem, até parecia que o lugar estava pegando fogo, e nem me mandou um "oi". Sei que você devia estar puta com o Jet. Então, o que foi que rolou?

Joguei a bolsa no banco e comecei a procurar minhas coisas.

– Você primeiro. Fala enquanto eu troco de roupa, e depois te conto o que rolou entre a gente.

Achei que, depois do embate de ontem, estava precisando dar uma levantada no visual e resolvi vestir o uniforme de futebol americano. Gosto dos shortinhos brancos amarradinhos com detalhes em azul e, para falar a verdade, cobre mais do que as roupas de árbitro e de líder de torcida. Além disso, posso usar tênis e ainda ficar bem gostosa para conseguir umas boas gorjetas. A Shaw suspirou, e fiquei vendo ela fazer uma trança com aquele cabelo comprido de duas cores.

– O Rome vai voltar para casa daqui a uns meses. Definitivamente. Vai largar o Exército para sempre – contou minha amiga.

O Rome é o irmão mais velho do Rule, e os dois se dão superbem. Mas, por causa de um segredo de família desconcertante que foi revelado recentemente, o cara está furioso com os pais. Acho que, no momento, nem está se dando tão bem assim com o Rule. Mas parece que perdoou a Shaw por ter guardado o tal segredo por todos esses anos.

Pus uma gosma nas mãos e passei no cabelo, para ele ficar liso, e fiz um topetinho na frente. Pus uma flor azul e laranja atrás da orelha e fiz uma retoque rápido na maquiagem.

– Isso é bom, né?

A Shaw resmungou e soltou a cabeça contra o armário fechado.

JET

– O Rule pôs na cabeça que, quando o Rome voltar, não vai morar na casa dos pais e vai precisar de um lugar para ficar. Quer comprar uma casa para gente e deixar o Rome dividir esse apê alugado com o Nash.

Parei de passar batom e olhei para ela com cara de incredulidade.

– E você não está animada? Isso é sensacional. A maioria das meninas só ganha flor e bombom no Dia de São Valentim, mas você ganhou uma casa de presente do homem dos seus sonhos.

Ela se virou, olhou para mim, e vi que estava mordendo o lábio inferior, como sempre faz quando está nervosa ou preocupada.

– Não sei. Acho que é porque sempre pensei que ia fazer as coisas na ordem certa: me apaixonar, casar, comprar uma casa e ter filhos. Tudo isso vem junto e não estou nem perto de terminar a faculdade. É um passo muito grande. O que é que eu vou fazer se o Rule mudar de ideia?

– Shaw, ele te ama. Você é a razão da vida dele. O Rule não vai mudar de ideia. E, a menos que você ache que esse lance não vai durar para sempre, que importância tem a ordem em que as coisas acontecem?

Minha amiga suspirou de novo, ficou brincando com a ponta da trança e continuou:

– Eu sei que é para sempre e acredito que ele pensa a mesma coisa, mas o Rule fica meio perigoso quando se sente encurralado. Morro de medo do que ele pode fazer quando tiver de pagar a hipoteca e voltar para mesma mulher todas as noites.

Cutuquei ela no ombro e falei:

– Neste momento, ele volta para você todas as noites. Para de procurar problema onde não tem. Vocês se amam e não tem a menor importância se moram num apartamento, numa mansão ou numa cabana no meio do mato. Vocês vão continuar se amando, e o Rule vai ficar bem. Além do mais, já parou para pensar que talvez ele só esteja querendo facilitar a vida do Rome? Ele sempre protegeu vocês dois. Quem sabe esse é o jeito que o Rule encontrou de agradecer o irmão.

Os olhos da minha amiga brilharam, e a tensão no seu rosto diminuiu um pouco.

– Valeu, Ayd. Estava precisando ouvir isso.

Encolhi os ombros, enfiei o celular no sutiã e falei:

– Imagina.

– E aííííííííííí? E você e o Jet? Vi seu estado quando você voltou para mesa do bar. Achei que a gente ia ter que te dar um álibi e te ajudar a se livrar do corpo ou te dar um banho gelado de mangueira.

– O Rowdy me levou para casa dele e deixou eu soltar os cachorros por uma hora. Eu estava puta, mas aí o Jet apareceu hoje de manhã, e a gente conversou. Está tudo certo agora.

– E o que você quer dizer com "tudo certo"?

– Não sei direito. Acho que, por enquanto, a gente resolveu assumir que se sente seriamente atraído um pelo outro e vamos ver no que dá.

Ela levantou aquela sobrancelha clarinha, e a gente foi procurar o Lou para saber como ia ser a divisão das mesas.

– Então vocês resolveram transar? – perguntou a Shaw.

Revirei os olhos e respondi:

– A gente resolveu ver o que rola e tentar continuar amigo. O Jet não é do tipo para casar e ter filhos. É um garoto para você esquecer seu próprio nome e virar sua vida de cabeça para baixo. A gente se gosta, e já deu de tentar fingir que não pega nada, mas pensamos muito diferente sobre algumas coisas. Então, acho difícil rolar muita coisa além dessa química intensa, e espero me divertir muito enquanto dure.

Fiquei orgulhosa de mim mesma por dizer isso tão calmamente, porque meu coração estava quase explodindo sob aquele olhar inquisidor da Shaw.

Ela ficou em silêncio, e eu queria falar mais, mas o Lou apareceu e nos deu um abração de urso. As portas do bar já estavam abertas, e a gente tinha que correr. Ela me olhou e falou:

– Cuidado, Ayd.

E eu resolvi não ficar interpretando muito o que minha amiga disse.

Sei que a Shaw acredita no amor, sublime amor. Ela lutou muito, por muito tempo, para ficar com o Rule. Entrou em conflito com a

JET

própria família e com a família dele, e o maior obstáculo de todos foi o próprio Rule. Acho que eu não conseguiria me dedicar tanto a um relacionamento. Meu único foco, a única coisa pela qual eu realmente me empenhei e lutei, foi construir uma vida para mim que não possa desmoronar, e construir um futuro garantido e indestrutível. Quero enterrar a velha Ayden tão fundo embaixo da nova Ayden que ela não vai conseguir dar as caras de novo.

Por mim, a segurança sempre vai ganhar em qualquer jogo que envolva amor ou outro sentimento, e é assim que tem de ser. Estou a fim de pagar para ver o que eu e o Jet vamos fazer com todo esse fogo que rola entre a gente, desde que seja um incêndio controlado. No momento em que fugir do meu controle, vou ter de apagá-lo e cair fora, mesmo que isso me magoe muito ou a ele.

CAPÍTULO 6

EU ESTAVA SUPERCONFUSO, sem nada para fazer, e inquieto porque ainda não sabia direito o que fazer com esse lance que está rolando com a Ayden.

Ela estava trabalhando, a Cora estava de mau humor, e os meus amigos estão espalhados pela cidade fazendo suas coisas. Quando vi, estava indo na direção de Federal Heights, uma área bem pobre de Denver. Lá fica uma casinha de tijolos que conheço muito bem: costumo fugir dela como o diabo da cruz. Liguei antes, para ter certeza que meu pai não estava lá, e parei o carro numa rua lotada. Ganho dinheiro suficiente para levar minha mãe para morar num lugar legal, mais perto do centro. Talvez até uma região mais segura e mais cara, mas não vou fazer isso enquanto ela não largar desse cretino. Minha mãe se recusa a enxergar a realidade. Subi correndo os degraus de cimento rachados e toquei a campainha. Cerrei os dentes porque, em vez de fazer *din-don*, o troço me deu um choque. Se meu pai não se dava nem ao trabalho de consertar um negócio tão simples, imagina o que mais estava deixando cair aos pedaços.

Bati na porta com o punho cerrado e fiz uma careta quando minha mãe abriu a porta. Ela é uma mulher muito magra, bem mais baixa do que eu. Mesmo com todas as rugas prematuras e aquele cabelo castanho sem brilho, dá para ver que já foi uma mulher bonita. Mas agora é só cansada e acabada. O sorriso que ela me deu foi tão leve e rápido que até pareceu ser uma imaginação. Mas ela me abraçou com aqueles braços de passarinho, num gesto de desespero e tristeza.

– E aí, mãe? Quanto tempo!

Dei um tapinha nas suas costas, meio sem jeito, e ela se tremeu toda. Tudo o que vejo nela me dá vontade de usar meu pai como alvo para treinar tiro. Foi ele que fez isso com a minha mãe: roubou sua vivacidade, a transformou numa sombra ambulante. O ódio que sinto por esse homem está enterrado dentro de mim de um jeito que vai ser um perigo para todo mundo quando finalmente vier à tona. As chamas da minha raiva já estão começando a queimar minha espinha.

– Achei que você ainda estava na sua turnê.

Ela me levou para dentro daquela casa caída e tentei não sacudir a cabeça quando vi aquele monte de lata de cerveja e cinzeiro cheio de bitucas espalhado por todos os cantos. Nada tinha mudado muito desde o tempo que fui embora, quando ainda era moleque. Só que agora estava muito pior. Era óbvio que meu pai estava subindo cada vez mais na escala de ser um cretino. Fui com ela até a cozinha e sentei na velha mesa de jantar. A madeira estrilou em protesto quando espichei as pernas e aceitei a cerveja que minha mãe tirou da geladeira e me ofereceu. Abri a latinha e tomei um gole bem grande.

– Já faz tempo que eu voltei. O pai não te contou?

Ela sacudiu a cabeça, e notei algo que ia muito além da tristeza naquele olhar inquisidor.

– Por que você não me ligou? Eu podia ter te feito uma janta, sei lá.

Nunca conto para minha mãe quando vou ou volto das turnês, porque é óbvio que ela vai querer que a gente passe um tempo em família, e isso nunca acaba bem. Quando estou de bom humor, mal consigo tolerar meu pai. E ficar assistindo o coroa humilhá-la e mandar nela dentro da casa que ela mesma pagou é demais para mim.

– Estou na correria, trabalhando com umas bandas novas, e conheci uma garota.

Eu estava distorcendo a verdade um pouquinho, porque já conheço a Ayden há mais de um ano. Mas, depois de hoje de manhã, sinto que ela finalmente deixou eu me aproximar, que só agora a conheci de verdade. Os olhos da minha mãe brilharam quando ouviu "garota", e ela esticou o braço para me dar uns tapinhas. Dava para ver as veias azuis pulsando na superfície daquela pele e, de novo, fiquei me perguntando como permitiu ser transformada nessa criatura frágil que qualquer ventinho pode levar.

– Mas isso é maravilhoso! Você precisa mesmo sossegar com uma boa moça. Você é especial demais e tem muito a oferecer para ficar aí, distribuindo isso pela cidade toda. Sei que é isso que você e os seus amigos gostam de fazer.

Fiz cara de espanto e fiquei rolando a lata de cerveja entre as mãos.

– Como é que você sabe do que a gente gosta, mãe?

– Já fui jovem, Jet. Sei muito bem como um rapaz de uma banda pode ser sedutor. Todos vocês aprontavam muito quando eram mais novos, e só imagino as encrencas que arranjam agora que são adultos e independentes. Me conta dessa moça. Ela deve ser sensacional, para você nem se lembrar de me contar que tinha voltado da turnê.

Percebi o tom de acusação na sua voz. Minha mãe sabe por que não apareço muito por lá, não entro muito em contato. Mesmo assim, não consegue se controlar e tenta me manter por perto. Dei outro gole na cerveja e fiquei olhando para ela com um sorriso sem graça estampado na cara.

– Essa é diferente. Inteligente, ambiciosa, focada. É diferente das mulheres que eu estou acostumado. Gosto dela. Gosto muito, para falar a verdade.

Minha mãe arregalou os olhos e, pela primeira vez em muito tempo, sua expressão era diferente daquele desespero abjeto de sempre.

– Que bom. Você precisa mesmo de alguém que seja tão ambicioso e talentoso como você.

Como não sei no que isso vai dar, do jeito que as coisas são, não falei nada, matei a cerveja e levantei para jogar a lata no lixo. Cruzei os braços em cima do peito, olhei para ela com uma cara bem séria e resolvi mudar de assunto, parar de falar da minha vida sexual.

– Mãe, você sabia que o pai veio me pedir para tentar mandar ele numa turnê com uns amigos meus de outra banda?

JET

Na mesma hora, a luz que brilhava naqueles olhos enevoados depois de ouvir minha boa notícia se apagou. Foi substituída por um olhar parado, de solidão e de consciência que, para o meu pai, ela só servia de capacho e para ficar em casa enquanto ele sai e vive sua vida sozinho. Minha mãe entrelaçou os dedos e ficou olhando para mesa.

— O seu pai já é velho. Por que ele ia querer voltar para estrada com um monte de moleques? Com que objetivo?

Cocei a cabeça e mordi a língua para não soltar que o único objetivo dele é levar aquele estilo de vida egoísta e sem-vergonha de sempre. Mas esse tipo de ataque nunca me levou a lugar nenhum. Soltei o ar pelo nariz e fiquei batendo meu *piercing* da língua nos dentes.

— Mãe, desde quando ele faz alguma coisa com algum objetivo? O coroa disse na minha cara que, se eu não desse um jeito, ia voltar para casa e descontar em você. Como é que consegue ficar aí parada e deixar ele tratá-la dessa maneira? Como pode deixá-lo manipular a gente desse jeito?

Fiquei batucando rápido no balcão com meus anéis enquanto esperava minha mãe me responder. Por anos e anos, esperei que se desse conta de que posso cuidar dela, que não precisa se sujeitar aos caprichos e ao comportamento negligente do meu pai. Não consigo suportar ela me falando um milhão de vezes que o ama e não quer destruir a sua família, apesar de eu, por vontade própria, não ficar no mesmo recinto que o meu pai desde que era adolescente.

Ela nem me olhou quando respondeu, quase sussurrando:

— Você não entende como as coisas entre nós dois funcionam, Jet. Nunca entendeu.

Minha mãe estava toda encolhida na minha frente. Me afastei do balcão e cheguei perto dela. Pus a mão no seu ombro e me abaixei, para obrigá-la a me olhar nos olhos.

— Mãe, você não acha que o problema é que, justamente, eu entendo muito bem? Você sabe que pode ser melhor do que ele, melhor do que isso. Sempre pôde.

Percebi que o lábio inferior dela começou a tremer, e isso cutucou toda a raiva que tenho dentro do peito. Odeio o fato de que, toda vez que tento arrancar minha mãe desse pesadelo, acabo magoando ela. Essa mulher devia me agradecer, sair correndo desse lugar. Mas, em vez disso, criou raízes tão profundas nessa situação que, por mais que eu cave, não consigo tirá-la dali.

– Se você pode deixar seu pai feliz mandando ele para uma turnê, é isso que você devia fazer. Até parece que ele te pede muita coisa.

Eu estava ajoelhado do lado dela e levantei de repente. Senti meu pescoço queimando. Me deu vontade de sacudir aquela mulher. De socar a parede mais próxima. Queria sair correndo daquela cozinha caindo aos pedaços daquela casa horrível, que fica quase na beira da estrada, e nunca mais voltar. Só que, em vez disso, fechei os olhos, me inclinei e dei um beijo na cabeça dela.

– Vou ver, mãe. Eu trabalho com esse pessoal. Não sei se quero pedir para eles um favor tão grande. Foi bom te ver. Se cuida.

Eu ia embora antes de fazer alguma coisa imbecil, como gritar com ela, mas minha mãe pegou meu braço, enfiou os dedos bem na minha tatuagem dos relógios derretidos do Dalí. Estava com uma cara tão triste que, quando olhou para mim, senti um pedaço do meu coração morrer.

– Traz a sua namorada aqui. Vou adorar conhecê-la.

Esse é o último lugar da face da Terra que quero trazer a Ayden, mas me forcei a dar alguma coisa parecida com um sorriso e respondi:

– Com certeza, mãe. Qualquer dia desses dou um jeito de trazer ela aqui.

A Ayden é o oposto dessa mulher que eu amo, sob tantos aspectos, que quase dói só de pensar. Ela é tão forte e independente que jamais deixaria alguém ditar o rumo da sua vida, das suas ações, ou fazer pouco dela. Odeio pensar que a Ayden pode ver minha mãe acabada e ficar pensando por que não ajudei nem impedi que isso acontecesse com ela. Essas perguntas me dilaceram por dentro todos os dias. Olhando para minha mãe, lembrei de cada uma das vezes que ela preferiu ficar com essa vida e com aquele otário em vez de ficar comigo. E isso destruiu algumas das barreiras que criei para proteger meu coração do inferno da raiva que queima dentro de mim.

Meu celular tinha de tocar justo naquela hora, e uma música do Memphis May Fire, uma banda de *metalcore* do Texas, começou a tocar bem alto no meu bolso. Disse para minha mãe que precisava ir e fui logo descendo os degraus da entrada. Sentia que estava fugindo não só dela, mas de todas as coisas ruins que já aconteceram naquela casa. A cabeça tatuada do Nash apareceu na minha tela. Quando atendi, nem me dei ao trabalho de fingir um cumprimento simpático.

– Fala, cara.

– Onde é que você está?

Entrei no carro e encostei a cabeça no apoio do banco do motorista.

– Vim visitar minha mãe. O coroa está enchendo o meu saco para eu pedir para ele trabalhar para Artifice e achei que, pelo menos dessa vez, ia conseguir dar um jeito nisso. Só que não. Como sempre, e eu simplesmente não entendo, minha mãe vai deixá-lo fugir e passar por cima dela. Que bosta!

O Nash sabe mais da história dos meus pais do que o resto dos meus amigos. Quando saí de casa, ainda era adolescente, e ele também tinha os seus problemas em casa, com o novo marido ricaço da mãe. Para nossa sorte, o Phil, tio do Nash, estava determinado a fazer a gente terminar o colégio e não ir para cadeia. Ele pegou nós dois para criar e, com uma mistura de amor, disciplina e a mais pura e simples firmeza de quem é muito irado, endireitou a gente. Ninguém contraria o tio Phil e, até hoje, ele é o adulto que a gente procura quando não consegue resolver algum problema sozinho.

– Uma hora ou outra você vai ter que desistir desse fantasma, Jet. Não faz sentido ficar tentando afastar sua mãe dele se ela está afundada na situação desse jeito.

– Eu sei, mas é que ela é minha mãe, e não consigo evitar.

Meu amigo resmungou um palavrão e ouvi ele falando com outra pessoa.

– A gente vai jogar boliche. Encontra a gente no Lucky Strike, lá na rua Dezesseis.

– Boliche? A troco de quê?

– Por que acabou o campeonato de futebol americano, e o Rule está andando para lá e para cá no apartamento, parecendo um tigre enjaulado. Estou ficando louco. O Rowdy vai chegar em vinte minutos e, além do mais, lá vende cerveja. O que mais tem para fazer num domingão?

Eu realmente não estava a fim de ir, mas ficar sozinho, no meu atual estado de espírito, ia ser um desastre.

– Vocês ligaram para Cora, para ver se ela quer ir também? Ela anda meio estranha.

– Não atende. Mas deixei umas duas mensagens.

Franzi a testa porque, quando saí de casa, a Cora estava resmungando alguma coisa na cozinha. Como o estúdio não abre aos domingos, sei que ela não ia precisar trabalhar. E não é nem um pouco a cara dela não atender a ligação de um dos rapazes.

– Deixa eu passar em casa e ver o que está rolando com ela aí te ligo de novo.

– Com certeza. Aliás, aquele troço que você fez ontem no show foi uma grande bosta. A Ayden é durona. Você teve sorte de ela não te pendurar pelo saco depois dessa.

– Eu sei. Já pedi desculpas. A gente está tentando se acertar.

– Que bom. Porque, se o Rule não te encher de porrada por zoar com ela, eu encho.

Não precisa avisar duas vezes. A Ayden não é uma das minhas fãs, uma desconhecida que ninguém liga se eu comer e nunca mais olhar na cara. É uma garota que faz parte da nossa vida, do nosso grupo e, se eu magoar ela de propósito, ninguém vai deixar passar batido. O engraçado é que sabe se cuidar muito bem sozinha, e essas ameaças que meus amigos estão me fazendo são totalmente desnecessárias.

Larguei o celular no painel do carro, mandei ver no *death metal* satanista do Morbid Angel e atravessei a cidade correndo para ver como é que a Cora estava. Aquelas letras gritadas e o baixo insano acalmaram um pouco a raiva que eu sentia. Posso odiar meu pai o quanto eu quiser, posso implorar para minha mãe cair fora até ficar sem fôlego, mas essas coisas nunca vão mudar, e não posso ficar puto com isso para sempre. Tudo que fiz na vida foi para deixar esse legado do meu pai para trás. Agora estou começando a entender que já passou da hora de eu começar a viver de acordo com o meu próprio legado.

Parei o carro na rua, determinado a só entrar rapidinho para ver o que aquela loirinha explosiva estava aprontando. Quando estava saindo do carro, a porta de casa se abriu de repente, e um sujeito que eu não sei quem é saiu voando escada abaixo, com a Cora bem atrás dele. Fiquei de queixo caído quando vi que minha amiga estava sacudindo uma arma de choque e falando palavrão em alto e bom som. Tentei correr atrás dele, mas, antes que um de nós conseguíssemos pegá-lo, ele subiu numa moto que estava estacionada na calçada e saiu voando que nem um morcego dos infernos. Tentei pegar a placa, mas a Cora atirou aquele corpo minúsculo contra o meu peito com tanta força que desci um degrau e quase caí de costas.

– Caralho! Que foi isso?

Minha amiga estava meio tremendo, e tirei a arma da mão dela só para garantir que não ia me eletrocutar sem querer.

– Sei lá. Bateram na porta, e achei que fosse algum vizinho ou um mendigo. Que merda, a gente está em Denver, não no Brooklin. Esse tipo de coisa não devia acontecer por aqui. Assim que abri a porta, ele me empurrou e foi entrando. Corri para a cozinha, porque ainda tenho todas aquelas coisas que comprei quando a Shaw morava aqui e estava preocupada com o ex. Ele correu atrás de mim e ficou perguntando onde é que estava o bagulho.

Eu sacudi a cabeça, porque a Cora estava falando tão rápido que fiquei confuso.

– Que bagulho?

– Sei lá. Ele só falou "o bagulho". Aí surtou quando viu a arma de choque e eu acho que também ouviu você estacionando o carro e saiu correndo.

– A gente tem que chamar a polícia – falei.

Fiquei dando tapinhas nas costas da minha amiga, porque ela estava tremendo de medo. A Cora é durona, mas ter um sujeito estranho dentro de casa deve ser muito assustador. Ela respirou fundo, encostada no meu peito, e deu um soquinho nas minhas costelas.

– Não.

– Quê? Por que não?

– Porque eles não vão fazer nada. O sujeito não levou nada e não teve oportunidade de encostar um dedo em mim. A polícia vai aparecer, ficar fuçando na casa e falar um monte de merda. Sou uma imbecil de ter aberto a porta. Sei que não devia ter feito isso.

Empurrei a Cora para longe de mim fazendo cara feia e respondi:

– Você podia ter se machucado.

Ela sacudiu a mão e falou:

– Podia nada. O sujeito estava atrás de alguma coisa, não de mim. Eu me assustei, só isso. O que você está fazendo aqui, aliás? Achei que tinha ido atrás da Ayd.

Não gostei nem um pouco daquilo. Meu instinto dizia para eu chamar a polícia, porque uma garota de quem eu gosto muito já tinha sido atacada por um maluco. Não vou deixar isso acontecer de novo. Dei um abração na Cora, tão apertado que ela ficou gritando e rindo ao mesmo tempo, e falei:

– Você precisa tomar cuidado, Cora. A gente fica perdido sem você.

Ela respondeu, em tom de deboche:

– Você acha mesmo que vou permitir que vocês andem aí pela cidade sem a minha supervisão? A população feminina de Denver não vai sobreviver. A gente precisa dizer para Ayd se cuidar. Não sei o que poderia ter acontecido se ela tivesse em casa e não eu.

Gostei menos ainda disso. Não sei como eu ia controlar toda minha fúria e raiva se alguma coisa acontecesse com a Ayden. Se isso acontecesse, não ia só me prejudicar, mas provavelmente, ia acabar prejudicando todo mundo que estivesse por perto.

JET

— Não gosto nem um pouco disso, Cora. Quero que vocês duas fiquem em segurança.

Minha amiga passou o braço no meu e garantiu:

— A gente vai ficar bem, Jet. Sério. Ele deve ter se enganado de casa ou estava atrás de dinheiro ou de drogas. Não existe lugar perfeito, e a gente sabe se cuidar. Mas você não me respondeu – disse, espremendo aqueles olhos malucos –, você conseguiu se acertar com a Ayden?

Soltei um suspiro e deixei ela me arrastar para dentro de casa.

— Mais ou menos. Eu pedi desculpas por ter sido tão idiota ontem à noite e disse que não posso mais lutar contra essa coisa que rola entre a gente. Não sei o que ela achou disso, mas quero ver no que vai dar, sem compromisso.

— E ela concordou?

— Acho que sim. Sendo sincero, acho que esse é o único jeito de concordar em ficar comigo. Ela é uma mulher difícil de agarrar.

— Não seja idiota, Jet. Você tem muito a oferecer. O legal é que a Ayden não é dessas garotas que querem tudo. Ganha o próprio dinheiro e vai ficar feliz só de conseguir o que quer com você. Você é que tem que mostrar para ela tudo o que está a fim de oferecer e que a Ayd vai se dar bem se escolher o pacote completo. Faz ela ficar a fim de ser agarrada, não só no sentido sexual e divertido.

Só fiquei olhando para ela, em silêncio. Essa fadinha dá muito trabalho e, às vezes, acho que ela entende mais da nossa vida do que nós mesmos.

— Vou pensar nisso – falei.

Ela pegou no meu queixo e disse:

— Acho bom.

— O pessoal foi jogar boliche. Vamos? O Nash estava preocupado porque você não atendeu o celular, então resolvi vir aqui ver como estava.

A Cora franziu o nariz e passou a mão naquele cabelo loiro espetado.

— Não. Acho que já tive muita emoção por hoje. Além do mais, estava curtindo uma bela fossa antes do momento invasão de domicílio. Acho que vou voltar para ela.

Isso me deixou bem preocupado. A Cora não é de fossa. É alegre e supersincera.

– E por que você está assim? Não faz seu estilo.

Ela soltou um suspiro, se jogou no sofá e explicou:

– Ver o Rule cuidando tão bem da Shaw é meio difícil para mim. Nunca achei que ele fosse capaz de se apaixonar, nunca pensei que podia existir alguém que fosse fazê-lo parar de olhar para o próprio umbigo. Mas ela conseguiu, e os dois ficam tão perfeitos juntos. Eu achava que caras como o Rule e como você não tinham conserto. Agora penso que quem não tem conserto sou eu. Quer dizer, você é demais, a Ayden é demais. Então seja lá o que resolverem fazer, vai ser demais, e acho que estou perdendo alguma coisa.

A gente é amigo, e eu gosto muito da Cora. A casa é cheia de espelhos, tenho certeza de que ela sabe que é gata ao ponto de fazer qualquer homem virar um imbecil. Não consigo entender, mas achava que minha amiga estava sozinha porque queria.

– Ah, Cora. Qual é? Você pode arranjar um paquera em um segundo. Você está na lista de metade do pessoal da banda.

Ela revirou aqueles olhos expressivos e disse:

– Quero uma coisa que seja verdadeira, Jet. Algo dramático, que mude minha vida, que me faça esquecer de todos os outros garotos que já fiquei. Mas acho que isso não vai acontecer, por isso estou triste.

– Acho que o que você quer não existe.

– Existe, sim. Olha só a Shaw e o Rule.

Depois dessa, não pude mais discutir, não sabia mais o que dizer. Acredito no amor. Só não confio nele e no que pode acontecer quando duas pessoas que não são certas uma para outra se juntam. As melhores músicas falam de amor. Sei que o amor tem força para transformar as pessoas. Minha mãe se agarra ao amor que sente pelo meu pai como se fosse uma tábua de salvação para aquele oceano de horror onde vive. Nunca conheci ninguém que o amor tivesse mudado para melhor, a única exceção é o Rule. Ele sempre fez as coisas do jeito dele, então nem seria capaz de amar alguém dentro das regras normais dos relacionamentos.

JET

– Bom, quando a pessoa certa aparecer, você vai colocar uma puta pressão em cima dele.

– Eu sei. Estou destinada a ficar sozinha e mal-humorada para o resto da minha vida. E frustrada sexualmente, ainda por cima.

– Deixa de ser ridícula e para com essa bobagem. Vai pôr um sapato e vem jogar boliche com a gente. Vai ser divertido.

A Cora ficou resmungando até eu perder a paciência, pegar ela no colo e levar até o quarto. Ficou reclamando o tempo todo, mas depois que eu falei que estava usando umas calças que com certeza iam rasgar quando eu jogasse a bola na pista, ela pôs um tênis meio a contragosto e saiu comigo. Me recusei a ir naquele carrinho ridículo dela, e a gente entrou no meu e foi roncando motor até o shopping da rua Dezesseis, onde todos os turistas e vagabundos da cidade ficam. Normalmente, evito andar por esses lados. Me traz muitas lembranças de cabular aula e roubar bebida do Phil com o Rule e o Nash. Mas, depois desse dia tão ruim, não ligo muito para o barulho e para multidão.

O boliche tem luzes azuis e uns sofás de veludo espalhados. Na minha opinião, parece mais uma boate de *striptease*. Meus amigos estavam tomando cerveja e pareciam estar se divertindo para caramba, enchendo o saco um do outro enquanto se revezavam nas partidas. A bola de boliche cor-de-rosa parecia um brinquedinho nas mãos grandes do Rowdy e, quando ele a jogou, bateu com tanta força que foi direto para canaleta do lado da pista. A Cora deu risada e fez um "toca aqui" com ele. O Rule e o Nash tiraram sarro batendo palmas como se faz nos torneios de golfe.

Algumas pistas para frente, umas adolescentes estavam olhando descaradamente para gente, e pensei que ia precisar chamar os paramédicos quando o Nash se levantou para jogar e piscou para elas. Sentei em um dos bancos do lado da Cora e me abaixei bem na hora que o Rule ia me dar um tapão na cabeça. Fiz careta, mas aquele olhar gelado deixou bem claro que meu amigo não estava brincando.

– Se me mandar outra dessas que você mandou no show de ontem, vou pegar teus intestinos e usar como corda da sua Les Paul.

Engoli em seco porque, se isso tivesse vindo de qualquer outra pessoa, seria uma ameaça vazia. Mas o Rule falava sério, e eu só balancei a cabeça.

– Eu sei, cara, eu sei. Tentei consertar as coisas. Está tudo bem, ela não me odeia.

Aqueles olhos gelados me olharam com uma expressão séria, e o Rule deve ter resolvido que, seja lá o que tivesse enxergando, era sincero, porque seu corpo relaxou um pouco.

– Que bom. Porque, se ela te odiar, a Shaw também vai ter que te odiar. E, logicamente, vou ter que te encher de porrada. Odiaria ter de fazer isso.

Bufei, peguei a cerveja que o Rowdy me ofereceu e respondi:

– Não ia odiar, não.

Ele encolheu os ombros e inclinou a cabeça em direção à Cora, que estava discutindo com o Nash porque não queria trocar o tênis por sapatos de boliche.

– O que é que ela tem, hein?

Enruguei os cantos da boca e espremi os olhos só um pouquinho. O Rowdy sentou perto da mesa, e nós três aproximamos as cabeças para eles poderem ouvir o que eu disse em voz baixa.

– As coisas não andam nada bem lá em casa. Quando cheguei, a Cora estava expulsando um sujeito porta afora. Disse que ele entrou à força e ficou perguntando onde é que estava o bagulho. Não faz a menor ideia do que o sujeito procurava, mas ficou bem abalada. Ele fugiu tão rápido numa moto turbinada que nem deu tempo de eu fazer nada. Depois de tudo o que aconteceu com a Shaw, não gosto nem um pouco disso.

O Rowdy assoviou, e o Rule urrou como um animal selvagem e perguntou:

– Você chamou a polícia?

Me encostei no sofá e cruzei os dedos atrás da cabeça.

– A Cora não deixou. Você sabe como ela é, jura que vive no Velho Oeste e que essas coisas não acontecem por aqui como acontecem no

Brooklin. Acha que foi um acidente isolado, que ele deve ser só um noia ou algo parecido e estava querendo dinheiro. Aquela moto era novinha, e ele não escolheu nossa casa por acaso. De jeito nenhum. A gente mora muito longe do centro para um drogado chegar só para arrumar um dinheiro.

– Isso não é nem um pouco legal – disse o Rule.

Ele ficou meio enlouquecido, e não dava para culpá-lo. Meu amigo deu uma surtada quando a Shaw foi atacada, e a gente ainda estava começando a se recuperar do acontecido.

– Eu sei, mas também não quero encanar demais com uma coisa que pode não ser nada. Vou falar para Ayd ficar esperta e lembrar a Cora que a barra aqui em Denver também pode ser pesada, como lá em Nova York. Tomara que seja só um acontecimento isolado.

O Rule passou as mãos naquele cabelo espetado, todo nervoso, e espremeu aqueles olhos que estavam brilhando como nunca.

– É melhor ser mesmo, porque não vou aguentar se acontecer de novo alguma coisa parecida com o que rolou com a Shaw.

Fiz uma cara bem séria e falei:

– Vou ficar de olho nelas. Eu moro lá, sabia? E estou tentando me acertar com a Ayden.

Ele sacudiu a cabeça e disse:

 Não é isso. Você não tem ideia de como é ver alguém que você gosta, que ama, enfrentar um perigo desses. É uma coisa que te transforma, você vira outra pessoa. Quase não aguentei quando a Shaw se machucou. Se alguém fizer isso com a Ayden ou com a Cora, sei lá o que pode rolar comigo.

O Rowdy esticou o braço e deu um sacudão no Rule. Ele fez cara feia, mas o Rowdy tem o dom de fazer os outros prestarem atenção no que tem a dizer.

– Todo mundo aqui gosta dessas garotas, Archer. Ninguém quer ver nada de ruim acontecer com elas. Deixa o Jet cuidar disso. Você diz para Shaw ficar esperta e avisar a Ayden para tomar cuidado e ficar de olho. Somos uma grande equipe, e é melhor ninguém esquecer disso.

Levou um tempinho para o Rule baixar a bola, mas ele acabou relaxando os ombros e soltando aquelas mãos tatuadas. Balancei a cabeça, concordando com o Rowdy, mas a gente interrompeu a conversa porque a Cora se jogou no sofá no meio dele e de mim e ficou fazendo beicinho, reclamando que o Nash queria que ela usasse os sapatos de boliche como mandam as regras.

A gente mudou de assunto, mas eu não conseguia parar de pensar no que o Rule tinha dito. Que, quando você gosta muito de alguém, isso te transforma numa pessoa diferente. No caso dele, quando resolveu que podia amar a Shaw e, principalmente, que podia ser amado por ela, virou outra pessoa. Ainda é o mesmo pé no saco de sempre, mas agora é um pé no saco que olha para os lados e não só para o próprio umbigo. É um exemplo excelente de como o amor pode mudar alguém para melhor.

Não sei no que ia dar eu e a Ayden passar de amigos para algo a mais, nem se eu preciso ser melhor ou pior. Só sei que ela está dentro de mim como se fosse gotas de água fria perto de todas aquelas coisas que me queimam por dentro há tantos anos. E não tenho nenhuma pressa de tirar essa mulher de dentro de mim, porque ela tem uma coisa que refresca e reconforta tudo o que tenho queimando dentro de mim.

CAPÍTULO 7

CHEGUEI EM CASA CANSADA. Trabalhei para caramba, o que foi bom, porque estava cheia de fugir das perguntas e dos olhares inquisidores da Shaw, que queria saber sobre o meu relacionamento (ou melhor, meu não relacionamento) com o Jet. Ainda não estou preparada para falar sobre isso com ela. Não estou nem preparada para falar sobre isso com ele, porra! Quando o Rule apareceu para buscar a namorada, quase me pegou pelo braço e me obrigou a pegar carona com ele. Mas aí se distraiu conversando com o Lou, e eu literalmente fugi pela porta dos fundos e fui para casa no meu próprio carro. Alguma coisa estranha estava acontecendo. O Rule é mesmo mandão e autoritário, mas costuma baixar a bola comigo, porque não entro na onda dele de jeito nenhum.

Recebi um torpedo da Cora quando estava saindo do estacionamento, dizendo para eu parar o carro na porta de casa e que tinha deixado as luzes acesas para mim. Era uma atitude meio estranha, cheia de segredos e cuidadosa demais. Fiquei arrepiada.

Quando cheguei na porta, a casa estava em silêncio. A luz do quarto da Cora estava desligada, mas a do Jet não. Como ainda não sabia direito como ia ser essa nova situação, resolvi tomar um banho e dar um tempinho para organizar meus pensamentos antes de ir lá falar com ele. Peguei umas calças de malha e uma blusa de *stretch* e fui até o banheiro no maior silêncio.

Divido o segundo banheiro da casa com o Jet. Antes de começar a enfiar minha língua na garganta dele, nunca tinha parado para pensar que isso era uma grande intimidade. Por exemplo: todas aquelas coisas que ele passa no cabelo ficam espalhados no balcão, bem do lado das coisas que uso para ficar cheirosa e bonita. O gato deixa uma coleção de anéis grossos do lado da pia e um monte de palhetas de guitarra na saboneteira, do lado dos vidros de perfume caro que deixei ali porque fiquei com preguiça de guardar. Tinha um daqueles cintos de couro com tachas atrás da privada, e a saia do meu uniforme de líder de torcida estava jogada no chão. De algum jeito, sem eu nem perceber, minha vida já estava tão entrelaçada com a dele que parecia uma coisa simples e natural. Gosto de ter minhas coisas misturadas com as do Jet. É uma bagunça interessante, como eu e ele.

Quando estava voltando para o meu quarto, tive que parar na frente da porta porque ouvi música vindo pelo corredor. Não era aquela coisa barulhenta, de romper os tímpanos e dar dor de cabeça que ele costuma ouvir a todo volume, mas uma guitarra suave e a voz mais bonita que eu já tinha ouvido. Não consegui reconhecer o que era, porque nunca tinha ouvido, mas era uma música sedutora o suficiente para eu jogar minhas coisas no chão e atravessar o corredor sem pensar duas vezes. Bati na porta, e o som da guitarra parou, e o Jet disse para eu entrar. Quando fiz isso, fiquei sem ar, e meu coração afundou e voltou.

O Jet estava sentado no meio da cama, com aquelas pernas compridas esticadas e os tornozelos cruzados. Sem camisa, o que já era sensual e provocante. Aquela tatuagem gigante em tons de cinza e preto que cobre o peito inteiro parecia ameaçadora atrás da guitarra acústica que ele estava segurando. Essa visão que me fez recuperar o fôlego e lembrar por que ele põe todas as minhas boas intenções à prova. Estava com a cabeça baixa, rabiscando alguma coisa em um caderno. Tinha um ar desarrumado e *sexy*, parecia um *rock star* descansando. Mas as coisas que estava fazendo com aquela guitarra, aquela voz dele cantando, me deixaram de perna bamba. Atravessei o quarto meio viajando, sem me dar conta que estava sendo atraída só pelo som da sua voz. Sentei na beirada da cama e fiquei olhando para ele, de olhos arregalados.

O Jet não me deu atenção até terminar o que estava fazendo. Nessa altura, meus olhos tinham se enchido de lágrimas, e senti que ele conseguia tocar a minha alma. Ele se inclinou na minha frente, pôs a guitarra no chão e guardou o caderno numa gaveta do criado-mudo. Aqueles olhos castanho-escuros me observaram em silêncio. Não consegui me controlar: estiquei o braço e encostei nele. Peguei naquela coxa e me inclinei para gente se olhar nos olhos.

– Se você sabe cantar desse jeito, por que sobe no palco e fica berrando e gritando de um jeito que ninguém entende o que diz? Você é demais. Isso foi tão bonito que partiu meu coração. De verdade.

Ele limpou a garganta e mexeu os ombros para cima e para baixo. Estava com muita pele tatuada à mostra. E, apesar de estar acostumada a vê-lo desse jeito em cima do palco ou passando pelo corredor, assim, de perto, era algo bem impressionante. Uma distração e tanto, e me deu vontade de tocar cada pedacinho. Não sabia para onde olhar, então resolvi olhar para aqueles olhos matadores com auréolas douradas.

– É só música, Ayd. Toda música toca a gente.

– Mas a sua voz é tão bonita. Você podia ser famoso. Muito mesmo..

O Jet pôs os braços atrás da cabeça e se inclinou para trás, contraindo aqueles músculos do abdome por baixo daquela pele tatuada de um jeito que me deu vontade de babar. Meus dedos estavam coçando de tanta vontade de passar por aquela trilha de pelos fininhos que aparecia por cima daquela calça jeans justíssima e por aqueles músculos definidos e incríveis escondidos embaixo daquela tinta cinza e preta.

– Posso ser ridiculamente famoso cantando metal ou música para criança. Mas não é isso que eu quero.

Mordi o lábio porque o Jet era muito mais complicado do que eu imaginava. Achei que a banda era só um passatempo, um jeito de ele se autoafirmar. Não imaginava que era tão talentoso nem que não era famoso porque não queria.

– O que você quer para sua vida a longo prazo, Jet? Aonde quer chegar? Desperdiçar talento desse jeito devia ser considerado crime.

Ele deu um sorrisinho de canto que me deixou toda arrepiada e respondeu:

– Se eu continuar escrevendo músicas que façam morenas bonitas baterem na minha porta no meio da noite, já fico feliz. Posso cantar qualquer coisa que você quiser, Ayd, se isso a fizer me olhar do jeito que está me olhando agora. A longo prazo se resolve mais tarde.

Eu sabia que, se deixasse, o Jet me dominaria. Se ele cantar com essa voz linda e tocar guitarra só para mim com essas mãos cheias de anéis e unhas pintadas de preto, simplesmente vai me dominar. Ele já estava bem perto, e eu estava fazendo de tudo para ficar longe. Sabia que não tinha espaço para nada disso (aquela voz bonita, aquele cabelo bagunçado ou aquela pele coberta de tatuagens) no meu futuro, mas deixar isso se resolver por conta própria foi me parecendo cada vez melhor. Subi um pouco a mão pela coxa dele e fiquei observando faíscas douradas saírem daqueles olhos castanhos. Esse homem é minha tentação, faz tempo. Tanto a Ayden Boa quanto a Ayden Má o querem. Ele e só ele.

Me inclinei em cima do Jet, e minhas mãos ficaram do lado dos seus quadris. A gente estava se olhando no olho, e as nossas bocas estavam separadas apenas pela nossa respiração. Não tinha nenhum ponto de contato, mas dava para sentir a eletricidade passando da pele dele para minha.

– Por que fico com a impressão que sou sempre eu quem corre atrás de você, Jet? – perguntei, quase sussurrando.

Minhas palavras fizeram cócegas na boca dele, que tirou as mãos de trás da cabeça e passou no meu cabelo. Senti aqueles anéis gelados no meu rosto.

– Sei lá, Ayd.

Eu teria dado uma respostinha inteligente, mas ele estava me puxando e nos virando para eu ficar de costas e ele ficar por cima de mim, em toda a sua glória tatuada e musculosa. Já tinha beijado o Jet. Não era

JET

para eu ficar chocada, muito menos surpresa. Mas estar deitada só com uma calça fininha me separando dele e de sua ereção impressionante fez nossos beijos anteriores parecerem um ensaio para o espetáculo principal.

Antes do Jet, nunca me interessei por garotos cheios de *piercings* e de tatuagens. Mas agora quero todas essas coisas, porque fazem dele o que ele é. E isso inclui os desenhos que ele tem pelo corpo e as argolas naqueles mamilos que estavam roçando no meu peito. Dei sorte de todos esses acessórios virem acompanhados de uma barriga tanquinho, bíceps bem definidos e uma bunda que era melhor na cama do que no palco.

Não sabia onde pôr as mãos primeiro. Era como ganhar todos os presentes que já quis na vida ao mesmo tempo. O Jet é naturalmente quente e sensual, e fiquei com a impressão de que, se eu não o pegasse todo de uma vez só, ele ia nos derreter com edredom e tudo.

Parecia que eu tinha morrido de fome a vida inteira, e o Jet Keller era uma refeição de sete pratos que ia me transformar numa fera gulosa. Ele estava se saindo muito bem, me fazendo esquecer de todos os meus pensamentos, enchendo minha boca de beijos que envolviam mais mordidas do que estou habituada. Segurou minha cabeça e ficou brincando de pôr e tirar a língua de um jeito que me fez gemer. Meu único recurso foi passar as mãos naquela cinturinha e enfiar os dedos naquele músculo durinho em cima da sua bunda. Pressionei tanto que ele levantou a cabeça, e não consegui disfarçar a pontada de satisfação que me deu quando vi o brilho naqueles olhos de obsidiana, os círculos dourados completamente escondidos por uma névoa de paixão. A boca estava úmida e, quando ele passou a língua nos lábios, meus joelhos dobraram automaticamente, e a gente se encaixou bem onde devia se encaixar.

Eu passei os dedos pelo cós daquela calça apertada, levantei minha sobrancelha e perguntei:

– Como é que tira isso?

Como o Jet tinha abaixado a cabeça e estava fazendo uma coisa incrível com a língua do lado do meu pescoço, o que disse ficou abafado contra a minha pele, que tremia ao mais leve dos toques. Enrosquei uma das minhas longas pernas em volta dele e me rocei na parte do seu corpo que eu mais queria e estavam me negando.

– Sério, essas calças são ridículas. Como é que eu faço para tirar?

Eu estava só com uma roupa larga, feita para ser confortável e ficar na cama. Fiz uma careta, e ele saiu de cima de mim, arrancando minha blusa junto sem o menor esforço. O jeito que ele me olhou fez subir um calor do meu peito até o meu rosto. Me cuido direitinho e não sou nenhuma imbecil. Sei que sou bonita. Mas nunca me senti tão admirada, valorizada e adorada quanto naquele minuto em que o Jet olhou para mim. Alguma coisa séria estava rolando com aqueles olhos castanhos e, se eu parasse para pensar no que era, ia surtar e fugir correndo para o meu quarto. Por sorte, ele percebeu, ficou de pé e começou a tirar o cinto.

– Não é tão justa assim – retrucou.

Me apoiei nos cotovelos para assistir ao show e implorei para ele ir logo com meus olhos de cobiça.

– É sim. E, neste exato momento, está atrapalhando.

O Jet parou de mexer no zíper por um instante para ficar me olhando, mas eu já estava tirando as minhas calças, e foi o que bastou para ele voltar a ação. O jeans e couro caíram no chão fazendo barulho, e pisquei de surpresa quando fiquei cara a cara não apenas com aquela ereção impressionante e com aquele abdome malhado, mas com um *piercing* inesperado. Eu e a Shaw conversamos sobre tudo, e sei que tem garotos que curtem esse tipo de coisa, mas nunca tinha visto, muito menos chegado tão perto de um. Passei a língua no meu lábio inferior, girei o dedo na frente dele e perguntei:

– E o que é que eu faço com isso?

Ele deu uma risadinha, tirou o cabelo da cara e respondeu:

– Aproveita?

Sacudi a cabeça quando ele me agarrou pelo tornozelo e me puxou para beirada da cama, me fazendo ficar bem mais perto dele do que eu estava preparada. A expectativa estava rolando solta, mas eu ainda tinha medo do desconhecido. Aquele pedaço de metal naquele lugar inesperado foi uma distração bem-vinda.

JET

– Dói? – perguntei.

O Jet riu de novo, e me deu vontade de tocar aquele objeto. Estiquei o braço, meio hesitante, com medo de fazer algo errado. Ele pegou minha mão, enrolou inteira em volta da ponta do pau e apertou.

– Faz a vida inteira que tenho isso. Nem lembro que existe. Pode tocar, pode lamber. Pode fazer o que quiser.

Mexi a mão para cima e para baixo, e ele tremeu um pouco com o meu toque delicado. Soltei o pau e passei o dedo no *piercing*. Estava quente, de ficar encostado na pele dele, e a bolinha no meio da argola era lisinha. Não consigo nem imaginar o que o Jet sentiu quando fiz isso. Era um negócio ao mesmo tempo *sexy* e intimidante.

– Acho bem interessante.

Ele piscou para mim e se abaixou para pegar uma camisinha no criado-mudo. Tive certeza que ia morrer, de tanto tesão. Aí ele me entregou o pacotinho e me atirou de volta na cama. Passei os braços em volta daqueles ombros largos e olhei naqueles olhos que tinham tudo o que eu sempre desejei ter.

– A gente precisa dar um jeito de fazer você deixar de ser tão certinha, Ayd. As coisas boas não são *mainstream*.

Ele tinha toda a razão. Mas o *mainstream* é um lugar seguro, onde ninguém é julgado nem cai no ostracismo. Mas não era hora de discutir, porque o Jet estava me beijando de novo e fazendo coisas com meus mamilos durinhos que só um garoto que sabe tocar guitarra como ele consegue fazer. Alguma coisa no jeito que ele me tocava, no jeito que aqueles dedos apertavam minha pele, que aqueles dentes deixavam marcas em mim, e que aqueles *piercings* roçavam aqui e ali, me deixava arrepiada. Apagou todos os homens que já tentaram se aproximar de mim da minha memória. O Jet era duro e macio, sua boca tinha um toque metálico aveludado. E fiquei só pensando se, depois disso, minha situação com ele não ia mais ter volta.

Só o Jet consegue fazer isso. Só o Jet me faz esquecer que não sou uma mulher que simplesmente se entrega, sem pensar, à paixão e ao prazer.

E só o Jet me faz gritar seu nome. Foi isso que aconteceu quando ele afastou minhas pernas e me tocou, e fez tudo aquilo comigo no banheiro do Fillmore. Só que, desta vez, vi estrelas e o empurrei para trás, para eu poder ficar por cima dele. O Jet sabe tocar uma mulher do mesmo jeito que toca guitarra, com certeza.

Olhei para ele deitado embaixo de mim e alguma coisa no fundo da minha alma mudou. Desejei esse gato por tanto tempo. Ele é impressionante, tão talentoso que chega a doer, e inegavelmente maravilhoso. Tanto que desperta algum instinto muito primitivo dentro de mim. Não ligo para o futuro quando olho para ele, não ligo dele não ter plano nenhum além de tocar guitarra e fazer músicas bonitas. Só ligo se parar de me olhar do jeito que estava olhando. Quando fala meu nome com aquela voz linda, parece que está cantando a letra da sua música preferida.

Usei as duas mãos para pôr a camisinha nele, porque ainda não sabia direito o que fazer com aquele *piercing* na cabeça do pau dele e, sinceramente, estava nervosa. Para mim, transar é só uma coisa que já fiz. Às vezes é bom, às vezes não é. Mas o que estava acontecendo ali era algo de outro nível. Sabia que, assim que esse limite fosse ultrapassado, qualquer um que viesse depois do Jet ia sair perdendo. Tive certeza disso enquanto fiquei cheirando o gatinho, observando ele me olhar. Esperei muito por isso, e estar ali era uma sensação tão poderosa quanto o ato em si.

Alguma coisa no jeito que ele me toca, um pouquinho mais forte do que o normal; nos seus beijos, que são um pouco mais longos; no jeito que ele me faz ir um pouco além do que eu queria, tornava a transa diferente. Era como se cada ponto que ele tocasse, cada lugar onde pousasse os lábios, ficasse muito mais sensível e excitado. Parecia que ia sair da minha própria pele.

Nenhuma parte do meu corpo escapou de suas carícias atenciosas e minuciosas. Ninguém nunca tinha tratado meu corpo com tanta atenção. Acho que ele até conseguiu descobrir uns lugares novos, partes que eu nem sabia que me excitavam, como a nuca e a parte de dentro do meu pulso. Onde quer que aquelas mãos parassem (embaixo dos meus peitos, nas minhas costelas) a boca ia atrás. Parecia que o Jet estava tentando deixar sua marca em cada centímetro da minha pele, para que ninguém mais andasse por ali. Tinha algo naquele contraste surpreendente entre a carícia suave da ponta da sua língua e a bolinha de metal dura no meio que era muito mais erótica do que qualquer coisa que eu já tinha experimentado. Não teve um lugarzinho que não tenha levado uma mordida de leve. Quando não conseguia mais aguentar, quando fiquei mais do que molhadinha e excitada, o Jet me puxou para cima dele, ficar ali foi só o que consegui fazer para não pirar.

Pus uma mão no seu coração. Senti as batidas fortes e ritmadas embaixo dos meus dedos e vi a caveira do anjo da morte me olhando no vão dos meus dedos. O Jet pôs as mãos em volta da minha cintura e me levantou como se eu fosse uma pluma. Antes de conseguir me abaixar, antes de praticamente me empalar com aquela carne ardente que estava rígida entre nós dois, suspirei e baixei a testa, encostando na dele.

– Isso vai mudar tudo entre a gente – falei.

Essas palavras saíram abafadas, porque bem nessa hora, a ponta do pau dele e aquela maldita bolinha pressionaram os pontos do meu corpo que estavam morrendo de desejo. Dava para sentir a barriga dele se contraindo embaixo de mim, e a reação do meu próprio corpo. O Jet entrou em mim queimando do jeito certo. Era quente, duro e tocava partes lá dentro que, juro, jamais tinham sido tocadas. Aquela bolinha na cabeça do pau passava e puxava minha carne macia, que não conseguia resistir à sensação. Fiquei com a respiração e o coração acelerados. Não ia conseguir me segurar por muito tempo nesse ritmo. Entre esperar para isso acontecer e o simples fato de estar aqui com o Jet, eu ia gozar em mais uma ou duas metidas. Arrepios subiam e desciam por todo o pau dele, eu podia senti-los até a ponta dos meus dedos do pé quando ele me puxou para meter até o fundo. Nós dois ficamos sem ar com a intensidade desse contato. Ele fechou aqueles olhos castanhos quando comecei a me mexer, a procurar um ritmo que me fez ofegar e ele urrar baixinho. Nada ia ser tão bom quanto isso. Coloquei as mãos naquelas planícies de pele macia e tatuada, me espichei, toda dura por cima daqueles músculos rígidos e deixei seus movimentos, seu toque, tomarem conta de mim. Esse gostoso me tocava como se eu fosse preciosa.

Quando eu estava quase chegando ao clímax, o Jet pôs as mãos embaixo da minha bunda e nos virou com um movimento só. Beijou minha boca com força, por um tempão, pôs as mãos no meu cabelo, e logo descobri que só precisava relaxar e aproveitar aquele *piercing* na cabeça do pau. A bolinha de metal roçou no meu clitóris uma vez, só uma vez, e foi o suficiente. Recuperei o fôlego e o deixei mexer em mim do jeito que quis e, quando terminou e nós dois ficamos ali deitados, acabados e dormentes, ele se virou e me olhou com aqueles olhos que estavam tão bêbados de tesão quanto eu estava me sentindo.

— Às vezes, as coisas precisam mudar mesmo, simplesmente porque não podem continuar do jeito que estão.

Depois dessa, fiquei sem saber o que dizer. A gente devia fazer isso, devia ter feito isso o ano inteiro. E agora tudo tinha ficado muito claro. Sexo para mim era uma coisa acidental e esquecível. Isso não era.

Ele foi ao banheiro se limpar e, quando voltou para cama, passou o braço no meio do meu corpo e me puxou para perto. Quando passou a mão por cima da minha cabeça para desligar a luz, pensei que gostei demais dessa mudança para conseguir ficar em paz com ela. Peguei no sono com ele entrelaçando os dedos nos meus perto da minha barriga e murmurando o refrão de "Tennessee Whiskey", aquela música do George Jones que fala de um homem que parou de beber uísque porque se apaixonou pela mulher certa. O Jet vai me transformar das mais diversas maneiras, e não sei se vou conseguir impedi-lo.

Na manhã seguinte, o alarme do meu celular tocou, e entrei em pânico quando acordei e percebi que estava cercada de pele nua. Estava toda doída de um jeito gostoso e tive que me esforçar para não me abraçar nele em vez de sair escondido. Levei um tempinho para juntar minhas roupas do chão e voltar para o meu quarto. Quando me vi no espelho que tenho em cima da cômoda, me encolhi toda. Eu estava com uma cara boa, completamente amassada. Meu cabelo estava todo grudado, e os olhos, pesados e enevoados. Tinha um chupão bem visível do lado do pescoço. Não dava para negar que eu estava com cara de quem tinha sido muito bem comida.

Com o Jet, não tem meio termo. Ele sabe o que está fazendo, e aquilo estava estampado em mim da cabeça aos pés. O fato de ter perdido o controle e ter sido levada pelo momento também não passou despercebido, nem para mim nem para o meu reflexo. Tive que me segurar para não ter uma crise forte de pânico.

Pus minhas roupas de corrida e fiz um rabo de cavalo alto com meu cabelo ainda todo bagunçado. Ia pegar meu Ipod, mas, por algum motivo, estava sem vontade de ouvir musiquinhas comerciais sobre amor e dor de cotovelo. Corri pelo corredor torcendo para o Jet continuar ferrado no sono e para Cora continuar enfiada no quarto dela. Estava enchendo minha garrafinha d'água na pia quando ouvi a vozinha da minha amiga vindo da sala:

– Parece que alguém descansou bem.

Fechei os olhos por um segundo e soltei um palavrão bem baixinho. Olhei para trás, e ela ainda estava com aquele pijama cor-de-rosa, com um brilho malicioso naqueles olhos de duas cores.

– Pois é.

Ela balançou o dedo para mim e, de repente, fez uma cara séria.

– Você precisa ficar esperta, Ayd.

Fiz uma careta porque era muito cedo, no sentido literal e figurado, para ter esse papo.

– "Esperta" é meu apelido, Cora.

– É, só que o do Jet é "paixão", e ele se envolve mesmo com as coisas que acha importantes. Se você não quer se envolver, é melhor ser sincera logo.

Não podia conversar sobre isso com a Cora. Não quando nem sabia direito o que estava fazendo. Pus o casaco, fechei o zíper e respondi:

– Tá bom. Já volto.

– Escuta, fica de olho. Umas coisas estranhas andaram acontecendo por aqui.

Fiz uma cara surpresa e perguntei:

– Você também notou que tem um sujeito rondando a nossa casa?

– Quê? Não! Mas um maluco tentou entrar aqui ontem.

Um arrepio de medo percorreu minha espinha. Depois de receber aquele monte de ligações do Kentucky e ver o tal sujeito um monte de vezes, não dava para acreditar que aquela invasão de domicílio tinha sido mera coincidência.

– Você chamou a polícia?

Ela sacudiu a cabeça e respondeu:

– Ameacei disparar a arma de choque nele, e o cara saiu correndo. Tenho certeza que era só um noia ou algo do gênero, mas você precisa prestar atenção por onde anda quando for correr sozinha.

Balancei a cabeça, concordando com ela. Mas, para falar a verdade, fiquei pensando que preciso prestar atenção por onde ando por muitas razões além dessa. Estava indo em direção à porta, tentando descobrir por que alguém estaria ameaçando acabar com a minha vida nova, na minha casa nova, quando a Cora me chamou. Eu devia saber, pelo tom de felicidade dela, que ia me arrepender de ter olhado para trás. Minha amiga estava de pé em cima do sofá com as duas mãos para cima, mexendo os dez dedos e cantarolando "Você tirou dez, você tirou dez, você tirou dez!". Se tivesse uma coisa mais leve do que a garrafinha d'água na mão, teria atirado nela. Mas só revirei os olhos e saí pela porta.

A Cora tinha toda razão. Eu tinha tirado nota dez, e isso era uma merda. Porque, depois da noite passada, não sabia como ia fazer para lidar com essa situação de ser bem mais do que apenas bons amigos e não querer mais do que isso com o Jet. Não ia conseguir levar isso na boa. O Jet fazia a velha Ayden querer mandar ver em tudo quanto é tipo de delícia na cama, e isso era perigoso demais. Coloca minha paz de espírito e a fachada que construí com tanto cuidado em risco.

Me joguei na corrida, e deixei o esforço físico se encarregar de fazer minha cabeça parar de rodar. Eu já estava quase chegando no parque, ofegante, quando um carro sedã que não consegui identificar passou por mim bem devagar. Olhei de canto e, se estivesse ouvindo música como sempre, jamais teria reparado. Diminuí o ritmo e fiquei surpresa quando o carro parou do meu lado, e o motorista abriu o vidro. Normalmente, teria continuado a correr. Para falar a verdade, se eu fosse esperta, teria continuado a correr. Mas, quando o motorista pôs a cabeça para fora da janela com aquele sorrisinho de "nem ligo" que conheço tão bem, tive que descer da calçada e ir até a rua.

Encostei uma mão no capô do carro e dei de cara com olhos cor de âmbar, da mesma cor dos meus. Esse é o único traço que a gente tem em comum, já que temos pais diferentes. O Asa é loiro e tem mais ou menos a minha altura, ele é bonito e sabe disso. E também deve saber que não fiquei nem um pouco animada em vê-lo.

– Como é que você me achou? – perguntei.

Meu irmão sorriu, e me deu um aperto no peito. Quando ele te olha assim, não dá para negar qualquer coisa que ele pede, mesmo que eu saiba, por experiência e sofrimento próprios, que o Asa só se importa consigo mesmo. Amar meu irmão mais velho é a coisa mais difícil que já fiz na minha vida.

– Eu não seria um bom irmão se não soubesse o que a minha irmãzinha anda aprontando.

– Você nunca foi um bom irmão. O que está fazendo aqui?

Não posso ceder nem um centímetro, senão ele vai acabar com os quilômetros de distância que consegui colocar entre a gente com tanta dificuldade.

– Preciso conversar com você. Me meti numas encrencas lá no Kentucky e acho que vou precisar de uma mãozinha.

O Asa está sempre metido em encrenca. Se ele diz que vai precisar de uma "mãozinha", é provável que o negócio já deve estar fedendo faz tempo, e uma tempestade vai cair em cima de nós dois já já. Ele é assim.

Apronta e fica esperando alguém resolver a confusão. Normalmente eu. Nunca se prestou a perguntar como consegui fazer isso tantas vezes. Só tem certeza que consigo, e sempre consigo, dar um jeito.

Sacudi a cabeça, me afastei do carro e disse:

– Não.

– Como assim, não? – perguntou, fazendo cara de surpresa.

Esfreguei os braços porque, de repente, estava morrendo de frio, apesar de o tempo estar até agradável. E respondi:

– Não é fácil assim. Eu não vou te ajudar. Não vou te dar dinheiro. Eu não vou deixar você passar um tempo na minha casa. Seja qual for a sua pergunta, a resposta é "Não, porra". As coisas estão indo bem para mim, Asa. Estou indo superbem na faculdade, tenho amigos incríveis e um emprego legal. Você não pode aparecer e estragar tudo.

Meu irmão só sorriu para mim daquele jeito que, antigamente, me fazia sacudir a cabeça e entrar com ele em qualquer esquema, por mais maluco que fosse. Mas agora esse sorriso me dá arrepios.

– Você esqueceu de pôr o seu namorado chique na lista.

Fiz careta porque ninguém em sã consciência chamaria o Jet de "chique", mas eu é que não ia dar munição para ele.

– Preciso ir nessa, Asa. Para de me ligar e desligar quando eu atendo e, se seus amigos andam rondando a minha casa, pode dizer para caírem fora. Os meninos com quem eu ando não têm medo de partir para uma boa briga.

Alguma coisa brilhou naquelas profundezas cor de âmbar dos olhos dele. Conheço bem esse olhar. Vi muitas vezes no espelho. É de medo.

– Não te liguei, Ayd. Acabei de chegar em Denver. Sozinho.

Espremi os olhos porque ele até podia estar falando a verdade, mas a probabilidade de estar me enrolando era grande.

– Tô falando sério.

Preciso continuar firme. Não posso me envolver com qualquer que seja o problema do qual o Asa está fugindo. Passei muito tempo fazendo coisas que agora me custam esquecer, na época em que eu devia estar me divertindo com as minhas amigas e tentando ser líder de torcida, só para ele continuar vivo e fora da cadeia.

– Queria poder dizer que foi bom te ver, Asa. Espero que consiga dar um jeito nessa enrascada, mas não é mais minha obrigação resolver as coisas para você. A mamãe deveria ter te dito isso antes de você vir atrás de mim.

Voltei para calçada e senti os olhos dele me fuzilando pelas costas quando fui embora.

– Parece que você ainda está fugindo, Ayd. Ainda não se deu conta de que o futuro fica cada vez mais distante e o passado continua exatamente no mesmo lugar?

Essa era a característica mais perigosa do Asa. Ele tem o dom de interpretar uma pessoa desconhecida a quilômetros de distância. Só que consegue me ver do avesso e nem precisa se esforçar para adivinhar quais são minhas fraquezas e meus medos. Não respondi e saí correndo na direção do parque o mais rápido possível. Não me iludi, achando que essa era a última vez que ia fugir correndo do Asa. Se ele está encrencado, não vai a lugar nenhum. Preciso garantir que, seja lá o que for que ele trouxe de Woodward, não vai transformar minha vida num caos e destruir todas essas coisas maravilhosas que conquistei aqui em Denver.

CAPÍTULO 8

Acordei sozinho, o que não foi uma grande surpresa. O que me surpreendeu foi o fato de eu ter ficado meio puto com isso.

Tudo bem a gente ser uma foda amiga, muito moderno. Mas, depois da noite passada, senti que rolava algo mais que nem eu nem ela íamos conseguir ignorar. Nós combinamos. A gente simplesmente dá certo. Se existem duas pessoas no mundo que devem fazer sexo regularmente, somos nós dois. E o fato de ela ter ido embora com tanta facilidade me irritou além da conta. Não sou arrogante ao ponto de achar que sou o melhor dos amantes. Mas, como prometi para Ayden, foi muito bom, e fiquei chateado de ela ter ido embora tão cedo. Não sabia se era só meu ego ferido ou outra coisa e não estava gostando nem um pouco disso.

Levantei da cama e entrei embaixo do chuveiro. Quando saí, meu celular tocava lá no criado-mudo, onde deixei ontem à noite. Coloquei uma calça vermelha, uma camiseta preta e estava enfiando os coturnos e ignorando mais uma ligação do meu pai quando vi que as primeiras chamadas perdidas eram do Dario Hill, o vocalista da Artifice. Trabalhei bastante com ele no último álbum, e a banda foi o principal motivo para gente ter participado do Metalfest no ano passado. Eles tinham ficado bem famosos, e o Dario quase não tinha mais tempo de ligar só para trocar uma ideia. Por isso é que pirei um pouco, imaginando que o coroa tinha passado por cima de mim e tentado entrar em contato com a banda para falar sobre a turnê pela Europa.

JET

Tirei o cabelo molhado do rosto e fiquei girando o anel no meu dedão enquanto retornava a ligação do Dario. Estava me preparando para deixar uma mensagem, mas ele atendeu.

– Cara, te liguei a manhã inteira.

Peguei a guitarra largada no chão, dedilhei as cordas e respondi:

– É, fiquei acordado até tarde e estou meio lerdo hoje.

Ele deu risada e falou:

– Parece divertido.

Não sei se "divertido" é a palavra certa, estava mais para "transformador", mas o Dario é metaleiro das antigas e não ia entender o significado disso. Nem me dei ao trabalho de explicar.

– É, algo assim. E aí? Achei que vocês já estavam se preparando para ir para Europa, fazer a turnê de divulgação do novo álbum.

Ir para Europa é uma coisa importante. A divulgação mundial é enorme. Além do mais, é divertido e empolgante tocar em lugares novos, para plateias que são muito mais exigentes. O metal europeu dá de dez a zero no dos Estados Unidos.

– Para falar a verdade, é por isso que eu estou ligando.

Eu me preparava mentalmente para ouvir que o meu pai ficar pedindo favor para ele ultrapassava todos os limites, tanto da nossa amizade quanto da nossa relação profissional, e até esqueci e deixei escapar um acorde da música que estava tocando. Soltei um palavrão e larguei a guitarra.

– A banda que a gravadora estava imaginando de abrir para gente deu para trás. Sei lá o que aconteceu. Mas eles caíram fora e precisamos de uma banda substituta. Nos sugeriram algumas, mas não estou muito a fim de passar três meses na estrada com nenhuma delas. Falei de você, achando que a possibilidade de eles toparem era remota, achei que o pessoal da gravadora ia se cagar inteiro. Por que você nunca me falou que eles estavam a fim de assinar um contrato com a Enmity?

Soltei um suspiro e respondi:

– Porque não quero assinar contrato com gravadora nenhuma. Muito menos uma tão grande quanto essa.

– Caralho, Jet. Você é mesmo complicado e problemático.

– Pode me agradecer. É por isso que consigo escrever umas músicas tão iradas.

O Dario deu risada de novo, mas ficou sério bem rápido.

– Vem fazer a turnê com a gente. Eu nem devia estar te convidando, porque a Enmity é muito melhor do que a gente. Mas vai ser divertido, e é a melhor divulgação que vocês poderiam ter. São só três meses, e você sabe que a banda de vocês é perfeita para isso.

Três meses são três meses. E passar esse tempo todo longe da minha mãe enquanto meu pai fica aqui aprontando todas me dá arrepios. Além do mais, tenho que resolver o que ia fazer com a Ayden. Se ficar três meses fora, acho que, quando eu voltar, ela vai estar enroscada com o primeiro sujeito que aparecer usando *blazer* de lã com aqueles remendos de couro no cotovelo. Sei o que ela quer, mas o que precisa de verdade é totalmente diferente. Se eu for para Europa, tenho certeza que vai voltar para aquela vidinha chata e previsível.

– Não sei, cara. Um dos integrantes acabou de ter um filho, e tenho um monte de tretas rolando. É um compromisso muito sério.

Ele suspirou e respondeu:

– Jet, você é, de longe, o músico mais talentoso que já conheci. Não falo isso porque você manda bem só no metal, mas em qualquer estilo de música. Ninguém tem mais presença de palco do que você, ninguém escreve músicas tão boas. Entendo que seja feliz sendo famoso aqui na cena local, mas fala sério, é só isso que quer para sua vida? Quando é que vai aprender a pensar grande? Como é que você pode dispensar a oportunidade de fazer uma turnê pela Europa com todas as despesas pagas pela gravadora?

Pensando racionalmente, sei que tudo o que o Dario falou era verdade. Mas meu lado que vive morrendo de raiva, com medo do que meu pai pode fazer para destruir minha mãe, simplesmente não consegue relaxar.

– Deixa eu falar com o pessoal e depois te retorno.

Ele deu outro suspiro, tão fundo que quase consegui sentir o ar vindo do outro lado do telefone.

– Você só tem dois dias, amigo. A gente precisa resolver quem vai abrir até o fim da semana e vai viajar no dia primeiro de março.

Achei que era tempo suficiente para pôr minha cabeça no lugar, mas tinha que, pelo menos, ver o que o pessoal da minha banda achava disso antes de bancar o imbecil e recusar. Eu ia falar "até mais" e desligar, mas o Dario me impediu, tocando no assunto que eu estava morrendo de medo de ouvir quando vi que as ligações perdidas eram dele.

– Olha, antes de desligar, queria te falar que um senhor ligou para gravadora dizendo que te conhece e que queria ser incluído na turnê. Você está sabendo de alguma coisa? Disse para eles que ia te perguntar antes de a gente tomar qualquer atitude. Mas, para ser bem sincero, achei o sujeito bem maluco.

Agora era minha vez de suspirar. Esfreguei o meio dos olhos com o dedão, e meus dentes de trás travaram. É uma luta diária resistir a estrangular esse filho da puta e, quanto mais velho eu fico, mais difícil fica me controlar para não esmurrar o coroa.

– Pode dizer "não". Ou melhor, diz que de jeito nenhum. Se ele ligar de novo, diz que vai mandar o segurança ficar de olho. Esse sujeito não tem que chegar perto nem da sua turnê nem da sua banda.

O que significa que vou ter de arrumar outro passatempo para o meu pai, que não seja transformar a vida da minha mãe num inferno. Quem sabe não é melhor mandar o velho para Europa com o Dario e torcer para ele não voltar? Apesar de ser revoltante, o velho é problema meu, sempre foi, e eu não ia empurrar ele para cima do meu amigo.

– Tá bom. Mas falando sério agora, Jet. Pensa na turnê com carinho. É perfeito para você e é uma oportunidade que não poderia ter surgido para alguém ou uma banda melhor. Você merece esse reconhecimento.

Resmunguei um "tchau" e enfiei o celular no bolso. Fui rapidinho ao banheiro dar um jeito no meu cabelo e acabei com umas mechas pretas caídas na testa. Escovei os dentes e pus um cinto. Parecia que a Ayden já tinha passado por ali, porque todas aquelas coisas de mulherzinha tinham sumido, até aquela coleção de roupas espalhadas que sempre ficam no chão. Voltei a ficar irritado com o fato de ela ter me largado depois de ter passado a noite comigo e fui falando um monte de obscenidades baixinho até chegar à cozinha.

Quando me joguei numa das cadeiras que ficam em volta da mesa, a Cora estava lá enrolando, já pronta para ir trabalhar e me olhando com cara de quem sabia de tudo.

– A Ayd já saiu? – perguntei.

Ela veio na minha direção segurando uma caneca de café e com um sorrisinho na cara.

– Já – respondeu. – Acordou cedo e foi correr. Depois foi para aula. Está tudo bem entre vocês? Ela parecia meio irritada quando voltou da corrida.

Joguei a cabeça para trás, fiquei olhando para o teto e respondi:

– Não faço a menor ideia.

Minha amiga sentou na minha frente e baixei a cabeça para olhar nos olhos dela. Tem alguma coisa nesses olhos coloridos que simplesmente dão a entender que sabe mais do que deixa transparecer. A Cora sabe interpretar os outros melhor do que qualquer pessoa que conheço. Se tem alguma opinião sobre o que está rolando com a Ayden, sou todo ouvidos.

– Acho que tem mais coisas rolando com a Ayden do que ela conta. Já faz um tempo que moramos juntas, e ela nunca fala do Kentucky ou da família nem de como era a vida antes de entrar na faculdade. A Shaw mesmo só sabe o básico. É como se ela não existisse antes de vir morar aqui. Às vezes, o mais importante é o que as pessoas não contam.

Eu só fiquei olhando com cara de espanto, porque não sei como ela consegue ver as coisas tão claramente. Às vezes, a gente não percebe o quanto a Cora é profunda, porque se distrai com aquela fachada de fadinha do *punk rock*.

– Você é igualzinho – continuou, apontado o indicador com unha pintada de esmalte fluorescente para o meu nariz. Depois fez um gesto obsceno e continuou: – Não contou que foi visitar sua mãe ontem. Por quê?

Resmunguei e enfiei as duas mãos no cabelo, que ficou todo melado.

JET

– Por que não gosto de falar disso. O Nash é um fofoqueiro.

– Não, o Nash é seu amigo e sabe como você pega pesado consigo mesmo quando o assunto é o casamento problemático que os seus pais têm. Um dia, vai ter de aceitar que a sua mãe é adulta, responsável pelas escolhas que fez e continua a fazer em relação ao seu pai. Você fez tudo o que podia para ajudá-la, tirá-la dali, e é óbvio que ela não quer sair dessa. Não pode carregar esse peso pelo resto da vida, Jet.

Era mais ou menos a mesma coisa que o Nash me disse ontem. Mas entender que os dois têm razão e conseguir deixar isso tudo para trás são duas coisas muito diferentes. Então falei exatamente o que disse para o Nash:

– Ela é minha mãe, Cora.

Só que a Cora não é o Nash, e não faz o estilo dela aceitar como se fosse natural eu continuar me torturando por causa disso. Minha amiga apertou minha mão com aquela mãozinha minúscula e respondeu:

– Claro que é. E isso significa que devia cuidar de você e ter orgulho das coisas maravilhosas que você faz. Ela devia ficar louca de felicidade pelo filho ser tão talentoso, devia ser sua maior fã. E não devia permitir que o relacionamento doentio que tem com o seu pai te prendessem aqui, nessa cidade, e a ela. Porque todo mundo, todo mundo *mesmo*, sabe que você poderia estar fazendo muito mais coisas e mais sucesso.

Não dava para discutir, porque a Cora tinha toda razão. Todo mundo tinha. Mas isso não muda o fato de eu estar petrificado de medo do que pode acontecer com essa mulher se eu simplesmente lavar as mãos e deixar meu pai terminar de acabar com ela. Não sei se conseguiria me olhar no espelho se deixasse isso acontecer. Nenhum sucesso nem nenhuma satisfação pessoal vale esse risco. Não vou nem comentar sobre o convite para participar da turnê da Artifice, porque isso ia pôr mais lenha na fogueira. Se eu ficar aqui em Denver, mantendo o coroa ocupado, as chances de ele destruir minha mãe são bem menores.

– Por enquanto, é assim que as coisas são.

Ela levantou a sobrancelha e disse:

– Mas não precisam ser. Olha só para você e para Ayd. As coisas podem ser de um jeito por um tempão e depois mudarem simplesmente porque essa é a única alternativa.

Só encolhi os ombros e falei:

– Pode ser.

Aí ela revirou os olhos, ficou de pé e completou:

– Preciso ir nessa, senão vou me atrasar. Pare de agir como o típico músico revoltado e obrigue a Ayd a conversar com você. Aliás, ela estava total nota dez quando a vi hoje de manhã. Mandou bem, comedor!

Isso me fez dar risada e deu uma diminuída no meu mau humor.

– Te falei que um dia eu ia descolar uma nota dez.

A Cora também riu e piscou o olho azul para mim.

– Bom, a pegadinha é que você está total nota dez também, e nunca tirou mais do que cinco. Vocês ficam bem juntos, Jet, de todos os jeitos. Não deixe ela te convencer do contrário.

– Pode crer. Por algum motivo, acho que isso vai ser bem mais difícil do que parece.

Depois que a Cora saiu para trabalhar, fiquei de bobeira algumas horas e tentei terminar a música que estava fazendo ontem à noite, antes da Ayden me pegar de jeito. Era triste, e a melodia me dava uma dor bem no meio do peito. Faltava alguma coisa, mas eu não sabia direito o quê. Com a cabeça girando por causa da turnê e de certa garota sulista, não consegui dar um jeito na música. Guardei a guitarra no *case* e fui para o estúdio. Tinha que terminar a gravação do Black Market Alphas. Mas, no mau humor que eu estava, não ia conseguir resolver nada. Ainda mais se o Ryan me aparecesse com aquela pose imbecil e arrogância descabida.

Dei um jeito em algumas faixas da BMA, mexi com umas músicas minhas também e mandei um torpedo para o pessoal da minha banda, falando que a gente precisava se encontrar para conversar. Meu pai me ligou três vezes, e deixei as três ligações caírem direto na caixa postal. Fiquei pensando se ligava ou não para Ayden, mas aí lembrei que ela também podia me ligar. Se a Ayd tivesse a fim de conversar, podia entrar em contato comigo. Afinal de contas, não fui eu que a deixei na cama sozinha depois de uma intensa noite de sexo.

Quando percebi, a tarde já tinha passado, e o Ryan e os garotos da BMA chegaram no estúdio. Era uma pena o vocalista deles ser um moleque tão mala, porque os outros meninos eram bem legais, e eu realmente me identifico com o Jorge. Eles se preparavam para começar quando recebi um torpedo.

Admito que fiquei surpreso quando vi que era da Ayden.

Onde vc está?

Trabalhando.

Trabalhando? Você? ;)

Fiquei abismado com o comentário. O que ela acha que faço quando não tenho show? É claro que trabalho. Como essa garota acha que eu pago as contas?

Quando me dá vontade. Por quê? O que está pegando?

Queria saber se você já comeu. Minha última aula foi cancelada, e eu estou morrendo de fome.

Não posso sair. Tô no meio de uma sessão.

Posso ir até aí.

Isso era estranho. Nunca deixei ninguém que não estivesse trabalhando entrar no estúdio. Esse lugar é meu refúgio. É aqui que eu venho para fugir das coisas que não consigo lidar. Deixar a Ayden entrar me pareceu um passo maior do que realmente devia ser e levei uns dez minutos para responder a mensagem.

Tudo bem. Mas acho que você vai odiar. Os moleques que estão aqui não sabem tocar nada do Kenny Chesney.

Muito engraçado, seu bobão. O que você quer que eu leve?

Qualquer coisa. Sou facinho.

Não, Jet. Você é tudo menos isso.

Fiquei olhando para o telefone, como se o aparelho pudesse me explicar o que ela queria dizer com isso. O pessoal da banda estava ficando sem paciência, então pedi para ela trazer umas pizzas e uma caixa de cerveja. Assim, dava para alimentar todo mundo. Expliquei como fazer para chegar no estúdio. Não sabia direito se ficava feliz por ela vir atrás de mim ou se surtava porque tinha deixado essa mulher entrar no meu refúgio sagrado. Resolvi ficar indeciso e me focar no trabalho até ela chegar. Alguma coisa estava rolando com a banda, metade não se falava, e o Jorge tocou três de cada quatro músicas fora do ritmo. Na sexta vez que a gente teve que começar tudo de novo, já estava com vontade de matar todos aqueles moleques.

Bati as mãos na mesa de som e desliguei a chave que grava tudo o que acontece na cabine. Estalei os dedos das duas mãos e entrei lá. Eles estavam se olhando feio, e o Ryan estava fazendo careta para mim.

– O que está pegando? Hoje é nosso último dia de estúdio, e a gente já te pagou.

Fiquei girando o anel que uso no indicador e olhei bem nos olhos dele. Se esse moleque acha que vai me impressionar com esse excesso de confiança adolescente e seu talento medíocre é porque não me conhece.

– O que está rolando hoje? Vocês estão uma droga. Uma merda mesmo. Não sei o que estão fazendo, mas é um lixo. E eu não ponho a

JET

mão em lixo. Será que esqueceram que são uma banda, e que isso significa que precisam tocar a mesma música ao mesmo tempo? O que está pegando?

O Ryan estufou o peito, e o Jorge jogou as baquetas no chão. Os outros dois moleques fizeram careta para mim, e o Ryan veio em minha direção e me enfiou o dedo bem no meio do peito.

– Calminha aí. A gente está pagando, esqueceu?

Tirei a mão dele do meu peito com um tapa e espremi os olhos, de um jeito ameaçador.

– É. Estão me pagando para gravar um álbum que chame a atenção das grandes gravadoras, para conseguirem um contrato. Não um som que parece que um monte de panelas caiu do armário da cozinha. Não ponho meu nome em nada que não dê para ouvir. Então, que porra está rolando?

O Jorge socou um dos pratos da bateria e disse:

– É, Ry, por que você não conta para ele o que é que está rolando? Por que não conta que falou para aquela jornalista da revista *Shred* que foi você que compôs todas as músicas que *eu* escrevi e que fez todos os shows que *a gente* fez? Por que não explica para o Jet que esse álbum novo é uma parceria sua e dele, e que a gente é só seu empregado? – aí ele socou o prato de novo e concluiu: – Você não precisa da gente, certo? Por que não vai em frente e termina o álbum sozinho? Para mim, chega!

Dei um passo para trás, para o Jorge conseguir contornar aquela bateria gigante. Foi lindo ver o Ryan ficar roxo de vergonha. Ele olhava freneticamente para mim e para bateria, e o baterista tinha mesmo caído fora. Cocei o queixo e encarei o moleque com um olhar inquisidor.

– Você sabe compor? – perguntei. – Sabe juntar uma melodia e um refrão do jeito que o Jorge sabe?

Ele franziu a testa, engoliu em seco e respondeu:

– Não.

– Sabe tocar guitarra?

– Não.

– Sabe tocar bateria?

– E o que é que isso tem a ver?

Fiquei me balançando, cruzei os braços na frente do peito e expliquei:

– Você é um artista solo, Ry? Se for, a gente precisa jogar fora todas as faixas que já gravou e começar tudo de novo.

Ele virou o rosto e atirou o microfone no chão.

– Não. De jeito nenhum. O que a gente gravou outro dia ficou da hora.

– Pode crer. Ficou da hora porque o Jorge escreveu umas músicas iradas, e você tem uma boa banda para te acompanhar. Sem isso, você é só um merdinha que fica pulando no palco e gritando bobagens sem sentido. E eu não trabalho com bobagem sem sentido. É melhor reconhecer o que pode fazer por eles, Ry, e não o contrário. Por que posso te garantir que, se o Jorge cair fora, arrumo outra banda para ele tocar na hora. E você vai ser uma lembrança na cabeça de um cara que te viu tocar uma vez. Precisa baixar a bola, para ontem, e parar de fazer todo mundo perder tempo. Se não conseguir, com certeza tenho coisa melhor para fazer do que ficar de babá de aspirante a *rock star*.

O moleque ficou me olhando em silêncio, tentando ver se eu falava sério mesmo. Não tolero desrespeito com a banda. Sei que, sozinho, sou um cantor até que bom, mas não consigo fazer o que faço sem os rapazes. E um talento como o do Jorge não pode ser subestimado. Eu encarava o Ryan quando ouvi um assovio. Logo depois, o Jorge gritou:

– Quem é a gata? Ai, meu Deus. Tô apaixonado. Ela trouxe até pizza e cerveja.

Olhei para trás e vi a Ayden arrumando as coisas na sala de mixagem. Estava com uma flor de seda grande no cabelo preto e com os óculos apoiados no nariz. E usando uma calça jeans mais justa do que a minha, se é que isso é possível, e uma blusa soltinha branca caída no ombro. Sim. Ela é muito gata. E, agora que estava aqui, no meu refúgio, era bem menos esquisito e assustador do que eu imaginava. Fez sinal para mim e se jogou na minha cadeira. Levantei o queixo e olhei de novo para o Ryan. E fiquei me perguntando como é que podia ser tão bom ela estar aqui.

– Olha, o conselho que posso te dar é: não fode uma coisa legal. O som de vocês é bacana, mas só quando tocam juntos. Controla esse seu ego e pede desculpas para sua banda. Não vou pôr meu nome num troço do qual não me orgulho e, até agora, o que gravaram está um lixo. Vamos comer uma pizza e tomar uma cerveja. Aí você conserta as coisas. Pode ser?

O moleque ficou um tempão em silêncio, mas acabou balançando a cabeça e foi, meio a contragosto, falar com o Jorge, que estava de pé na frente da sala de mixagem, observando a Ayden mexer no celular. Abri a porta e quase tropecei quando ela sorriu para mim e disse:

– Oi.

– Oi. Senti sua falta hoje de manhã.

Ela se encolheu um pouco e largou o celular.

– Desculpa, é que eu tinha de... – parou a frase no meio, encolheu os ombros e completou: – ...correr.

Me inclinei em cima dela e pus as mãos nas costas da cadeira. Ela foi obrigada a olhar para mim. Tem alguma coisa naqueles olhos cor de uísque, alguma coisa clara e forte. Essa mulher é perigosa. Quero fazer coisas com ela, fazer coisas para ela que nunca quis fazer para ninguém.

– Preciso te dizer que gosto mais quando você corre para mim do que quando corre de mim, Ayd.

Ela inclinou a cabeça para trás e pôs as mãos na minha cintura. Senti uma mistura de calor e algo muito mais sério no meu estômago. Quero guardar tudo dela na minha cabeça. Quero lembrar de cada olhar, cada toque, cada gosto. Quanto mais tempo passo com essa mulher menos consigo me livrar da impressão que isso tudo é como aqueles relógios derretidos do Dalí que tenho tatuados no meu antebraço. Só uma ilusão, um sonho que estou tentando segurar, mas que vai acabar se desmanchando.

– Eu não corri de você, Jet. É que não entendo isso que está rolando muito bem e não sei direito o que fazer.

– Eu também não, mas você não acha que faz muito mais sentido a gente tentar entender isso juntos em vez de ficar remoendo cada um no seu canto? Seja lá o que for, para mim está dando supercerto. Vamos deixar rolar.

Aí enrugou o nariz para mim, o que foi muito lindinho, porque estava com aqueles óculos *sexies*. Não consegui resistir e dei um beijo nela. Queria bancar o profissional, porque tinha mais gente ali, mas a Ayden tinha gosto de café, de segredos e de um lugar onde eu realmente queria estar. Isso sem falar que pôs a mão por baixo da minha camisa e enfiou os dedos dos lados do meu corpo. Eu podia beijar essa gata o dia inteiro (pra sempre), mas ela sobe na minha cabeça mais rápido do que a bebida que seus olhos me lembram. E eu ainda estava meio puto por ela ter me largado lá hoje de manhã. Dei uma mordidinha e empurrei as costas da cadeira. Ela ficou girando e dando gritinhos.

— Sério, Ayd. Eu e você somos inteligentes. Por que a gente não consegue dar um jeito de fazer isso, sexo e algo mais, funcionar?

Então ela pôs o pé no chão para parar a cadeira, encolheu os ombros e respondeu:

— A gente consegue. Eu quero que dê certo. Só estou indo com cuidado. No passado, eu não fazia isso e fiquei com umas marcas bem feias.

Estiquei a mão e a ajudei a se levantar. Dei um abraço, e a sua cabeça ficou embaixo do meu queixo. A gente se encaixa perfeitamente. Ela pôs as mãos nos meus bolsos de trás e encostou a testa na minha garganta.

— Se você me contar o que a gente pode fazer para evitar isso, Ayd, sou todo ouvidos. As únicas marcas que quero deixar em você são aquelas que você gosta.

Aquele cabelo macio roçou no meu pescoço, e ela me puxou mais para perto.

— Quem sabe um dia eu te conto. Mas, por enquanto, vamos só tentar aproveitar, sem o peso de toda a nossa bagagem.

Fiz cara de surpresa, mas o pessoal da banda já tinha entrado na cabine, e a gente não estava mais a sós. Passei a mão nas costas dela e dei um tapinha na bunda. A Ayden deu um pulinho e se afastou de mim.

– Acho que, normalmente, é o garoto que tenta convencer a menina a aceitar esses termos.

Aqueles olhos cor de âmbar brilharam de alegria, e eu só queria tirar a roupa dela e passar a mão no seu corpo todinho. A Ayden é simplesmente demais, e fico perdido. Ela me deixa excitado rapidinho. Não deu tempo de continuar o papo, porque o Jorge se enfiou no meio da gente e ficou subindo e baixando o braço dela de um jeito muito engraçado. Dei uns passos para trás e peguei uma cerveja. O Ryan fez de tudo para impressioná-la. Ela ficou só observando os moleques de olhos arregalados e sentou de novo na cadeira. O pessoal da BMA não parava de puxar papo.

Fiquei só observando a cena, admirado. A Ayden é muito bonita e sabe se virar. Já a vi pôr para correr bêbados muito mais velhos do que esses meninos sem o menor esforço. Mas, não sei se foi porque eu estava olhando ou porque está rolando alguma coisa meio indefinida entre a gente, ela ficou olhando para eles com atenção, sem aquela atitude tranquila de sempre. Eles não paravam de fazer perguntas. Como ela me conheceu? A gente estava junto? Qual era a sua banda preferida? Já tinha ouvido falar neles? Qual era a sua música preferida? Ia dar mais um tempinho lá e vê-los tocarem? Ela só suspirou até ficar de saco cheio. Aí se plantou do meu lado. Passou a mão pela minha cintura e ficou olhando para os moleques como se fossem uma matilha de lobos e não um bando de músicos adolescentes com os hormônios à flor da pele.

– Eles são sempre assim? – perguntou.

– Quando tem uma gatinha na área, são, sim. Você não sabe que a maioria dos garotos montam bandas ou aprendem a tocar um instrumento só para pegar mulher?

Aí me olhou, e dei risada da expressão incrédula que fez. Entreguei a cerveja para ela e fiz sinal para todo mundo voltar para o trabalho. Agora que a Ayden estava aqui, só queria terminar logo e levá-la para casa, ou grudar na parede, ou ainda comer ela no banco de trás do carro. Não sou muito exigente, mas estou impaciente. Essa mulher é que nem música. Uma coisa que me dá tesão, que corre nas minhas veias, e não sei direito o que fazer com isso.

– E por que eu tenho a impressão que, quando tinha a idade deles, você não fez isso para pegar mulher?

Olhei de canto e voltei para mesa de som. Ela foi atrás de mim e ficou tomando cerveja e olhando por cima do meu ombro. Agora que tinham conseguido uma plateia muito atraente, os moleques não estavam mais para brincadeira e tocaram bem as músicas que, até há pouco, estavam errando. Tocaram cheios de vigor e entusiasmo.

– Porque foi isso mesmo. Aprendi a tocar guitarra porque queria compor. Entrei numa banda porque tinha coisas que eu queria dizer e, naquela época, ficar pulando e gritando letras de *punk rock* tinha muito a ver comigo.

Ela pôs a mão na minha nuca e me arrepiei porque estava gelada de segurar a latinha de cerveja.

– E agora fica berrando essas músicas de *heavy metal* porque você está louco de raiva do seu pai e da sua mãe, e isso tem a ver com você – ela declarou isso como se fosse uma verdade inquestionável, e me arrepiei de novo, porque foi muito direta. – Também sei ouvir, Jet. Quem sabe eu posso te ajudar, se me contar por que tem tanta raiva.

Liguei uns botões e ajustei alguns *dials* para baixar o volume da guitarra.

– Quem sabe, quando você puder me contar que escolhas erradas foram essas que você fez, a gente pode fazer um dia de revelações.

Minha raiva está comigo há tanto tempo, mora num lugar tão sombrio dentro de mim, que não sei o que pode acontecer quando eu deixar esse sentimento vir à tona. Tenho medo que tome conta de tudo e transforme meu mundo inteiro em cinzas. Aqueles dedos gelados saíram do meu pescoço e foram parar no meu ombro.

A gente ficou assim as três músicas seguintes. Ela só ficou observando eu passar as instruções para os meninos e tentar gravar a melhor versão de cada faixa. Uma hora, me devolveu a cerveja e, quando me dei conta, a gente já tinha gravado o álbum inteiro e era quase meia-noite. Os moleques estavam animados e queriam ir para balada. Todas as brigas tinham sido deixadas de lado porque eles sabiam, assim como eu, que a gente tinha acabado de produzir um álbum de matar, que com certeza valia um contrato.

Queria ficar a sós com a Ayden e pedir para ela ficar pelada – deixando só os óculos. Recusei o convite e enxotei os moleques. Ela ficou lá e foi limpando a bagunça que cinco moleques, cerveja e pizza tinham deixado. Eu já ia fechar e trancar a porta quando o Jorge ficou parado e voltou até onde eu estava. Levantou a mão e sacudiu com vontade.

– Você é mesmo um músico incrível, Jet. Ninguém mais ia conseguir fazer o que você acabou de fazer.

Aceitei o elogio balançando a cabeça.

– E aquela mulher... – ele deu um assovio. – Eu escreveria músicas sobre ela o tempo todo. Então, seja lá o que estiver fazendo, continue assim, porque eu quero muito ser que nem você quando eu crescer.

Bufei e mostrei o indicador para ele. Quando voltei para sala de gravação, a Ayden estava passando os dedos no braço de uma das minhas guitarras elétricas. Ela é tão perfeita que senti alguma coisa subindo e descendo pelo meu peito e, por um segundo, senti dificuldade de respirar. Quando se virou para mim, estava com uma expressão séria, tinha alguma coisa rolando.

Jet, eu não sabia que tudo isso fazia parte da sua vida

– Como assim?

Ela sacudiu a mão pelo estúdio e dedilhou a guitarra, que soltou um som agudo.

– O estúdio. O jeito que trabalhou com os garotos. Não fazia ideia de que você é um deus do *rock*. O som que conseguiu fazer com aqueles moleques. Você sabe o quanto eu odeio esse estilo de música, mas você conseguiu deixar bonita.

Eu normalmente dou de ombros quando as pessoas elogiam os meus feitos, mas se isso fazia a Ayden ver algo mais em mim, eu é que não ia desprezar.

– Eu amo o que faço.

143

– É mais do que isso, não é? Você nasceu para fazer isso.

– É mesmo.

Todo aquele uísque e mistério, tudo que faz da Ayden ser muito mais do que qualquer outra mulher, me envolveu e brilhou. Eu ainda não consigo entendê-la direito. Mas, quando ela sorriu para mim, passou os braços pelo meu pescoço e perguntou se eu já estava pronto para ir embora, só pude responder:

– É claro que tô.

CAPÍTULO 9

Ayden

EU ESTAVA ATRASADA, o que não faz meu estilo. Mas agora que não passo mais as noites sozinha, e o Jet tinha ficado com a mania de me acordar pondo as mãos e a boca em lugares que fico vermelha só de pensar, isso estava ficando cada vez mais comum.

Já fazia dois dias que o Asa não dava notícias. Todo mundo ainda estava sobressaltado com a tentativa de assalto (que, com certeza, tinha a ver com o meu irmão), mas não vi mais aquele desconhecido rondando. Está tudo correndo normalmente. Cada vez mais, sinto que vai ser um desafio deixar as coisas rolarem com o Jet de um jeito fácil de controlar. Ele e suas músicas têm camadas e mais camadas que eu nunca tinha parado para prestar atenção. E, agora que sei que o Jet de verdade vai muito além do Jet da minha fantasia, estou indo ladeira abaixo, mas não queria.

Esse homem faz tudo com uma intensidade e um foco que eu jamais imaginei que tinha. É ambicioso e, pelo que parece, muito requisitado. O celular dele não para de tocar, seja dia ou noite, e ele está sempre correndo para lá e para cá, arrumando shows ou contornando crises das bandas.

Alguma coisa na banda dele o deixava meio tenso. O Jet não quer falar disso, mas, pelo que consegui pescar, o pessoal quer que ele tope fazer alguma turnê e estão chateados porque ele não está a fim. Também rolam uns telefonemas que o deixam mal-humorado e impaciente por horas e horas.

145

Mas, quando pergunto o que é, ele simplesmente encolhe os ombros e muda de assunto. Como não estou preparada para revelar meu passado, acho que é melhor não insistir. Só que me dói vê-lo sofrendo com isso. E fico chocada de ver o quanto eu queria poder ajudá-lo.

Além disso, ele canta para mim todas as noites. Não sei o que posso fazer para não me apaixonar completamente por ele, para não ficar sonhando em ter algo a mais, se todas as noites pego no sono com aquela voz maravilhosa cantando músicas de amor e dor de cotovelo. Para um garoto que tem um anjo da morte gigante tatuado no peito e uns *piercings* nas orelhas que parecem os chifres do capeta, até que ele conhece bastante clássicos country e *folk*. Tem noites que ele canta Johnny Cash e Patsy Cline. Outras, vai de Hank Williams e Waylon Jennings. Nem gosto muito dessas músicas antigas, mas não posso negar que, quando é o Jet que está cantando só para mim, consigo perceber a diferença na qualidade dessas composições em relação às que eu costumo ouvir. Também sei que, apesar de todos os meus esforços contrários, os seus braços estão virando rapidinho o único lugar onde quero estar.

Me faz lembrar de quando eu era pequena e achava triste a minha mãe nunca cantar canções de ninar quando nos punha na cama. Todas as mães sulistas que se prezam cantam para os filhos. Essa era só mais uma coisa que eu não tive e encontrei nessa vida nova que construí.

Estava tentando lembrar se tinha terminado meus trabalhos da faculdade e se tinha pegado meu uniforme do trabalho quando tive que parar de repente. Na base da escada do prédio de ciências, vi duas figuras bem conhecidas, e me deu um aperto no estômago. O Adam balançava a cabeça, todo animado, e um rapaz loiro que conheço muito bem fazia uns gestos dramáticos, matando o Adam de rir.

Não era nada bom o Asa estar ali. Mas era ainda pior ele ter colado no Adam, achando que é alguém próximo de mim. Espremi os olhos para o meu irmão quando ele se virou e me viu. O Asa deu um sorriso de orelha a orelha e, nessa hora, tive certeza de que ele estava aprontando alguma. Estava bancando o bonzinho, e esse truque é feito para ser sedutor e cativante, distrair a vítima enquanto rouba tudo o que ela tem, deixando um rastro de destruição.

– O que você está fazendo aqui? – perguntei.

Tentei não me encolher toda quando ele chegou mais perto e me deu um suposto abraço de irmão. Conheço o Asa muito bem, e esse é o jeito de ele me dizer para entrar na onda ou sofrer sérias consequências.

– Bom, como você só tem tempo para a faculdade, para o trabalho e para os seus amigos, pensei em vir aqui para ver o que a minha irmãzinha anda fazendo. Aí encontrei esse rapaz, que me contou que vocês dois são bem próximos. Falei que achava bom ter um cavalheiro que fique de olho em você, que só merece o que há de melhor.

Olhei de canto e enfiei o cotovelo nas costelas dele até meu irmão me soltar.

– Eu te falei que estou ocupada. Não tenho tempo de ficar fazendo sala para você.

Fiquei encarando meu irmão até ele ser obrigado a olhar para o outro lado. Não quero saber do Asa por aqui e, seja lá o que for que ele achou que estava fazendo com o Adam, ia acabar ali mesmo.

– Já estou atrasada para aula. A gente se fala depois.

Queria pôr o Asa no primeiro avião para o Kentucky.

O Adam tocou meu braço de leve e me deu aquele sorrisinho simpático de sempre.

– Eu tenho tempo livre. Posso mostrar o campus para o seu irmão, se você quiser.

Ah, não. De jeito nenhum. Essa é a última coisa que eu quero. O Adam legal demais para ficar sozinho com o Asa. Meu irmão estava aprontando alguma, e eu precisava descobrir o que era.

– Não precisa, tudo bem – falei isso na mesma hora que o Asa soltou:

– Isso vai ser demais.

A gente ficou se encarando, os dois com olhos cor de âmbar. Antes, tudo o que eu mais queria é que o Asa me protegesse e cuidasse de mim porque a gente é da mesma família. Queria que visse e reconhecesse os

147

sacrifícios que fiz por ele. Só agora entendi que laços de sangue não formam uma família, e que sacrifícios não têm a menor importância. Fiz um monte de escolhas erradas por causa do meu irmão, mas agora tenho minha própria vida e meu próprio caminho a seguir, e o Asa não vai estragar isso nem me arrastar de volta com ele.

O Adam deve ter percebido a tensão entre a gente, porque limpou a garganta, passou a mão na nuca e declarou:

– Bom, vou tomar um café. Foi um prazer te conhecer, Asa. Se você quiser, o convite para fazer o *tour* pelo campus ainda está de pé. Mas vou deixar vocês se entenderem. Ayd, preciso te dizer que foi bom te ver. Você está linda.

Soltei um suspiro e agarrei meu irmão, que estava indo atrás do Adam, pelo braço.

– Valeu. Foi bom te ver também – respondi.

Segurei o Asa até o Adam sumir, aí virei meu irmão, para ele ficar de frente para mim. Cutuquei ele com força bem no meio do peito e fiquei feliz quando ele se encolheu todo.

– Que-porra-é-essa?

O Asa esfregou o lugar onde eu havia acertado e espremeu os olhos para mim.

– O que foi que aconteceu com aquelas boas maneiras sulistas que você tinha?

– Qual é a sua, Asa? Já te falei que não vou mais participar dos seus esquemas. Se você acha que o Adam é uma marionete, está redondamente enganado. Ele é inteligente e pobre. Universitários não costumam ter dinheiro.

Então tirou aquele cabelo loiro do rosto e encostou os quadris no corrimão. Vi umas meninas mais novinhas olhando para ele e me deu vontade de gritar que gente como o Asa é puro veneno, e que elas deviam ter algum mecanismo de defesa natural que as mandasse fugir desse tipo de homem. Meu irmão sorriu para as meninas e virou para mim com aqueles olhos frios e calculistas. Esse é o Asa que eu conheço. Esse é o irmão que lutei tanto para me afastar.

– Ele até pode estar pobre, mas a família dele, não. E esse moleque é apaixonado por você. Quando disse que sou seu irmão mais velho, mal conseguiu se segurar para não pedir a sua mão em casamento.

Dei um passo para trás, como se tivesse tomado um soco, e pisquei.

– Não rola nada disso entre a gente. Estávamos saindo, mas acabou.

– Acabou para você, mas não para ele. O Adam nem liga que você está dando para aquele sujeitinho. Aposto que acha que é só uma fase. Afinal de contas, que mulher consegue resistir a um vocalista, né, Ayd?

Tive que respirar fundo. O fato de ele saber do Adam já era ruim, estar por dentro do que rola com o Jet era pior ainda. Cerrei os punhos do lado do meu corpo.

– O que está pegando, Asa? Na boa. Não vou mais entrar nesses seus joguinhos e, se não disser a real, não vou pensar duas vezes antes de contar para um monte de homens bem grandes e tatuados que você está por trás daquela invasão que rolou na minha casa. Juro que você não vai gostar nem um pouco do resultado.

Ele espremeu os olhos para mim porque odeia ser ameaçado. E ser ameaçado por mim é uma coisa que o Asa nunca tinha visto.

– Te falei que estou com uns problemas aí.

Cruzei os braços em cima do peito e me esforcei para não tremer.

Que problema?

– Passei a mão em algo que não era meu, e agora uma gente bem ruim e quer que eu devolva.

Depois dessa, não consegui mais parar de tremer.

– Passou a mão no quê?

O Asa me olhou nos olhos com uma expressão de medo genuína, e meu estômago virou um tijolo.

– Digamos que é uma coisa meio difícil de substituir.

Pensei que ele estava falando de drogas ou de dinheiro e que isso significa que essa gente não é só ruim, mas muito ruim. E, mais uma vez, meu irmão estava metido numa situação que ia acabar mandando ele para cadeia ou para o túmulo.

– Quanto dinheiro?

Ele demorou um tempão para responder. Ficou olhando por cima da minha cabeça por uns cinco minutos antes de me olhar nos olhos e dizer:

– Vinte mil.

Me deu vontade de vomitar. Parecia que eu tinha levado um soco no estômago. Fechei os olhos com força e foquei em respirar bem devagar.

– Ai, meu Deus.

– Tô muito encrencado, Ayd. Eles vão me matar se eu não fizer alguma coisa.

– E a primeira coisa que pensou foi vir aqui foder com tudo o que eu tive tanto trabalho para construir. Foi vir aqui pedir para eu livrar sua cara como sempre, não importa o que isso signifique para mim?

– A gente é da família, Ayd. A gente cuida um do outro e faz o que for preciso para sobreviver.

Cerrei os dentes e respondi:

– É. Só que isso sempre significa que eu é que preciso cuidar de você, Asa. Para mim, chega. Não vou transar com ninguém só para você não tomar uma surra porque essa é a sua única opção. Não vou andar com sujeitos mais velhos do que eu ou que só estão interessados em me usar para você sair ileso. Não vou mais cheirar pó para me amortecer e esquecer como me sinto péssima de fazer aquelas coisas que costumava fazer. Minha vida aqui está boa e não vou deixar você e suas escolhas imbecis acabarem com ela.

Ele me fez uma careta e retrucou:

– Então você não quer me ajudar, mas transa com qualquer um que saiba tocar guitarra?

E isso foi o mais perto que o meu irmão, sangue do meu sangue, chegou de admitir que faz alguma ideia das coisas deploráveis que fui obrigada a fazer para ele continuar inteiro. Fiquei me sentindo ainda pior do que me sinto, e olha que vivo me chicoteando por causa das decisões horrorosas que eu costumava tomar naquela época.

Enfiei o dedo no peito do meu irmão de novo e disse, bem na cara dele:

– Transo *com quem* e *quando* eu quiser, Asa. Você não tem o direito de falar nada depois de tudo que já fiz por você. Só vou te dizer uma vez: deixe o Jet em paz. Ele não é um cara bonzinho que nem o Adam. E não é idiota e não vai cair nesse seu teatrinho de caipira.

Ele pulou da escada e ficou me olhando feio.

– Ah, é? E o que você acha que os seus amigos vão pensar da Ayd Diversão? Será que algum deles sabe o que costumava fazer para se divertir, para se virar? Algum deles sabe de onde você saiu de verdade ou será que eles acreditam nessa sua versão melhorada? O metaleiro até pode não achar ruim, mas e os outros? Será que ainda vão te ver do mesmo jeito se descobrirem que você não passa de um lixo de gente?

Respirei fundo e fiquei me balançando. Era exatamente disso que eu tinha medo, mas foi um golpe que bateu muito mais forte, porque veio do meu irmão. Dei metade daquelas voltinhas na quadra por causa dele, porque eu sempre queria salvá-lo. A maioria das coisas que fiz e quero manter mortas e enterradas foi por causa dele. Até hoje, ainda não tinha nenhuma prova concreta de que o Asa fazia ideia do quanto me sacrifiquei para ele continuar vivo. E, já que ele sabia, como tinha coragem de me pedir mais? E, se não sabia, o fato de jamais ter me perguntado é de partir o coração. Amo o meu irmão e gosto de pensar que no fundo, bem lá no fundo, ele também me ama. Mas nunca tive certeza e é por isso que nunca consegui confiar cem por cento nele.

Pus o manto de indiferença, como tenho feito desde a última vez que estive em Woodward, e fui subindo as escadas, para ir para aula e não precisar mais falar com ele. Fiquei puta porque, àquela altura, a aula já estava na metade.

– Não interessa. O que eu faço ou deixo de fazer com o Jet não é da sua conta. E não tenho a menor intenção de ter um relacionamento sério. Então, meu passado não faz diferença. Fica longe do Adam. Fica longe de mim. Se eu conseguir pensar em um jeito de te ajudar com a história da grana, eu te ajudo. Mas só isso, Asa. Não vou entrar nessa com você nem por você. Acho que ia morrer se tivesse que te enterrar depois de tudo o que eu fiz. Mereço mais do que isso.

– Não tenho muito tempo para essa história rolar, Ayd. Mesmo se você não puder me ajudar, ainda tenho que dar meu jeito.

– Acho que você devia ter pensado nisso antes de passar a perna num bando de bandidos.

Ele deu aquele sorriso de novo, e fiquei arrepiada.

– Pau que nasce torto nunca se endireita, irmãzinha. Talvez fosse bom você lembrar disso também.

Fiquei olhando ele ir embora, e parecia que o chão estava se abrindo embaixo de mim. O Asa é impiedoso. É um guerreiro e não liga se tiver que magoar ou pisar em alguém para conseguir o que quer. Preciso encontrar uma solução logo, senão ele vai desmantelar minha vida inteira aqui em Denver.

Soltei um grito de susto quando senti uma mão no meu ombro. A Shaw fez o gesto de "pega ladrão" e deu risada.

– Por acaso alguém está um pouco nervosa?

Resmunguei, passei as mãos no cabelo e respondi:

– É, acho que sim.

A expressão naqueles olhos verdes era de preocupação.

– Está tudo bem? – perguntou.

A Shaw é minha melhor amiga. Me ama e sei que não vai me julgar. Mas gelo por dentro só de pensar em contar tudo para ela, dar livre acesso à toda aquela sujeira corrosiva que o Asa trouxe à tona.

– É, acho que ainda estou assustada. Você sabe, ficar esperta, com os dois olhos sempre abertos.

– Acho que é melhor prevenir do que remediar.

Balancei a cabeça, sem pensar, e me resignei a perder aula e ter de conseguir um monte de dinheiro bem rápido.

– E você? O que está rolando?

Ela revirou os olhos e pôs aquele cabelo comprido atrás da orelha.

– Ainda ando brigando com o Rule por causa da casa. Falei que ia amar morarmos juntos, se me deixasse pagar metade da entrada. Ele ficou louco.

Subi as escadas com a minha amiga e a deixei ficar falando. Fiquei só ouvindo e balançando a cabeça. A gente parou na frente da sala onde eu ia ter a próxima aula e puxei a ponta da trança dela para ver se a Shaw parava para respirar.

– Amiga, tenta ver o lado dele só por um segundo. O Rule é um garoto que teve a maior dificuldade de estabelecer laços com as pessoas, de se comprometer, e quer comprar uma casa para você. Você se oferecer para pagar metade da entrada faz sentido para nós duas, porque você é cheia da grana. Mas, para ele, é desprezar algo que quer fazer para você, para vocês dois. Além do mais, é dinheiro dos seus pais, que *odeiam* ele, e o Rule não vai aceitar um centavo deles depois do que fizeram com você. Ele quer fazer isso *por você*, Shaw. Por que seu namorado não pode cuidar de você? Você o amou incondicionalmente por anos e anos. Será que essa não pode ser a sua recompensa?

A Shaw ficou piscando com os olhos arregalados e resmungou:

– Ah, que merda. Como é que eu não pensei nisso?

Eu dei risada e respondi:

– Porque você está com medo de se machucar. Mas o Rule é capaz de comer o próprio braço antes de te machucar de novo. Relaxa e curte o amor de vocês.

Ela fez uma cara pensativa e abriu a porta da sala de aula. Já estava com o celular na mão, mandando um torpedo para o Rule. Eu queria mesmo o melhor para os dois. Eles passaram por muitas dificuldades e merecem uma folga.

– E de onde saiu toda essa sabedoria romântica de uma hora para outra? Por acaso foi o Jet que invadiu seus pensamentos?

O Jet invadiu muito mais do que meus pensamentos. Está fazendo coisas comigo que são simplesmente assustadoras. E, com o Asa rondando, preciso controlar essa situação, se não vai tudo explodir em milhares de pedacinhos dolorosos ao meu redor. Preciso daquele controle, daquele pulso firme que eu tinha com a minha vida desde que cheguei em Denver, anos atrás. Preciso lembrar que sou eu quem mando no meu destino. Não o Asa nem o Jet.

– O Jet é muito diferente do que eu pensava. Tem um monte de coisas que eu nem imaginava nem dava valor.

E eu não estava falando só do que ele tem dentro das calças.

A Shaw sorria por causa da resposta que recebeu no celular, mas não deixou de falar comigo.

– É fácil pensar que esses garotos são só de um jeito por causa do visual e do modo que eles falam. Mas, quando deixam você se aproximar, dá para perceber na hora que são completamente diferentes.

Soltei um suspiro e procurei um lápis dentro da mochila.

– *Gosto* muito do Jet, Shaw. Gosto mesmo. Ele canta para mim todas as noites, e é um gato. E me olha de um jeito que parece que está querendo me desmontar para me montar de novo de um jeito muito melhor.

A Shaw ficou meio de queixo caído e soltou:

– Uau!

– Eu sei. Mas não estou preparada para me jogar nesse tipo de coisa com ele.

– Por que não? Se ele te faz sentir desse jeito, porque você não se joga de cabeça logo?

– Por que aí eu não teria mais o controle do que está rolando entre a gente.

Ela ia me responder, mas tivemos que parar de conversar porque o professor começou a aula, e a gente tinha que prestar atenção. Sinto que a minha vida está fugindo do meu controle de uma hora para outra. Eu só queria construir um caminho garantido para o meu futuro, um jeito de nunca mais voltar para o lugar de onde eu vim. Só que agora o meu passado estava bem na minha frente, me ameaçando. E, além do mais, meu futuro estava comprometido com alguém que não liga para segurança e estabilidade, mas me faz sentir como se eu fosse a coisa mais importante da face da Terra. É uma situação confusa e estressante e, quanto mais me preocupo, mais parece que tenho um tijolo no estômago. O Jet é um homem incrível, mas o problema é que eu não sou exatamente uma menina incrível. E não sei direito se ele está preparado para saber disso. Só sei que eu não estou preparada para entregar as rédeas do nosso relacionamento (ou não relacionamento) para ele.

Quando a aula terminou, sabia que a Shaw queria retomar a conversa, mas eu não estava nem um pouco a fim. Então saí correndo quando ela se distraiu explicando um trabalho para uma colega. Tinha problemas mais sérios para lidar. Onde é que eu ia arrumar aquela porrada de dinheiro para o Asa, por exemplo. Podia pedir ajuda para Shaw. Ela pode até não ter essa quantia toda de pronto, mas é a única pessoa que conheço que tem condições de pôr a mão numa grana dessas. Eu tinha quase cinco mil guardados, mas gastei rápido, pagando o aluguel e as despesas da faculdade, e não chega nem perto do que o Asa precisa para continuar vivendo, se ele estava tão encrencado quanto eu achava ou se a situação for tão ruim quanto ele insinuou.

Eu tinha mais duas aulas e ia trabalhar no último turno, mas precisava falar com a minha mãe, ver se ela estava bem. Liguei duas vezes, mas caiu direto na caixa postal. Tentei não entrar em pânico. Fiquei toda arrepiada só de pensar em como o Asa podia ser tão irresponsável e sem consideração e não se preocupar em como as suas atitudes podem afetar todo mundo à sua volta. Quando saí de Woodward, torci e rezei para deixar para trás todas aquelas coisas horríveis que meu irmão me obrigou a fazer.

A Shaw me mandou um torpedo deixando bem claro que a gente ainda não tinha terminado aquela conversa, e comecei a ficar com medo de trabalhar no mesmo turno que ela. Não sabia direito o que fazer em relação ao Jet, e tentar explicar a situação para minha amiga não estava me ajudando a entender. Atravessei o estacionamento correndo porque estava atrasada de novo e precisava chegar ao centro. Mas aí meu celular tocou. Como era minha mãe que, finalmente, estava me ligando de volta, parei e atendi, ofegante:

– Oi, mãe.

– Por que você passou o dia me ligando, Ayden? Tô ocupada.

Essa era a minha mãe: ainda parada nos dezesseis anos, quando ficou grávida pela primeira vez. Acho que ela nunca amadureceu emocionalmente.

– Você sabia que o Asa vinha para Denver?

– Claro que sabia. Ele estava com saudade e queria te ver.

Tive que morder o lábio para não xingar ela.

– Não, mãe. Ele está devendo muita grana para um pessoal daí. Veio aqui para eu ajudar ele a sair dessa, como sempre.

– O Asa é um bom menino, Ayd. É bom você ajudar o seu irmão.

É sempre a mesma coisa. Toda vez que ele vai preso, toda vez que os bandidos vão bater na porta dele, toda vez que meu irmão me usa ou usa ela, minha mãe sempre acha que ele é um bom menino. E isso nunca vai mudar.

– Certo. Mas se cuida, ok?

– Você se preocupa demais, menina. Essa sua faculdade chique só serviu para você ficar igualzinha àquelas pessoas daqui para quem você torcia o nariz.

Soltei um suspiro, fechei os olhos, apertei os dedos em volta do celular e respondi:

– As coisas mudam.

Ela bufou e continuou:

– Não, bebê. As pessoas é que mudam. As coisas continuam iguais.

Esse é o pensamento que faz a minha mãe ficar enfiada num *trailer* em Woodward para o resto da vida. Terminei a ligação e já ia entrar no meu jipe e ir para o trabalho quando ouvi alguém chamando meu nome. A Shaw estava correndo pelo estacionamento e falando no celular. Joguei minhas coisas no banco do passageiro e dei a volta no carro para gente se encontrar no meio do caminho. A gente ia trabalhar no mesmo turno e pensei que o carro dela devia estar com defeito ou tinha rolado alguma coisa com o Rule e ela ia me intimar. Só não estava preparada para minha amiga me pegar pelo braço e falar:

– O Jet foi preso.

JET

Na hora, achei que ela estava brincando. Afinal de contas, quando saí de casa para ir para aula hoje de manhã, ele estava dormindo na cama, todo enroladinho e satisfeito. Não conseguia entender como ele conseguiu se meter numa confusão tão grande a ponto de ir preso em tão pouco tempo. Dei risada.

– Você só pode estar de brincadeira.

Ela sacudiu a cabeça, e aquele cabelo loiro voou por tudo quanto é lado.

– Não. A Cora acabou de me ligar. Os meninos acabaram de sair do estúdio de tatuagem. Acho que o Jet ligou para o Rowdy ir lá pagar a fiança, mas os três acabaram indo juntos. Ela disse que precisou ameaçar bater no Nash para ele contar o que estava pegando. Tentou te ligar, mas caiu na caixa postal.

Olhei para tela do meu celular e vi que realmente tinha duas chamadas perdidas da Cora enquanto eu falava com a minha mãe. Fiquei só piscando que nem uma tonta, tentando entender o que estava acontecendo com a minha vida, que um dia tinha sido tão organizada.

– Por que ele está na cadeia?

– A Cora não soube me dizer. Os meninos saíram no meio do trabalho que estavam fazendo, e ela ficou lá se matando para tentar reagendar os clientes e manter a ordem na casa. Você quer que eu te leve para delegacia? Você está tão pálida!

Não sabia o que eu queria fazer. Queria fugir para algum lugar onde o Asa tivesse voltado para o Kentucky, para um lugar onde eu morria de tesão pelo Jet em segredo e fingia que podia fazer meu relacionamento com o Adam dar certo. Sacudi a cabeça e voltei para o meu jipe.

– Se ele me quisesse lá, teria ligado para mim e não para o Rowdy. Tenho de ir trabalhar.

– Ayden?

O tom da voz dela era inquisidor, mas eu só levantei a mão. Preciso de um mínimo de normalidade, algum padrão ao qual eu estava acostumada, nem que fosse só por um segundo.

– Agora não, Shaw. Falo com ele quando eu voltar para casa. Não sei o que está rolando. Mas, se foi grave ao ponto de ele ir parar na cadeia, acho que os meninos podem ajudar muito mais do que eu.

A Shaw me fez uma careta e, pela primeira vez desde que a gente se conheceu, no primeiro ano da faculdade, pude sentir que ela estava me julgando mal.

– Não concordo muito com isso, Ayd.

Só sacudi a cabeça e respondi:

– Bom, a decisão não é sua. Te vejo lá no bar.

Minha amiga ficou ali parada, com uma cara confusa, enquanto eu tirava o carro do estacionamento e ia para o bar. Minha cabeça estava girando em um milhão de direções, e estava muito difícil pôr meus pensamentos no lugar. Eu estava preocupada com o Asa, preocupada com o Jet e acho que, mais do que tudo, estava preocupada comigo mesma.

Sentia que estava perdendo o controle, que a fortaleza que construí para evitar que essas coisas acontecessem estava começando a desmoronar. E eu tentando manter ela em pé só com a ponta dos dedos. Quem eu sou e quem eu quero ser estavam se tornando duas partes separadas, e o que sobrou de mim era completamente vulnerável. Não fazia a menor ideia de como juntar essas partes de novo, nem se eu queria que isso acontecesse.

CAPÍTULO 10

EU DEVIA SABER que, quando a minha mãe me ligou, chorando e histérica, que aquela história não ia acabar bem. Normalmente, ela é frágil demais, covarde demais, para fazer qualquer coisa que não seja ficar se sentido desanimada e abatida. Mas hoje não. Hoje estava soluçando e não parava de falar que o meu pai ia matar ela. Eu preferia continuar aproveitando o gostinho de uma manhã de sexo incrível, mas enfiei uma calça e corri para o outro lado da cidade para ver o que estava rolando.

Parei o carro cantando pneu na frente da casa e subi as escadas correndo, como se o lugar estivesse pegando fogo. Nem me dei ao trabalho de bater, só abri a porta e, antes que eu pudesse parar para pôr a cabeça no lugar ou analisar a situação em que eu estava me metendo, meu pai veio correndo da cozinha e me atirou para fora da porta. Caí com um estrondo no concreto da calçada e vi estrelas por um segundo quando a minha cabeça bateu com força no chão. Antes de eu conseguir me situar ou colocar as mãos embaixo do corpo para me levantar, meu pai se atirou em cima de mim e me deu um soco do lado do rosto. A pele da minha bochecha rasgou, e desviei bem na hora que ele ia me dar outro soco que, provavelmente, ia quebrar meu nariz. Segurei as mãos cerradas e meio machucadas dele, e meu estômago se revirou quando senti o cheiro de bebida passada e da fúria pungente que saía pelos seus poros.

A gente tem mais ou menos o mesmo tamanho, mas eu estava

sóbrio e já tinha me metido em várias brigas nos meus bons tempos e com isso levei vantagem. Empurrei meu pai de cima de mim e fiquei de pé. Fiquei olhando para ele deitado no chão, passei a mão no rosto, que estava sangrando, fiz cara feia e falei:

– Que porra é essa, coroa?

Meu pai começou a gritar comigo, mas minha mãe escolheu justo esse momento para correr escada abaixo. Ela estava um caco, com a blusa rasgada, com o cabelo todo bagunçado. Mas o que realmente fez meu sangue ferver, o que fez o incêndio que eu me esforço tanto para controlar arder numa explosão de chamas e de raiva, foi o fato de que não só estava com um olho roxo, mas também com o lábio cortado e rios de lágrimas escorrendo naquele rosto pálido. Ficou óbvio que, seja lá o que tenha disparado aquela fúria de bêbado do meu pai, não fui sua primeira vítima do dia. Minha mãe ficou choramingando que a gente precisava parar, que precisava entrar se não os vizinhos iam chamar a polícia, mas nem liguei.

Cuspi um pouco do sangue que tinha escorrido da minha bochecha para o canto da minha boca e falei para o meu pai, com toda a seriedade:

– Eu vou te matar.

O coroa se levantou, meio cambaleando, e ficou me olhando com cara de quem achava que eu é que estava errado.

– Do mesmo jeito que você matou meus sonhos? Se não fosse por sua causa e por causa dessa vadia idiota, eu podia ter continuado a fazer o que eu gostava de fazer. Conhecendo o mundo, assistindo às melhores bandas. Você estragou tudo, seu pirralho egoísta. Só te pedi uma coisa. Olha só o que você me obrigou a fazer!

As palavras dele não faziam o menor sentido e, mesmo que fizessem, não tinha a menor importância. Eu só conseguia enxergar a minha mãe chorando e a ouvia pedindo para o meu pai parar. Mas não tinha mais como parar. As chamas estavam crepitando, e eu não estava nem aí se elas reduzissem o velho a cinzas.

Como ele ainda estava bem bêbado, caiu fácil quando bati nele. Ouvi minha mãe gritando meu nome, mas pareceu que ela estava muito distante. Senti uma satisfação imensa quando percebi que ele estava longe de ser tão rápido quanto eu. O soco que dei no nariz dele fez um barulho de estilhaço que me deu prazer. Não sei quantos socos mais dei. Não sei quem foi que chamou a polícia, se minha mãe estava chorando por minha causa ou por causa do meu pai. Foi só quando colocaram as algemas em mim, e um policial que parecia ter a minha idade me enfiou no banco de trás da viatura, que me dei conta do que tinha feito.

Meu pai estava deitado na calçada, duro que nem pedra. Com a cara coberta de sangue. Um paramédico colocou uma máscara de oxigênio sobre o nariz e a boca dele. Minha mãe, minha pobre mãe, com aquela cara roxa e cheia de lágrimas, estava segurando a mão trêmula dele e falando que tudo ia ficar bem. Acho que alguma coisa dentro de mim morreu quando vi minha mãe subindo na âmbulância para ir com meu pai para o hospital. O policial me olhou com uma cara de quem já tinha visto essa cena cem vezes só hoje e perguntou:

– Não quer me contar o que aconteceu?

Soltei um suspiro e encostei a cabeça na parte de trás do banco. Aquela não era a primeira vez que eu andava de viatura, mas fiquei com a forte impressão de que, desta vez, o motivo para eu estar ali era o mais sério de toda a minha vida.

– Ele bateu nela. Normalmente, só trata minha mãe como lixo, faz ela se sentir mal e inútil. Mas, dessa vez, encostou o dedo nela. Perdi a cabeça.

O policial me olhou com atenção e disse:

– Foi ele que fez isso na sua cara?

Nem me lembrava mais da bochecha, passei a língua por dentro da boca na região do machucado. Ainda doía, mas não estava mais sangrando. Não ia precisar de pontos nem nada.

– Foi. O imbecil me socou assim que eu passei pela porta.

Minhas mãos começaram a tremer e a latejar. Os nós dos dedos estavam machucados, em carne viva. O que eu tinha feito estava começando a pesar sobre os meus ombros.

O policial balançou a cabeça e deu uma batidinha no capô do carro.

– Os dois estão dizendo que foi você quem começou. Teu velho quer registrar um BO te acusando de agressão.

Resmunguei. Aposto que ia querer retirar a acusação no instante em que eu falasse com a Artifice e mandasse ele na turnê.

– A gente precisa te levar para delegacia e te fichar. Tem alguém para quem você possa ligar para pagar a sua fiança?

Balancei a cabeça e liguei para o Rowdy. Passei a versão resumida dos fatos e tive certeza que meu amigo ia trazer a cavalaria. Durante a minha juventude rebelde já me meti em encrencas com a lei o suficiente para saber que, por mais rápido que ele viesse, eu ainda ia passar o dia inteiro na cadeia.

Fiquei agradecido pelo fato de o policial não ter me posto contra a parede nem ter me dado um monte de conselhos indesejáveis no caminho até a delegacia. Também fiquei agradecido por ele não ter me perguntado um monte de vezes se eu queria saber como meu pai estava. Eu não queria saber, e também não queria saber o que minha mãe tinha a dizer a respeito disso. Essa tinha sido a última gota. Vou fazer a turnê pela Europa, sim. Vou tentar conseguir um contrato com uma gravadora grande, se é isso que o pessoal da minha banda quer. Vou fazer tudo, tudo o que deixei passar por causa dela. O que eu não vou mais fazer é ficar no meio da minha mãe e daquele filho da puta.

Eles me ficharam, tiraram minhas digitais, pegaram meus anéis, meu cinto, minha carteira e meu celular e me colocaram numa cela com um cara que, obviamente, estava lá por causa de drogas. Ele estava se coçando todo e não parava de me perguntar se eu tinha um cigarro, mesmo sabendo que é proibido fumar quando você está em cana. Sentei no banco duro e fiquei olhando para o teto. Pareceram horas. À medida que o tempo passava, pessoas entravam e saíam da cela, e eu fiquei quieto. Estava tentando me misturar com as paredes de tijolo para aquele dia acabar logo.

Não queria nem saber como é que eu ia explicar tudo isso para Ayden. A gente não estava exatamente no estágio "pague a fiança para o seu namorado sair da cadeia" do nosso relacionamento. Não sei nem se a gente está no estágio "relacionamento" do nosso relacionamento. Algo me diz que essa pequena derrapada vai cair tão bem quanto tocar metal num velório. A Ayd já não vê muita coisa em mim além de sexo e diversão e tudo o que eu menos precisava era mostrar que ela tinha razão.

Já era bem tarde quando finalmente conseguiram pagar minha fiança. Eu tinha que aparecer no tribunal na semana seguinte para receber a sentença, e o policial que me prendeu veio falar comigo onde o Rowdy estava me esperando, segurando a papelada. Ele estava com uma cara séria, nem um pouco feliz. Me entregou um envelope com todas as minhas coisas e apertou minha mão.

– Não sei se isso vale muita coisa, mas eu preferia ter posto as algemas no velho. Vejo isso acontecer todos os dias. Entendo que você só estava tentando proteger a sua mãe. Tem muitos rapazes nessa situação, e muitos são bem mais novos do que você.

Só soltei um suspiro e agradeci.

O Rowdy me deu um tapinha na nuca e praticamente me arrastou para fora da delegacia. Fiquei surpreso quando vi que ele estava sozinho, mas, enquanto a gente ia até a SUV preta dele, ele me explicou:

– O policial disse que você largou seu carro lá em Heights com chave e tudo. O Nash convenceu o Rule a ir até lá com ele pegar o carro e deixar na sua casa. A gente não sabia o que o filho da puta do seu coroa podia fazer com ele.

Como isso nem tinha me ocorrido, resmunguei um "valeu" e olhei para o meu amigo de canto de olho.

– Obrigado por ter vindo me buscar.

Ele fez que não era grandes coisas e disse:

– Não foi nada.

– Tô falando sério. Vou te pagar essa grana.

– Beleza, mas estou quase socando o outro lado da tua cara. Para com isso e me conta o que foi que rolou.

Cerrei os punhos e tapei os olhos com eles, tentando bloquear as lembranças. Mas não conseguia parar de ver minha mãe chorando com aquele olho roxo. Me deu vontade de encher o coroa de porrada de novo.

– Foi um festival de horror: meu pai me jogou no chão, minha mãe estava de olho roxo, e prestaram queixa contra mim, uma acusação de agressão bem séria – dobrei os dedos e me encolhi porque os machucados em carne viva doeram. – Eu podia ter matado ele. Tô falando sério, Rowdy. Cheguei bem perto.

Meu amigo ficou em silêncio um tempão e pensei que tinha passado dos limites da nossa amizade. Mas, quando ele abriu a boca, não tinha nada de censura no tom da sua voz.

– Ele bem que merecia. Homem que é homem não bate em mulher.

Resmunguei e me deu vontade de arrancar meu próprio cabelo.

– Agora não consigo parar de pensar em quanto tempo faz que isso estava acontecendo e por que ela nunca me disse nada. Ela entrou na ambulância com ele e foi para o hospital. Estava sangrando, de olho roxo, e foi para o hospital onde trabalha. Não disse uma palavra quando me algemaram e me enfiaram na viatura, nem um "obrigada". Para mim chega. Chega.

– Você precisa arrumar um advogado.

– Pode crer. Acho que preciso, sim.

– Fala com a sua mãe. Faz ela dizer que foi o coroa que começou a briga.

Sacudi a cabeça e falei:

– Isso não vai rolar. Acho que eu devia ter adivinhado que isso ia acontecer. As coisas estão cada vez piores. Eu me recusei a arrumar aquele trabalho com o Dario e Artifice. Ele queria ir na turnê, de *roadie*. Dá para acreditar numa merda dessas? Falei que não, aí ele encheu minha mãe de porrada e depois tentou acabar comigo. O meu pai está simplesmente maluco.

– E *o que* é que você vai fazer?

Essa é que é a questão. O que é que eu vou fazer? Como não sabia a resposta, só fiquei de boca fechada. Fiquei feliz quando vi meu carro parado na porta de casa. Também fiquei feliz quando vi que o carro da Cora não estava lá nem o jipe da Ayden. Não sabia direito o que queria dizer para nenhuma das duas. E, agora que eu tinha tempo de tomar um banho para tirar aquele fedor de cadeia e de pôr minha cabeça no lugar,

JET

com certeza era isso que eu ia fazer. Virei para o Rowdy e dei um sorrisinho amarelo que não tinha nada de alegre.

– Fala para o pessoal que eu estou bem. Especialmente para o Nash. Essa não é a primeira vez que saio no tapa com o coroa. Duvido que seja a última.

– Tamo junto, Jet. Não esquenta.

Balancei a cabeça em sinal de agradecimento e saí da SUV. Era quase meia-noite e eu estava me sentido acabado e sujo. Só queria tirar a roupa e me livrar dos meus pensamentos. Eu devia ter adivinhado que isso ia rolar há muito tempo, e o fato de eu ainda estar decepcionado por isso ter acontecido comigo me incomodava. Antes que eu pudesse mudar de ideia, que eu deixasse a culpa e todos os meus outros sentimentos me impedirem, mandei um torpedo para o Dario dizendo que eu e a minha banda topamos fazer a turnê. Depois eu lidava com o que isso ia significar para minha relação com a Ayden. Neste exato momento, preciso de algo tangível para me focar e investir minhas energias, e montar uma *setlist* matadora para levar para Europa era exatamente isso. Desliguei o celular antes de receber a resposta dele e fui para o banheiro.

Joguei todas as minhas roupas no chão, que formaram uma pilha bagunçada e ensanguentada. Abri a água quente no máximo. Quando o banheiro ficou cheio dc vapor, entrei embaixo do chuveiro e deixei a água escaldante escorrer pela minha cabeça e pelos meus ombros. Queria lavar aquele dia inteiro, mas isso ia ser difícil, porque meu pai ainda estava no hospital, e eu ainda ia ter que encarar um tribunal. A água pode até estar quente, mas não vai conseguir levar essas duas coisas embora. Dobrei os dedos debaixo d'água e fiquei olhando, sem emoção nenhuma, o sangue seco descer pelo ralo. O corte no meu rosto começou a doer, e eu ia esfregá-lo, quando a porta do chuveiro se abriu e senti umas mãos macias passando pela minha cintura e pela minha barriga. Levei um beijinho bem de leve na nuca e senti ela encostar a bochecha no meio das minhas costas.

A Ayden é toda macia: as mãos, a pele, os peitos, e tem a voz mais doce que já ouvi. Toda aquela dor aguda que passei o dia sentindo foi

165

desaparecendo, pouco a pouco, e começou a ir pelo ralo como o resto das coisas. Parte daquela tensão terrível que estava enrolada dentro de mim começou a sair, e coloquei minha mão machucada em cima da dela, que era bem menor.

– Teve um dia ruim?

O sotaque sulista da Ayden estava um pouco mais carregado do que o normal. Quis acreditar que era por que ela estava preocupada comigo, que realmente gostava de mim, do mesmo jeito que eu estava gostando cada vez mais dela. A gata chegou mais perto, apertando toda a frente do seu corpo contra as minhas costas. Comecei a sentir que outras partes do meu corpo estavam ficando tensas, mas de um jeito muito bom. Era só ela me tocar que nada mais tinha importância.

– Com certeza não foi dos melhores – respondi.

Ela subiu uma mão, pôs bem em cima do meu coração, e tenho certeza que percebeu que ele bateu mais forte quando me tocou. Aí desceu a outra e isso quase bastou para me fazer esquecer o dia de merda que eu tive. Queria me virar, queria abraçá-la, mas deixar ela me abraçar, deixar ela me fazer sentir inteiro novamente era tudo o que eu precisava naquele momento. Fiquei só de olhos fechados e estiquei as mãos para me apoiar na parede. Não via mais o rosto machucado da minha mãe nem sentia a cara do meu pai se quebrando com os meus socos. A Ayden era tudo o que importava: ela tem o poder de melhorar as coisas, de me tornar melhor.

Depois passou os dedos pelo meu pau, e fiquei arrepiado. Senti cada toque, cada vez que ela movia a mão no meu peito. Meu coração batia acelerado de um jeito que eu tinha certeza que ela podia perceber e cada vez que me apertava ou passava a mão no *piercing* na cabeça do meu pau, que latejava. Dava para sentir que ela estava sorrindo ali atrás de mim. Tirou a mão do meu peito e ficou passando os dedos em volta da argola que tenho no mamilo e, por um segundo, achei que minhas pernas não iam aguentar. A Ayden não costuma prestar atenção nas joias que tenho nos lugares que só dá para ver quando a gente fica pelado.

Acho que foi o fato de ela estar dando uma atenção especial para os meus *piercings* naquele momento, de estar cuidando tão bem de mim que me deixou louco de tesão.

Então me beijou atrás da orelha e lambeu o *piercing* de *spike* que tenho ali. Aquelas sábias mãozinhas mexeram na argola da cabeça do meu pau de um jeito que me fez falar o nome dela sem querer, e eu sabia que não ia aguentar por muito mais tempo. Mordi o lábio e fiquei me roçando na mão escorregadia dela. Aquela mão era macia e hábil, parecia que sabia o que precisava fazer para arrancar aquele veneno todo de dentro de mim. Quando enfiou aqueles dentes com força na veia do meu pescoço, que estava se matando de tanto esforço para prolongar o prazer e aproveitar ao máximo cada segundo de prazer que ela tinha para me oferecer, não aguentei mais. A Ayden riu, fazendo uma carícia suave no meu ombro e encostou a bochecha na minha pele molhada. Ela me fez gozar, enquanto eu ofegava e ficou dando uns tapinhas nos músculos tensos do meu abdome.

– Está melhor agora? – perguntou.

Sacudi a água do meu rosto e estendi a mão para fechar a torneira. Eu me virei para olhar para ela. Vi seus lindos olhos arregalarem e pousarem na ferida profunda que eu tinha no rosto e levantei minhas mãos para que ela também pudesse ver as feridas que estavam ali.

– Nem de perto.

Aí esticou a mão para tocar no meu rosto, mas desviei. Não quero que a Ayden encoste em toda essa feiura, mesmo que seja só um gesto de cuidado e carinho. Eu a puxei para perto do meu peito e a gente ficou grudado, de pele molhada e corpo escorregadio, e quis que esse momento durasse para sempre. Ela me abraçou, e dei um suspiro de alívio tão profundo que quase engasguei. Não sei direito o que passa pela cabeça dessa mulher e achei mesmo que, se ela visse o estado deplorável que eu estava, ia dizer: "Me diverti muito, Jet, mas não tenho tempo para isso". Só que, em vez disso, pôs as mãos na minha bunda e passou aquela bochecha macia na minha, do lado que não estava machucado.

– Era para eu trabalhar até o bar fechar, mas enchi o saco da Shaw para ela ficar no meu lugar. Estava todo mundo surtando.

Soltei um suspiro no meio do cabelo dela e abri a porta do box. Enrolei primeiro ela na toalha, o que foi uma pena porque tem poucas coisas nesse mundo que eu gosto tanto quanto ver a Ayden pelada. Depois enrolei uma toalha na minha cintura. Não sabia se ela queria ir para o meu quarto ou para o dela, então fui atrás quando saiu do banheiro. De quebra, pude ficar olhando para aquelas pernas compridas ao longo do caminho. Ela escolheu o meu quarto, o que não foi nenhuma surpresa. Gosta quando toco guitarra e fico compondo, e acho que sabia que, depois do que aconteceu hoje, não tinha dúvida que eu ia precisar pôr alguma coisa para fora no papel antes de ir dormir. Não sei como essa garota consegue me entender tão bem. Mas, seja lá qual for a situação do nosso relacionamento (ou não relacionamento), a Ayden Cross é a única pessoa que realmente me entende. E só isso já basta para eu gostar dela mais do que gostei de qualquer outra pessoa. Seria tão fácil me apaixonar, mesmo com todos os seus segredos.

Ela deixou a toalha cair no chão e subiu em cima do meu edredom vermelho. Aquelas pernas, aqueles cabelos pretos e aqueles olhos que pegam fogo com histórias secretas e muita sedução me deixam hipnotizado, e quero só ficar olhando para ela. Ficou me encarando por um tempão. Não sabia o que dizer, só olhei pras minhas mãos machucadas de novo e fiz careta enquanto abria e fechava elas.

– Você não precisava ter saído mais cedo do trabalho. Eu ia conseguir me aguentar até você voltar.

A Ayden levantou a sobrancelha e deu um sorrisinho de canto bem sensual. Se inclinou para trás, apoiada nos cotovelos, e isso fez os peitos dela se mexerem de um jeito que qualquer macho com sangue nas veias daria a bola esquerda só para ver.

– Para com isso, Jet. Eu estava preocupada com você. Fiquei pensando a tarde toda se devia ir até a delegacia, mas pensei que, se você me quisesse ali, teria me ligado. Sei que os meninos iam cuidar de você do jeito deles, mas precisava te encontrar para cuidar de você do meu jeito. Quero te perguntar sobre tudo o que que aconteceu, e a gente vai conversar de verdade. Olha só o estado das suas mãos. Elas passaram por todo o meu corpo e sei que o que te fez chegar a esse estado foi algo bem ruim. Mas, não vejo nenhum motivo para gente ter essa conversa antes de... dar um jeito nessa sacanagem que estou vendo nos seus olhos. Então, mexe essa sua bunda gostosa e vem aqui.

Então deu um tapinha na cama e foi o que bastou para eu começar a rir. Joguei a toalha e deixei ela percorrer o meu corpo com aqueles olhos derretidos de desejo. Quando peguei no tornozelo dela e abri aquelas pernas, seu olhar era de admiração e de alguma coisa mais que bateu fundo em mim. Ela soltou um suspiro e foi a minha vez de levantar a sobrancelha. A Ayden é toda linda e lisinha. Tudo o que eu toco é macio e sedoso, e ela tem gosto de açúcar com canela. E ela fica tão bem ali na minha cama, que eu nem consigo me lembrar como era antes de ela fazer parte da minha decoração.

Passei a mão numa daquelas pernas lisinhas e fiz cócegas nos seus joelhos. Ela espremeu os olhos, e eu dei um sorrisinho.

– Que foi?

– Para de brincar comigo.

A Ayden tem uma barriga lisa que faz uma curva delicada entre os ossos do quadril. Me abaixei e beijei bem embaixo do umbigo, aí fui deixando um rastro molhado até as dobrinhas escorregadias. Parei, e ela me xingou. Passou a mão no meu cabelo, que ainda estava molhado, e dobrou as pernas na altura das minhas costelas.

– Quero cuidar de você do jeito que você cuidou de mim – falei.

Aí beijei a Ayd de novo, dessa vez um pouco mais para baixo, e ela ficou sem fôlego e me xingou ao mesmo tempo. As coxas estavam duras do lado da minha cabeça, e passei a ponta do *piercing* que tenho na língua por cima do clitóris dela, e senti seu corpo todo ter espasmos com o meu contato suave. Me deu vontade de rir, e ela puxou meu cabelo e disse:

– Santo Deus, Jet. Você vai acabar com o meu conceito de sexo.

Que bom. Essa garota não precisa saber como é fazer sexo com ninguém que não seja eu daqui para frente. E quero que seja melhor comigo do que já foi com qualquer outro com quem ela já transou.

Passei a língua de novo, dessa vez mais fundo e com mais força. Enrolei a língua e chupei até ela arquear o corpo embaixo de mim e sua pele se arrepiar em todos os pontos de contato com a minha. Ela enfiou as unhas no meu couro cabeludo e passei os meus nós dos dedos machucados na pontinha aveludada do seu peito até ela falar meu nome de novo e começar a se derreter na minha mão e na minha língua. A Ayden goza do mesmo jeito que faz todas as outras coisas: com doçura e suavidade. Eu podia ficar chupando essa mulher o dia inteiro para o resto da minha vida, mas ela estava impaciente. Ficou óbvio que a parte da noite de cuidar um do outro tinha acabado, porque saiu rebolando debaixo de mim e me jogou de costas na cama. Pus as mãos atrás da cabeça e fiquei observando, com os olhos meio fechados, ela se inclinar por cima de mim e pegar uma camisinha no criado-mudo.

Ela sempre põe a camisinha em mim com o maior cuidado. Acho que ainda se sente intimidada pelo *piercing* que tenho lá embaixo. Sei que gosta, mas sempre passa a mão nele bem de leve, como se ainda não soubesse direito o que fazer com aquilo. Não tenho palavras para dizer o quanto eu quero que ela passe aquela linguinha quente em volta dele, sinta o gosto, a textura do metal naquela boca. Não que eu tenha do que reclamar: a Ayden não é nem um pouco tímida, e adoro o que faz com o resto do meu corpo. Gosto quando perde o controle e enfia as unhas nas minhas costas, quando deixa correr solta toda aquela paixão e aquele desejo que arde entre a gente e me morde um pouco mais forte ou puxa meu cabelo com um pouco mais de força do que eu acho que pretendia.

Então passou uma daquelas pernas compridas por cima da minha cintura e subiu em mim. Só conseguia ver o brilho daqueles olhos cor de âmbar. Enfiou os dentes no lábio inferior quando peguei a mão dela e apertei com força em volta da cabeça do meu pau. Fez uma cara de surpresa e vi que ela ficou preocupada e corada. O *piercing* deu um puxão do jeito mais gostoso possível, e dei um sorrisinho malicioso para ela.

– Pode montar, *cowgirl*.

A Ayden ficou rosadinha de vergonha e sentou em mim com tudo, e nós dois gememos. A gente se encaixa. Simples assim: a gente se encaixa. Ela se abaixou para me beijar, e o contato daqueles mamilos durinhos nos meus fez a gente suspirar de prazer. Encostou a testa na minha e encontrou um ritmo que me fez enfiar os dedos nos quadris dela e ficar soltando palavrões baixinho. Cada vez que ia para cima, a carne inchada dela puxava a minha de um jeito que pensei que ia explodir. Como a gente já estava bem excitado da brincadeirinha no chuveiro, essa escalada vagarosa e constante em direção ao orgasmo fez a gente não tirar os olhos um do outro.

Era uma coisa muito mais íntima, muito mais verdadeira, do que qualquer trepada que já tive. Dava para ver meu pau preenchendo essa mulher, sentir os músculos internos tremendo e roçando nos meus. Mas são aqueles olhos (aqueles olhos que quero beber para sempre) que me deixam louco de tesão. Era a primeira vez que eu conseguia ver a Ayden de verdade, ver que tinha alguma coisa ali para mim, e puxei ela para cima para liberar um orgasmo que deixou nós dois suados, com falta de ar e sem saber onde estava.

Então ela se jogou em cima de mim, cruzou as mãos em cima do meu coração e apoiou o queixo nelas. Pus a mão no seu cabelo e fiquei passando os dedos naquelas mechas pretas.

– Enchi meu coroa de porrada hoje.

Ela olhou para o corte no meu rosto e parou ali.

– Por quê?

Não consegui olhar nos olhos dela, fiquei olhando para o teto e deixei todos os fatos da minha vida passarem pela minha cabeça, que estava tranquila pela delícia de resolução que essa mulher tinha me proporcionado para aquele dia.

– Ele é um bosta. Uma bosta de pai, uma bosta de marido, uma bosta de homem e uma bosta de ser humano. Pôs na cabeça que engravidar minha mãe, por algum motivo, acabou com a vida incrível de festas que ele tinha antes de a gente aparecer, e passou todos esses anos culpando a mim e a minha mãe por isso. Ele quer beber e ir para balada como se ainda tivesse dezoito anos, e faz ela se sentir inútil e péssima o tempo todo. Saí de casa para fugir disso e sempre tentei ficar meio de olho nele, mas hoje ele estava bêbado e bateu na minha mãe. Perdi a cabeça quando vi, porra! Ele bateu em mim primeiro, mas quando vi minha mãe de olho roxo, só consegui pensar em matá-lo. Tenho quase certeza que quebrei o nariz dele, que teve de ir de ambulância para o hospital. Por um segundo, pensei que tinha matado o coroa, mas os policiais me disseram que não tive essa sorte. Mas o pior...

A Ayden não falou nada, só ficou me observando enquanto eu falava e escutando meu coração bater debaixo das suas mãos.

– ...o pior é que minha mãe entrou na ambulância e foi para o hospital com meu pai, enquanto eu fui levado para cadeia. Ela ficou do lado dele e disse para polícia que fui eu que comecei a briga, pôs toda a culpa em mim. Não consigo mais lidar com essa situação e me sinto um merda por causa disso.

Ela levantou uma das mãos e ficou passando a ponta do dedo na minha boca, que estava contorcida numa careta.

– O quanto a gente sacrifica a própria vida por causa da nossa família tem que ter um limite, Jet. Você não pode ficar com raiva e magoado para sempre porque a sua mãe não te deixa ajudá-la. Em algum momento, você vai ter de aceitar que ela fez a escolha dela, que obviamente não foi você.

No fim das contas, era isso que mais me doía.

– Tenho que comparecer ao tribunal daqui a alguns dias. Ele prestou queixa de agressão contra mim.

– Ele te bateu primeiro. Alega legítima defesa.

Eu alegaria. Mas a verdade é que, se a polícia não tivesse aparecido naquela hora, as chances de eu enfrentar uma acusação de assassinato seriam bem grandes. Soltei um suspiro quando a Ayden tirou minha mão do cabelo dela e deu um beijinho em cada um dos nós dos meus dedos machucados. Nunca tinha tido a sensação de sarar, mas sabia reconhecer que era isso que ela estava tentando fazer por mim. Deu uma acalmada naquela fúria que está sempre dentro de mim, prestes a explodir.

– A gente não escolhe a família que tem nem o lugar de onde veio, Jet. A gente só pode escolher quem a gente quer ser apesar deles e por causa deles.

Pus a palma da minha mão na bochecha dela e passei o dedão naquele osso saliente. Para mim, essa gata sempre pareceu elegante e refinada, como se fosse uma coisa cara para ser degustada e apreciada, uma recompensa por ter um excelente comportamento. Nunca entendi quando ela insinuava que tudo isso podia não passar de uma fachada muito bem construída.

– Por que você nunca fala nada da sua família e do lugar de onde você veio? Não digo só para mim. A Cora me contou que você nunca fala de como era a sua vida antes de você entrar na faculdade. As coisas eram tão ruins assim?

Vi ela levantar uma muralha e fechar os portões, mesmo a gente estando ali pelado, numa situação tão íntima. Espremeu os lábios e todo o brilho que pus nos olhos dela sumiu. Achei que ia tentar se afastar de mim, então entrelacei os dedos em volta do seu pescoço, por baixo do cabelo, para ela não conseguir escapar. A Ayden fez uma careta, mas não tentou sair. Soltou as duas mãos e a cabeça, que ficou encostada no rosto do anjo da morte que tenho tatuado no peito. Pôs as mãos nas minhas costelas e respondeu para parede, não para mim:

– As *coisas* não eram tão ruins assim, mas *eu* era.

– O que quer dizer com isso, Ayd? – perguntei, passando a mão nas costas dela.

Seja qual for o lugar em que toco essa menina, meu pau é a parte do meu corpo que mais sente.

Ela respirou tão fundo que fiquei arrepiado.

– Quer dizer que eu não era uma pessoa muito boa até bem pouco tempo atrás. Fiquei com muitos garotos por razões muito erradas. Também usava drogas e não ligava muito para lei. E só me importava com os outros quando eles me serviam para alguma coisa. Fazia qualquer coisa, qualquer coisa mesmo, para conseguir o que eu queria e não me importava nem um pouco se magoasse alguém ou o que os outros iam pensar de mim. Eu era um desastre, e o único motivo para eu ser daquele jeito é porque era isso que o povo de lá esperava de mim. Ninguém achava que eu era inteligente. Ninguém achava que eu ia conseguir me organizar para ir embora de lá. Se não fosse por um professor que se importava comigo e que me obrigou a tomar jeito antes que fosse tarde demais, é provável que eu seria exatamente como o povo da minha cidade falava que eu era.

A Ayden descrevia uma desconhecida. Essa pessoa me parecia tão distante dessa menina dinâmica que estava enroscada em mim que eu não conseguia nem imaginar as duas no mesmo recinto, muito menos no mesmo corpo.

— Não sei nem o que dizer. Não conheço essa garota.

Ela ficou passando o dedão pelas minhas costelas e alisando a pele esticada entre cada uma delas. Era reconfortante, ela era reconfortante, e tudo o que eu mais queria é que a Ayden fosse o bálsamo que apagasse esse incêndio que tenho dentro de mim de uma vez por todas. Dava para ver, pelo tom da sua voz, pela dificuldade que ainda tinha de olhar para mim, que "para sempre" e "eu" eram duas coisas que não se ajustavam na cabeça dela, não importava o quanto a gente se desse bem na cama ou o quanto isso nos afetasse profundamente.

— Não. Mas ela te conhece. Sabe que você me dá vontade de fazer loucuras, de perder o controle, e que não quero que isso termine. Ela sabe que estou disposta a fazer qualquer coisa para ter você, que se danem as consequências ou quem se intrometer no meu caminho. Porque você mexe comigo como ninguém nunca mexeu e é mais viciante do que todas as drogas ilegais que já usei no passado. E, principalmente, ela sabe que, quando estou com você, só consigo pensar em nós dois, ou em quanto tempo falta para eu poder me enrolar nos seus braços, e você cantar para mim. Não penso no futuro, na faculdade ou em todas as outras coisas importantes que preciso fazer para ter vida própria. Você poderia me controlar, Jet, e não quero que isso aconteça jamais.

JET

Pus a mão na bunda dela e puxei a coxa para cima de mim. Eu precisava levantar e resolver minhas coisas, mas não queria me mexer. O braço com a tatuagem dos relógios de Dalí estava em volta do ombro dela, e, mais uma vez, não pude deixar de pensar que cada minuto que eu passo com essa garota era um minuto que podia durar minha vida inteira se ela deixasse.

– E se isso não tivesse a menor importância? E se eu gostasse dela do mesmo jeito que gosto dessa sua outra versão, Ayd? Eu não quero te dominar, só quero ficar com você.

Ela soltou um suspiro e beijou meu peito.

– Nem eu consigo gostar dela, Jet, e acho que você não conseguiria.

Tinha vontade de dizer que nada daquilo importava. Tinha vontade de dizer o quanto a Ayden era importante para mim. Que nunca ninguém, tirando o tio Phil e os meninos, tinha cuidado de mim antes, e que não sabia o que fazer para ela não ficar preocupada comigo. Esse sentimento me parecia tão grande que eu bem que podia me apaixonar por essa mulher e querer ficar com ela para sempre.

Tinha vontade de dizer que eu não conseguia pensar em ninguém na minha cama ou na minha vida que não fosse ela, que eu sentia que todas as canções de amor que eu já escrevi e cantei não faziam o menor sentido até ela aparecer na minha vida. Mas não falei nada disso, porque tinha certeza que a Ayden ainda não estava preparada para ouvir. E também porque não sei direito o que esses sentimentos significam para mim.

O tempo estava escorrendo pelos meus dedos como escorria no relógio derretido da minha tatuagem; eu ia tentar segurar essa mulher enquanto pudesse, até o fogo que sinto dentro de mim me queimar vivo, então ela não ia ter outra opção senão ficar olhando minhas chamas arder.

CAPÍTULO 11

Ayden

QUINTA É O DIA QUE AS MULHERES saem juntas desde os tempos em que a Shaw ainda morava comigo e com a Cora. Às vezes, a gente se encontra para tomar um vinho e ver filmes melosos, outras a gente se arruma toda e vai para algum clube. E ainda tem noites, como esta, que a gente só quer esquecer seja lá o que for que passou a semana inteira nos incomodando.

Saímos com um único objetivo: encher a cara. Já faz tempo que aprendi a lição e nunca marco aula na sexta de manhã; não sou boba, essas noites sempre terminam em ressaca.

A Shaw escolheu um bar fuleiro na rua Treze, bem perto da casa dela. Eu e a Cora fomos de táxi, porque era óbvio que a coisa ia ficar feia, e ela sabia tão bem quanto eu que nenhuma das duas ia estar em condições de dirigir quando a noitada terminasse. Houve uma época em que a gente teria começado tomando um vinho ou umas margueritas. Mas, depois de passar tanto tempo com os meninos, acho que a gente já entrou no automático e começa bebendo uma cerveja, daquelas de litro. Uma cerveja leva à outra e, quando a terceira chegou à mesa, a Shaw já estava pronta para tomar umas doses de algo mais forte. Eu sempre fui da tequila, a Shaw curte um uísque, e a Cora foi de Jägermeister. Não demorou muito para conversa tratar de assuntos ridículos e para gente começar a rir bem alto, de um jeito irritante.

A Cora estava com aqueles olhos de duas cores arregalados, e a Shaw pôs a mão na frente da boca para segurar a risada. Eu fiquei só olhando, porque a Cora estava explicando para gente, com aquele jeitinho dela, que nunca ia entender como nós três poderíamos ser amigas, já que ela conhecia de perto o pau dos nossos namorados. Fiz uma cara de surpresa e perguntei:

— De todos?

Ela lambeu os lábios, inclinou a cabeça para o lado e respondeu:

— Como assim?

— Você já viu o pau de todos?

A Shaw quase se engasgou de tanto rir, empurrou meu ombro e retrucou:

— Não pergunta isso.

— Por que não?

— Ela deve ser obrigada a manter sigilo.

Revirei os olhos e falei:

— Quem é obrigado a manter sigilo é médico. A Cora é *body piercer*. E eu estou morrendo de curiosidade.

A Cora me deu um sorrisinho malicioso e, apesar de eu ter de admitir que fico feliz por ter sido ela e não uma vagabunda qualquer quem colocou aquele *piercing* no Jet, ainda acho estranho pensar que minha amiga pôs as mãos justo naquela parte dele.

Ela pediu mais uma rodada e fez sinal para gente se aproximar. A Shaw foi contra no início, mas conheço aquele brilho nos olhos verdes dela: estava tão curiosa quanto eu.

— De todos eles. Quer dizer, todos menos do irmão mais velho. Só o vi uma vez e já deu para ver que o Rome é estressado e nem um pouco interessado nessas coisas. O Rule é que tem mais *piercings*, o Rowdy vem em segundo, e o Jet e o Nash ficam empatados em terceiro. E olha, vou te contar, não é nada fácil enfiar uma agulha de metal nas partes íntimas dos rapazes que você considera seus melhores amigos. Achei que o Rowdy ia desmaiar, e o Nash quase me bateu.

Tive que me abanar com o guardanapo. Não faz muito tempo que eu daria risada só de pensar que ficaria com alguém cheio de tatuagens e com *piercings* nas partes íntimas. Agora sei o quanto isso é gostoso, que ninguém mais consegue fazer o que o Jet consegue. Não ia conseguir voltar para chatice do papai e mamãe nunca mais e vi, pelo olhar sonhador da Shaw, que ela acha a mesma coisa.

Mandei a tequila para dentro e levantei o copinho para fazer um brinde à Cora:

— Bom, em nome da população feminina de Denver, levanto um brinde a você e ofereço nossa eterna gratidão. Mandou bem, Cora.

Ela deu risada, mas a Shaw só balançou a cabeça e disse:

— É, valeu, Cora.

— Não tem de quê, damas. Sabem, eu tinha que fazer alguma coisa para ajudar aqueles imbecis. Eles nunca iam encontrar umas mulheres boas sozinhos com aquela personalidade. São terríveis.

A Shaw fez cara feia porque não era nenhum segredo que o Rule sabe ser bem cuzão quando quer, mas eu só sacudi a cabeça e retruquei:

— O Jet não precisa. A personalidade dele é boa. Ele é maravilhoso.

As duas se viraram para mim. Se eu tivesse sóbria, jamais teria dado essa deixa. A Shaw me olhou com brilho nos olhos e perguntou:

— E aí, o que está rolando na real?

Bem que eu queria saber.

— Nada demais. A gente é amigo, curte ficar juntos, e eu gosto dele. Gosto muito. A gente só está ficando, nada além disso.

Só que isso era uma grande mentira. Tem muita coisa além disso. O Jet tem andado mais mal-humorado e introvertido desde que passou aquele dia na cadeia. Eu sei que, em parte, é porque está tentando entender essa situação com a mãe dele, mas está rolando mais alguma coisa, porque ele está todo cheio de segredinhos. Sempre que entro no quarto, e ele está ao telefone, desliga. Está passando um tempão no estúdio, e parece que a banda está tomando muito mais tempo do que antes. Pelo que consegui entender, ele está querendo voltar para estrada e não consigo entender por que ele simplesmente não me conta isso. Não que eu tenha direito de opinar nisso, mas seria legal saber quanto tempo ele está pensando em ficar fora. Por mais que eu odeie admitir, só de pensar que vou dormir sozinha enquanto ele estiver na turnê, já fico com o estômago embrulhado.

O Jet também não me falou nada do processo. Contratou um advogado e conseguiram adiar o julgamento mais algumas semanas. Sei que está preocupado em como a decisão do juiz vai afetar esses planos, mas não parece muito preocupado com a sentença em si. Acho que pensa que vai levar uma punição leve e fazer um pouco de serviço comunitário. Mas fico preocupada por ele nunca tocar no assunto nem falar sobre como está a situação da mãe e do pai. Sei que ele está se debatendo com umas questões bem pesadas e eu queria poder ajudar, mas parece que ele não quer deixar.

– O Jet te contou por que foi preso? – perguntou a Shaw.

Balancei a cabeça. Sei que o Rule sabe mais ou menos o verdadeiro motivo, mas o Jet anda dizendo que se meteu numa briga, e não me achei no direito de explicar a dinâmica familiar dele para minha amiga.

– Contou, sim. Não foi culpa dele.

A Shaw sacudiu a cabeça, e aquele cabelo loiro quase branco ficou esvoaçando, chamando a atenção dos rapazes que estavam sentados numa mesa do outro lado do bar. Ficaram olhando para gente a noite inteira. Normalmente, não ligo de mandar um sorrisinho bem dado para ganhar uns drinques de graça. Mas agora que um certo roqueiro faz parte da minha vida, não acho certo.

– Nunca é culpa deles, pode acreditar. O Rule já me disse isso um milhão de vezes.

A Cora revirou aqueles olhos expressivos, se encostou na cadeira e completou:

– É porque esses garotos têm sexo, pecado e muita diversão estampados na cara. E aí ninguém os faz se sentir responsáveis por serem uns cuzões a maior parte do tempo.

– Dessa vez, a "filha da putice" não foi culpa do Jet. Ele foi vítima das circunstâncias.

Ela se virou para me olhar, e tive que me esforçar para não virar para o outro lado.

– Eu ouço quando ele canta para você à noite, sabia?

Meu rosto pegou fogo. Queria muito mudar de assunto, mas tinha quase certeza que não iam me dar essa opção. Tentei encolher os ombros, fazer que não era nada.

– A voz dele é linda.

– É mesmo. Mas o Jet nunca a usou desse jeito até você começar a dormir no quarto dele.

Pus a mão na minha garganta e me recusei a olhar nos olhos da Cora.

– Sabe, um dia desses, você vai encontrar um gato que vai te deixar doidinha, e aí a gente vai jogar na sua cara todos os defeitos dele.

A Shaw fez uma cara de surpresa, balançou a cabeça e concordou:

– Eu mal posso esperar esse dia chegar.

A Cora ficou sacudindo uma daquelas mãozinhas e falou:

– Você não vai precisar me dar nenhum toque, porque estou me guardando para o gatinho perfeito.

Eu e a Shaw nos olhamos e ficamos de queixo caído. Foi a Shaw quem conseguiu soltar:

– Você só pode estar de brincadeira.

A Cora sacudiu a cabeça e respondeu:

– Não estou, não.

– Mas não existe homem perfeito, Cora. Olha só para o Adam. Bonito, mais fofo impossível, com um futuro perfeito pela frente. Isso sem falar no milhão de coisas que a gente tinha em comum, e eu realmente curtia a companhia dele. Mas nada disso importa, porque eu não sentia porra nenhuma por ele. O Jet só precisa olhar para mim, dar um sorrisinho, que já fico morrendo de vontade de pular em cima dele e pegar fogo.

A Shaw balançou a cabeça freneticamente e completou:

– E a minha versão do garoto perfeito tentou me matar de porrada

JET

e me estuprar. Isso não existe, gata. Você só vai se decepcionar se continuar pensando assim.

Nossa amiga só sacudiu a mão de novo e pegou a cerveja.

– O Jimmy partiu meu coração, esmigalhou ele em mil pedacinhos. Não sabia que podia existir uma dor tão grande até pegá-lo com aquela mulherzinha. Nunca mais vou passar por isso. Estou esperando alguém perfeito: sem grandes questões nem grandes dramas e sem histórico de instabilidade ou indisponibilidade emocional. Precisa existir alguém assim em algum lugar desse mundo.

Aí apontou o dedo para mim e disse:

– E o Adam usava coletinho de tricô. Era óbvio que não era o namorado certo para você – depois, apontou para Shaw e declarou: – E você sempre foi apaixonada pelo Rule. Então, mesmo que todo mundo achasse que o malucão era perfeito, você sempre soube, bem lá no fundo, que o Rule era o homem certo para você.

Depois dessa, nós duas ficamos em silêncio. Eu só soltei um suspiro.

– Cora, nós duas te amamos e, sim, você tem razão a maior parte das vezes, e isso é irritante. Mas acho que, nesse caso, você está pedindo demais.

Ela resmungou alguma coisa que não ouvi direito e tentei dar uma aliviada na conversa explicando:

– Não estou falando que a maioria dos candidatos vão passar no crivo do Trio Terrível. Eles são piores do que aqueles pais que apontam a espingarda para o genro casar.

Nós três morremos de rir, e a Shaw até chorou.

– Aaah! Os três tatuadores machões adoram a fadinha deles – completou.

A Cora fez careta e atirou um guardanapo de papel molhado nela, e a Shaw atirou a embalagem do canudinho na Cora. Já que a gente estava quase voltando para pré-escola, resolvi que já estava na hora de ir ao banheiro. Como o bar era fuleiro, fui de botas de caubói, uma sainha jeans e uma camiseta preta justinha com o logo do uísque Jack Daniel's. Estava bem, mas sem exagero na produção, e fiquei feliz por não precisar

181

contornar as mesas e cadeiras de salto alto. Porque, na melhor das hipóteses, eu estava cambaleando.

O banheiro era nojento, então fiz o que tinha que fazer o mais rápido possível e lavei as mãos como se tivesse me preparando para realizar uma cirurgia. Estava passando uma camada de *gloss* e tentando avaliar o quão bêbada estava tocando a ponta do nariz com o dedo indicador quando a porta daquele lugar apertado sacudiu. Pulei para longe do espelho, gritei que já ia sair, mas isso não deteve a pessoa que tentava entrar. Se eu tivesse sóbria, teria surtado muito mais. No meu estado, só consegui ficar meio surpresa quando aquela fechadura velha cedeu, e a figura entrou no banheiro comigo.

Eu não esperava que o desconhecido que anda rondando meu bairro, o sujeito que, com certeza, tentou agarrar a Cora, entrasse naquele banheiro nojento e ficasse bem ali na minha frente. Ele me agarrou pelos ombros e me atirou contra a pia. Agora que a gente estava a milímetros de distância, consegui lembrar direitinho quem ele era.

– Silas.

Pronunciei esse nome como algumas pessoas pronunciam a palavra "câncer". E é isso mesmo que ele é. O Silas Anderson tem todas as qualidades ruins de todas as pessoas ruins juntas. Se é dele que o meu irmão está fugindo, o Asa só me contou metade da história. Não o reconheci antes porque era óbvio que o tempo não tinha sido nem um pouco gentil com esse garoto desde que saí de Woordward. Ele é um ano mais velho do que o meu irmão, mas está com cara de cinquenta. A pele é nojenta e acabada, os olhos fundos, com uma expressão louca, e o cabelo, que já foi até decente um dia, cai meio armado e oleoso em volta daquela cara feia. É difícil de acreditar que, um dia, ele já foi considerado um bom partido. Também é difícil de acreditar que, um dia, achei que transar com ele não era tão ruim assim, se fosse para o Silas sair da cola do meu irmão. Agora, só de pensar, me revira o estômago, e minha cabeça gira.

– Cadê a agenda, Ayd? Sei que o Asa anda por aqui. Sabia que aquele bundão não ia se aguentar e vinha correndo pedir para você consertar o que ele fez, como sempre. Preciso daquela agenda de volta. Para ontem.

JET

Tentei me soltar, mas tinha pouco espaço, e o pânico e o desespero deixaram o Silas mais forte ainda.

– Não sei do que você está falando – meus dentes começaram a bater com força quando ele começou a me sacudir.

– Não sei o que o imbecil do seu irmão te falou, mas dessa vez não é aqueles golpinhos bobos que o Asa está acostumado a dar. Se ele não devolver a tal agenda, esse povo vai matar ele. Vai descontar a raiva na sua mãe e depois vem atrás de você.

Consegui pôr a mão no peito dele e dei um jeito de empurrá-lo para trás, para eu conseguir chegar mais perto da porta.

– Do que você está falando? O Asa me falou que está devendo vinte mil para um sujeito de quem ele roubou uma coisa.

O Silas deu uma gargalhada que me deixou toda arrepiada.

– Nada a ver. Aquele retardado roubou a agenda de uma gangue de motoqueiros. Lá estão anotadas todas as vendas e tudo o que todo mundo deve. De quase todo mundo do Sul dos Estados Unidos. Não sei o que ele achou que podia fazer com isso, mas agora está todo mundo, mais a mãe de todo mundo, na cola dele para pegar essa agenda de volta. Você sabe que ele é capaz de vender você e a própria mãe para escapar dessa, Ayd. Só me fala onde o Asa está.

– Você tentou invadir a minha casa?

Ele olhou em volta, com uma expressão nojenta naqueles olhos de maníaco.

– Aquela vagabunda em miniatura quase eletrocutou minhas bolas.

– Você deu sorte de não ter levado um tiro. Ela é do Brooklyn e não brinca em serviço.

– Não muda de assunto. Sei que ele está aqui em Denver. Fiquei te seguindo vários dias, só esperando o Asa aparecer e te pedir para dar um jeito na situação. Como sempre.

Tentei não vomitar de nojo quando o Silas olhou para mim de cima a baixo.

– Não faço mais isso por ele. Não faço mais nada por ele. O Asa que

183

limpe a própria merda – fiz questão de deixar bem claro: – Não sei onde ele anda e não sei de agenda nenhuma.

O Silas soltou um palavrão, e pulei quando aquele punho gordo dele socou o espelho ensebado que ficava em cima da pia. O espelho se estilhaçou numa chuva de pedacinhos de vidro.

– Não estou brincando, Ayd. Estou falando de uma gangue de motoqueiros que está muito puta, que vendem drogas e armas e não vai ter nenhum problema em enterrar sua família inteira na floresta se tiver vontade. O Asa fez uma puta de uma cagada, e eu só estou tentando minimizar o prejuízo.

– Me seguindo? Matando a menina que mora comigo de medo e tentando invadir a minha casa? A gente não está em Woodward. Aqui isso não cola.

Abri a porta do banheiro, virei para trás e disse:

– Vou falar com o Asa. Se eu conseguir fazer ele me entregar essa agenda, é melhor você me garantir que nada vai acontecer com a minha mãe. Mas o mais provável é que ele já tenha feito alguma besteira com o negócio e mentiu para mim sobre os vinte mil para poder fugir. A gente está falando do Asa, você sabe do que ele é capaz.

O Silas me olhou de cima a baixo de novo com aqueles olhos de sapo, do topo da cabeça às pontas gastas das minhas botas.

– Você também sabe, Ayd. E, se você está achando, nem que seja por um segundo, que aquele merdinha não vai vender essa sua bunda gostosa para uma gangue de motoqueiros para salvar a própria pele, está muito enganada e não aprendeu droga nenhuma nessa sua faculdade chique.

Saí pela porta tremendo por dentro. Me esforcei tanto para o meu passado não interferir na minha vida nova, para tentar esquecer as coisas que fiz e o jeito que eu vivia. Mas parecia que o destino estava determinado a me enfiar tudo isso goela abaixo. Naquele momento, podia dizer, com toda a sinceridade, que odeio meu irmão, odeio tudo o que ele representa. E, mesmo assim, ia tentar dar um jeito de salvar a pele dele. Era um saco eu simplesmente não conseguir deixá-lo se afogar na sua própria estupidez e ganância.

Quando voltei para mesa, não fiquei nem um pouco surpresa de ver que a gente tinha companhia. A Shaw estava sentada no colo do Rule, que terminava de tomar uma cerveja, e o Jet tinha tomado conta da cadeira onde eu estava sentada. Eles estavam rindo de alguma coisa que a Cora tinha dito, e me deu um aperto no peito. Esta é a família que eu sempre quis. Essas são as pessoas com quem eu posso contar, que me amam nos melhores e piores momentos e não me pedem nada em troca. E tudo o que eu fiz foi enganá-las, fazer elas pensarem que valho mais do que realmente valho.

O Jet cruzou o olhar com o meu, e dei um sorriso forçado. Tinha tantas perguntas flutuando naquelas profundezas castanhas. Queria tanto poder responder pelo menos uma delas. Parei do lado dele e sorri de verdade quando ele passou a mão nos meus quadris.

– O que está pegando? – perguntei.

– A gente estava lá na casa do Rule, e a Shaw mandou um SOS. Pensei que, já que eu estava aqui por perto, podia passar para pegar as duas tontas e levar para casa, para vocês não precisarem ir de táxi.

Isso foi fofo. Ele é fofo. E ridiculamente gato. Como ele é gato! Aquele cabelo estava todo bagunçado, como sempre, e ele vestia uma camiseta preta justa de manga comprida com desenho de um pentagrama e de um crânio de vaca. Tenho certeza que é o logo de alguma banda que eu nunca ouvi falar, mas ficou bem nele. Quase tão bem quanto aquela calça jeans preta justíssima que o Jet ama e enfia a bainha nos coturnos desamarrados. Gosto de tudo nele, dos anéis de prata que usa em todos os dedos àqueles chifrinhos de diabo que tem na ponta das duas orelhas. O Jet tem pinta de *rock star* e sei, por experiência própria, que o talento dele vai muito além do palco. Lambi os lábios, e ele apertou com mais força aqueles dedos na pele macia dos meus quadris.

– Bom, foi muito gentil da sua parte.

Não queria pensar no Asa, nem no Silas, nem na minha mãe. Só queria ir para qualquer lugar ficar a sós com o Jet e deixar ele me fazer esquecer de tudo. Podia dormir com esse gato cantando no meu ouvido e fingir que tudo ia dar certo.

O Rule deu risada e levantou a sobrancelha. Aqueles *piercings* fazem ele parecer tão malvado e sinistro. E eu sei direitinho porque a Shaw é louquinha por ele há tanto tempo.

– Não tem de quê. A gente é que vai se dar bem por vocês estarem bem bebinhas, prontas para o abate. Falei para o Jet no caminho que a noite que as mulheres saem sozinhas é uma das minhas preferidas da semana. A Shaw sempre volta querendo brincar.

Minha amiga deu um suspiro ofendido e socou o braço do namorado. O pessoal deu risada, e não pude deixar de sorrir quando ela ficou toda vermelha. Brincar com o Jet, bêbada ou sóbria, parecia muito mais divertido do que ficar lá no bar. Tentei cruzar o olhar com o dele para dar a entender que, quando quisesse ir, eu ia com ele. A Cora pediu mais uma rodada e, quando a gente terminou de beber, já estava mais do que na hora de ir para casa. Ela se arrastou agarrada entre mim e o Jet, e ele teve que colocar aquele corpinho minúsculo no banco de trás do carro. Nos deu uma olhada bem séria e avisou que, se a gente vomitasse no carro, que é como um filho para ele, a gente ia ter que limpar, por mais bêbada que estivesse. A Cora achou hilário e morreu de rir, até ficar sem ar.

O Jet assoviou baixinho e buzinou quando a gente passou pela caminhonete gigante do Rule. Vi que fez um gesto obsceno para ele, mas não parou de fazer o que estava fazendo com a Shaw. Tinha grudado ela na porta do motorista com os braços em volta do pescoço dele e as pernas em volta da cintura.

Tentei não me encolher toda quando o Jet ligou o som a todo o volume. Era tão barulhento e violento que odiei o fato dele se identificar com esse gênero de música. Ele abaixou o volume encolhendo os ombros e disse:

– É a Wolves in the Throne Room.

– Lobos na sala do trono? E isso lá é nome de banda?

Ele me deu uma olhada de canto e retrucou:

– É sim, um nome maravilhoso.

Bufei e me encostei no banco. A gente nunca ia se entender em termos musicais, assim como eu nunca ia convidá-lo para dançar quadrilha comigo. Além do mais, se algum dia o Jet tentar me arrastar para um *mosh*, mato ele. Que bom que a gente tem muitas outras coisas em comum.

A Cora estava resmungando alguma coisa lá atrás e tinha se virado de barriga para baixo, com a cara esmagada no banco. Me assustei um pouco quando o Jet pôs a mão na minha coxa, bem onde a bainha da minha saia tinha subido.

– Você parecia estressada quando voltou para mesa. Está tudo bem?

Estava tudo na ponta da minha língua. O Asa, o Silas e toda aquela confusão horrorosa e sórdida. Mas, em vez de falar, pus minha mão na dele e puxei mais para cima.

– O banheiro estava sujo, e fiquei surpresa em te ver. Você anda tão ocupado esses últimos dias. Achei que você ainda devia estar no estúdio.

Ele ficou passando o dedão na minha pele macia e subiu um pouco mais. Até que eu tive que me lembrar de respirar e que a gente não estava sozinho.

– É, estou resolvendo umas paradas aí.

Eu estava bêbada, mas não tão bêbada a ponto de não me dar conta de que ele me dava uma resposta vaga de propósito.

– Resolvendo que paradas? – perguntei.

Ele soltou um suspiro e, em vez de ficar me alisando, começou a me apertar. Tremi um pouco e me mexi no banco, e isso tornou ainda mais fácil o acesso dele à minha carne, que estava ficando cada vez mais molhada e excitada.

– Você quer mesmo falar disso agora?

Pisquei para ele e espremi os olhos, irritada.

– Bom, eu já estava pensando se você ia me falar alguma coisa ou só me pedir para te levar ao aeroporto qualquer dia destes.

Ele pôs o dedão no elástico da minha calcinha e, por um segundo, esqueci que estava puta com ele, porque vi estrelas.

– Vou ficar fora uns meses, fazendo uma turnê.

Fiquei sem ar quando senti ele tirando a renda da frente. Queria olhar para trás, para ter certeza de que a Cora ainda estava apagada, mas

tive medo de me mexer, com medo de ela perceber aquela sacanagem que ele estava fazendo comigo.

– E por que tanto segredo? Você não faz turnê o tempo todo?

O Jet suspirou de novo e quase dei um soco nele, porque tirou os dedos de mim. Quando me dei conta, estávamos parados na frente de casa. Eu me virei para ajudar a tirar a Cora do carro quando ela empurrou a parte de trás do banco e passou por cima de mim.

– Preciso mijar agora mesmo!

Minha amiga entrou correndo em casa tão rápido que ninguém diria que, há um segundo, ela estava praticamente em coma. Dei risada e ia entrar atrás dela, mas o Jet passou o braço na minha frente e fechou a porta. Desligou o carro, e o som desligou junto, e ficamos só eu e ele naquele casulo silencioso.

– Vou para Europa. A gente vai abrir para Artifice, é bem importante. Nunca fiquei tanto tempo fora nem fui tão longe, porque sempre fiquei preocupado com o que poderia rolar com a minha mãe. Mas agora eu tenho outras razões para ficar dividido.

– Você está com medo que o seu pai bata nela de novo?

– Ah, tem dó, Ayd. Você sabe que não é disso que eu estou falando.

Naquele silêncio, os olhos do Jet ficaram ainda mais escuros, e ele continuou:

– Todos os dias, fico esperando que você vai dizer que foi tudo muito divertido, mas que tem coisa melhor para fazer. Não quero nem te falar o que passa pela minha cabeça quando penso em te contar que vou passar três meses na estrada.

Mordi meu lábio inferior com força. Pus uma mão no ombro dele, e usei isso e o volante de apoio para levantar e sentar no seu colo. Segurei o rosto dele e me inclinei para beijá-lo. Não quero que ele fique preocupado comigo, no que vai passar pela minha cabeça, enquanto estiver fora. Quero que vá para turnê e faça o que ama fazer pela primeira vez na vida, só por ele, e esqueça dos traumas. Passei a língua na dele, brinquei com o *piercing* e dei umas mordidinhas no seu lábio inferior. Beijei o Jet como

JET

ele sempre me beija, como se fosse o último homem na face da Terra em que vou encostar a boca.

Passei as mãos nos ombros dele e olhei bem nos seus olhos.

– Você vai cantar canções antiamor raivosas para mais alguém enquanto estiver fora?

Ele deu risada e pôs as mãos na minha bunda, bem onde a minha saia tinha subido numa altura indecente.

– Não.

– Você vai achar outra para cantar músicas country antigas e melosas antes de dormir?

Ele ficou todo duro porque consegui pôr a mão entre a gente, que estava tão juntinho, e abrir a fivela do cinto dele. Eu não sabia se ia ter espaço para tirar aquelas calças, mas morria de vontade de tentar.

– Não, Ayd. Você é a única para quem quero fazer isso.

Segurei o pau dele, que estava quente e pesado. O Jet devia estar pronto para seguir em frente, porque ouvi um tecido rasgar e senti o ar gelado da noite na minha pele nua, porque minha calcinha de renda não estava mais cobrindo meu traseiro.

– Então para de se preocupar com todo mundo menos com você. Vou estar aqui quando você voltar e, quem sabe, até lá eu já esteja preparada para ter aquela conversa que você está morrendo de vontade de ter. Uma coisa de cada vez, lembra?

Ele gemeu quando o beijei de novo. Eu estava cansada de falar, cansada de pensar. Só queria que ele metesse em mim e não me importava de estar na rua, dentro do carro dele, quando a gente tinha duas camas ótimas à nossa disposição a menos de cem metros de distância. É muito mais difícil ignorar a Ayd Má com ele assim, todo quente e excitado, pulsando de um jeito tão delicioso no meio das minhas pernas. O encontro com o Silas e tudo o que está para acontecer com o Asa quase fez a velha Ayden destampar a caixa onde a guardei com tanto cuidado.

– A gente tem que conversar antes, Ayd. Você sabe disso.

O Jet estava bem onde eu queria: com a cabeça do pau e aquele

189

piercing geladinho roçando nas minhas partes molhadas e cheias de desejo. Eu estava pronta para engolir aquele gato e desaparecer naquela sensação que só ele me proporciona. Mas o Jet de repente enfiou aqueles dedos compridos um de cada lado da minha bunda com tanta força que doeu. Levantei a cabeça para olhar para ele, morrendo de tesão e frustrada por ele estar bancando o difícil. O barato sexual que ele me proporciona é mais forte do que uma garrafa inteira de tequila, e eu ia gritar se ele não me desse o que eu queria.

– Jet, fala sério. Isso pode ficar para depois.

Tentei me soltar, me afundar e sentar em cima dele, mas o Jet estava me segurando com muita força e fiquei presa entre aquelas mãos duras e o volante.

– A gente não pode transar aqui, Ayd. Estou sem proteção.

Bom, isso era uma merda. Eu estava pronta, mais do que pronta, e sabia que ele também. Beijei o Jet de novo e tirei a Ayden Má da caixa. Eu estava simplesmente cansada de segurar aquela tampa.

– Não ligo.

E não ligava mesmo, pelo menos não naquele exato momento. Amanhã eu ligaria, com certeza. E, em cinco minutos, eu provavelmente teria um ataque de pânico. Mas, naquele instante, eu só queria transar com o Jet. Não tinha nada a ver com a tequila que estava correndo nas minhas veias. Para mim, já estava bom ele gostar de mim, se preocupar comigo o suficiente para puxar o freio de mão quando estava com o pau tão duro e tão perto de gozar quanto eu.

Ficou tentando me tirar de cima dele, mas foi inútil. Eu estava muito bêbada, e ele muito duro, e simplesmente tinha algo de muito sensual e louco em transar no banco da frente do carro dele. Não ia dar para segurar por muito tempo.

Quando senti o toque daquele metal gelado sem estar coberto de látex pela primeira vez, quase desmaiei. Fechei os olhos, e acho que ele falou um palavrão, ou talvez tenha dito que me ama. Seja lá o que for, me perdi na sensação que queimava a minha espinha e me fazia ofegar encostada no seu pescoço. Ele estava me pegando com força, ia deixar marcas. Fiquei tão feliz por ter tido o instinto de usar saia que quase me dei os parabéns. Até ele me levantar depois me abaixar e eu não conseguir mais nem lembrar que dia da semana era aquele.

Disse o nome dele um milhão de vezes porque era a única coisa que consegui pensar naquele momento, e ouvi ele urrar e falar alguma sacanagem incoerente. Eu ia perder a cabeça, gozar e levar o Jet comigo, quando ele se mexeu embaixo de mim e tirou o pau de dentro. Eu estava com muito tesão, muito perto da linha de chegada para isso fazer diferença. Tremi e me retorci toda, gozei em cima dele e ouvi o Jet gemer e sussurrar meu nome. Quando finalmente consegui abrir os olhos e recuperar o fôlego, só consegui ficar encarando ele de olhos arregalados. Ele me deu um beijo na bochecha e se mexeu para gente tentar se ajeitar pelo menos um pouco. Ainda estava de pau duro, grudado em mim como se fosse uma barra de ferro, e não pude deixar de perceber que ele estava com cara de quem comeu e não gostou.

Segurei seu maxilar, com a mão meio trêmula, e o obriguei a olhar para mim. Os músculos tensionavam e relaxavam, e aqueles olhos castanhos com aquela auréola nada santa me despiram melhor do que qualquer outra coisa que ele já tinha feito.

– Por que você fez isso? perguntei.

Eu estava rouca. Até eu achei que era voz de quem tinha acabado de ser bem comida.

O Jet pegou na minha cintura e me tirou de cima dele só para eu parar de esmagar aquela ereção impressionante entre a gente. Encostou a cabeça no apoio do banco, espremeu os olhos e falou:

– Não vou deixar você me usar para fazer escolhas erradas só para ter uma desculpa para fugir de mim, Ayd. Quando você me largar, vai ter de ser por um motivo de verdade. Não só porque você perde o controle quando a gente transa e morre de medo disso.

Depois dessa, fiquei sem saber o que dizer. Porque, mesmo estando sob o efeito daquele barato maravilhoso, sabia que ele tinha razão.

Na dura luz do dia, fazer sexo sem proteção no banco da frente de um carro descolado é exatamente o estilo de coisa que ia me fazer fugir correndo dele. Exatamente o tipo de coisa que quero acreditar que deixei para trás. Estava tentando dar um jeito de manter distância entre ele e a nova Ayden, e o melhor jeito de fazer isso era deixar a velha Ayden finalmente fazer as coisas do jeito ruim dela.

O Jet me abraçou, e as melhores partes do nosso corpo se encostaram de novo. Não sei o que vou fazer com ele a longo prazo. Tenho a impressão que vou acabar partindo o seu coração e o meu também. Mas, neste momento, só quero cuidar dele tão bem quanto ele cuida de mim.

– Me leva lá para dentro, Jet.

Não precisei pedir duas vezes.

CAPÍTULO 12

Eu tinha certeza que alguma coisa estava errada antes mesmo de abrir os olhos na manhã seguinte. Normalmente, aquelas pernas intermináveis ficam enroscadas nas minhas, e uma nuvem de cabelo preto macio como uma pluma fica espalhada no meu rosto e no meu peito. Mas esta manhã não foi assim. A Ayden estava toda encolhida para o lado, de costas para mim. Com as mãos cruzadas em cima do rosto, de olhos fechados e com a maquiagem toda borrada.

Até parecia que tinha passado a noite chorando.

Considerando que ela devia estar de ressaca depois do balde de tequila que tomou na noite anterior, não fui muito gentil com ela. Mas tinha alguma coisa a mais, alguma coisa rolando que eu não conseguia ver, mas com certeza podia sentir. Foi só por isso que consegui parar o que a gente estava fazendo no carro. Parecia que tinha alguém entre a gente, que eu não conseguia tirar da frente para chegar perto dela. Isso estava quase me matando. Meu pau jurou se vingar de mim de um jeito muito ruim e desagradável. Mas eu sabia, no fundo da minha alma, que essa garota só precisava de uma desculpa como essa, uma derrapadinha de nada, para ir embora.

Eu ia acordar a Ayden, dar um beijo no seu ombro e, quem sabe, em lugares mais interessantes que estavam cobertos pelo edredom vermelho. Mas o meu celular tocou nervoso com os gemidos tensos do metal da Mastodon. Corri para atender antes que a Ayden acordasse, mas foi tarde demais. Quando consegui atender, ela puxou a coberta até a cabeça e estava me xingando de um jeito que ia deixar meus amigos orgulhosos.

Dei risada e bati naquela bunda redondinha por cima do edredom pesado. O Von não costuma me ligar antes do meio-dia, mas todo mundo na banda está na maior correria para resolver as paradas da turnê.

– E aí?

Tinha muito barulho no fundo, um monte de vozes bravas, e um som de sirene, combinando com o tom de pânico do meu guitarrista. Me deu um arrepio na espinha.

– Jet, você precisa vir para o estúdio. Agora!

Eu estava de pé, procurando uma calça no chão.

– O que está pegando?

Não vi a Ayden tirar a cabeça de baixo da coberta, mas dava para sentir aqueles olhos claros me observando enquanto eu enfiava uma camiseta e os coturnos.

– Arrombaram o estúdio. Levaram tudo.

Pisquei de surpresa, porque aquilo não fazia nenhum sentido.

– Como assim?

Devo ter parecido um imbecil, mas minha cabeça estava girando em um milhão de direções diferentes. Só conseguia pensar que, se meu pai estivesse metido nisso, não ia ter tribunal na face da Terra que ia me impedir de matar o coroa.

A Ayden pôs aquelas pernas compridas para fora da cama e fiquei olhando, meio distraído, ela vestir as roupas que usou na noite anterior. Só que pôs a minha camiseta de manga comprida com desenho de crânio de vaca. Eu não devia ter capacidade de processar que ela ficou supergostosa. Mas ela ficou, e eu total consegui.

– Tudo. Os instrumentos, o equipamento de gravação, tudo mesmo. Parece que alguém parou um caminhão e fez a limpa no lugar. Chamei a polícia e o resto da banda, mas você precisa vir para cá porque é o dono e está tudo no seu nome.

JET

Passei a mão que estava livre no cabelo e peguei as chaves do carro. A Ayden tirou elas da minha mão e sacudiu a cabeça. Falou "eu dirijo" e me empurrou porta afora. Por sorte, a Cora ainda estava derrubada, porque eu não tinha tempo nem vontade de explicar o porquê da gente sair correndo de casa como se estivesse fugindo de um incêndio.

– Fala para polícia que o prédio inteiro tem alarme, e que tem câmeras de segurança, se isso ajudar em alguma coisa.

Ela me olhou de canto com uma expressão que eu não consegui interpretar, mas estava muito ocupado tentando contabilizar o prejuízo na minha cabeça. Só de instrumentos eram quase vinte mil. Mas o equipamento de gravação e todas as outras coisas de última geração que eu tinha triplicavam fácil essa conta. Não queria nem pensar em tentar substituir tudo, na correria que a gente precisava, para poder fazer a turnê. Só de pensar, meu sangue já fervia, e meus olhos ficaram vermelhos. Se foi coisa do meu pai, nada neste mundo vai me impedir de acabar com a vida dele e pisotear os cacos que restarem do nosso relacionamento.

Ouvi o Von repetir as informações que eu tinha acabado de passar para ele e alguém falar um monte de palavrões bem alto.

– Os policiais querem saber se tudo tinha seguro.

Bufei e puxei o cabelo de tanta frustração.

– Claro que tem. Até os metaleiros precisam ter seguro.

Ele começou a rir, e soltei um suspiro porque, de repente, me senti exausto.

– Mas isso não interessa. A gente vai ter que comprar pelo menos os nossos instrumentos para fazer a turnê – falei.

– A gente pode usar nosso equipamento de reserva se for preciso.

– Não. A gente se comprometeu em fazer essa turnê, se comprometeu em fazer um show de abertura legal para Artifice ficar conhecida internacionalmente. Não vou decepcionar o Dario. A gente vai comprar todas essas coisas.

– E a gente tem grana para isso?

– Provavelmente não, mas é assim que as coisas são. Tô chegando.

Olhei para Ayden, e ela mordia o lábio inferior com força. Deve ter percebido que eu a observava, porque olhou para mim e me deu um sorriso forçado que não me convenceu nem por um segundo. Tinha voltado a ser misteriosa, e a Ayden que eu começava a conhecer, aquela por quem tinha quase certeza de estar me apaixonando, sumiu. No lugar dela, estava uma mulher que me olhava como se a gente nem se conhecesse.

– Você não precisa ficar. Só me deixa lá que eu peço uma carona para um dos rapazes quando terminar de falar com a polícia.

Ela não falou nada, mas percebi que apertou o volante. Eu daria qualquer coisa para saber o que se passava naquela cabeça complicada.

– Aposto um milhão de dólares que isso é coisa do meu pai. Ele está puto que a gente vai ter que se enfrentar no tribunal, que eu não cedi nem dei o que ele queria. Esse deve ser o jeito que encontrou para se vingar de mim e, pela primeira vez, foi bem eficaz!

– Você tem câmeras de segurança?

A pergunta da Ayden me pareceu estranha.

– Tenho. O equipamento é caro, e os nossos instrumentos são *top* de linha. Além do mais, sempre tenho coisas de outras bandas guardadas, então não descuido da segurança. Por quê?

Ela não olhou para mim, e estava com a boca toda retorcida, de um jeito que até parecia doer. Quase me deu vontade de esquecer que eu tinha de falar com a polícia e exigir que ela nos levasse para um lugar tranquilo e escondido, para eu obrigar ela a conversar comigo. Mas não ia rolar. Então encolheu os ombros e continuou mordendo o lábio.

– Só estou perguntando. Não imaginava que essas coisas valiam tanto.

Respirei fundo e apertei os olhos com as costas da mão.

– Não é só um *hobby*, uma bandinha com quem eu me junto para tocar nos fins de semana. É meu trabalho, meu meio de vida, Ayd. É claro que eu faço tudo o que é preciso para proteger meu equipamento.

A gente ficou ali, num silêncio tenso. Não sabia o que dizer para ela, e estava tão absorvido por aquelas coisas terríveis que me ferviam o sangue que não quis piorar ainda mais a situação. Quando a gente chegou,

JET

tinha uma fila de viaturas na frente do estúdio, e meus colegas de banda estavam parados lá na frente, com cara de putos e frustrados. Pus a mão na maçaneta e me encolhi quando senti a mão da Ayd no meu braço. Aqueles olhos estavam com uma expressão tão dura quanto as pedras preciosas com as quais se parecem. E eu tive certeza, antes dela abrir a boca, que o que ela ia me dizer ia ser muito mais devastador do que a situação que estava me esperando no estúdio.

– Sinto muito, Jet. O que está rolando entre a gente, não posso mais. Não está mais dando certo para mim. Não parece mais uma coisa casual, e não consigo dar conta disso.

Eu poderia ter simplificado as coisas e ter deixado ela ir embora. Afinal de contas, a gente não tem um relacionamento sério nem nada, mas eu estava me sentido frágil e despedaçado, e ela não podia ter escolhido um momento pior para me falar aquilo, porra! Espremi os olhos e sacudi o braço para tirar a mão dela de mim.

– Ah, claro, Ayd. Você devia sentir muito pelo simples fato de eu conseguir te fazer gozar e aquele idiota de coletinho de tricô não. A Ayden fez uma careta e sussurrou meu nome num tom que parecia que eu tinha acabado de bater nela. Levantei a mão e escancarei a porta.

– Pode parar. Nem me conte qual foi o motivo que você inventou de ontem para hoje porque, seja lá qual for, você sabe tão bem quanto eu qual é o seu verdadeiro motivo. O verdadeiro problema é que você não consegue nem conceber a ideia de deixar eu me aproximar de você. E isso é foda, porque eu poderia me apaixonar por você. Eu já devo ter até me apaixonado. Tenho meus problemas para resolver. A gente se vê por aí.

Ela não falou meu nome de novo nem olhou para trás. Mas é óbvio que senti muito prazer quando bati a porta do carro com tanta força que o jipe inteiro tremeu. O Von e o Catcher vieram falar comigo, e me recusei a olhar para trás quando ela saiu do estacionamento. Eu estava com um buraco no peito feito pela Ayden. A rejeição dela abriu um espaço para todas aquelas emoções ardentes, que eu me esforçava tanto para controlar, escaparem.

E não deixava de ser uma ironia que a pessoa que tinha rasgado meu peito e libertado tudo aquilo foi justamente a única pessoa que já tinha aliviado essas chamas e me afastado dessa explosão. Rasgou meu peito e me deixou lá, sangrando, espalhando todo aquele veneno horrível pelo mundo.

A gente passou horas fazendo a lista de todo o equipamento que tinha perdido para a polícia. Eles pegaram as imagens das câmeras de segurança e falei que não seria nenhuma surpresa se meu pai fosse o ladrão. Disse que queria prestar queixa com todas as acusações que eles pudessem conseguir contra ele. O pessoal da banda estava estressado, e eu estava com os nervos à flor da pele, então mandei eles embora prometendo que ia cuidar de tudo enquanto esperava o cara do seguro aparecer.

Foi uma bosta ter esse tempo livre para ficar remoendo as coisas na minha cabeça. Eu sabia que esse lance com a Ayden não ia durar para sempre, mas mesmo assim, eu sentia que ela tinha arrancado o coração do meu peito e depois me devolvido quando resolveu que não tinha mais nenhuma serventia. Casual uma ova, era muito mais do que isso. Sempre foi. E eu não devia ter deixado aquela conversa na noite anterior para depois. Não conseguia entender por que ela tinha mudado de ideia tão de uma hora para outra. Só sabia que doía muito, e parecia que ela tinha se distanciado de mim mais do que em qualquer outro momento.

Não era justo com nenhum de nós dois. Rolou tanta tensão, tanta atração, que eu devia ter me dado conta desde o começo que nunca ia dar certo ficar só no sexo. Mas alguma coisa me diz que, se eu tivesse simplesmente aceitado a oferta dela todos aqueles meses atrás, eu não estaria um caco hoje. Se eu tivesse pegado a Ayden de jeito quando ela estava com a guarda baixa, tinha chances de ter passado por baixo da fortaleza de proteção antes de ela construir de novo. Agora era tarde demais, e eu ia ter de dar um jeito de entender essa confusão e agir como se não ligasse que outra mulher de quem eu gosto muito tivesse escolhido outra coisa na vida em vez de mim.

Quando o cara do seguro finalmente apareceu, eu já estava num estado de raiva completo. Acho que ele estava morrendo de medo de entrar naquele prédio vazio comigo. Mas, como aquele era o trabalho dele, não teve jeito. Tudo o que sobrou do meu equipamento novinho em folha foi uma maçaroca de cabos pretos inúteis e a cadeira giratória da cabine. As fotos das bandas e os pôsteres que decoravam o estúdio estavam pelo chão, e uma latinha de cerveja ficou ali, sozinha no canto, escorrendo pelo chão. O estúdio estava completamente vazio e parecia um muquifo. Total refletia o que eu estava sentindo.

Depois de mandar umas fotos dos instrumentos e dos equipamentos de gravação que eu tinha no celular por *e-mail* para o moço do seguro, que não escapou ileso da minha *vibe* assassina, fiquei andando para lá e para cá bem devagar naquele espaço vazio e acabado, esfregando as têmporas. Eu só consegui enxergar aquela paisagem desolada, e só conseguia sentir o que estava fervendo e ardendo dentro de mim de um jeito bem perigoso.

Quando percebi, alguma coisa se partiu bem no fundo da minha alma. Foi como se eu tivesse visto a minha mãe de olho roxo. Só que, desta vez, era o meu futuro que estava um caco. Isso era a única coisa que eu amava e era correspondido, e também tinha ido parar nas mãos de um torturador, só que desconhecido. Soltei um grito que fez as paredes tremerem e peguei o único móvel que tinha sobrado e atirei no vidro que cerca a árca de gravação. Um milhão de cacos caíram pelo chão como uma cascata, tilintando nos meus ouvidos. Arranquei todas as fotos que ainda estavam penduradas na parede, rasguei todos os pôsteres e reabri todas as feridas em cada um dos meus nós dos dedos até começar a pingar sangue. Chutei a lata, espalhando cerveja choca por todos os lados. Puxei todos os cabos das paredes e amontoei no chão. Fiz uma bagunça. Quando terminei, estava suado e ofegante, e a fúria que eu sentia tinha baixado para um nível mais controlável. Tinha vontade de bater em alguma coisa, de destruir alguma coisa. Pus as mãos nos joelhos e dobrei o corpo para recuperar o fôlego antes que as chamas me cegassem.

Não sei por quanto tempo fiquei assim. Mas, quando ouvi um assovio grave pelo espaço que agora parecia um terreno baldio, tomei um susto tão grande que dei um pulo e me virei pronto para partir para briga. O Rowdy estava com as mãos nos bolsos da calça e aqueles olhos da cor do mar me observavam com compaixão enquanto percorriam aquele cenário de destruição, que parecia ainda pior porque eu estava completamente surtado.

– O que você está fazendo aqui?

Não era minha intenção parecer tão grosso e ingrato, mas eu tinha acabado de ter o dia mais terrível da minha vida e não tinha forças para ser educado.

– A Ayden me ligou, fez um resumo da história. Achou que você devia estar precisando de um amigo ou alguém para lutar um boxe. Tô aqui pras duas coisas.

Xinguei o Rowdy e, finalmente, caí duro no chão. Uns pedaços de vidro quebrado da cabine estavam me pinicando por cima da calça jeans, mas não tinha forças nem para ligar.

– A Ayden também te contou que me deu o fora? Me largou porque as coisas são como são e ela não quer que seja mais nada?

Meu amigo estava olhando em volta, tentando assimilar a situação, e dava para ver, pelo jeito da boca dele, que ele tinha noção que era bem ruim, que ia ser muito difícil dar um jeito nos equipamentos antes da turnê.

– Não, mas ela estava com uma voz estranha, então imaginei que devia ter rolado alguma coisa.

Bufei e fechei os olhos por um segundo.

– Falei para a Ayd que eu vou fazer a turnê, que posso amá-la e a impedi de fazer um sexo incrível e sem proteção no banco da frente do meu carro. Aí ela me deu um pé na bunda, logo depois de eu ter recebido o telefonema me contando que tudo o que tenho tinha sido roubado. Que bosta de dia.

– Ela falou o porquê?

– Nem precisou. A gente não está namorando nem nada.

– Isso não parece coisa da Ayden.

Senti um aperto tão grande no peito que tive até que massagear o lugar com a palma da mão para ver se aliviava um pouco a pressão.

– Bom, eu é que estou aqui me sentindo como se tivesse levado um chute no saco e atropelado por um caminhão, e tenho certeza que quem fez isso foi aquela morena de olhos cor de uísque. Então, bom, acho que é coisa da Ayden, sim.

Meu amigo balançou a cabeça, e nem um fio daquele cabelo loiro se mexeu, graças ao penteado anos cinquenta que ele gosta de usar.

– Eu só acho que a situação é um pouco mais complicada. Ela parecia tão arrasada quanto você, e qualquer imbecil que chegue perto de vocês dois consegue ver que rola um lance poderoso. Porra, eu percebi na primeira vez que você pôs os olhos nela lá no Goal Line. E olha que eu estava bem chapado.

– Sexo – disse, soltando um suspiro. – A gente tem uma química incrível, e o sexo é muito gostoso. É só isso que rola, e é só isso que ela quer.

– Não acho que seja só isso.

– Bom, é isso que ela me disse. E agora tenho que resolver todas essas paradas, mais o julgamento e a minha família foda. Não tenho tempo para ficar indo atrás da Ayden.

O Rowdy empurrou a lata de cerveja amassada que tinha sido alvo da minha fúria com o pé e perguntou:

– Você acha que o seu pai tem alguma coisa a ver com isso?

– E quem mais pode ser? Ele é arrogante a ponto de nunca me perguntar o que eu ando fazendo. Duvido que soubesse do esquema de segurança.

– Quem sabe, se ele estiver nas filmagens, você pode usar isso para obrigar ele a retirar a queixa de agressão.

– Se ele aparecer nessas imagens, vou mandar esse imbecil para cadeia pelo tempo que der. Não tenho medo de pegar serviço comunitário nem de frequentar aquelas aulas de controle de raiva. Se eu conseguir que fique preso pelo menos enquanto eu estiver fazendo a turnê, vou saber que ele não tem como encostar o dedo na minha mãe.

– Boa.

Aí pôs as mãos na cintura, deu uma última olhada naquele cenário de destruição e perguntou:

– Você quer ficar aqui e remoer um pouco mais ou quer procurar um bar escuro para sentar e encher a cara?

O que eu queria mesmo era pegar minha guitarra e encontrar um lugar tranquilo para ficar sozinho e escrever as músicas mais tristes de todos os tempos, sobre uma garota que simplesmente não queria o que eu tinha para oferecer. Isso me pareceu mais perigoso do que me afogar no uísque, então segurei aquela mão grande que o meu amigo estava me estendendo e deixei ele me levantar.

– Vamos para o bar.

Na manhã seguinte, duas coisas ficaram bem claras no momento em que eu abri os olhos.

A primeira é que eu estava sem calça, e a segunda é que tentar beber uma garrafa inteira de uísque para esquecer uma mulher com olhos dessa cor tinha sido uma péssima ideia. Gemi e tentei virar a cabeça, mas isso só me causou uma explosão de dor e uma enxurrada de outras péssimas ideias. Por sorte, senti o couro do sofá grudando nas minhas pernas nuas e não precisei passar a mão em volta para saber se eu estava sozinho ou não. Sou super a favor de afogar as mágoas, mas levar alguém para casa só por despeito não me parecia certo nem justo com a outra parte envolvida na história. Fiquei feliz porque o Rowdy, apesar de não ter ligado para minha tentativa de castigar meu próprio fígado, impediu meu pau de interferir nas minhas mágoas, seja lá quais fossem meus sentimentos naquela hora.

Levei cinco minutos para rolar de lado e outros dez para criar coragem de abrir os olhos de verdade. Quando consegui, só deu para gemer, xingar e dizer que nunca mais vou beber desse jeito. Como sempre, essa era uma promessa que eu acabo quebrando na primeira oportunidade.

JET

Ouvi o Rowdy se mexendo na cozinha e uma risadinha feminina. Fiz o esforço hercúleo de sentar e tentar encontrar as calças. Não estava em condições de ser simpático com seja lá quem ele tenha trazido para casa, e com certeza menos ainda de fazer isso só de cueca samba-canção. Soltei um gemido e, quando pus as pernas para fora do sofá, uma manada de hipopótamos começou a dançar atrás dos meus olhos. Ouvi o Rowdy e a amiguinha dele andando na minha direção, mas nada nesse mundo podia me obrigar a ir mais rápido.

Peguei, agradecido, a caneca de café que meu amigo me passou por trás do sofá e tentei não fazer careta quando engoli os comprimidos para dor que ele largou na minha mão. Tentei evitar o olhar curioso da loira que estava caminhando em direção à porta. Ela era bonita, ao menos achei que era, pelo que consegui enxergar através da névoa da minha ressaca. Lembrava vagamente dessa mina e uma amiga dela terem sentado com a gente em algum ponto da noite. Ela sorriu para mim, mas eu não estava em condição de retribuir. Olhei para o Rowdy, que estava encostado no sofá, rindo descaradamente do meu estado lamentável.

– Que pena que ele estava tão chato. A Heather ia adorar pôr as mãos nisso tudo – disse a menina.

Levando em consideração que eu estava praticamente pelado, só fechei os olhos, me joguei nas almofadas do sofá e rezei para os deuses da manhã seguinte me engolirem. O Rowdy deu uma risadinha, e ouvi a porta abrir e fechar. A gente está bem acostumado a transar e dar adeus na manhã seguinte, e essa daí não fez escândalo como a maioria. Era uma merda eu me sentir como se tivesse desfilado pela passarela da vergonha, sendo que nem tinha transado com ela.

– O que aconteceu ontem à noite?

O Rowdy se desencostou do sofá e foi sentar aquele corpão na poltrona, do outro lado da sala. Estava com uma expressão séria e não parecia nem um pouco feliz. Fiquei pensando se tinha sido difícil convencer a loira de ir para casa com ele por causa do meu estado lamentável.

– Você nunca me falou que estava *apaixonado* pela Ayden.

Pisquei os olhos, de surpresa, e a minha cabeça começou a latejar. Teria enrugado a testa, mas tive a impressão de que ia morrer se fizesse isso. Então, só inclinei a cabeça para o lado e fiquei observando meu amigo com toda a atenção.

– Do que você está falando? Te falei que estava amarradão nela.

Ele sacudiu a cabeça e apontou para minha cara.

– Amarradão não é a mesma coisa que estar apaixonado. Por que você deixou a mina ir embora ontem, porra?

– Continuo sem saber do que você está falando.

O que era uma grande mentira, mas eu não sabia de onde o Rowdy estava tirando essa informação e ainda não estava preparado para admitir a minha derrota.

– Jet...

Meu amigo soltou um suspiro tão profundo que quase deu para sentir sua irritação vibrando nas tábuas do chão.

– Você bebeu o peso do seu corpo em uísque ontem à noite. Para maioria das pessoas isso significa passar a noite vomitando no banheiro ou desmaiado em algum gramado. Você, meu amigo, passou a noite inteira falando para quem quisesse ouvir sobre uma garota de olhos cor de uísque que tinha acabado de partir seu coração. Como se isso não bastasse, falou isso para uma mina muito gata e muito legal que, por sinal, achou "fofo" e romântico você agir como um mané apaixonado, que nunca mais ia trepar com ninguém porque não é michê. E, se precisar usar coletinho de tricô para ela te amar, era isso que ia fazer. Mesmo assim, essa gostosa estava a fim de ir para casa com você. Para falar a verdade, estava quase com a mão nas suas calças. Mas aí você a chamou de Ayden. Não uma nem duas, mas três vezes! Aí ela apenas achou que você estava triste. Você estava um caco, ainda está, e não entendo por que, se sente isso por essa garota que, obviamente, tem uns sentimentos bem intensos por você, está simplesmente deixando ela escorrer pelos seus dedos.

Eu não estava nem um pouco a fim de ter essa conversa. Para falar a verdade, eu não estava a fim de pensar na Ayden nem em nada do que aconteceu ontem, mas o Rowdy não ia parar, e eu também não estava com pressa de voltar para casa e encarar ela ou a Cora.

– A Ayden está sempre fugindo. Fica me dizendo que não a conheço direito e deixou bem claro, lá no inverno passado, que só estava a fim de uma trepadinha. Não quero ser o erro de ninguém. Olha o que isso fez com a minha mãe. Vou fazer essa turnê. Vou escrever um álbum inteiro falando de como é uma merda ter seu coração pisoteado por uma mulher com pernas quilométricas e botas de caubói. Aí, quem sabe, quando eu estiver muito bêbado, vou pegar uma espanhola gostosa, que vai sussurrar no meu ouvido um monte de coisa que não vou entender.

A gente ficou se olhando um tempão, e resmunguei quando o Rowdy atirou minhas calças lá do outro lado da sala, acertando bem no meio do meu peito.

– Acho que é um imbecil de acreditar que qualquer uma dessas coisas vai te ajudar. Acho que devia falar o que sente pela Ayden. Acho que devia exigir que ela te diga por que não consegue dar conta disso neste momento. A sua mãe aceita a culpa pela infelicidade do seu pai e alimenta isso, permitindo que ele banque o maluco. A Ayden só está convencida de que precisa de um negócio diferente e, se você conseguir mostrar que ela está errada, vai poupar os dois de muito sofrimento desnecessário. Além do mais, você não fala espanhol.

Precisei me concentrar além da conta para conseguir enfiar a primeira perna na calça jeans.

– Isso não interessa. Eu tenho uma banda. É uma linguagem que não conhece barreiras.

Ele sacudiu a cabeça e levantou da poltrona.

– E o que você vai fazer com a Ayden até viajar? Você está ligado que mora na mesma casa que ela, não está?

Gelei, porque não tinha pensado nisso. Se ela levasse alguém para casa, algum sujeito de blazer e pastinha executiva, algum babaca todo penteadinho e com óculos de *nerd*, que fosse o oposto de mim, as chances de a minha raiva explodir a ponto de incendiar a casa eram grandes.

E todas as pessoas que vivem dentro dela iam junto. Mesmo se a Ayden não aparecesse com ninguém, ia rolar um constrangimento que me fez tremer. Isso mais a boca grande da Cora e a tendência que ela tem de se divertir com as feridas dos outros iam transformar as próximas semanas em um pesadelo.

Tenho certeza que o Rowdy me deixa dormir no sofá dele o quanto eu quiser, mas não estou nem um pouco a fim de assistir ao desfile de mulheres dispensadas na manhã seguinte. Normalmente, eu poderia colar no estúdio, mas ver o lugar todo acabado, sem nenhum dos meus equipamentos, é demais para mim nesse momento. Na casa do Nash e do Rule não tem espaço. Eu até poderia ficar pulando de casa em casa dos rapazes da banda, mas preciso de uma base para resolver os lances do nosso equipamento da turnê. O que significa que vou ter de engolir essa e ficar cara a cara com a minha maravilhosa torturadora, feito homem.

– Acho que simplesmente vou ter que encarar essa.

– Você vai ter de controlar o seu pau. A Cora não vai te deixar arrastar suas fãs vagabundas para casa, por mais que tenha sido a Ayden que terminou com você. Vai dizer que só está protegendo a amiga.

Xinguei e respondi:

– Não estou na pista para uma horda de vagabundas nesse momento.

E era verdade. Sexo anônimo com mulheres sem nome e sem rosto tinha tido uma função na minha vida. Mas agora entendi o quanto isso era vazio e superficial. Ter sido usado como objeto sexual e nada mais me fez ver de um jeito diferente todas as garotas que eu expulsei sem dó na manhã seguinte. Foi por essa razão que dispensei a Ayden pela primeira vez, há tanto tempo. Já sabia que ter ela só por uma noite ia acabar comigo.

– Jet, vou te falar isso porque acho mesmo que o que rola entre vocês pode ser para sempre. Quando você encontra alguém, alguém que te pega de jeito, que te entende, vale a pena lutar. A última coisa que você quer é passar cinco anos na estrada, olhar para trás e ficar imaginando o que poderia ter acontecido. Acredite em mim, esse arrependimento, de ficar pensando "e se", pode corroer a sua alma até não sobrar mais nada.

Olhei para o meu amigo como se nunca tivesse o visto antes. O Rowdy é o divertido da turma. É o primeiro a chamar para ir para o bar ou para continuar a festa em outro lugar. Ele nasceu equipado com piadas e sorrisos. Nesses anos todos que a gente é amigo, todas as vezes que a gente revelou os segredos mais profundos e obscuros quando estava bêbado, nunca deixou transparecer que tinha um lance desses no seu passado.

– Você está dizendo isso por experiência própria?

Ele só ficou me encarando e encolheu os ombros. Ficou óbvio que não estava a fim de entrar nesse assunto. O que, provavelmente, era melhor, levando em consideração que eu ainda fedia a uísque, e a minha cabeça retumbava mais que um solo de bateria de uma música do Slayer.

– Olha, meu amigo. Entendo que o teu pai e a tua mãe te passaram uma ideia estranha do que é um relacionamento sério. E sei que nem eu nem você vamos tirar nota dez no quesito monogamia e felizes para sempre. Mas acho que você tem condição de enxergar a sua alma gêmea quando ela está bem na frente do seu nariz.

O que o Rowdy estava me dizendo era superválido, mas não consigo juntar a pessoa que a Ayden resolveu que precisa ter para ser feliz e o homem que sou e planejo ser para sempre. Simplesmente não acho que exista um jeito de a gente ficar junto enquanto essa menina não me deixar conhecer ela de verdade e eu não conseguir tirar todo esse fogo que arde dentro de mim. Acho que ficar juntos não é mais uma opção válida para nenhum de nós dois.

CAPÍTULO 13

Um dia, você acorda e se dá conta de que não é porque as coisas sempre foram de um jeito que precisam ser assim para sempre. Eu estava tão acostumada a ser chamada de puta, vagabunda, gentalha de *trailer* e de todos os adjetivos que tinham a ver com a vida que levava, que isso nem me ocorreu. Quando me liguei que sair do lugar onde eu era essa garota significava deixar tudo isso para trás, já era quase tarde demais. No momento em que cruzei a divisa do estado do Kentucky, aquela Ayden perdida, que estava tão acostumada a usar e ser usada, desapareceu. Normalmente, nada disso me faz falta. Mas, nos últimos tempos, isso mudou.

Eu estava apertando a caneca de café entre as mãos e olhando fixamente para aquele líquido escuro, como se ele tivesse as respostas para todas as perguntas do universo. Dava para sentir aqueles olhos claros da Shaw me analisando e me dissecando. Mas, até ali, ela tinha ficado de boca fechada e me deixado falar. A gente estava no canto de um café perto da faculdade e, pelo jeito duro que minha amiga estava sentada, dava para sentir que ela não estava muito feliz comigo. Liguei para Shaw em pânico ontem, e ela concordou em fazer o favor absurdo que pedi, com a condição de eu contar toda a verdade, todos os detalhes sórdidos do porquê estava naquela situação horrorosa.

— Nunca conheci meu pai e, sinceramente, acho que minha mãe também não. A gente morava num *trailer* horroroso no lado mais pobre de uma cidade que só tem lado pobre. Não era raro ela levar desconhecidos para casa nem a gente ficar muito tempo sem luz ou o que comer. Agora, olhando para trás, consigo entender que ela fez o que tinha que fazer para dar um teto para gente. E que esse pode bem ser o motivo do Asa, meu irmão, ser do jeito que é. Ele não vê as pessoas como seres humanos, só como meios de atingir um fim. E, por muito tempo, fui a marionete preferida dele.

Minha garganta queimava de tanta vergonha, mas já chorei tudo o que tinha que chorar por isso há muito tempo. Se for para soltar alguma lágrima, vai ser pelo olhar de traição e decepção que o Jet me deu, sem dizer nem uma palavra.

– Eu era nova e burra. No começo, achava superlegal os amigos do meu irmão mais velho gostarem de me ter por perto e quererem ficar comigo. Achei que era popular e que estava fugindo do estereótipo que as pessoas têm de quem é pobre e mora em *trailer*. Mas, finalmente, ficou claro para mim que o Asa me usava, utilizando a reputação que eu mesma criei de ser baladeira (a menina que nunca diz "não" para nada nem para ninguém) para ter acesso ao povo que tinha dinheiro, que tinha drogas, que tinha qualquer coisa que ele tivesse interessado em passar a mão. É incrível o que você pode conseguir com uma saia curta e uma péssima reputação, e o Asa explorou isso ao máximo. Se eu fosse mais esperta, tivesse mais consciência, poderia ter me poupado de um monte de arrependimentos e péssimas lembranças.

Finalmente me arrisquei a olhar para Shaw, e a expressão naqueles olhos verdes não estava mais tão amarga. Mas minha amiga ainda apertava os lábios, com cara de quem não ia me perdoar.

– Comecei a usar drogas para tolerar essas coisas um pouco melhor, para me iludir que não era exatamente o que todo mundo dizia que eu era. Boa parte do tempo, fazia isso para o Asa não se meter em encrenca ou porque eu achava que ia dar um jeito em alguma situação criada pelo meu irmão, e me sentia muito mal. Até hoje, nunca perguntei se ele tem ideia do quanto me custava ajudá-lo desse jeito. E ele nunca disse nada porque acho que a gente não ia conseguir se olhar nos olhos se a verdade fosse escancarada.

A Shaw relaxou os lábios e ficou com uma expressão preocupada, mas ficou em silêncio e esperou eu continuar falando. Não sei se ela se preocupava com a nova ou com a velha Ayden. Seja lá com quem fosse, eu precisava que minha amiga entendesse por que eu estava resolvendo essa situação desse jeito.

– Tive um professor de ciências no Ensino Médio, o sr. Kelly, que ficou de olho em mim. Eu sempre dava um jeito de tirar notas ótimas, mesmo faltando mais às aulas do que indo. Acho que ele viu o potencial desperdiçado, a menina vítima das circunstâncias, e, como já tinha lidado com o Asa alguns anos antes, sabia do que o meu irmão era capaz. Ameaçou ligar para o Conselho Tutelar e envolver o governo se minha mãe não tomasse jeito, e acho que foi o suficiente para ela pedir para o Asa dar um tempo. O sr. Kelly me obrigou a preencher os formulários para conseguir bolsas de estudo em uma porção de universidades e ficou na minha cola até eu tirar uma nota excelente no exame de admissão para as universidades. Ele sabia que essa era a minha única oportunidade de sair de Woodward e, se eu não fizesse isso, ia acabar destruída, me matando só para pagar o aluguel, igualzinha à minha mãe.

Me mexi na cadeira, incomodada, e dei uma olhada em volta para garantir que ninguém estava ouvindo a nossa conversa. Sentia vergonha por lavar toda a minha roupa suja ali. Não que eu não confie na Shaw. É que essa é uma ferida que nunca cicatrizou direito, e ter outra pessoa olhando fez ela abrir e sangrar tudo de novo.

– Consegui uma bolsa parcial na UD. Não cobria tudo, mas incluía alojamento e alimentação. O sr. Kelly estava tão desesperado para me tirar de Woodward e me afastar da influência do Asa que pegou as próprias economias para pagar a diferença. Assim que eu consegui um empréstimo educativo, paguei ele o mais rápido que deu. Comprei o jipe num ferro-velho e uns rapazes de uma oficina consertaram para mim em troca de uma maconha que roubei do Asa. Peguei a estrada e nunca mais olhei para trás. Quando a gente se conheceu, no dormitório, olhei para você, toda certinha e elegante, jurei para mim mesma que era isso que seria dali em diante. Ninguém ia me obrigar a fazer nada que eu não quisesse, ninguém ia questionar meu valor nem me desrespeitar como mulher, ninguém ia ter dúvidas de que eu sou inteligente e dedicada. Eu ia ser tudo o que a minha mãe nunca teve oportunidade de ser e nunca mais ia voltar para Woodward. O Asa tinha morrido para mim. A pessoa que me tornei lá no Kentucky era uma nuvem negra, e eu precisava sair de baixo dela.

Soltei um suspiro, e a Shaw levantou a sobrancelha para mim. Era aí que entrava o favor que pedi para ela.

– Só que o Asa não morreu nem está na cadeia. Está bem aqui, em Denver, e trouxe todas aquelas drogas de Woodward com ele. Tem um sujeito chamado Silas que faz coisas realmente terríveis a mando de umas pessoas realmente perigosas. Foi ele que tentou invadir a nossa casa quando a Cora estava lá. Pelo jeito, o Asa roubou um negócio importante (uma agenda muito importante) de uma gangue de motoqueiros, e eles querem isso de volta. Desesperadamente. O Silas vai fazer o que for preciso para conseguir isso, e conheço o Asa muito bem para saber que, por sua vez, vai fazer o que for preciso para ficar com essa agenda se achar que vale algum dinheiro. Meu irmão sempre contou comigo para resolver todos os seus problemas, e não tenho a menor dúvida de que foi a minha mãe que mandou ele aqui.

A Shaw tamborilou as unhas na mesa, inclinou a cabeça para o lado e disse:

– Está bom, Ayd. Isso tudo é uma bosta, uma bosta mesmo, e fico feliz por você finalmente ter me contado tudo. Tenho vontade de matar essas pessoas que te magoaram. Mas não consigo entender o que essa história horrível tem a ver com você terminar com o Jet, quando é óbvio que você está completamente apaixonada por ele. E ele nunca vai tratar você mal.

Me encolhi toda, porque nada neste mundo vai apagar aquele olhar que o Jet me deu quando larguei ele no estúdio. A luz que circulava aqueles olhos castanhos tinha se apagado ao ponto de eles ficarem completamente pretos.

– Não terminei com ele, a gente nem estava namorando.

Foi o máximo que consegui dizer para minimizar o prejuízo, apesar de ser uma mentira deslavada. Eu não só tinha terminado com ele e com o que a gente estava construindo. Tinha feito o que faço de melhor: fugir.

Fiquei abismada porque, apesar de ser pequena, a Shaw quando quer fica muito maior, por causa da atitude. Não estava esperando minha amiga levantar da mesa e ficar me olhando como se eu tivesse acabado de chutar o cachorrinho dela.

– A gente combinou que você ia me dizer a verdade, Ayd. Se você não pode fazer isso, não vou mais ficar aqui sentada te escutando. Já estou puta de você ter achado que eu ia me importar com o seu passado. Você sabe que o Rule era um puta de um galinha, mais puta do que qualquer vagabunda que a gente conhece, e eu amo o Rule mesmo assim. Acho que, depois que a nossa amizade se firmou, você deveria saber que eu não ia me importar com nada a não ser as coisas maravilhosas que fazem de você quem você é.

A Shaw estava prestes a ir embora. Começou a se afastar de mim, cheia de raiva, mas estiquei a mão e segurei o braço dela. Meu cérebro não conseguia assimilar que minha amiga estava brava comigo por causa do Jet, por causa do jeito que eu tratei ele, não porque eu estava pedindo vinte mil dólares emprestado nem porque meu passado era tão vergonhoso que eu tinha escondido isso dela por tanto tempo.

– Shaw, escuta... – tentei encontrar as palavras certas, mas ela não parava de falar.

– Não, Ayd. Escuta você. Te vi com o Jet outra noite. Deus, faz mais de um ano que vejo o jeito que você olha para ele. Não, ele não é do tipo que vai trabalhar numa baia e ficar mexendo em papelada para ter um salário fixo. Mas vai te virar do avesso e te fazer esquecer de todos esses limites idiotas que você se impôs porque tem medo. O Jet não vai ligar para o seu passado, pois também tem um passado que o condena.

Mas você foi covarde e, em vez de conversar, fugiu quando ele mais precisava de você. Você largou o Jet justo quando ele está prestes a passar três meses fora, fazendo uma turnê, e praticamente o desafiou a meter o pau em todas as fãs vagabundas da Europa só para te esquecer.

Obriguei minha amiga a sentar na minha frente e esperei até os olhares de curiosidade que a explosão dela atraiu se dissiparem. Meu coração já parecia uma pedra pesada no meio do meu peito. Quando o Jet não voltou para casa a noite passada, tudo de pior que podia acontecer ficou martelando na minha cabeça por horas e horas. Pela primeira vez em muito tempo, chorei até dormir, usando a camiseta dele e querendo que ele tivesse lá para me consolar.

– Olha, eu tinha que terminar. Você não conhece o meu irmão, mas roubar o estúdio do Jet, levar tudo o que é importante para ele, é a cara do Asa. Não vou permitir que alguém de quem eu gosto se torne vítima do meu irmão por minha causa. O Jet merece fazer essa turnê e, finalmente, ter algo só dele. Fiz o que fiz para proteger o cara.

A Shaw soltou um suspiro profundo e apertou minha mão. Um pouco da raiva tinha saído daquele olhar de jade.

– Acho que o Jet já é bem grandinho. Se você contar a verdade para ele, vai conseguir se proteger. E proteger você também.

Sacudi a cabeça com força. Não. De jeito nenhum.

– O Asa é um problema e precisa cair fora.

– E daí? Você acha que, se foi ele que roubou o estúdio, você vai oferecer o dinheiro e pegar as coisas de volta? Não consigo entender.

– Quero o dinheiro para ver se consigo pegar a tal agenda e fazer o Silas ir embora, sair do meu pé. O Asa só sabe proteger a si mesmo. Se eu falar que o estúdio tinha câmeras de segurança, as chances de ele pegar o dinheiro e fugir são grandes.

– E se foi o pai do Jet que fez isso? O Rule e o Nash estavam falando isso ontem à noite. Acham que o culpado é o pai do Jet. Pelo que entendi, tem uma história bem horrível aí no meio que nenhum dos dois quis me contar.

Foi a minha vez de suspirar.

– Não posso correr esse risco. Se não foi o Asa dessa vez, da próxima vai ser. Depois de tudo isso, ficou bem claro que ninguém está a salvo dele e do estrago que pode causar. E, quanto mais próxima a pessoa é de mim, maior a destruição. Não quero colocar o Jet na linha de tiro.

A gente ficou se olhando um tempão. Dava para perceber que ela estava maquinando, tentando juntar as peças do quebra-cabeça. Sei que, de qualquer jeito, minha amiga vai me ajudar. A Shaw me ama e, desde que a conheço, o mundo dela já virou várias vezes de cabeça para baixo. Com certeza não vai me deixar na mão numa situação tão ruim. Engoli o medo, mordi o lábio e contei a verdade que estava escondendo há tanto tempo.

– Olha, não entendo nada de amor nem de ser a pessoa certa para alguém, mas estou louca pelo Jet. Só de olhar para ele, já me dá vontade de sorrir. Quando me toca, esqueço de respirar. Quando canta para mim... Ai, meu Deus, quando canta para mim não dá para descrever em palavras o que acontece comigo. Ele tem seus próprios problemas e os seus próprios segredos, que são difíceis de desvendar de tão pesados. Mas isso nunca o impediu de tentar se aproximar de mim. Nunca senti isso por ninguém. Odeio ele já ter pensado que sou tão pura, tão frágil. Mas agora sinto que estou partida num milhão de pedacinhos de remorso e arrependimento, porque o Jet descobriu que não sou nem um pouco infalível. Posso até estar apaixonada por ele, mas não devia, porque não quero ser a pessoa que vai destruir o Jet.

Eu já sentia a pressão e as lágrimas nos meus olhos e cravei as unhas na palma da mão para segurar o choro.

– Não pensei mais nos planos dele para o futuro nem comparei o que ele e o Adam têm a me oferecer desde aquela noite de São Valentim, quando o Jet me beijou no banheiro do Fillmore. Ele simplesmente é... – minha voz falhou e tive que fechar os olhos para impedir que a emoção derramasse. – ...tudo. Ele é simplesmente tudo o que eu quero.

A Shaw me xingou baixinho e falou:

– Então não faz isso, Ayd. Você está cometendo um erro terrível. O Jet não é só tudo o que você quer. É tudo o que você precisa.

A gente já teve uma conversa bem parecida com essa. Quando minha amiga estava tentando resolver o que fazer com o Rule. Por isso sabia que ela estava sendo sincera e queria o melhor para mim, queria me ver feliz. Mas simplesmente não entendia o que eu tenho que enfrentar. Quem não conhece o Asa não consegue entender. E, ainda por cima, o Jet tem aquele problemão com os pais dele. Não sei de onde tirei que podia brincar com esse fogo e não sair bem queimada. Nós dois somos marcados para sempre pelas pessoas que nos cercam, e dói saber que isso é o suficiente para nos separar.

– Olha, Shaw. Preciso mesmo da sua ajuda. As coisas com o Jet são do jeito que são, mas as coisas com o Asa estão se tornando uma bola de neve e vão continuar piorando até o Silas não ter outra opção senão vir atrás de mim. Ou (Deus queira que não) da Cora. Deixa eu resolver isso do meu jeito e, quem sabe, quando o Jet voltar da turnê, a gente consegue se entender.

Claro que, só de pensar nisso, me deu vontade de vomitar, mas a realidade era essa.

– Eu sei que o Asa é um merda e não merece que eu me dê ao trabalho de ajudá-lo. Passo a maior parte do tempo odiando ele. Odeio o quanto ele já fez eu me sentir um lixo quando era mais nova. Mas minha mãe fez de tudo, tudo mesmo, para gente continuar juntos e viver como uma família. Não devo muita coisa a ela, mas devo essa última tentativa de tentar salvar meu irmão.

A Shaw pegou na minha mão e apertou com tanta força que tive certeza que o que ela ia me dizer era sério e vinha do fundo do coração.

– Você não precisa sacrificar o Jet por causa do Asa, quando está muito claro que ele pode te amar para sempre, e o seu irmão só quer te usar. Você sabe que eu falo por experiência própria.

Sei disso. Mas também sei que, se o Silas puser as mãos no Asa e o entregar para os caras de quem ele roubou a agenda, as coisas vão acabar muito mal. Eu não ligo mais para o que acontecer com o Asa. Mas, se puder poupar minha mãe do sofrimento de enterrar o filho numa cova de indigente, é isso que farei. E a verdade é que eu não consigo ficar assistindo ao meu irmão morrer. E ainda tem o bônus de eu manter o Asa longe de todo mundo que eu gosto. Do Jet, principalmente.

– E se alguma coisa acontecer com você, se encostarem em um cílio seu que seja enquanto você estiver tentando resolver essa encrenca que o seu irmão arranjou, não vou pensar duas vezes antes de chamar a polícia. É melhor você dizer para o Asa que vou contar tudo para o Rule. É bom ele se preparar para encarar uns garotos bem putos da vida. O Rule gosta de você e não leva numa boa quando as pessoas de quem ele gosta são manipuladas pela própria família injustamente.

Esfreguei a testa e tentei organizar meus pensamentos, que estavam indo para todos os lados. Era bom saber que eu tinha um exército de homens tatuados e perigosos para me defender, mas também era frustrante, porque ninguém entendia que eu tinha de lidar com o Asa do meu próprio jeito. Se ele foi o responsável pelo roubo do estúdio do Jet, vou destruí-lo com as minhas próprias mãos.

A Shaw enfiou a mão na bolsa, tirou um envelope e atirou em cima da mesa. Parecia uma cobra viva, pronta para me morder. Não conseguia acreditar que ela simplesmente ia me entregar aquela grana toda, que não ia me fazer assinar um contrato com meu próprio sangue. Minha amiga me olhou nos olhos e odiei a compaixão que estava brilhando neles.

– Peguei uma grana de um dos meus cartões de crédito. Meu pai está tão enrolado com o divórcio que, por um tempo, não vai nem perceber.

Engoli em seco e tive que aguentar o gosto amargo que subiu na minha garganta. Parecia tudo tão errado e sujo.

– Eu vou te pagar.

Ela sacudiu a mão, como se vinte mil só fossem vinte dólares.

– Um dia. Se você quer me pagar mais rápido, põe a cabeça no lugar e se acerta com o Jet. Conta por que você está fazendo isso. Ele merece saber antes de ir viajar.

Essa me deixou sem ar e me fez ranger os dentes. A Shaw levantou e se inclinou para me dar um beijo na bochecha.

– Eu te amo, Ayd. E espero mesmo que você conserte essa situação antes que seja tarde demais.

Fiquei observando ela sair do café. Parecia que o mundo tinha saído dos eixos. Tive que piscar bem rápido para dispersar os pontinhos pretos que apareceram na frente dos meus olhos. Tudo, tudo mesmo, que eu tinha me esforçado para ter, a pessoa que tinha me custado tanto ser, estava rindo da minha cara. A velha Ayden estava me olhando daquele *trailer* em Woodward e me lembrando que, não importava a distância que eu a colocasse da minha vida atual, eu sempre seria a Ayden Cross, gentalha e consertadora perpétua de todas as burradas dos irmãos Cross. Peguei a grana de cima da mesa, completei com o pouco que eu tinha tirado da minha conta e esperei a figura ameaçadora, que passou o tempo todo sentada do outro lado do café enquanto eu conversava com a Shaw, vir até mim. Não duvidei que, mesmo pegando o dinheiro, o Silas podia me obrigar a dizer onde o Asa estava. Por isso pensei num plano que ia garantir a segurança de todo mundo.

Ele era ainda pior em plena luz do dia. Odiei quando me mediu com uma cara de cobiça.

– Cadê o seu irmão?

Segurei a caneca de café de novo com as duas mãos e olhei bem nos olhos dele.

– Não sei. Mas vou descobrir e pegar a agenda.

O Silas ficou sem falar nada por um tempão, olhando para sacola no chão onde eu tinha escondido o dinheiro.

– Por acaso você acha que vai conseguir dar um jeito de ele sair ileso dessa situação?

Sacudi um pouco a cabeça e respondi:

– Vou conseguir a agenda para você, mas tocar no Asa está fora de questão. Ele vai para o Canadá, para o México, para o inferno se for o caso, mas você vai deixar eu e minha mãe em paz.

– O povo de quem ele roubou não funciona assim. Lava a honra com sangue, Ayd. Você é esperta, sabe disso. Você sempre foi esperta demais para se meter nas porcarias que o Asa te arrastava. Ninguém entendia o que você estava fazendo ali, não que a gente não curtisse a sua presença. Provavelmente, era a única chance da maioria do pessoal da turma conseguir pegar uma gostosa que nem você.

Me deu vontade de vomitar, mas só revirei os olhos. Sei como convencer gente como o Silas a me dar o que eu quero. Eu podia paquerar, fazer insinuações, levar ele para cama e fazê-lo esquecer até do próprio nome. Mas o meu lado que se recusava a deixar essa Ayden assumir o controle só deu uma olhada entediada e tamborilou as unhas curtas na mesa.

– Se você quer essa agenda, é assim que vai ser.

– E como é que você sabe que ela ainda está com o Asa, e que ele vai te dar?

Eu não sabia, mas o meu irmão não é o único mentiroso profissional da família.

– Ele vai me dar, senão vou entregar o Asa para você fazer o que quiser com ele. Não pedi para o meu irmão aparecer aqui e meter aquela mão suja na minha vida, que estava indo perfeitamente bem sem ele. Se o Asa não quiser entrar no meu jogo, vai ter de se ver com você e com aqueles motoqueiros.

O Silas espremeu aqueles olhos duros e respondeu:

– Vou precisar de algum tipo de garantia.

Nem fingi que estava surpresa. Me abaixei e peguei os cinco mil dólares e joguei para ele, com cuidado para não encostar no cara.

– Esse é o último favor que vou fazer para o Asa. Se ele quer roubar e se meter com gente que pode matar ele só de olhar, estou fora. Vou conseguir a agenda, Silas. Mas, se você me seguir, se incomodar a menina que mora comigo ou a minha mãe de novo, posso te dizer que tem um monte de gente nesta cidade que está a fim de garantir que você nunca mais volte para o Kentucky.

Ele ficou me olhando sem nem piscar. Acho que tentava ver se eu falava sério mesmo. E, considerando que eu me sentia como se tivesse escorrendo veneno e dor por todos os poros, ele deve ter encontrado o que estava procurando.

JET

– Preciso da agenda até hoje à noite.

Fiz cara de má e respondi:

– Te ligo quando conseguir.

– O tempo está passando para todo mundo, Ayd.

Peguei minha bolsa, me afastei da mesa e disse:

– Que bom que eu sempre fui rápida.

Obriguei o cara a escrever um telefone de contato num guardanapo e saí do café.

Quando entrei no meu jipe, a primeira coisa que fiz foi ligar para casa. Já tinha perguntado para minha mãe mil vezes se sabia como fazer para falar com o Asa, mas ela sempre desconversava. Tentei explicar que a situação era feia, que ela podia estar correndo perigo, mas como de costume, minha mãe mudou de assunto e disse que morar numa cidade grande estava me deixando paranoica.

Liguei para o número desconhecido do Kentucky várias vezes. Até mandei uns torpedos, mas ninguém me respondeu. Eu ia surtar e ter um ataque porque, se não desse um jeito de falar com o Asa, não ia conseguir consertar aquela situação. Já ia bater a cabeça no volante e gritar de tanta frustração quando tive uma ideia. Liguei para o Adam com as mãos tremendo e me senti ainda pior quando ouvi o tom de alegria sincera na sua voz.

– Oi, Ayd. Achei que não ia mais ter notícias suas. Está tudo bem?

Fechei os olhos e encostei a cabeça no volante. Sentia tanto frio... E não era por causa do tempo gelado de Denver, mas de medo de encarar no que a minha vida, que era perfeitamente normal, estava se transformando.

– Não, não. Não está nada bem.

Não era minha intenção desabafar desse jeito, mas não consegui me controlar.

– Ãhn, posso fazer alguma coisa?

Esse homem é bom por natureza, tão bom que me fazia sentir ainda pior por não conseguir corresponder aos sentimentos dele. E era óbvio que, seja lá o que eu tinha com o Jet, era muito maior, muito mais ardente, do que o que eu poderia ter com qualquer outra pessoa. E eu simplesmente tinha virado as costas para isso. Meu coração ficou apertado e fiquei sem ar de tanta dor.

– Só preciso saber se você teve notícias do meu irmão. Ele é muito simpático e pensei que, já que ele está em Denver, podia ter cumprido a ameaça de falar com você se ficasse entediado.

Houve um silêncio do outro lado da linha, e tive que me segurar para não atirar o celular no para-brisa.

– Só isso? Você não parece estar nada bem, Ayd.

– As coisas com o Jet não deram certo, e está sendo difícil para mim.

Ele limpou a garganta, e o som raspou minha pele como se fosse um monte de laminazinhas.

– Preciso te dizer que fiquei meio surpreso. Por mais que eu quisesse que as coisas dessem certo entre a gente, sempre ficou claro para mim que você preferia estar com outra pessoa. Só me dei conta disso no Dia de São Valentim, mas acho que devia ter percebido antes.

– Infelizmente, as coisas nem sempre saem do jeito que a gente pensa. Mas é sério, preciso muito encontrar o Asa, e meu irmão não me contou onde está ficando. Não consigo falar com ele pelo telefone.

O Adam ficou em silêncio de novo, e eu, sem respirar. Finalmente, ele deu um suspiro tão fundo que senti o ar batendo em mim através do telefone.

– Encontrei o Asa num hotel na estrada, há alguns dias, para beber. Seu irmão está ficando no hotel perto do estádio. Gosto dele, Ayden. Parece ser legal e diz que está preocupado de você estar aqui sozinha, sem a família para cuidar de você.

Ah, sim. O Asa é o garoto mais legal do mundo mesmo. Quando quer alguma coisa. E a única coisa que preocupa o meu irmão agora é como vou fazer para ajudá-lo a sair da enrascada em que se meteu.

– Ele te pediu dinheiro?

Se o Adam já tivesse entrado na onda do Asa, eu estava fodida. Ele não ia ficar em Denver nem negociar comigo se já tivesse com dinheiro na mão.

O Adam suspirou de novo e, dessa vez, me irritei. Tudo bem que eu sempre ia me sentir mal de ter feito ele perder tanto tempo comigo, mas era uma questão de vida ou morte, e precisava que ele me ajudasse o mais rápido possível.

– Não, mas ele perguntou se você estava trabalhando muito e como é o seu dia a dia. Como te falei, ele só está preocupado com você. Pelo que ele disse, você não se esforça muito para manter contato com a sua família.

O tom do Adam era de reprovação, mas nem me incomodei. Ele nunca chegou nem perto de saber quem eu sou. Tudo bem ele achar que eu sou uma péssima filha e uma péssima irmã. Agora as coisas estavam começando a ficar claras para mim. Tudo o que eu odiava em mim mesma, tudo o que tinha enterrado bem fundo, fazia parte da pessoa legal que sou hoje. Se pessoas maravilhosas como a Shaw, a Cora e um gato como o Jet podem gostar de mim, esses meus dois lados podem fazer as pazes. Finalmente.

– Ok, valeu, Adam. Se cuida.

– Ô, Ayd... – eu só queria desligar e encontrar logo o Asa, mas não podia fazer isso com o Adam, porque ele não tinha feito nada de errado além de gostar de mim. – Quando você se sentir pronta, quando as coisas com aquele roqueiro não forem mais dolorosas, pode me ligar.

Apertei o celular com força e fiquei pensando. Só de pensar em voltar para o Adam, que ele ainda queria ficar comigo, me deu tontura. Ele é o companheiro perfeito para o futuro dos meus sonhos. Mas sinto arrepios só de pensar em ficar com alguém que não tenha olhos castanhos profundos nem uma voz que me faz tremer toda. O Jet é a pessoa certa para mim, e eu não vou conseguir viver pensando que o desperdicei.

– Valeu, Adam. Mas acho que, por um bom tempo, não vou está preparada para outro relacionamento.

– Bom, se você precisar de um amigo, estou por aqui.

Desliguei o telefone e joguei o aparelho no banco do passageiro. Me sentia virada do avesso, mas agora as coisas tinham ficado bem claras.

O caminho que eu devia seguir estava bem definido. Pela primeira vez, desde que me mudei para Denver, não senti que vivia uma mentira.

Atravessei a cidade até o outro lado da interestadual, onde ficam todos os hotéis e motéis perto do Estádio Sports Authority. Fiquei de olho no retrovisor o caminho inteiro, para ver se o Silas não estava me seguindo. Os hotéis dessa parte da cidade não são tão legais quanto os do centro, mas são bem a cara do Asa. Encontrei o lugar que o Adam falou e entrei. Sabia que ninguém ia me dar o número do quarto do meu irmão assim, sem mais nem menos. Por sorte, conheço bem meu irmão e sei que, se tivesse uma menina bonita atrás do balcão da recepção, com certeza já teria sido vítima do charme dele.

Dei de cara com uma ruiva, uns dois anos mais nova do que eu, que se encaixava perfeitamente no papel. Tinha cara de fofa e novinha, a vítima perfeita para os golpes do Asa. Pus um sorriso simpático na cara e esperei ela ficar sozinha. Cruzei os braços em cima do balcão e tentei fazer cara de inocente. Carreguei bem no meu sotaque para não deixar dúvidas de que eu e o Asa somos parentes.

– Oi, tudo bem? Vim encontrar o meu irmão. Acabei de chegar na cidade e esqueci o número do quarto dele. Será que você consegue me ajudar, bem?

Ela ficou me olhando com cara de surpresa. Pela cor dos olhos, qualquer um pode ver que sou irmã do Asa. Mas a gente tem cabelo de cores diferentes, e isso levanta suspeitas. A recepcionista mordeu o lábio, olhou para os dois lados e perguntou:

– Como é o nome do seu irmão?

Dei um sorriso maior ainda e respondi:

– Asa Cross. Ele é muito bonitão, e sei que vai ficar muito feliz se você me ajudar. Denver é muito maior do que a nossa cidade, e estou meio assustada. Então, agradeço muito se você puder me ajudar.

Fiz o sotaque mais carregado que pude e fiquei piscando para ela. Devia me sentir culpada de ser mais uma pessoa manipulando essa menina, mas o meu objetivo era mais importante do que os sentimentos dela.

A recepcionista ficou mexendo no cabelo e continuou olhando em volta. Parecia que estava com medo de ser pega fazendo alguma coisa errada.

– Ãhn, não tenho permissão para informar o número do quarto de ninguém. Mas posso ligar e avisar que a senhora está aqui. E aí pode perguntar o número do quarto para ele.

Não confio nem um pouco no Asa, mas achei que ele ia querer saber o que eu tinha a dizer. Balancei a cabeça para a menina e fiquei procurando se tinha algum sinal de perigo na entrada. Ela ligou e só levou um minuto para sorrir para mim e ficar corada com a bobagem qualquer que meu irmão falou. Deu uma risadinha, que me deixou arrepiada, e rabiscou alguma coisa num pedaço de papel.

– Ele disse que está te esperando que ficou feliz por finalmente a senhora ter chegado – aí pôs a mão no peito e se inclinou por cima do balcão, e tive que ir para trás para não ficar bem de cara com ela. – O seu irmão é tão gatinho, tão legal. Eu sou a Heather. Pode contar para ele que adorei te ajudar.

Cerrei os dentes e dei um sorriso forçado para continuar parecendo simpática em vez de simplesmente ser grossa.

– Ai, obrigada, Heather. Vou contar, com certeza. Você foi uma gracinha.

Peguei o papel onde ela tinha escrito o número do quarto e fui correndo até o elevador. Já sabia onde o Asa estava, agora só precisava obrigar o cara a me deixar entrar. Subir até o andar pareceu uma eternidade e, em algum ponto, uma mulher com uma criança pequena que não parava de chorar entrou. Não parava de pedir desculpas. Eu queria dizer que estava tudo bem, ainda que por dentro me sentisse tão chateada e chorosa como o filho dela. Mas só dei um sorriso e encolhi os ombros para dar a entender que isso são coisas da vida.

Quando encontrei o quarto do Asa, fiquei parada na frente da porta por um instante, tentando resolver qual seria o melhor plano de ação se meu irmão não me deixasse entrar. Mas me preocupei à toa. Quando ia levantar a mão para bater na porta, ela se abriu, e ele me puxou para dentro pelo pulso. Me desequilibrei um pouco, e o Asa deu risada. Me deu vontade de enchê-lo de porrada.

Ele estava de calça de moletom, com a cara toda amassada, de quem tinha descansado bastante. Nem parecia que um bando de motoqueiros raivosos estavam na cola dele, jurando vingança.

– E aí, maninha? Você demorou para me achar.

Empurrei ele para longe de mim, entrei no quarto e sentei na beirada da cama desarrumada.

– O Silas está aqui – falei.

Ele arregalou os olhos e começou a andar de um lado para o outro.

– Está aqui esperando você aparecer. Me contou da agenda, da gangue de motoqueiros. O que você tinha na cabeça, seu imbecil?

Aqueles olhos que eram da mesma cor que os meus ficaram me observando cheios de raiva.

– Eu tinha na minha cabeça que naquela agenda está anotada cada transação, cada dívida de cada cidadezinha do Sul dos Estados Unidos. Você tem alguma ideia do poder que isso me dá? Sabe o que eu posso fazer com essa informação? É muito mais do que um passe para me livrar da cadeia. É um passe para eu sair daquele *trailer* e brincar com os peixes grandes. É uma das coisas mais inteligentes que já fiz. Posso cuidar da mamãe, posso garantir que nenhum de nós vai precisar trabalhar. Nunca mais. Você podia voltar para casa, para gente ser uma família de verdade de novo.

Fiquei me perguntando se meu irmão realmente se importava com a minha mãe ou se estava só dando uma desculpa. Não fazia a menor ideia de que ele pensava que um dia eu ia voltar para Woodward. O Asa é um homem bonito, cheio de palavras bonitas, e isso sempre fez dele uma pessoa perigosa.

– Também tem gente querendo te matar por causa desse negócio, me machucar e machucar a mamãe para conseguir a agenda de volta. Isso é um pesadelo, Asa, e você sabe muito bem disso. Veio até aqui para eu dar um jeito nessa situação, e é isso que eu vou fazer. Mas, antes de

JET

qualquer coisa, precisa me dizer se teve alguma coisa a ver com o roubo do estúdio do Jet. Se teve, vou te entregar para o Silas e virar as costas.

Meu irmão gelou, espremeu os olhos e disse:

– O roqueiro? Nem sabia que o rapaz tem um estúdio. Eu estava focado no *nerd* de família rica. Aquele garoto é tão apaixonado por você que tive certeza que ia conseguir enrolar o mané. O da banda me pareceu um pouco mais difícil.

Soltei um suspiro e me apoiei nos cotovelos. Não sabia se acreditava nele ou não.

– Ele tem câmeras de segurança. Se você tiver mentindo, vou descobrir e você vai se ferrar. Porque, perto deles, o Silas é um escoteiro.

– Eu juro, Ayd. Não fiz nada no estúdio. Mesmo que esteja rolando um lance sério entre vocês dois, ele não me parece um cara fácil de engambelar. Você sabe que eu sei escolher minhas vítimas.

A gente ficou se medindo. Ele, tentando descobrir qual era meu plano. E eu, tentando descobrir se o Asa estava mentindo. Enfiei a mão na bolsa e tirei o envelope cheio de grana que a Shaw me deu. Pus em cima da perna, e meu irmão acompanhou todos os meus movimentos com os olhos.

– Quero que dê o fora da cidade. Eu quero você o mais longe possível de mim e da mamãe. Tô com a grana que você precisa para fazer isso acontecer – arqueei a sobrancelha. – Me dá a agenda para eu devolver para o Silas.

Aí tirou os olhos do dinheiro, olhou bem na minha cara, depois voltou a olhar para grana. Dava para ver que ele estava maquinando, com baba escorrendo pelos cantos da boca.

– Onde é que você arranjou essa grana?

– Não é da sua conta – urrei.

Urrei mesmo, como um animal. Porque, a qualquer minuto, eu ia pular na garganta dele.

– Pega a grana, Asa. Me dá essa agenda. É o único jeito de resolvermos essa situação.

– A agenda vale muito mais do que vinte mil, Ayd.

Me agarrei no lençol amassado e tentei me acalmar. Se eu ficasse nervosa, o Asa ia usar isso a seu favor, e eu tinha que continuar no controle da situação.

– A sua vida também vale mais do que vinte mil. A mamãe vai morrer se eu tiver que voltar para casa e identificar seu corpo, Asa. Pega essa droga dessa grana e sai da minha vida de uma vez por todas! Essa oferta é por tempo limitado. Assim que eu sair por aquela porta, você está sozinho, seja lá o que for, e vou fazer de tudo para me proteger, proteger a mamãe e proteger você de você mesmo. Como sempre.

– Como assim?

Meu irmão parecia entediado, como se não acreditasse que eu ia cumprir essa ameaça. A velha Ayden podia até não cumprir, mas eu tinha virado uma versão mutante muito foda das minhas duas personalidades, que não tinha tempo para ficar de brincadeira com os joguinhos do meu irmão. Muito menos agora, que meu coração estava partido, e eu me sentia tão frágil.

Levantei da cama e estendi o dinheiro para ele.

– Ou você pega essa grana ou ligo para o Silas assim que sair por aquela porta. Como te falei, ele anda me seguindo por toda a cidade e, neste exato momento, pode até estar no estacionamento. Sinceramente, Asa, se você não cooperar comigo, não ligo para o que venha a acontecer com você a partir de agora. Não quero mais te salvar, fazer qualquer coisa por você como sempre fiz.

Ele deve ter percebido que eu falava sério e não tinha nada a perder, porque arrancou o envelope da minha mão e conferiu o que tinha dentro. Arregalou os olhos quando viu toda aquela grana, mas nem se mexeu para pegar a agenda.

Cruzei os braços e fiquei batendo a ponta da minha bota de caubói no chão. Acho que ele estava só esperando para ver o que eu ia fazer. Fiquei o encarando, até ele soltar um palavrão. Aí foi com toda a calma pegar a mala e tirou uma agendinha de capa de couro mais ou menos do tamanho da minha mão. Não consigo entender por que os bandidos não digitalizam suas operações ilegais e protegem essas merdas com uma senha. Peguei o negócio que ele atirou em mim e guardei no bolso de trás da minha calça jeans. Parecia que aquilo era tão pesado quanto o meu coração partido.

Pus a bolsa no ombro e fui andando em direção à porta.

– Tô falando sério, Asa. Essa é a última vez que faço alguma coisa por você ou por sua causa. Gosto da minha vida aqui em Denver, gosto de quem eu sou agora, e vou fazer de tudo para continuar assim. Mesmo você sendo sangue do meu sangue.

Meu irmão cruzou os braços em cima do peito nu e aqueles olhos radiantes brilharam para mim.

– Você mudou, maninha. Está bem mais forte.

Olhei para trás e falei:

– Pode apostar. E vê se dá uma de esperto e não se esqueça disso.

– Eu sei que você não acredita em mim, Ayd. Mas tudo o que eu fiz, as coisas que deixei você fazer mesmo sabendo que te machucava, foram só para garantir a nossa sobrevivência. Sempre te amei mais do que tudo. Você sempre foi a única pessoa que cuidou de mim.

Me virei para olhar nos olhos dele e tive que segurar as lágrimas.

– E quando foi que você cuidou de mim? – perguntei.

O Asa fez uma cara confusa por um segundo, mas ele é mestre em fazer a cara que quiser. É uma merda eu não conseguir acreditar na expressão daqueles olhos, tão parecidos com os meus.

– Do que você está falando, Ayd?

Por um milésimo de segundo, achei que ele ia vir até mim, para tentar me abraçar ou me consolar, mas isso era muito pouco, e já era tarde demais para uma coisa dessas existir entre a gente.

Talvez meu irmão não saiba mesmo, talvez não queira saber. Seja como for, é tarde demais, e tudo isso ficou no passado. Aquela não era uma conversa que eu precisava ou queria ter com ele. Quando fechei a porta sem responder, fechei a porta não só na cara do meu irmão. Fechei a porta na cara de um passado que me manteve refém por tempo demais. Não sabia nem se o Asa tem noção do que é amar, mas agora eu tenho. Baseei minha vida em princípios que pareciam bons, mas são superficiais. Na verdade, são só uma armadura que criei para me proteger. Para seguir em frente, preciso encontrar o equilíbrio entre o que eu quero e o que preciso. É uma bosta o Jet Keller ser a única coisa que preenche esses dois requisitos, porque tenho certeza que nunca mais vou ter nada com ele.

CAPÍTULO 14

A ÚLTIMA SEMANA foi torturante. Estou emocionalmente exausto, com as emoções à flor da pele e louco de tanto fugir da Ayden. Entre ir até o inferno e voltar para repor as coisas que a gente vai precisar para turnê até o fim da semana e fazer de tudo para não encontrá-la, estou um caco, mal me aguentando em pé.

Até agora, consegui passar a maior parte do tempo com a banda, ensaiando e trabalhando tanto que eu simplesmente durmo no estúdio, num colchão todo detonado. Ou então me arrasto para casa bem depois de a Ayden voltar do bar. Estou compondo umas músicas que me dão dor de cabeça e no coração, e acho que os rapazes da banda estão de saco cheio de ouvir minhas baladas de dor de cotovelo.

Não sei o que dizer para ela. Não sei como olhar para Ayden sem me sentir muito mais despedaçado e magoado do que eu achava possível. Não quero ficar o tempo todo puto com ela nem dar a entender que o abismo que ela criou entre a gente estava me matando. Por isso, achei que manter distância era a melhor opção para preservar minha sanidade. De vez em quando, a gente se cruza de manhã, indo para o banheiro, ou na mesa da cozinha, na hora do café. E preciso admitir que ela parece tão arrasada quanto eu. Nada disso faz eu me sentir melhor, e o fato de a Cora não me deixar em paz só me dá mais vontade de ficar o menos possível em casa.

Neste momento, estou sentado no tribunal. E, apesar de ter aguardado tanto por essa hora, me sinto como o pavio de um bastão de dinamite. Meu advogado fica pedindo para eu parar de me mexer. Mas estou muito nervoso, porque meu pai está sentado do outro lado da sala, machucado e com a maior cara de louco. Minha mãe está sentada atrás dele, com um olhar nervoso que vai de um para o outro. Cobriu cuidadosamente o olho roxo com maquiagem, e dá para ver que ela está se segurando para não chorar. Também estou me sentindo pouco à vontade de usar uma calça risca de giz e uma camisa social branca. Me sinto uma grande farsa. Esse modelito de tribunal é um saco, mas dá para ver, pelo jeito que o juiz fica medindo meu cabelo e os *piercings* nas minhas orelhas, que me arrumar foi uma boa.

O advogado do meu pai abre a sessão e fica falando de como agressão é um crime sério e como eu fiz o meu pai ir parar no hospital. Diz que traumatizei e criei um caos na minha família. Fala que já tive problemas com a lei e tenta me fazer parecer um arruaceiro descontrolado.

Meu advogado argumenta que foi meu pai quem instigou a briga e que eu só tentei proteger a minha mãe. Os dois ficam argumentando por um tempo, e meu pai não para de bufar. Me esforço para ficar quieto, para não mandar olhares mortíferos para o outro lado do tribunal. O juiz diz que já viu muitos casos como esse. E, apesar de o meu pai querer me mandar para cadeia, só recebo a pena que já tinha previsto: um milhão de horas de serviço comunitário, condicional por um ano, e um monte de multas no cu. Também me fazem pagar pelas despesas médicas do meu pai e soltam uma ordem de restrição que me proíbe chegar a menos de oitenta metros dele ou da casa por noventa dias.

Concordo prontamente com tudo, de quebra, assisto de camarote a meu pai ficar roxo de raiva quando peço para adiar o serviço comunitário e acertar os termos da minha condicional para poder sair do país e fazer a turnê. Minha mãe dá um suspiro de espanto quando o juiz encerra o caso e o policial que me levou para cadeia contorna a mesa e joga uma pasta bem pesada na frente do meu pai. Me dá vontade de levantar e fazer uma dancinha da vitória.

JET

Meu advogado teve que mexer muitos pauzinhos no mundo das leis para as coisas terminarem desse jeito. Fiquei chocado ao ver que o mesmo policial que me prendeu foi lá prender o coroa.

– O senhor sabe o que aparece nessas fotos, sr. Keller?

O advogado do meu pai está surtando, falando um monte de merda, mas ninguém presta atenção. Quando as fotos claras e incontestáveis do meu pai esvaziando e destruindo o meu estúdio se espalham pela mesa, minha mãe põe as duas mãos na frente da boca, numa expressão óbvia de culpa.

Meu pai, de roxo, fica de uma cor que nunca vi na minha vida. Levanta da cadeira com tanta violência que ela cai para trás. Os policiais que estavam no tribunal ficam tensos.

– Não sou eu – aí aponta para mim e grita: – Seu merdinha! Você armou para mim!

Me recosto na cadeira e me seguro para não rir.

– Tenho um esquema de segurança para prevenir que essas coisas aconteçam – explico. – Não é minha culpa que você foi pego, e pode apostar que vou prestar todas as queixas possíveis e imagináveis.

Faço sinal com a cabeça para o policial que está colocando as algemas nele e completo:

– É a última vez que você apronta comigo, coroa. Acabou. Espero que você apodreça na cadcia.

– Sou seu pai, Jet!

Só sacudo a cabeça, levanto da cadeira e respondo:

– Não mesmo. Isso você nunca foi.

Não consigo olhar para minha mãe nem para o juiz, que fica observando toda aquela confusão com uma expressão triste, de quem entende tudo. Não quero nem pensar quantas famílias piores do que a nossa já passaram na frente dele. Aperto a mão do meu advogado e assino toda a papelada que ele precisa para eu fazer o serviço comunitário e pagar pelos seus serviços. Peço para ele perguntar para o policial se existe a possibilidade de eu pegar as coisas que meu pai roubou de volta, mas ele não me parece muito esperançoso.

231

Visto minha jaqueta de couro por cima daquela camisa ridícula e, quando vou sair do tribunal, ouço alguém dizer meu nome. Não estou a fim de parar, não estou a fim de falar com ela, porque ainda estou sangrando por dentro por ela ter ficado do lado do meu pai e não do meu. Mas alguma coisa no meu DNA me faz virar e esperar. Ali, em plena luz do dia, dá para ver cada marca, cada linha do seu rosto, que denunciam que ela levou uma vida de puro sofrimento. Não sobrou nem uma sombra da mulher que eu quero chamar de "mãe".

— Jet, espere um pouco. Por favor — diz ela.

Solto um palavrão baixinho e me dá vontade de ser fumante, só para ter o que fazer com as mãos. Enfio elas nos bolsos da jaqueta e tento fazer cara de nada.

— Acho que a gente não tem mais nada a dizer um para o outro, mãe.

Ela fica mexendo na alça da bolsa e não me olha nos olhos.

— Ele é seu pai, Jet. Você não pode mandar ele para cadeia.

Solto um suspiro. Já estava esperando por essa, mas mesmo assim, foi um soco no estômago.

— Posso, sim. Ele me roubou, acabou com o meu meio de vida só porque não concordei com as exigências dele. Eu não só *posso* mandar ele para cadeia como é lá mesmo que ele tem de ficar. Vou passar três meses na Europa, mãe. Não vou poder ir correndo para sua casa a próxima vez que você me ligar porque ele quis te fazer de saco de pancada. Não vou nem estar neste continente a próxima vez que ele gastar toda a grana da hipoteca em bebida e puta. Quem sabe, com ele preso, você finalmente vai conseguir enxergar que passa melhor sem o pai.

Sem querer, ela põe a mão no olho machucado, que ainda está meio amarelo.

— Ele só fez isso uma vez e não teria ficado tão bravo se você tivesse ajudado o seu pai como sempre me ajudou.

Caio na risada de um jeito que parece que o ar chicoteia eu e a minha mãe.

— Você está mesmo tentando pôr a culpa de ele ter te enchido de porrada em mim? Valeu a tentativa, mas dessa vez não vai colar. Para mim chega. Não vou mais ficar tentando te forçar a ter uma vida melhor, tentar fazer você abrir a cabeça. Se você quer viver nas trevas, a escolha é sua, mãe. E a culpa não é de mais ninguém, só sua.

Quando viro as costas para ir embora, ela me segura pelo cotovelo. Está com a boca tremendo. Bem que eu gostaria de dizer que isso me parte o coração, mas tenho certeza que ela não está preocupada comigo ou consigo mesma. Está é preocupada com aquele filho da puta egoísta que está preso em uma cela por tentar arruinar meus sonhos.

– Se você for viajar e seu pai estiver na cadeia, vou ficar sozinha, Jet. Não consigo viver sozinha.

Ela diz a última palavra quase sussurrando, mal consigo ouvir.

– Quer saber de uma coisa, mãe? Ficar sozinha é melhor do que passar um segundo com aquele cretino. Passei a vida inteira tentando te mostrar que posso cuidar de você, que jamais vou te deixar sozinha. Mas tudo isso mudou quando você me enfiou numa viatura só porque tentei te proteger. Está mais do que na hora de você começar a se proteger sozinha.

Me solto dela, o que é muito mais fácil do que eu imaginava. Não consigo mais olhar para minha mãe, não posso mais deixar essa sombra me afundar. Dou um passo para frente e digo:

– Te ligo quando eu voltar. Quem sabe vai te fazer bem passar esse tempo sozinha, e a gente vai conseguir conversar. Se não, para mim, chega! Se o coroa acha que pode me foder, foder com a minha banda e com a minha música, é melhor ele ficar esperto. Aguentei isso por anos e anos, porque estava preocupado com você e com o que ele poderia fazer. Mas, agora, só estou preocupado comigo. Tchau, mãe.

Vou embora com a impressão de estar virando as costas para minha mãe para sempre. Tiro o celular do bolso e ligo para o Marcados, o estúdio de tatuagem onde a Cora e os meus amigos trabalham. Como lá tem identificador de chamadas, a Cora atendeu com um tom menos profissional.

– Oi.

– Oi. O Rowdy está por aí?

– Por acaso você acabou de sair do tribunal?

Essa fadinha não larga o osso. Parece um pitbull.

– Ãhn-hãn.

– E como foi?

– Tudo certo. Sério, Cora. Preciso falar com o Rowdy, se ele não estiver ocupado.

– Você sabe que, assim que ele desligar o telefone, todo mundo vai ficar enchendo o saco dele para saber o que aconteceu. É melhor você me contar tudo, eu falo para eles. Vai poupar o tempo de todo mundo.

Solto um suspiro e acabo cedendo:

– Peguei uma tonelada de serviço comunitário, um milhão de multas e uma ordem de restrição. O coroa ganhou algemas e uma passagem para cadeia. Com certeza a minha mãe vai tentar tirá-lo de lá pagando fiança, mas o policial me garantiu que o roubo é tão grave que meu pai pode ficar lá apodrecendo por um bom tempo, e que a fiança não vai ser pequena. Queria poder dizer que meu pai vai ficar preso enquanto eu estiver na turnê, mas não sei se vai rolar. Estou bem, Cora. Sério.

Ela resmunga alguma coisa e grita para chamar o Rowdy.

– Vou acreditar que você está bem quando parar de brincar de esconde-esconde com a Ayden e conversar com ela.

Dou uma bufada e respondo:

– Essa aí já era.

Acho que a Cora ia me dar alguma respostinha, mas ouço uma discussão, e o Rowdy pega o telefone e fala, com aquela voz rouca:

– E aí?

– Aí que o Jet venceu a parada.

– Pode crer. O que está pegando?

– Como que está sua agenda hoje?

– Espera um segundinho que eu vou olhar. Só preciso que o demônio da Tasmânia tire a bunda da minha frente.

Ouço a Cora dar um gritinho indignado e mais bate-boca. Só que, dessa vez, tem uma risada masculina bem alta.

JET

– Meu último horário é às quatro, e acho que vai ser rápido. Uma menina quer fazer uma flor-de-lis pequeninha no pé.

– Quer começar uma *tattoo* nova para mim?

– O que você está pensando? Uma coisa pequena ou grande?

– Grande.

– A gente não vai conseguir terminar antes de você viajar.

– Eu sei. Só quero acertar o desenho e fazer o contorno.

– Desembucha.

Estou pensando nisso desde que invadiram o estúdio, e a Ayden arrancou o coração do meu peito e jogou no lixo. Quero fazer um desenho que traduza o jeito que a música explode para fora de mim, o jeito que o fogo flui pelo meu corpo quando canto em cima do palco.

– Quero um microfone antigo quebrado, detonado mesmo, com um monte de fogo saindo. É para ficar meio tosco, não estilo *old-school* nem tradicional.

Dava para ouvi-lo rabiscando enquanto falava comigo.

– O fogo precisa ser quente e descontrolado, pode fazer do tamanho que você quiser. Não tenho nada nas costas, então vai ter muito espaço para trabalhar.

O Rowdy assovia e responde:

– Ok. Vou desenhar e te mando uma foto pelo celular. Se estiver a fim, cola lá pelas cinco.

– Nem esquenta com a foto. Só desenha e vamos nessa. Fala sério. Você me conhece. Essa *tattoo* me representa e representa a minha música. Sei que você vai mandar bem.

– Você tem noção de que é bem louco, não tem?

Foi engraçado porque, pela primeira vez em muito tempo, eu sentia como se estivesse compreendendo coisas e a loucura não tinha nenhum papel nisso.

– E não dizem que a arte boa sempre sai do sofrimento ou da loucura?

Meu amigo deu risada e disse:

– Acho que você tem essas duas coisas de sobra. Até mais.

Eu estava evitando ir para casa durante o dia porque tinha uma possibilidade remota de eu encontrar a Ayden. Mas não estava mais aguentando ficar com aquelas roupas e resolvo arriscar. Solto um palavrão bem alto quando vejo o jipe dela parado na frente de casa. Aperto os dentes e decido que já sou bem grandinho e posso encarar um encontro com ela, mesmo que vê-la me cause uma dor terrível.

Abri a porta de casa e quase caí duro no chão. A Ayden deve ter acabado de voltar da corrida, porque está usando aquelas calças pretas justas que fazem as pernas dela parecerem algo saído de um sonho erótico, um top esportivo e mais nada. Era pele demais e Ayden demais para eu lidar no meu atual estado de espírito. Resolvo passar direto e fingir que nem a vi gostosa desse jeito. Mas, pelo jeito, ela não concorda comigo. Põe a garrafinha de água na mesa, se encosta no sofá, olha bem na minha cara e pergunta:

– Como foi lá no tribunal?

Me seguro para não perguntar como é que ela sabia onde eu estava, mas aí lembro que estou usando uma roupa toda chique e que a Cora é a maior fofoqueira de todos os tempos. Tiro a jaqueta de couro, jogo no sofá, do lado dela, e conto até dez de trás para frente até sentir que estou em condições de falar. Queria conseguir interagir com a Ayden sem vomitar nem engasgar em toda a minha amargura.

– Deu tudo certo – respondo.

Ela vira para o outro lado. Óbvio que está tão pouco à vontade quanto eu.

– Que bom. Fico feliz por você.

Solto uma risada amarga e enfio a mão no cabelo, morrendo de raiva.

– Pode crer. O sonho de toda criança é mandar o próprio pai para cadeia porque ele fez a limpa no estúdio do próprio filho e tentou foder com uma oportunidade daquelas que só aparecem uma vez na vida.

Meu sarcasmo é uma lâmina que corta o incômodo que fica entre a gente.

A Ayden limpa a garganta e levanta do sofá, cruzando os braços em cima daqueles peitos com os quais eu vou sonhar para o resto da minha vida.

– Você merece ser feliz, Jet. Merece cuidar de você mesmo pelo menos uma vez na vida.

– É, acho que sim.

Prefiro que a Ayden cuide de mim, prefiro cuidar dela. Mas, como não tenho mais essa opção, acho que só posso cuidar de mim mesmo.

Começo a desabotoar a camisa e ir para o meu quarto. Os olhos dela ficam aguçados e acompanham todos os meus movimentos. Aí, o celular da Ayden toca lá na mesa da cozinha e vou buscar para ela. Fico completamente congelado quando vejo o nome no identificador de chamadas. É o Coletinho de Tricô. O bosta do Coletinho de Tricô está ligando. Sou capaz de incendiar o planeta inteiro só com a força do meu pensamento. Entrego o aparelho sem dizer uma palavra e passo por ela correndo. Paro porque Ayd põe a mão no meu ombro. Aqueles olhos dourados brilham para mim com uma expressão que não consigo decifrar, mas estou cansado de ela ficar brincando comigo e depois me mandar embora. Não posso mais perder o controle. Ficar tonto de tesão só é divertido até umas horas.

– Não é o que você está pensando, Jet. Nada disso é o que você está pensando.

A voz dela fica um pouco trêmula. Juro que queria me importar. Queria beijá-la e levar ela para cama. Queria cantar para ela, implorar para ela vir comigo na turnê, pôr uma aliança no seu dedo e pedir para ela ser minha para sempre. Infelizmente, só posso me livrar da mão dela e espremer os olhos.

– Tô tentando não pensar nisso, Ayd.

Ela solta um suspiro de surpresa, mas vou para o meu quarto. Como não estou a fim de ouvir o que ela tinha a dizer para o imbecil do coletinho, bato a porta e arranco aquelas roupas que tão me sufocando. Bem que podia ser fácil assim me livrar desse emaranhado de sentimentos.

Ponho o *black metal* inglês do Venom para tocar no volume máximo. Se a Ayden está pensando em vir atrás de mim para conversar, vai mudar de ideia. A música está tão alta que dá dor de cabeça. Mas pelo menos me distrai, e consigo resolver uns lances de última hora da turnê e os retoques finais do álbum do Black Market Alphas.

Sério. Nesse momento, ajudar bandas que estão começando, levar o som de bandas novas até as pessoas me deixa mais feliz do que qualquer coisa. Tem tanta música boa por aí que ninguém tem oportunidade de conhecer porque essas bandas nunca estouraram, nunca tocaram no rádio nem participaram da turnê de algum grupo grande. Isso é uma pena. O que eu puder fazer para mudar essa situação me deixa mais orgulhoso do que qualquer coisa que já fiz pela minha própria banda.

Quando saio para ir para o estúdio de tatuagem, não vejo nem sinal da Ayden. Não sei se me faz sentir melhor ou pior. Decido não pensar muito no assunto e vou para o centro. Como odeio parar o carro na avenida Colfax, ando um pouco mais, até o edifício Victorian, onde o Rule mora com o Nash. Leva alguns minutos para eu ir andando até o estúdio. Chego um pouco atrasado, mas o Rowdy ainda está tatuando uma menina que parece ter menos de dezesseis anos.

A Cora revira os olhos e diz que a menina chegou atrasada e tem baixa tolerância à dor, por isso o meu amigo ainda está na luta. Falo que vou esperar, mas aí o Rule vem lá dos fundos falando no celular, fazendo careta, e me pergunta se tenho um minutinho. Não estou a fim de ouvir ele me enchendo o saco, mas o estúdio não é tão grande assim, e fico sem escolha. Cumprimento o Nash com a cabeça, que também faz careta quando vê a gente saindo pela porta. Mas, como está fazendo uma *tattoo* bem complicada na panturrilha de um cara, não fala nada.

O Rule resmunga alguma coisa para tela do celular e põe o aparelho no bolso do casaco de moletom.

– O Rome vai voltar para casa definitivamente daqui a uns meses.

Por essa eu não esperava, e fico sem saber o que dizer. O irmão mais velho do Rule é legal, valentão, do tipo que não leva desaforo para casa. Gosto dele para caramba. Sei que está rolando uma tensão na família porque o irmão gêmeo do meu amigo (que já morreu) deu um jeito de levar um segredo cabeludo para o túmulo.

JET

– Que legal.

– Seria legal, se ele parasse de ser tão cuzão. Quero que o Rome fique com o apartamento que eu alugo no Victorian quando voltar, para não precisar se preocupar com onde vai morar. Sei que, nesse momento, ele não vai voltar para casa dos meus pais. Ainda está sem falar com eles.

Passo a mão na nuca e fico me perguntando por que meu amigo quer tratar desse assunto comigo em particular.

– Se ele for morar no Victorian, para onde você e a Shaw vão?

– Vou comprar uma casa para ela.

Fico meio sem reação, porque conheço o Rule há um tempão. Já é um choque ele ficar com uma mulher só. Mas morar para sempre com ela é simplesmente impensável.

– Uau. Isso sim é um passo grande.

Meu amigo encolhe os ombros, se encosta na vitrine da loja e retruca:

– Não acho. A Shaw é a mulher perfeita para mim.

Levanto a sobrancelha e imito a pose dele, encostando no vidro gelado.

– Você está falando de casar e ter filhos, Archer?

Tô passado. O Rule era *o* lobo solitário. A lista de mulheres que já pegou é uma lenda, tão comprida que dá medo. Mas, assim que resolveu se comprometer com a Shaw, fez isso com a mesma intensidade que faz tudo o mais na sua vida.

– Para ser sincero, meu amigo, vou fazer o que ela quiser. Se ela quiser um anel de noivado, vou comprar um do tamanho da cabeça dela. Se quiser um filho, a levo para cama todas as noites até ela engravidar e não vou reclamar de nada. Se quiser que as coisas continuem como estão, até o fim dos tempos, também estou de boa. Só quero ficar com ela. É disso que queria conversar com você.

Aqueles olhos estavam com uma expressão tão séria que me gru-daram, no vidro. É difícil deixar de encarar aquela tempestade de inverno quando ela vem para cima de você com toda a força.

– Quando a mulher certa aparece, Jet, você dá um jeito. Move montanhas, muda a sua vida e faz de tudo para ficar com ela. Eu não seria metade do homem que sou sem a Shaw. Ela me torna uma pessoa melhor, me deixa feliz. Dá para ver que a Ayden faz a mesma coisa com você.

Eu ia interromper, dizer que não fui eu que caí fora, que tinha encarado os segredos e os perdidos dessa garota e, mesmo assim, me apaixonei por ela. Mas meu amigo levanta a mão e não me deixa falar.

– Sei que as coisas entre vocês tão complicadas. Sei que ela não é fácil de amar, mas é nessas horas que é mais importante ainda amá-la sem medida. Acredita em mim, já tive na mesma situação que ela. A Shaw me explicou por cima o que a Ayden está passando, e a coisa é bem feia. Não é bolinho, com certeza. Mas sei que você dá conta se insistir.

Faço uma careta e tento evitar que as palavras do meu amigo fiquem martelando na minha cabeça. Entendo o que ele está falando, admiro o fato de ele pensar que o amor sempre supera tudo. É bonito de ouvir, vindo de alguém como ele. Mas não é o Rule que tem que lidar com a fortaleza que a Ayden construiu para se proteger, e não é ele que estava lá em casa hoje à tarde, quando aquela droga de celular tocou. Dou um suspiro e olho de canto. Não vou mentir sobre o que sinto pela Ayden, mas também não vou fingir que tenho esperança de que role algo além do que já rolou.

– Valeu, Rule. Sério, entendo o que está falando e queria, queria muito mesmo, que rolasse com a Ayden o mesmo lance que rola entre você e a Shaw. Mas as coisas não são assim. Sei o que acontece quando se tenta forçar alguém a fazer alguma coisa. Olha só para os meus pais.

A gente fica se encarando um tempão. Aqueles olhos azuis-claros do meu amigo brilham como diamantes enquanto ele analisa o que acabei de dizer. Por fim, solta um suspiro, desencosta do vidro e fala:

– O que eu sei é que, quando você acha que a pessoa vale a pena, que o resultado vai valer a pena, não deve desistir.

Desencosto da vitrine também. Um grupinho de meninas passa pela gente e fica olhando, mas nem eu nem meu amigo prestamos atenção nos sorrisos sedutores que elas dão para gente. Me dá vontade de chutar alguma coisa.

– Acho que, agora, a felicidade é uma coisa relativa para mim – respondo.

A gente volta para dentro do estúdio, e o Rowdy está acompanhando a menina que estava tatuando até a recepção. A Cora está olhando feio para ela e sendo especialmente desagradável enquanto recebia o pagamento. Meu amigo me cumprimenta com um soquinho e faz sinal com a cabeça em direção à sala dos fundos, onde tem mesas de desenho e uma salinha para relaxar.

– Chega mais e dá uma olhada no que eu rabisquei. Se você não gostar, dá tempo de mudar.

O Rule me dá um tapinha no ombro e diz:

– Ele passou o dia inteiro fazendo isso. Está legal para caralho.

Faço uma expressão de curiosidade e vou para os fundos do estúdio com o Rowdy.

– Valeu por ter feito tão rápido.

– Não é sempre que um cliente me dá liberdade para fazer o que eu quiser. Me diverti muito.

O desenho é gigante. Dá para cobrir um lado inteiro das minhas costas, começando na bunda e terminando na clavícula. O fogo é o que mais aparece. Tem chamas retorcidas e arrasadoras lambendo um microfone antigo partido no meio. Parece uma boca aberta, com mais chamas saindo dela. É barra-pesada, irado, colorido e cheio de vida. Me sinto exatamente assim quando subo no palco. As cores que o Rowdy escolheu, o fluxo do desenho, está mais para uma aquarela do que para as linhas duras características de uma *tattoo*. Fico olhando, abismado, por um tempão, até que o Rowdy limpa a garganta e me dou conta de que ele está meio nervoso.

– Era isso que você queria?

Eu dou risada, com vontade. Rio tanto que meus olhos se enchem de lágrimas.

– Se eu não achasse que você ia me dar um soco na cara, eu te beijava. Está perfeito. É exatamente isso que eu queria.

241

– É bem grande. Acho que hoje a gente só consegue fazer o contorno e, mesmo assim, vai levar umas quatro ou cinco horas. Você tem que escolher de que lado quer fazer.

– Do lado contrário do anjo da morte.

Acho que vai ficar mais equilibrado, mesmo que o anjo cubra quase todo o meu peito.

– Legal. Me dá uns minutinhos para eu arrumar as coisas e fazer o transfer. O Nash falou que, assim que ele terminar o garoto que ele está tatuando, vai buscar uma pizza. O Rule disse que ia pegar uma caixa de cerveja e já voltava. Mas você vai ter de esperar terminar a tatuagem para beber, se não, teu corpo vai expelir a tinta. Todo mundo vai ficar por aqui.

Concordo na hora e relaxo enquanto meu amigo vai arrumar as coisas. A situação com a minha família está resolvida, na medida do possível, minha música está fazendo mais sucesso do que nunca, e tenho os amigos mais legais do mundo. Pena que nada disso preenche o vazio deixado por uma certa morena com olhos cor de uísque. Nada torna o fato de ela continuar falando com o Coletinho de Tricô mais fácil de engolir. É uma bosta eu simplesmente não conseguir dar um jeito de ficar com ela, e nada disso ajuda.

Ter o Rowdy me castigando com um monte de agulhas por algumas horas é um bom jeito de fazer a endorfina e a adrenalina fluírem. E um bom jeito de pôr para fora um pouco daquelas emoções ardentes e dolorosas que a Ayden me faz sentir.

CAPÍTULO 15

Eu devia estar me sentindo altruísta e em paz por ter me sacrificado pelo bem da pessoa que eu amo. Infelizmente, só fiquei arrasada e incomodada com a situação. Me afastar do Jet antes que o Asa consiga pôr aquelas patas imundas nele ou que todas as coisas terríveis que eu achava que conseguia controlar atrapalhassem a nossa vida é muito mais difícil do que eu pensava. Não sei o que é pior: os encontros estranhos quando a gente se topa em casa ou as noites que ele dorme fora.

Minha cabeça fica girando loucamente, e tento não ficar imaginando com quem ele está ou o que está fazendo. Sempre quis esse homem de um jeito puramente físico e sexual. Mas, agora que o conheço, agora que entendo tudo o que se passa por trás daqueles olhos castanhos, quero ele para mim de todos os outros jeitos também. Meu coração se parte em mil pedaços toda vez que ele me olha como se eu fosse uma vitrine e faz aquela cara de quem não está nem um pouco a fim de descobrir o que tem do outro lado. Fico para morrer quando olha através de mim, como se eu não existisse. Na verdade, se o Jet olhasse com atenção, veria todos os pedacinhos do meu coração espalhados onde não deveriam estar. Na minha garganta, nas minhas mãos, na boca do meu estômago...

Ele viajou hoje. Quando saí para correr de manhã, estava colocando as malas na frente da porta e falando ao celular com alguém que ia passar lá para pegá-lo. Por um lado, fiquei feliz que aquela tensão toda entre a gente não ia mais existir, porque ele ia estar a milhares de quilômetros de distância. O outro lado, muito maior e mais barulhento, gritava que, assim que o Jet passasse por aquela porta com aquela guitarra, tudo entre a gente acabaria para sempre. Sei que o Jet merece saber meus verdadeiros motivos para terminar com ele, mas não consigo encontrar as palavras certas.

Fazia mais de uma semana que eu não tinha notícias do Asa nem do Silas. Tomara que o meu irmão tenha seguido o meu conselho e se enfiado numa ilha deserta. Mas, o conhecendo como eu conheço, tenho cá minhas dúvidas. Como não sou burra de encontrar o Silas sozinha, entreguei aquela agenda que virou minha vida do avesso para o Lou e mandei ele ir lá no Goal Line buscar. O Lou ficou de boa e não fez muitas perguntas. Além disso, ele tem jeito de quem pode arrancar o braço do Silas e dar porrada com ele sem o menor esforço. Me senti mais segura de o Lou se encarregar da entrega.

Tentei ligar para minha mãe e explicar a situação, mas, como sempre, ela não estava nem um pouco interessada e ficou falando de um sujeito que tinha conhecido num bar. Pelo que entendi, ele a convidou para cair na estrada no seu caminhão gigante, e minha mãe ficou toda animada. Como sempre, tentei apelar para o bom senso e falar que ela nem conhece o cara, que se os dois brigassem ou ela se desse conta de que não gosta dele, ia acabar na roubada onde quer ele a largasse. Mas minha mãe não quis nem ouvir. Ela nem disse "obrigada" ou se fez de grata por eu ter dado um jeito de o Asa continuar vivo, pelo menos por enquanto. Tudo isso me fez lembrar de como eu era desesperada para sair de Woodward e por que quero tanto que a minha vida seja diferente.

Agora que sabe que não rola mais nada entre mim e o Jet, o Adam deu para me ligar umas duas vezes por dia. Sei que ele está preocupado comigo de verdade, mas tive que dizer mais de uma vez que não tenho o menor interesse em sair com ninguém nem começar nenhum relacionamento. A verdade é que todo mundo que se relacionar comigo corre perigo, mesmo que tenha futuro garantido e uma boa carreira. O meu passado, as pessoas que fizeram parte da minha vida, sempre vão ser uma

JET

ameaça. Não quero sujeitar ninguém de quem eu gosto a esse risco, de jeito nenhum. Não é justo.

Quando voltei para casa, parei para recuperar o fôlego e perdi o equilíbrio, porque o Jet estava saindo pela porta e descendo os degraus. Ele parou quando me viu e olhou para baixo, para ponta dos coturnos. A expressão naqueles olhos partiu meu coração, e eu só queria dar um abraço nele e dizer que ia ficar tudo bem. Mas sei que isso não é verdade. Então, só me encostei no corrimão de ferro e olhei para o Jet.

– Você está bem? – perguntei.

Ele nem me olhou, mas seus ombros ficaram tensos, e enfiou as unhas nas palmas das mãos. Não sei direito se estou apaixonada por esse homem, mas acho que sim. E tenho absoluta certeza que não quero que ele se sinta mal como agora nunca mais. Se eu tiver que servir de escudo para o Jet se proteger do que faz ele arder de raiva, é isso que vou fazer. Mesmo que tenha que me afastar. Ele merece ter paz, um descanso desses demônios que não param de atormentá-lo. E se eu tiver que sair da vida dele, paciência.

– Tudo certo – respondeu.

Aí levantou a cabeça e me lançou um olhar tão sombrio, escuro e raivoso que, minha pele ardeu. Entendo melhor do que ele pensa como é ser magoada por quem você ama, e queria explicar toda aquela confusão horrorosa. Mas aí o Jet ia querer dar um jeito nas coisas, e o Asa não tem jeito. Assim como não dá para voltar no tempo e dar um jeito na mulher que eu era. Só dá para seguir em frente e colher os frutos do que plantei, ter uma vida melhor a partir de agora e torcer para gente se tornar pessoas melhores nessa jornada.

– Bom, se divirta na turnê. Tenho certeza que vai ser demais.

Era uma situação forçada e esquisita, como todas as nossas últimas conversas. Antes, a gente conseguia conversar, se olhar e saber exatamente o que o outro estava pensando. Agora, somos só duas pessoas machucadas por motivos diferentes, tentando fingir que respirar o mesmo ar não nos estraçalha por dentro.

Não estava esperando que ele se mexesse. Mas, de repente, as correntes que prendem a sua carteira no cinto e os seus anéis tilintaram, e ele ficou bem na minha frente. Aqueles olhos faiscantes estavam a milímetros dos meus e aquela boca, que já tinha me amado de muitas maneiras, estava retorcida de raiva. Sei que o Jet guarda muita raiva, que dá o maior trabalho controlar o vulcão de emoções que existe dentro dele. Mas nunca pensei que ia descarregar isso tudo em cima de mim. Minha pele exposta ardia, e eu só podia ficar ali, parada, aguentando ele me fazer cara feia e gritar:

– E por acaso você se importa?

Não estava com medo dele, não estava com medo daquela raiva toda. O que me deixava apavorada era ser mais uma pessoa que tinha o decepcionado além da conta, que tinha preferido uma pessoa horrível e abusiva em vez dele. Não era minha intenção, mas foi isso que acabei fazendo.

– É claro que me importo. Sempre me importei com o que rolou entre a gente, me importo com você. Você sabe tão bem quanto eu que isso não ia durar muito, era para ser só uma diversão, lembra? A gente não faz bem um para o outro, Jet.

Essas palavras deixaram um gosto de sujeira na minha boca. Quero ficar com o Jet para sempre, quero que ele cante para eu dormir todas as noites, queria vê-lo em cima do palco e saber que vai voltar para casa comigo. Quero tudo isso, e nada disso faz parte dos meus planos para o futuro. Mas, principalmente, queria que o Jet seja feliz. Queria que tenha algo que ninguém possa estragar: nem o pai, nem a mãe, nem eu. E, com certeza, nem o imbecil do meu irmão. Ele é maravilhoso, mais talentoso do que qualquer um. Sei que o Jet merece a grandeza. Me recuso a atravancar o seu caminho.

Ele se inclinou, chegou ainda mais perto, quase encostando o nariz no meu. Eu tremia da cabeça aos pés, fazia muito tempo que não tocava nos contornos firmes daquele corpo. Sempre vou desejá-lo, ele sempre vai ser uma tentação. Tive que usar todo o meu autocontrole para não agarrar o Jet e dar um beijo naquela boca, para não implorar que ele volte

JET

para mim, não exigir que ele não pegue ninguém enquanto estiver fora. Mas não tenho o direito de fazer nada disso. Fiquei só olhando e me segurando para não perder o juízo.

– Por que você não fala logo que sou pouco para você, que não sou eu que você quer. Isso não tem nada a ver comigo, com o que eu penso ou com o que eu quero, Ayd. Eu poderia ficar com você para sempre e prometer que vou ficar só com você, todos os dias da minha vida.

Depois dessa, meu coração derreteu. Me deu vontade de agarrar o rosto dele, beijar aquela boca que parecia ter um gosto amargo e ruim. Queria fazer ele se sentir melhor, mas não ia conseguir de jeito nenhum. Soltei um suspiro, sacudi a cabeça e respondi:

– Só quero o melhor para gente. Sei que você não entende e dá para perceber que você não acredita nisso, mas é verdade. Sei que não sou a melhor pessoa para você. Tenho uma porção de problemas, e você também tem. Mas não acredito que o universo ou a pessoa que eu costumava ser vão nos deixar em paz.

Nunca vou ser a melhor pessoa para ninguém, mas isso não vem ao caso.

O Jet fez uma cara de quem estava morrendo aos poucos por minha causa, mais uma vez. Se afastou do corrimão com um movimento tão violento que me encolhi toda. Aí fez uma careta e enfiou as mãos naquele cabelo despenteado. Desceu alguns degraus, e fiquei mais alta do que ele. Quando olhou para cima, a dor estampada nos seus olhos acabou com tudo o que eu estava tentando esconder. Nada mais importava, e a verdade era muito séria para ser ignorada.

Eu amo o Jet, amo como nunca amei nada nem ninguém. E me dei conta que, por isso mesmo, preciso me afastar dele. Dava para ver o quanto isso doía nele, e acho que eu também devia estar um caco. Mas sei que estou fazendo isso pelos motivos certos, porque amo o Jet e acredito que, no fim das contas, a gente vai ficar bem. Largar esse gato pelo bem dele, para protegê-lo de todo o sofrimento que ele pode ter se me amar, vale a pena.

247

– Que engraçado, Ayden. Porque, quando estou com você, me sinto melhor. Me comporto melhor, canto melhor e esse monte de merda que me come por dentro não parece tão ruim. Ninguém nunca fez isso por mim. Então, se você não é a melhor pessoa para ficar comigo, não consigo nem imaginar quem possa ser.

Mordi o lábio e desisti. Desci um degrau e segurei o rosto dele, que estava com uma expressão sombria, com as duas mãos. Aquelas bochechas ásperas arranharam minhas mãos. O Jet estava quente, parecia que todos os seus sentimentos estavam à flor da pele.

– Você não precisa de ninguém para ser melhor do que é, Jet. Você já é o melhor.

Eu só queria roçar meus lábios nos dele, tentar diminuir aquela dor que nos consumia. Como sempre, quando se trata de nós dois, a coisa foi de calma e serena para um completo inferno em meio segundo. Passei as mãos no cabelo do Jet, ele segurou minha cintura, e o que era para ser um selinho de despedida acabou virando um daqueles beijos que as pessoas dão quando as chances de nunca mais se ver são grandes.

Ele me beijou de língua com força e insistência, e o nível de desespero de nós dois transformou aquele beijo em algo muito mais perigoso do que eu tinha condições de enfrentar. Ainda mais agora, que tinha me dado conta do quanto meus sentimentos por ele são profundos. Tudo no Jet era paixão: a boca, as mãos, o jeito que ele me segurava, como se eu fosse escapar e fugir a qualquer momento. Me beijou com todo o amor, e isso me despedaçou ainda mais. Não tenho a menor dúvida de que, se a gente tivesse dentro de casa, e não parados do lado de fora, quando a van com o restante da banda chegou, os rapazes teriam interrompido algo muito mais íntimo do que um simples beijo.

Alguém buzinou, e o Jet se afastou de mim. Me deu uma mordida para eu lembrar dele. A expressão naqueles olhos tão lindos com auréola dourada não era mais de raiva, mas de tristeza.

– Tchau, Ayd.

Tive de segurar as lágrimas. Pus os dedos trêmulos dele na minha boca, como se pudesse segurá-lo ali, fazer ele ficar comigo para sempre, e sussurrei:

– Tchau, Jet.

Ele pôs todo o equipamento na van e ficou ali, parado. Antes de fechar a porta, me deu um sorriso forçado e sem jeito. Pirei. Nem esperei a van sair da frente de casa. Corri para o meu quarto e me joguei na cama. Chorei porque não conseguia parar de pensar que ele tinha me dado adeus para sempre. Chorei porque não tinha jeito de eu ficar com o Jet. Chorei porque a minha mãe nunca vai crescer, e nunca vou ter minha infância de volta. Chorei porque, por mais horrível e manipulador que o Asa seja, eu ainda amo esse verme filho da puta. Mas, principalmente, chorei por mim mesma. Passei tanto tempo tentando negar quem eu sou e me esforçando para ter um futuro, que desperdicei só Deus sabe quanto tempo evitando e dizendo "não" para a única pessoa que já quis ficar comigo para sempre. Que droga.

Não ouvi a Cora entrar no quarto, mas senti a cama afundar quando ela se sentou na beirada. Tirou o cabelo do meu rosto com os dedos gelados e disse:

– Isso foi cruel.

Funguei e tentei secar o rosto com a fronha, mas as lágrimas não paravam de escorrer.

– O que foi que você viu?

– Vi dois dos meus melhores amigos ficarem de coração partido. Sério, Ayd. Por que você está fazendo isso? É tão óbvio que vocês foram feitos um para o outro.

As lágrimas vieram com mais força ainda, e meu coração ficou tão apertado que achei que não ia mais conseguir respirar.

– É melhor assim.

Não sei quantas vezes mais eu ia ter que repetir essa frase para começar a acreditar.

Minha amiga não disse mais nada. O que, para a Cora, é um verdadeiro milagre. Mas ficou comigo, passando a mão no meu cabelo até eu parar de chorar.

A PRIMEIRA SEMANA que o Jet ficou fora foi a pior. Me joguei na faculdade e trabalhei todos os turnos extras que consegui pegar. Não só porque tenho de pagar uma quantia exorbitante de grana para Shaw, mas porque preciso me manter ocupada ou vou desmoronar.

Todos os dias, meus amigos perguntam como estou. Minto todos os dias e digo que estou bem. Até dou um sorriso forçado quando a Cora me dá notícias da turnê do Jet. Parece que a Enmity está fazendo mais sucesso do que a banda principal, o que não é nenhuma surpresa. O Jet é um deus do *rock*, e agora a Europa toda sabe disso. Fico imaginando se, quando ele voltar, finalmente vai assinar um contrato com uma grande gravadora e virar um astro. Ele merece reconhecimento por ser tão maravilhoso.

Tenho corrido como nunca corri na minha vida. É a única coisa que deixa meu corpo cansado a ponto de pegar no sono. E mesmo assim, ainda acordo no meio da noite e rolo para o lado vazio da cama. Quando isso acontece, fico fritando até desistir e acabar indo para o outro lado do corredor, dormir na cama vazia do Jet. Porque o cheiro dele ainda está ali, e sinto um pouco menos de dor.

Achei que estava conseguindo segurar as pontas, mas às vezes reparo que a Shaw fica me olhando com cara de quem tem medo que eu desmorone ou faça alguma loucura. Por exemplo, matar a Loren de porrada com a sua própria estupidez. Às vezes, a Cora fala alguma coisa e olha para mim, e me dou conta de que deveria ter dado risada ou falado minha opinião. Mas não vejo graça em mais nada. É uma merda. Me sinto vazia e oca, e isso dói muito mais do que quando as pessoas ficaram sabendo como era a minha vida lá em Woodward.

A segunda semana foi um pouco melhor. Parei de ouvir aqueles acordes tristes de guitarra na minha cabeça e consegui dormir na minha própria cama quase todas as noites. O único momento difícil foi quando ouvi a Cora falando com o Jet ao telefone. Me deu vontade de ir atrás dela, roubar o celular e perguntar como ele estava, se já tinha encontrado uma versão europeia e bagaceira de mim para afogar as mágoas. Naquela noite, não só dormi no quarto do Jet como também usei a camiseta dele. Foi patético.

JET

Tinha milhares de torpedos não enviados para o Jet no meu celular, e todos os dias eu tinha que me segurar para não mandar nenhum deles. Queria dizer que sinto saudade, que o amo e que ninguém nunca vai significar o que ele significou para mim. Em vez disso, fico ouvindo músicas country bem tristes (novas, não antigas) e tento me convencer que vai ser melhor assim.

Lá pela terceira semana, fiquei mestre em fingir que estou bem. A Shaw não ficou mais me olhando, e a Cora falava do Jet como se eu não fosse ficar arrasada só de ouvir o nome dele. Até fui tomar café umas duas vezes com o Adam, deixando bem claro que não ia rolar nada, só para reforçar que não estou interessada e que, apesar de achar que ele é sensacional, meu coração simplesmente pertence a outra pessoa. Ele não levou muito a sério e continuou ligando. E, enquanto as pessoas continuarem procurando rachaduras na minha fachada de indiferença, não faz mal nenhum mantê-lo por perto.

Estava me acostumando com aquele sentimento de vazio, me acostumando com a ideia de que a minha vida ia ser assim daqui para frente, porque não tenho como substituir alguém como o Jet. Não posso negar que ele devia fazer parte do meu futuro se o meu passado não tivesse resolvido me pregar uma peça.

Eu estava no banheiro, me arrumando para ir trabalhar, procurando, inconscientemente, as coisas que o Jet costumava deixar ali, quando aquele número estranho do Kentucky que me ligava há semanas apareceu na tela do meu celular. Ia ignorar a chamada, mas aí pensei que devia ser o Asa. Como fazia mais de um mês que não tinha notícias dele, achei melhor atender para ele me contar como andavam as coisas. Ou pedir dinheiro, o que era mais provável. Segurei o telefone com o ombro enquanto arrumava o cabelo e respondi:

– Alô.

Não era o Asa. Não era o Silas. Não era a minha mãe. Não era ninguém que eu podia imaginar.

– Oi, Ayden.

251

Pisquei e fiquei olhando, chocada, meu reflexo no espelho do banheiro.

– Sr. Kelly?

Não tinha como confundir aquela voz conhecida com o sotaque sulista. Era a voz da pessoa que me libertou de Woodward. Era a voz da pessoa que me convenceu que eu era melhor do que todas as coisas erradas que fazia.

– Tenho certeza que você deve estar surpresa em me ouvir, mas eu tinha que te ligar para falar do Asa.

Meu reflexo ficou me encarando com cara de espanto.

– Do Asa?

Com certeza, minha voz estava deixando transparecer a confusão que eu sentia, mas é que eu não conseguia ligar os pontos.

Ouvi um suspiro vindo do outro lado da linha.

– Você sabe que sempre acreditei em carma. Achei que, ajudando você a sair daquele *trailer* e te afastando da influência do seu irmão, meu universo ia se alinhar. E, por um tempo, foi isso que aconteceu.

– O senhor é que ficou me ligando nesse último mês?

– Fui eu, sim. Sabia que iam mandar o Silas atrás do Asa e queria ter certeza de que você estava bem. Pensei que, se você atendesse, estava tudo certo.

Me encostei na pia porque, de uma hora para outra, minhas pernas ficaram bambas.

– O que está acontecendo com o meu irmão, sr. Kelly?

Ouvi outro suspiro, muito mais profundo e pesado. Devo minha vida a esse homem, mas fiquei com a impressão de que ia ter de passar o sr. Kelly para categoria do "nada que vem de Woodward presta".

– O Asa não te entregou a agenda toda quando você deu o dinheiro para ele. Faltaram algumas páginas, e a gangue de motoqueiros não está nem um pouco feliz.

Isso é bem a cara do Asa. Se contentar com o que tem nunca fez a cabeça dele. A ganância do meu irmão sempre foi poderosa.

– O Asa sumiu faz tempo, sr. Kelly. Dei tanto dinheiro para o meu irmão que ele pode sentar numa praia e ficar tomando margueritas o tempo que quiser. Não tenho como recuperar essas páginas.

– Ah, eu sei, Ayden. E não precisa se preocupar com elas. Os motoqueiros já as conseguiram de volta, e é por isso que estou te ligando.

Fiquei com o estômago embrulhado e comecei a ver pontinhos pretos.

– Meu irmão está morto?

O sr. Kelly ficou um tempão em silêncio, e achei que eu ia desmaiar.

– Não, mas acho que você deveria vir até aqui. Para ser sincero, não sei quanto tempo ele vai aguentar. Ele está bem mal, num hospital na cidade de Louisville.

Cambaleei um pouco e me sentei no chão. O frio dos azulejos embaixo das minhas pernas trouxe um pouco de clareza para minha cabeça, que não parava de girar.

– Como é que o senhor se envolveu nessa confusão?

Uma coisa tinha ficado bem clara para mim: esse homem nunca me ajudou por pura bondade.

– Gostaria de não estar envolvido nisso. Gostaria de ter visto você ir embora e nunca mais ter pensado em você. Mas é assim que as coisas são quando se vive numa cidade pequena como Woodward.

– Por favor, sr. Kelly. Vai direto ao ponto.

– Meu nome está escrito naquela agenda. Há anos.

Soltei uma risada que mais pareceu o som de um animal morrendo.

– Então o senhor me salvou só para poder me sacrificar quando foi conveniente?

– O seu irmão sempre gostou de se meter em encrenca, Ayden. A culpa é dele, não minha. Quando resolvi lhe ajudar, tive que arranjar o dinheiro em algum lugar. Professores não têm uma quantia como aquela sobrando. Eu jogo, há anos, e nem sempre a sorte está do meu lado. Eu estava numa maré boa quando lhe ajudei, mas agora... – houve um longo silêncio, e quase deu para sentir que ele estava tentando encontrar as palavras certas para minimizar o prejuízo que aquele telefonema causava na minha vida.

– ...agora estou sem sorte. Ou eu pegava aquelas páginas com o Asa ou acabava no necrotério. Lamento que você tenha sido envolvida nisso, Ayden.

– Mas por que o Asa inventou de voltar para Woodward, sabendo a confusão que o esperava por aí?

Eu estava tão perdida, tão confusa, mas uma coisa era óbvia: o sr. Kelly era mais uma pessoa que tinha me usado para conseguir o que queria. Mais uma pessoa que só conseguia enxergar em mim o que achava que eu devia ser. Afinal de contas, ele era a única pessoa de Woodward que fazia ideia de como era a minha vida aqui no Colorado. E não hesitou em usar essa informação como moeda de troca.

– Por que liguei para ele e disse que, se ele não voltasse, os motoqueiros iam atrás de você.

Eu respirei fundo e perguntei:

– O senhor ia ter coragem de mandar essa gente para cá?

– Devo muito dinheiro, Ayden. Um dia, talvez você consiga entender. Fui eu que chamei a ambulância quando eles terminaram de bater no seu irmão. Em vez de me julgar, deveria me agradecer. Afinal de contas, você só tem a vida que vive hoje por minha causa. Tinha certeza absoluta de que estava fazendo a coisa certa quando lhe salvei dessa cidade. Tinha certeza de que você estava predestinada a coisas grandes e não me enganei. Você se transformou numa jovem admirável, com tanto potencial. Fico um pouco menos culpado quando penso que fui responsável por isso.

– O Asa voltou por minha causa?

Isso não faz o menor sentido. Meu irmão é egoísta, arrogante e, sério, só liga para si mesmo. O Asa se sacrificar pela minha segurança é uma loucura.

– Voltou. Sabia que, seja lá o que a gangue fizesse com ele, ia ser pouco perto do que poderia fazer com você. Se quer saber, acho que seu irmão recebeu muito menos do que merecia e, se o Asa sobreviver, espero que tenha aprendido a lição. Lamento muito mesmo por as coisas terem acontecido desse jeito, Ayden. Você não merece isso.

JET

O telefone ficou mudo. Deixei o celular cair da minha mão dormente no chão. Encostei a testa nos joelhos e me segurei para não desmaiar. Era muita coisa para eu assimilar. Meu irmão, o sr. Kelly, minha situação com o Jet... Tudo desmoronou ao meu redor, como um castelo de cartas. Coisas que eu deveria ter feito de outro modo começaram a martelar minha cabeça. As decisões que eu tomei, boas e ruins, começaram a correr em círculos, tão rápido que fiquei tonta e enjoada.

A porta do banheiro se abriu. Olhei para cima e vi a Cora me encarando com uma cara de espanto. Deve ter sido uma visão do inferno, porque ela meio que surtou quando falou comigo.

– Que porra está acontecendo? Sei lá, achei que você tinha caído no chuveiro.

Só fiquei olhando para minha amiga, aquela fadinha *punk* que eu amo tanto, e me dei conta de que o sr. Kelly está redondamente enganado. A vida que eu tenho agora não tem nada a ver com ninguém, só comigo. Essas pessoas me amam pelo que sou e apesar do que sou. Amam o que tenho a oferecer para elas, sem questionar. Não vale a pena sofrer eternamente pelas decisões ruins que tomei e pela vida insensata que levei. Fui uma imbecil de querer proteger o Jet de mim mesma. Ele é a única pessoa de quem eu gosto que me queria só pelo que sou e não pelo que posso fazer por ele. Se eu tivesse o deixado chegar perto de mim, ele teria amado todas as minhas facetas, e também garantiria que essas coisas do meu passado, que não paravam de me arrastar para trás, não nos machucassem.

Pisquei para Cora no momento em que ela estava prestes a me bater para chamar minha atenção e falei:

– Preciso ir para casa – fiquei sem voz.

Acho que tudo o que me tornava eu mesma estava começando a vir à tona, mas não tenho mais medo de que as pessoas descobrissem quem eu sou de verdade. Não tenho mais medo de me olhar no espelho.

– Para casa onde? No Kentucky? Por quê?

– Meu irmão está no hospital. Parece que não está nada bem.

Minha amiga ficou de joelhos, colocou aquelas mãozinhas minúsculas em cima das minhas e disse:

– Ah, não! Quer que eu vá com você? Quer que eu ligue para Shaw? Eu nem sabia que você tem um irmão.

Só sacudi a cabeça e soltei ela para trás, até bater na porta do armário.

– Não. Minha mãe deu o fora com um caminhoneiro qualquer chamado Earl ou Daryl ou coisa parecida. Não que ela fosse voltar. Está longe de ser a melhor mãe do mundo. Minha família é só eu e o Asa e, na maioria das vezes, só eu. Mas é que ele se machucou tentando fazer a coisa certa pela primeira vez nessa vida. Agora tenho que ir para casa e rezar para o meu irmão conseguir sobreviver. Para eu poder encher ele de porrada e agradecer. Nessa ordem.

Aquele rostinho lindo estava com uma expressão de espanto.

– Acho que você nunca me falou tanto do seu passado quanto agora.

Fechei os olhos, soltei um suspiro e respondi:

– É porque não é nada bonito, e passei muito tempo fingindo que nada disso tivesse acontecido. Só que agora, tudo caiu bem na minha cabeça e me obrigou a abrir mão do único homem que eu amei na vida. Achei que o Jet não era o garoto certo para mim, porque ele me dá vontade de libertar todo esse meu lado ruim do passado e deixar essa pessoa que eu fui controlar a vida maravilhosa que tenho aqui em Denver. Acho que tenho me castigado pelas coisas que fiz. O Jet seria a minha recompensa, mas me recusei a aceitar porque achei que não merecia um homem como ele.

A Cora sentou na minha frente de pernas cruzadas. Não conseguia desviar daqueles olhos de duas cores. O azul estava com um olhar intenso e triste. O castanho, sério e cheio de compaixão.

– Ayd, não sei quem você acha que tem uma família exemplar. O Rule mal fala com os pais. A mãe da Shaw é a própria Bruxa Má do Oeste. O Nash odeia tanto o marido da mãe que saiu de casa quando era bem novinho. O Rowdy nem sabe por onde os pais dele andam. Minha mãe foi embora de casa antes de eu aprender a andar e me deixou com o meu pai, que sempre fez questão de esquecer que sou menina. E a gente está careca de saber que o

JET

pai do Jet maltrata a mãe dele. Ninguém da nossa turma solta raios de sol pela bunda, gata. Não sei por que você acha que precisa sofrer sozinha.

Abracei o pescoço da Cora, e ela também me abraçou. Era tão bom só curtir a minha amiga, saber que ela estava do meu lado para o que der e vier. Tudo aquilo que eu tinha para enfrentar quando voltasse para casa não parecia mais tão apavorante.

– Valeu, Cora.

– Você é uma pessoa maravilhosa, Ayden. E merece o melhor.

Passei as mãos no cabelo, e ela me ajudou a levantar.

– E eu tinha o melhor, mas deixei escapar.

– O Jet não foi tão longe assim. Liga para ele.

– Quem sabe, depois de eu entender direito o que está rolando com o meu irmão, consigo lidar com essa situação. É bem capaz de o Asa não sobreviver.

Pra minha surpresa engasguei só de pensar nessa possibilidade.

– Deixa eu ir com você ou falar com a Shaw. Você sabe que ela vai jogar tudo para o alto ou quem sabe até arrumar um jatinho particular.

Sacudi a cabeça e fui andando em direção ao meu quarto.

– Não. Preciso fazer isso sozinha.

– Mas, Ayd, se o pior acontecer, você não devia estar sozinha.

– Se o pior acontecer, prometo que ligo para chamar a cavalaria, ok?

Minha amiga ficou me olhando por um instante, apertou minha mão e perguntou:

– Promete mesmo?

Abracei a Cora de novo e respondi:

– Prometo.

– Está bem. Então, enquanto você faz as malas, eu vejo a passagem e vou providenciando as coisas para você viajar, OK?

– Te adoro, Cora.

– Bom, eu sou mesmo adorável. É perfeitamente compreensível.

Ela correu para o telefone, e comecei a jogar tudo que vi pela frente numa sacola. Liguei para o trabalho, avisei que ia ficar fora por uns dias e fiz um resumo da história para Shaw. Isso demorou mais do que eu pensava, porque ela ficou insistindo para ir comigo e só parou quando o Rule tirou o telefone dela e disse que ia sentar em cima da namorada até eu aterrisar em Woodward. Foi só aí que eu consegui sair de casa. A Cora me levou para o aeroporto, porque dei sorte de conseguir um voo em seguida. Algumas horas depois, já estava em Louisville.

Voltar para o Kentucky era como levar um soco na cara. Todo mundo é mais devagar e fala de um jeito mais gentil e, quando finalmente consegui entrar no carro alugado e pôr o pé na estrada em direção ao hospital, parecia que eu nunca tinha saído dali. Cheguei rápido no centro da cidade, onde fica o hospital. Woodward não tem infraestrutura para cuidar do Asa na situação em que ele estava. O tempo todo, só conseguia pensar que meu irmão tinha que ficar vivo pelo menos até eu conseguir falar com ele. Não importa que ele seja um maldito dum egoísta, ninguém merece morrer sozinho e com medo. Liguei e descobri que ele ainda estava na UTI, inconsciente. Me arrepiei toda quando ouvi o tom de tristeza da enfermeira. Óbvio que ele não está nada bem, e me odiei por ser responsável por isso.

Nem precisei perguntar onde meu irmão estava quando cheguei no hospital. Ficou bem claro que a enfermeira da recepção esperava alguém aparecer para visitar aquele menino lindo todo quebrado. Até à beira da morte o Asa consegue mexer com as mulheres. Me levaram até um quartinho minúsculo e quase caí de costas quando o vi.

Meu irmão, que é uma verdadeira força da natureza, parecia uma marionete quebrada. Estava todo entubado e cheio de fios. Não dava para ver o rosto dele de tanto curativo. Tinha um respirador na boca, e o seu peito subia e descia artificialmente, porque ele não tinha condições de respirar sozinho. Estava com os dois braços engessados e uma coisa que parecia um instrumento de tortura medieval na perna. "Nada bem" era eufemismo. Nem parecia um ser humano, muito menos vivo.

Engoli em seco e fui até o lado da cama. Toquei o gesso de um dos braços. Um médico entrou com um prontuário e pareceu meio surpreso em me ver.

– Você é da família? Tentamos entrar em contato com a mãe deste rapaz, mas ela disse que estava no estado do Illinois e só volta daqui a algumas semanas.

Limpei a garganta e respondi:

– Sou irmã dele.

O médico me olhou por cima dos óculos e falou:

– Acho que você deveria falar com a sua mãe e explicar que a situação dele é muito séria. É melhor ela voltar, no caso de ele piorar ainda mais. O rapaz teve uma hemorragia no cérebro. Colocamos seu irmão em coma induzido para ver se melhora o inchaço e estanca o sangramento. Ele está por um fio.

Me agarrei na grade de segurança da cama do hospital e expliquei:

– Vou ficar com ele. Minha mãe não vai voltar.

– Ele não está nada bem. Mesmo que acorde, não há garantias de que ele vai voltar a ser o que era antes. Para ser sincero, é um milagre ter sobrevivido tanto tempo. Nunca vi ninguém apanhar tanto. Ele deve ter deixado umas pessoas muito más bastante bravas.

Fechei os olhos e disse:

– Esse é o maior talento do meu irmão.

– A polícia está investigando o caso a fundo. Tomara que encontrem os culpados.

Não vão encontrar. Woodward é uma cidade pequena, e não é assim que as coisas funcionam por aqui. Esse era só mais um caso de justiça à moda antiga. Olho por olho, dente por dente. Se o Asa sobreviver, já vai ser muita sorte. Me abaixei e beijei aquela cabeça toda enfaixada na testa. Não vou voltar para aquele *trailer* de jeito nenhum e acho que vou ter de passar um bom tempo no Kentucky. Precisava encontrar um hotel perto do hospital.

– Achei que a gente não tinha mais nada em comum, Asa. Mas parece que proteger quem a gente gosta, mesmo que quase morra por isso, é característica dos irmãos Cross. A gente precisa ser mais esperto.

CAPÍTULO 16

Tinha uma loira pelada na minha cama, que ficava do outro lado da mesinha do quarto do hotel, onde eu estava sentado. O fato de eu estar mais interessado na garrafa de uísque que tinha na minha frente do que nela era uma prova triste da minha situação. A gata mal falava inglês e tinha vindo para o hotel com um dos rapazes da Artifice depois do show. Mas, por algum motivo, passou a noite inteira dando em cima de mim, mesmo eu não demonstrando o menor interesse. Vai ver, era a barreira da língua. Não entendo nada de alemão. Acho que ela só entendia que, quanto mais eu bebia, mais ela me parecia interessante, e providenciou um estoque interminável de bebida quando cheguei no quarto.

Era bem bonita. Alta, com uns belos peitos. Cabelos loiros supercompridos e uns belos olhos azuis. O problema é que tem todas essas qualidades, mas estava na minha cama, onde uma certa morena de olhos cor de âmbar deveria estar. Por um lado, estava morrendo de vontade de deitar do lado dela e deixar o uísque e uma gostosa apagarem o fantasma da Ayden só por um minuto. Infelizmente, o outro lado, que falava mais alto, sabia que aquilo era só um remendo temporário. Um remendo que ia me fazer sentir um bosta na manhã seguinte e deixar o pessoal da banda ainda mais preocupado.

Essa turnê estava me cansando, e acho que não estava conseguindo disfarçar direito. As mulheres, as baladas, a bebida, as drogas... Era muita

JET

coisa para processar, ainda mais que eu ainda estava tentando me entender, ainda estava com o coração partido. Não importa o que os meus amigos me empurrassem ou as tentações que o Dario e os rapazes da banda dele me apresentassem. Nada me interessava. Eu tinha saudade do Colorado, dos meus amigos do estúdio de tatuagem, da Cora. E, apesar de tudo, ainda estava preocupado com a minha mãe. Não tinha como esconder aquele buraco no meu peito que a Ayden deixou. Nem preciso dizer que era dela de quem eu mais sentia saudades.

Mas o verdadeiro motivo, o verdadeiro problema que me impedia de subir em cima daquela loira pelada e aprender como dizer "Jet" em alemão, era a Ayden. Não conseguia parar de pensar nela e não conseguia parar de ver todos os meus sentimentos refletidos naqueles olhos cor de mel. Me sentia tão sozinho sem essa mulher. Não pensei nem por um segundo que ela ia esperar por mim, mesmo depois daquele beijo.

Até agora, a melhor coisa de vir para a Europa foi a oportunidade de assistir a um monte de bandas muito boas. Em todo país que a gente passava, em cada bar que a gente entrava, tinha bandas *underground* tocando. Grupos sensacionais. Muitas vezes, formados por garotos mais novos do que eu, e ficava feliz toda vez que conseguia ver esse povo tocar. Me lembrava do quanto amo assistir a outras bandas, amo descobrir novos talentos e ajudar a divulgá-los. Muito mais do que eu gosto de ser adorado e adulado quando estou em cima no palco. É claro que amo tocar, amo compor e me apresentar, mas não é isso que quero fazer da vida.

Fazer uma turnê, não importa em que parte do mundo, depois de um tempo passa a ser um saco. Queria a minha cama, de preferência com uma certa gatinha do Sul em cima, e queria passar a noite em outro lugar que não fosse um bar, tentando me livrar de fãs vagabundas e metaleiros. Não nasci para ser *rock star*, mas sou perfeito para transformar outras pessoas nisso. Quando voltar para casa, vou equipar o estúdio de novo e montar minha própria gravadora. Fiquei tão excitado com a ideia. Muito mais excitado do que com a loira. Por sorte, o pessoal da minha banda parecia tão acabado quanto eu.

261

O Von estava com saudade da namorada e do filho e passava mais tempo falando com eles pelo Skype do que no bar. O Catcher ficava o tempo todo com os rapazes da Artifice, e estava superfeliz de participar daquilo. E a gente estava de olho no Boone, para ver se ele estava conseguindo se manter sóbrio. Viver na estrada é difícil. Ainda mais por tanto tempo e tão longe de casa. A gente estava preocupado de ele não conseguir se segurar. Acho que ninguém estava pensando em assinar o contrato com a gravadora, e isso me deixava feliz. A banda era ponta firme, e eu ia odiar se a gente tivesse que se separar porque tinha objetivos diferentes. Nesse momento, ia ser difícil aguentar uma coisa dessas.

O Dario não parava de falar que a nossa banda era melhor do que a dele, que a gente podia conquistar coisas que a Artifice só sonhava. Apesar de eu encarar como um elogio, não queria nenhuma dessas coisas. A única coisa que eu queria, a única coisa que me importava, achava que a gente não dava certo, e era bem aí que eu me ferrava.

Levantei meio cambaleando. Bêbado, mas não o suficiente, e dei uma olhada para ela. Tinha que comê-la ou fazer ela andar, e meu cérebro cansado não sabia direito qual das duas opções escolher. Foi aí que o meu celular começou a tocar a gritaria da banda Jucifer. O fuso horário ainda me deixava confuso, e gelei quando vi que a ligação era da Shaw. Quando fui para o banheiro atender, nem tomei conhecimento que aquela garota deitada na minha cama estava me xingando em outra língua e jogou o controle remoto na TV na minha cabeça. Ia dar trabalho me livrar dela, mas eu bem que merecia, por ter feito essa merda.

– E aí, Shaw? Tudo certo? O Rule está bem?

As piores cenas ficaram passando pela minha cabeça e eu não conseguia fazer elas pararem. A alemã brava estava fazendo o maior barulho e socando a porta. Se eu tivesse só um pouquinho mais bêbado, essa situação ia ser tão ridiculamente hilária que eu teria morrido de rir.

– Oi, desculpa te atrapalhar. Mas é que eu precisava te ligar, mesmo que o Rule tenha ameaçado sumir com o meu telefone.

– Que foi?

Ela parecia nervosa, o que me deixou nervoso e puto por estar a milhares de quilômetros de distância do Colorado. Alguma coisa bem pesada bateu na porta e fiquei imaginando se a gata tinha pelo menos se dado ao trabalho de se vestir antes de dar aquele piti. Achei engraçado que, em qualquer lugar do mundo, uma fã puta da vida vai sempre ser uma fã puta da vida.

– É a Ayden.

E, de uma hora para outra, o mundo parou. A loira raivosa do outro lado da porta deixou de existir. A banda também. Não existia mais nada além da Ayden e do fato de ela estar tão longe de mim. Fiquei sem respiração por tanto tempo que o banheiro ficou todo embaçado, e a Shaw teve que chamar meu nome para eu voltar para Terra.

– O que tem a Ayden?

Tentei parecer casual, mas, quando a Shaw me xingou baixinho, ficou claro que fracassei lindamente.

– Olha, tem um monte de coisas que ela precisa te contar, que você precisa obrigar ela a te contar. Eu entendo por que a minha amiga se afastou de você e tem de acreditar que ela só fez isso porque achou que estava te protegendo. Mas agora a Ayden está sozinha e precisa de você. Não me deixou ir com ela, nem a Cora, mas precisa de alguém e, para ser sincera, esse alguém é você.

– Shaw, você tem noção que eu estou em Hamburgo nesse momento e que amanhã preciso ir para Berlim, não tem?

A garota soltou um suspiro e ouvi um som que parecia a cabeça dela batendo em alguma coisa dura.

– Eu sei. Mas a Ayden precisa de você.

– Acho que a sua amiga deixou bem claro que sou a última coisa que ela precisa na vida dela, Shaw.

Ouvi alguma coisa se espatifando do outro lado da porta e me encolhi todo. Pelo jeito, o preço da diária do hotel estava crescendo em progressão geométrica.

– O irmão dela está no hospital, Jet. Levou uma surra e está à beira da morte, ninguém sabe se ele vai sobreviver. A mãe da Ayden é uma vacilona, e a minha amiga está lá sentada num hospital em Louisville sozinha, esperando para ver se o único irmão que ela tem vai morrer ou não. Eu sei que você não entende direito por que ela se afastou e te deu um fora, mas a verdade é que a Ayden quis se distanciar para você não se machucar. Ela queria te proteger.

– Me proteger do quê?

– De outra situação que é bem feia e cheia de coisas horríveis. Ela é apaixonada por você.

Cerrei os dentes e chutei a porta do banheiro sem perceber.

– Eu nem sabia que ela tem um irmão. Você não acha que, se a Ayd me amasse, teria me contado isso antes? Eu sei que só está tentando ajudar, Shaw, mas acho que você está falando bobagem.

Depois dessa, ela disse um monte de palavrões bem alto e, quando falou comigo de novo, estava parecendo o Rule.

– Para de ser tão imbecil! Você não precisa dar nada para ela, só precisa aparecer. A Ayden precisa que você apareça, Jet. Não é tão difícil assim.

Nem tive chance de responder, porque a Shaw continuou falando:

– Sei que você está magoado, mas ela também está. E a dor de vocês só vai passar quando um dos dois se der conta que vocês simplesmente têm de ficar juntos. Se você não consegue enxergar isso, é porque não merece mesmo a Ayden. Depois a gente se fala, Jet.

E desligou na minha cara. Fiquei chocado e zonzo dentro de um banheiro a milhares de quilômetros da minha casa. Meu primeiro instinto foi enfiar tudo dentro da mala e sair correndo para ajudar. Só que, da última vez que fiz isso, fui parar na cadeia. Estou tão cansado de tentar salvar os outros, especialmente as mulheres que não tão nem um pouco interessadas em me ter como herói. Pensar que a Ayden estava sofrendo sozinha, tentando segurar uma onda dessas sem ninguém, me virava do avesso, mas ela não me queria por lá. E, como não me quer, não tem nada que eu possa fazer que as amigas ou o Coletinho de Tricô não possam. Além do mais, eu tinha de enfrentar uma alemã bem brava e, pelo menos, esse era um problema que eu tinha como resolver.

264

JET

No DIA SEGUINTE, indo para Berlim de trem, fiquei me sentindo péssimo. Não tinha dormido nada, e me livrar daquela alemã enfurecida foi muito mais difícil do que eu pensava. Não conseguia parar de pensar no telefonema da Shaw. Estar trancado num trem com um monte de metaleiros de ressaca e famílias de alemães falando alto, me dava vontade de arrancar os meus próprios cabelos um por um, depois sair correndo e gritar. O Von estava sentado na minha frente, cochilando e mexendo no telefone. Parecia alheio à todo aquele barulho, e fiquei com inveja da paz que, para ele, parecia ser tão natural.

– Você está bem, meu amigo? Passou o dia com cara de quem vai pular pela janela.

Me mexi, inquieto, no banco e respondi:

– Tô de boa.

– Sério? Eu acho que é mentira. Você não está de boa desde que seu lance com a Ayden acabou. Seu corpo pode até estar aqui, mas a sua cabeça está lá em Denver, desde a hora em que a gente foi te buscar.

– Tô legal. É que demora um tempo para conseguir esquecer uma mulher que nem ela. Fico querendo ligar.

– Com quem você acha que está falando? Te conheço desde os tempos em que você era moleque e metido a *punk*. Mina era tudo mina, até a Ayden aparecer. Ela é diferente, todo mundo percebeu. Você cantou clássicos do *rock* no Dia de São Valentim, Jet. Está achando que a gente é burro? A gente sabia para quem você estava cantando.

– Ela me pegou de jeito, só isso.

– Que bom. Ela é inteligente, gostosa e tão cheia de atitude que aguenta o seu mau humor. Aposto que ela não tem medo dos segredos da família Keller. Porra, Jet, você compõe melhor do que ninguém, é um vocalista melhor do que a maioria dos que já subiram num palco e é um rapaz legal para caralho. Você merece ter alguém como a Ayden na sua vida. Para de achar que precisa de algum castigo muito louco porque teu pai é um cretino e a tua mãe se recusa a enxergar isso.

– Uau, de onde saiu isso tudo?

– Fazer essa turnê foi uma grande oportunidade. Todo mundo precisava saber qual era a da banda. Não é isso que eu quero e está bem óbvio que também não é isso que você quer. Adoro tocar, fazer um festival aqui e ali e um showzinho no Cerberus de vez em quando. Está de bom tamanho para mim. Mas isso porque eu tenho a Blain e o meu filho. São eles que eu quero, é com eles que eu quero estar, e agora vejo a mesma coisa em você. Antes, eu só conseguia ver medo. Você tinha medo por causa da sua mãe, do que podia acontecer se simplesmente caísse fora e fosse cuidar da sua vida. Mas agora tudo mudou. Você quer ficar com essa gata, mesmo que ela tenha dito que tudo terminou.

Fiz uma cara de espanto, e ele continuou falando:

– Se a gente tivesse feito essa turnê no ano passado, você teria levado uma mulher diferente para o quarto a cada noite. Ia ficar enchendo a cara de uísque e dando uma de maluco que nem os garotos da Artifice. Assuma, cara. Você mudou.

Encostei a testa na janela e fiquei olhando a paisagem campestre da Alemanha passar sem pensar em nada.

– A única pessoa que me fez sentir tão mal assim foi a minha mãe.

– Todo mundo tem seus problemas. Você tem uma válvula de escape pras suas loucuras: pode subir no palco e ficar gritando. Mas, vai ver, que ela não tem nada disso.

Fechei os olhos e deixei todos os últimos acontecimentos passarem pela minha cabeça. O argumento do Von era válido. Sempre pensei que a raiva que tenho dentro de mim era como fogo: quente e flamejante. E que isso podia incendiar o meu mundo. Bom, se eu sou fogo, a Ayden é água. Está mudando constantemente, indo em frente, refletindo sobre as coisas e mudando de forma como bem entende. A gente não deveria dar certo, mas dá. E, quando fica junto, as coisas esquentam tanto que sai fumaça. E, para ser sincero, isso é tudo o que eu poderia querer da pessoa com quem quero ficar para o resto da minha vida

– E como é que vou consertar isso se a gente tem de fazer um show hoje à noite e outro amanhã? Como é que posso fazer alguma coisa se eu estou aqui e ela está lá? E se ela nem me quiser por lá, e se a Shaw tiver enganada, vendo coisa que não existe?

– Para de ser frouxo e vai logo. Se a Blain precisasse de mim, pode apostar que eu ia deixar vocês todos na mão, seus vacilões.

– Cuzão.

Ele deu risada, espichou as pernas e falou:

– Bom. Você não vai conseguir fazer nada hoje mesmo. Então, faz o show, resolve as suas coisas amanhã e deixa que nós seguramos a onda dos próximos shows até você voltar. Sei cantar a maioria das músicas, e o Catcher dá conta do resto. A gente não vai ser tão bom sem você, mas e daí?

Fechei os olhos e repassei tudo na minha cabeça. Não queria decepcionar meus companheiros de banda. A gente é uma equipe, e essa é uma grande oportunidade. Mas também sei que não vou fazer bem a ninguém quando tudo o que me faz ser tão bom de palco está reprimido e focado em outra coisa. Preciso tentar, mesmo que a Ayden me mande cair fora para sempre. Peguei o celular e liguei para Cora.

– Oi.

– Oi. O que foi? – ela estava com uma voz de sono e lembrei do fuso horário.

– Preciso saber em que lugar de Louisville a Ayden está.

– Quê? – depois dessa, ela perdeu completamente a voz de sono.

– A Shaw me ligou e contou o que aconteceu com o irmão da Ayden. Resolvi ir até lá.

– Ah! Graças a Deus.

– Anda, Cora. Me ajuda.

– Falei com a Ayden ontem. O irmão dela teve de fazer uma cirurgia de emergência. Ela parecia tão triste e apavorada. Eu e a Shaw íamos tirar no palitinho para ver qual das duas ia para o Kentucky. O irmão da Ayden está no Hospital Batista, alguma coisa assim. É bem no centro. Ela precisa de alguém, Jet. Não vai fazer merda.

Achei muita ironia todo mundo achar que vou estragar tudo, considerando que foi a Ayden que me deu o fora.

– Tô tentando consertar essa situação. O que é bem estranho, já que não fui eu que estragou tudo.

A Cora bufou, e eu estalei os dedos e fiquei girando o anel que tenho no dedão.

– Preciso tocar em Berlim hoje à noite e amanhã vou ver como faço para ir para os Estados Unidos. Mas pode demorar um pouco até eu chegar no Kentucky. Se a situação é tão séria como a Shaw falou, é melhor vocês ficarem de olho enquanto eu não consigo livrar a Ayden dessa.

– A gente está de olho. A gente também a ama sabia?

Eu bufei também e respondi:

– Sabia, sim.

– Você vai contar para Ayden que está indo para lá?

Eu estava em dúvida. Queria mandar um torpedo, só para ela saber que eu estava pensando nela, que não estava sozinha, não importa o que acontecesse. Mas sabia que, se ela me ignorasse ou pedisse para não incomodar nesse momento, as chances de eu abandonar a ideia de ir para os Estados Unidos e seguir com a minha turnê eram grandes.

– Não, acho que vou só aparecer lá e pronto. Assim, se ela não me quiser por lá, pode simplesmente me dizer e não precisa ser uma conversa longa e sofrida.

– Jet, se ela te falar que não te quer por perto é porque está mentindo. Você tem de saber disso e ficar por lá.

As mulheres são mesmo muito complicadas.

– Valeu, Cora. Te mando um torpedo logo mais para você saber como tão as coisas.

– As coisas vão estar do jeito que precisam estar. Ponho fé em vocês dois.

Soltei um grunhido e desliguei. Fiquei brincando com o celular por alguns minutos e olhando para tela. Até que acabei pensando e escrevi uma mensagem para Ayden. A gente não se falava desde aquele beijo na frente de casa, no dia em que eu fui embora. E eu ainda conseguia sentir o corpo dela dentro de mim.

Tô pensando em você. Sinto saudade.

Meia hora depois, eu ainda não tinha recebido resposta. Mas ela está em outro fuso horário, e eu não sabia se ela estava no hospital ou não. Fiz de tudo para não pensar muito. Em vez disso, peguei um pedaço de papel e uma caneta e fiquei trabalhando no refrão de uma música nova que eu estava fazendo desde que a gente começou a viagem. Estava tão perdido nos meus próprios pensamentos que, quando meu celular apitou, quase ignorei. Mas aí lembrei que tinha escrito para Ayden.

Também sinto saudade.

Simples e objetivo. E era só isso que eu precisava.

CAPÍTULO 17

Eu estava tão exausta que mal conseguia enxergar. Passei as últimas três noites no quarto do Asa, dormindo na poltrona mais desconfortável do mundo e estava de saco cheio de discutir com a minha mãe pelo telefone.

O Asa teve uma convulsão na noite que voltei para o Kentucky e fez uma cirurgia séria de emergência. Os médicos tiveram que fazer um furo no crânio dele para reduzir o inchaço e drenar o sangue. O coração dele parou de bater duas vezes, e me falaram que foi praticamente um milagre ele ter sobrevivido. Meu irmão ainda estava inconsciente, podia morrer a qualquer minuto. Mas eu precisava tomar um banho e, se a minha mãe me ligasse mais uma vez para dizer que não podia voltar, eu ia matar alguém. Não dava para acreditar que ela achava que essa era só mais uma briguinha em que o Asa tinha se metido. Não depois de eu ter dito que os médicos declararam ele morto não uma, mas duas vezes, enquanto ele estava na mesa de cirurgia. Se meu irmão morrer e minha mãe me obrigar a enterrar ele sozinha, nunca mais vou falar com ela.

Meu hotel não era nenhum cinco estrelas, mas dava para ir até o hospital a pé e tinha um monte de quartos livres. Então, dava para o gasto até saber o que ia acontecer. Mandei um torpedo para as meninas, contando o que tinha acontecido e depois passei dez minutos garantindo para elas que eu estava bem e que nenhuma das duas precisava pegar um avião e vir até aqui. Elas são as melhores amigas do mundo, mas preciso enfrentar sozinha o que pode acontecer. Prometi que ia ligar se precisasse delas e aí fiquei olhando para mensagem que o Jet tinha me mandado no dia anterior.

Quando ela chegou, eu estava sentada na sala de espera enquanto o Asa fazia a cirurgia e demorei meia hora para conseguir parar de chorar em silêncio e responder. Só de saber que ele estava pensando em mim foi o suficiente para eu aguentar todas aquelas horas de espera por notícias do meu irmão. E, quando os médicos vieram me dizer que o coração do Asa tinha parado, foi o *Sinto saudade* que me ajudou a segurar as pontas.

Fiquei pensando em mandar um torpedo para dizer que eu também estava pensando no Jet, mas estava cansada demais para pensar direito e nenhuma palavra servia para transmitir o que eu queria dizer para ele. Queria dizer que preciso dele, que essa é a coisa mais amedrontadora que já fiz sozinha, que estava cheia de me afastar pelo bem dele, que, se o Jet podia amar todos os meus lados, eu simplesmente ia me entregar para ele. Só não queria despejar isso em cima dele enquanto ele estava lá, concentrado na turnê. Ele tem compromissos com coisas que são mais importantes do que eu, e eu posso esperar. Vou falar com o Jet quando ele voltar e espero que, nesse meio tempo, não arranje alguém para me substituir.

Esfreguei meus olhos remelentos e subi me arrastando pelos degraus de concreto que levavam até o andar onde ficava meu quarto de hotel. Só tinha ficado lá cinco minutos, para largar a sacola e escovar os dentes. Quando cheguei, encontrei duas famílias supersimpáticas que estavam hospedadas cada uma de um lado do meu quarto. Mas fiquei torcendo para que elas tivessem ido passar o dia fora. Aí eu ia ter silêncio e conseguir dormir uma horinha antes de voltar para o hospital. Pisquei várias vezes quando cheguei no corredor, porque tinha uma figura magra e alta encostada na porta, sentada no chão. Sacudi a cabeça para me certificar de que o sono não estava me pregando uma peça, porque só conheço uma pessoa no mundo que usaria calças roxas tão justas num lugar tão caipira e careta. E, teoricamente, essa pessoa estava a milhares de quilômetros de distância.

– Jet?

Foi mais um suspiro do que um som, mas ele deve ter me ouvido porque virou a cabeça. Se apoiou na porta e ficou de pé. Estava de óculos escuros e uma camiseta preta justa com uma caveira em chamas e um pentagrama. Aquele cabelo castanho estava tão bagunçado que parecia que ele tinha dormido em cima dele por dias, mas o Jet me deu um sorrisinho, e foi só o que eu enxerguei. Não existia mais hotel vagabundo, nem crianças correndo e gritando na piscina, nem irmão com a vida por um fio. Só existia o Jet, e ele era tudo o que eu queria neste mundo. Nem percebi que fui andando na direção dele. Correndo, na verdade. Nem me dei conta de que estava chorando, de novo, e nem liguei que ele me segurou quando me joguei em cima dele com tanta força que deu uns dois passos para trás. Só senti aqueles braços me envolvendo e aqueles lábios encostando na minha testa enquanto me soltei nos braços dele. Tentei subir no Jet como se ele fosse um trepa-trepa, para conseguir enroscar minhas pernas nele.

– O que você está fazendo aqui?

Nem sei se essas palavras faziam sentido, porque eu estava me jogando em cima dele que nem uma histérica.

O Jet pôs uma mão embaixo da minha bunda para eu conseguir subir e passou a outra no meu cabelo, que estava completamente despenteado.

– Estou onde devo estar. Ainda bem que o adolescente que está no quarto do lado reparou nessas suas pernas compridas. Senão, eu ainda ia está lá no estacionamento. Eu ia aparecer lá no hospital se você não aparecesse em uma hora, mas achei melhor ficar aqui mesmo, caso o seu irmão estivesse muito mal e você não me quisesse por lá.

Enfiei o nariz no vão do pescoço dele e fiquei só cheirando. Esse garoto é tão verdadeiro e firme. Jurei para mim mesma que nunca mais ia soltá-lo. Ele estava com um gosto salgado, por causa da umidade do Kentucky e das minhas lágrimas, que rolavam pelo seu pescoço, encharcando a gola da camiseta.

– Quero você bem aqui.

– Você quer me dar a chave do seu quarto para gente parar de dar showzinho para aquela família respeitável de Michigan?

JET

– Está no meu bolso de trás.

O Jet enfiou a mão no bolso do meu *shorts* jeans desfiado, e senti seu peito subindo e descendo, porque ele começou a rir.

– Preciso te dizer uma coisa, Ayd. Se é esse estilo de roupa que você vai usar enquanto estiver aqui, virei fã do Sul.

Eu estava de *shorts*, botas de caubói e regata, o que é praticamente meu uniforme quando estou no Kentucky. Não uso isso no Colorado porque o clima de lá muda o tempo todo. Ele abriu a porta e levou a gente para dentro. Continuou me segurando e sentou na beirada da cama. Me deu vontade de dizer que aquela cama era nojenta, que a gente devia pelo menos tirar o edredom. Mas, mais do que isso, queria que ele continuasse me abraçando e me fazendo sentir melhor.

– Tô tão feliz de te ver – falei.

O Jet alisou a minha nuca, e só fechei os olhos e deixei ele me confortar.

– Você podia ter me ligado a qualquer hora, Ayd. Eu teria pegado o primeiro avião para cá.

– Não sei direito o que eu estou fazendo, Jet. Nem sei como fiz tudo isso sozinha – soltei o ar perto do pescoço dele, e ele tremeu. – Preciso te contar umas coisas e preciso que você me prometa que não vai a lugar nenhum quando eu terminar de falar.

O corpo dele ficou tenso embaixo do meu, mas as mãos continuaram firmes, e ele me respondeu com toda a calma:

– Não vou a lugar nenhum, Ayd. Acabo de atravessar o mundo para estar aqui! Você não me assusta. Nada disso me assusta.

– Pelo menos um de nós dois não está assustado.

Fui para trás, para gente ficar frente a frente, e sequei as lágrimas com as costas da mão. Ele esticou o braço e pôs as mechas de cabelo que estavam no meu rosto atrás da minha orelha. Foi um gesto tão delicado, tão carinhoso, que quase começo a choramingar de novo. Respirei fundo e pus tudo para fora.

Contei da minha mãe. Contei do *trailer*. Contei dos caras. Contei das drogas. Contei do sexo. Falei do sr. Kelly e do colégio e, finalmente, falei tudo sobre o Asa. Tentei falar tudo do jeito mais objetivo possível. Contei todos os segredos que escondia dele. O Jet nem piscou, só ficou me olhando com aqueles olhos castanhos fixos nos meus. Quanto mais eu falava, mais aquelas auréolas douradas ficavam claras e definidas.

Falei que fiquei hipnotizada por ele a primeira vez que o vi em cima do palco. Falei o quanto eu o desejei naquela noite, quando ele me deu o fora porque achava que eu era muito certinha. E como a minha cabeça ficou confusa por meses depois disso, porque eu estava muito longe de ser certinha. Falei que só queria protegê-lo e que entrei em pânico só de pensar que o Asa podia estar por trás do assalto ao estúdio. E que foi por isso que me afastei. Eu estava tentando pôr tudo para fora, explicar todas as decisões que eu tinha tomado, certas e erradas, que tinham me levado até ali. Eu ia dizer que sentia tanta saudade dele, que o amava muito e que nunca quis que ele fosse embora. Mas não cheguei a esse ponto, porque o Jet me interrompeu colando a boca na minha.

Foi um jeito bem efetivo de parar com aquele fluxo de palavras e, ainda por cima, me fez perder a linha de raciocínio e me acomodar no colo dele. Aí passou as mãos nos meus braços nus, e senti o metal gelado dos seus anéis na minha pele.

– Ayden – o tom era sério, e aqueles olhos castanhos estavam com uma expressão decidida. – Você não precisava ter feito nada disso sozinha. Eu teria ficado do seu lado.

Soltei a cabeça, e nossas testas se encostaram. Esse homem, que era todo metaleiro e tatuado, que sangrava raiva e frustração, tinha o coração maior e mais mole que eu já vi na minha vida. Agora que eu sabia o quanto era fácil parti-lo, jurei para mim mesma que ia fazer de tudo para cuidar dele daqui para frente.

– Eu sei, mas você está aqui agora, quando eu mais preciso, e é só isso que importa. Se você ainda quiser ficar comigo para sempre, Jet, eu também quero. Nunca ninguém nem chegou perto disso, e você é o único homem com quem eu quero passar o resto da minha vida.

Ele fez uma cara de espanto, deu um sorriso e perguntou:

JET

– Você está apaixonada por mim, Ayd?

Fechei os olhos e o beijei com a mesma paixão que ele tinha acabado de me beijar. Era uma questão de bom senso a gente ficar juntos, mesmo que a gente não tivesse bom senso nenhum.

– Tô apaixonada por nós, Jet.

Ele deu risada e me abraçou ainda mais apertado.

– Isso é melhor ainda. Se você quer saber, eu não deveria ter deixado a minha mágoa e os meus próprios medos impedirem a gente de ficar junto. Sempre soube que você ia fugir, e não devia ter sido tão idiota e desistido tão fácil. Agora que eu sei que estava tentando resolver tudo isso sozinha, me sinto ainda mais frouxo. Mas já vou te avisando: se o teu irmão sair vivo dessa, as chances de eu mandar ele de volta para o hospital são grandes.

Suspirei, com a boca colada na dele, e comecei a sair de cima do Jet. Meu coração se alegrou quando ele me segurou só mais um pouco antes de me deixar sair.

– É melhor você entrar na fila. O Asa é o Asa. Sempre vai ser assim, mas nunca vai deixar de ser o meu irmão mais velho. E, quando precisou, fez a coisa certa para me proteger. Anda, você sabe que é impossível virar as costas para própria família.

Ele se alongou, se apoiou nos cotovelos e ficou me observando andar pelo quarto com os olhos quase fechados.

– Eu finalmente virei as costas para minha mãe – declarou.

Olhei para o Jet por cima do ombro e fiquei sem ar. Se eu não tivesse tão exausta, se não tivesse com a cabeça no estado grave em que o Asa se encontrava, teria pulado em cima do Jet e só deixaria ele se levantar horas depois. Fiquei imaginando se as coisas entre a gente iam ser assim para sempre, ou se aquela pele tatuada, aqueles olhos castanhos e aquelas orelhas com *piercings* de chifrinho iam acabar perdendo o encanto.

– Você não virou as costas para ela, só finalmente deu um tempo para sua mãe se encontrar sozinha. Você não pode fazer muito mais do que isso.

275

– Não vou virar as costas para você, Ayden, nem vou dar um tempo para você se encontrar sozinha. Pode se preparar para lidar com tudo isso por muito tempo. Você prometeu ficar comigo para sempre, e vou te fazer cumprir essa promessa.

O tom de hesitação da voz dele partiu meu coração. Me odiei por ter feito ele se sentir assim, por aumentar as suas inseguranças. Sei como é querer um futuro garantido. Só não sabia que esse meu futuro ia chegar na forma de um gato, todo tatuado, que usa calças justíssimas, toca guitarra e canta para mim com a voz mais linda do mundo.

– A velha Ayden, a nova Ayden e tudo o que estiver no meio e ainda por vir. É tudo seu, Jet.

Ele saiu da cama e foi atrás de mim, até a gente ficar cara a cara. Tive que pôr a cabeça para trás para conseguir olhar nos olhos dele.

– A gente pode esperar até seu irmão melhorar para conversar sobre isso. Ainda posso ficar mais uns dias, depois tenho de voltar. E você está parecendo morta de cansaço. Tô aqui para cuidar de você, não o contrário.

Peguei a mão dele, que estava solta no lado do corpo. Deu um trabalhinho para tirar aquele anel de prata enorme do seu dedo. Mas, quando consegui, coloquei ele entre nós e olhei bem nos olhos do Jet. Ele ficou me observando, mas não perguntou o que eu estava fazendo.

– Você me ama, Jet? Você me ama, apesar de tudo?

– Eu estou aqui, Ayden. É óbvio que eu te amo. Já te amava antes, te amo agora e vou te amar para sempre.

Se a gente não tivesse naquele hotelzinho caído do Kentucky, eu teria ficado de joelhos, para o momento ser mais dramático. Só para provar que eu estava falando sério e não ia fugir mais. Mas a gente precisa ter parâmetros. Peguei a mão esquerda dele, dei um beijo bem no meio e disse:

– Jet Keller, eu te amo, e meu futuro não existe sem você. Nunca mais vou para cama com outro homem. Não ligo se você for *rock star* ou vendedor de carros, só quero que a gente fique junto para sempre. Quer casar comigo?

JET

Fiquei segurando aquele anel bem na frente dele e esperando ele me responder. A sua boca abria e fechava como a de um peixinho, e parecia que os olhos dele iam saltar da cabeça. Isso tudo seria muito engraçado se eu não sentisse que ia engolir minha própria língua ou desmaiar a qualquer momento.

– Você está falando sério?

Fiquei surpresa por ele ter quase perdido a voz. Já tinha visto o Jet de muitos jeitos, mas engasgado e sem palavras, nunca.

– Não precisa ser hoje. Nem amanhã. Meu Deus, não precisa ser este ano nem daqui a cinco. Quero que você entenda que estou aqui e não vou a lugar nenhum. E nunca vou trocar você por outra pessoa, Jet. Nunca mais, nem por mim mesma. Isso é tudo. Você é tudo.

– Não sou eu quem deveria te dar um anel e ficar te cantando umas baladas?

Se esse ele não me respondesse logo, ia levar um chute no saco.

– Jet, você já me conquistou. Agora estou tentando fazer a mesma coisa com você. Dá para parar de ser difícil e responder a pergunta?

Ele pegou o anel da minha mão e pôs de volta no dedo, onde sempre esteve.

– Sim, Ayden Cross. Quero muito casar com você. A química superinteligente ou a caipira de pé descalço, não ligo. Só quero ficar com você.

Pulei nos braços do Jet, e ele ficou me girando. Dessa vez, quando a gente se beijou, foi um beijo cheio de promessas de coisas boas que estavam por vir.

– Agora, por mais que eu queira te pôr na cama por motivos bem diferentes, você está com uma cara de quem vai cair dura no chão. E não quero nem te falar quantas horas passei dentro de um avião nesses últimos dias. Vamos tirar um cochilo e depois você vai lá ficar com o seu irmão. Pode dar as boas notícias para ele.

Balancei a cabeça, colada no seu peito, e ele me levou para cama. Joguei aquele edredom horroroso no chão e fiquei feliz de ver que os lençóis estavam limpos. Pelo menos não tinham nenhuma mancha visível.

Tirei as botas e me joguei de cara na cama. Gemi quando a minha cabeça acertou o travesseiro fino. Por mais que eu estivesse feliz de ver o Jet, de a gente ter se acertado e eu nunca mais ter de esconder nenhum segredo, não conseguia ficar de olhos abertos. Precisava dormir um pouco e voltar para o lado do Asa. O Jet deitou do meu lado e me puxou para cima dele, para servir de travesseiro. Coloquei o rosto em cima do seu coração, em cima do anjo da morte que tem tatuado no peito, e fechei os olhos. Ele passou a mão na minha cabeça, até o fim das costas, e perguntou:

– A gente vai mesmo se casar?

Dei risada e respondi:

– Claro. Por que não?

– E se eu quiser fazer isso logo?

Bati no *piercing* que ele tem no mamilo por cima da camisa e completei:

– Faço o que você quiser, Jet. Já te falei que não vou a lugar nenhum.

– Acho que tenho que te comprar um anel de diamante gigante antes de embarcar no avião.

Soltei um suspiro e abracei ele pela cintura.

– Você pode fazer o que quiser, desde que a gente tire um cochilo antes.

O Jet bufou e disse alguma coisa que não ouvi direito, porque não estava mais conseguindo lutar contra o sono que eu sentia. Com ele ali, eu finalmente tinha a impressão de que as coisas podiam dar certo.

Dormi como uma pedra por duas horas. Tinha programado o alarme do celular para dali a uma hora, mas o Jet desligou e me deixou dormir mais um pouco. Quando acordei, corri para tomar um banho rápido e pôr uma roupa limpa. Ele ficou mandando torpedos para todo mundo lá em Denver, contando o que estava rolando. Parecia tão cansado quanto eu, mas não reclamou. E, quando falei que provavelmente ia ter de passar mais uma noite no hospital, sacudiu os ombros e disse que ia ficar comigo até alguém obrigá-lo a ir embora.

Quando a gente entrou na UTI, reparei no jeito que as enfermeiras olharam para gente. Bom, olharam para o Jet. E não só porque estamos no

Sul dos Estados Unidos, onde todo mundo é careta, e o estilo dele é meio espalhafatoso. Tem alguma coisa naquele cabelo despenteado e no jeito que ele se veste que chama a atenção. Das mulheres, principalmente. Mas por mim tudo bem. Ele é gato, usa umas calças tão justas que não deixam nada para imaginação e aqueles olhos partem o coração de qualquer uma só com uma piscadinha. Ele é especial, e é meu, então, vou aproveitar. O Jet passou o braço no meu ombro e me puxou para o lado dele quando entramos no quarto.

O Asa não parecia nem um pouco melhor. Ele ainda estava inconsciente e todo enfaixado. Mas o peito dele subia e descia num ritmo regular, então não estava morto. Nessa situação, já era uma vitória. O Jet sentou naquela cadeira onde eu morei pelos últimos dias. Fui até o lado da cama e dei uma batidinha na mão engessada do meu irmão.

– Oi, Asa. Trouxe alguém para te apresentar. É melhor você acordar para dar "oi".

Eu estava meio engasgada. Era difícil ver o Asa naquele estado. E era horrível pensar que ele podia não acordar nunca mais e, se acordasse, não ia ser mais o mesmo cabeça dura filho da puta de sempre.

O Jet me puxou para o colo dele e a gente ficou ali, sentado, por um tempão. Falamos da turnê e de como ele estava cansado de passar tanto tempo na estrada, mas que conhecer a Europa tinha sido demais. Aí me contou que estava pensando em montar uma gravadora, que isso parecia o trabalho perfeito para ele e que ia ter que viajar bastante para Los Angeles, para Nova York e para Austin. Ele parecia bem animado, e eu fiquei animada por ele. Contei como foi crescer em Woodward e que o Asa era o maior mentiroso, o maior picareta que já existiu. Falei que era quase impossível não odiar o meu irmão. Mas, por algum motivo, quando foi preciso, ele agiu como um irmão mais velho deve agir. Contei do Silas e que tinha sido ele que tentou assaltar nossa casa. Nessa hora, achei que o Jet ia dar uma porrada no meu irmão, e falei que eu ia descer para pegar um café e alguma coisa para gente comer e ver se assim ele se acalmava.

Quando passei pelo posto das enfermeiras, as duas mais novinhas estavam bem juntinhas, falando de como o traseiro do Jet é incrível. Aí me olharam com cara de espanto, e só pude encolher os ombros e concordar:

– Eu sei. Podem acreditar. Eu sei muito bem.

A fila do café estava muito maior do que eu pensava. Eu não estava com muita fome, mas não sabia qual tinha sido a última vez que o Jet tinha comido, então peguei várias coisas na esperança de acertar pelo menos uma. Quando voltei, a porta estava entreaberta, para eu entrar sem fazer barulho, mas fiquei parada, porque vi o Jet de pé, falando com o Asa. Não quis ficar ouvindo a conversa deles, mas parecia intensa e não quis interromper.

– Vou casar com a sua irmã.

Eu ainda ficava toda arrepiada só de pensar que vou ficar com o Jet para sempre.

– Isso significa que vou protegê-la. Significa que eu vou ficar do lado dela e garantir que nunca mais se machuque. Vou dar tudo o que ela sempre quis e tudo o que precisar. Quando você acordar – ele ficou em silêncio por um momento e vi que estava fazendo de tudo para o Asa ver que ele estava falando sério, apesar de o meu irmão estar inconsciente –, se tentar ser qualquer outra coisa para ela que não seja o irmão mais incrível do mundo, um integrante amável e compreensivo da nossa família, juro por tudo o que é mais sagrado que o que esses motoqueiros fizeram com você vai ser fichinha perto do que vou fazer. Amo essa mulher e não vou deixar ninguém usar nem manipular ela de novo. Espero que quase morrer te faça acordar para vida, porque você estava mesmo precisando. Tem uma irmã incrível que te ama e está disposta a aguentar um monte de merda. A gente vai ter essa conversa de novo quando você puder falar comigo, mas achei melhor já pôr isso para fora agora mesmo.

Não sabia se ria ou se chorava, então só limpei a garganta para ele saber que eu estava entrando. Entreguei o café e as comidinhas, pus as mãos nas costas dele e dei um beijinho no rosto.

– As enfermeiras acham que a sua bunda é bonita, apesar de estar nessas calças roxas de mulher.

JET

Ele fez cara de surpreso e disse:

– Eu gosto das minhas calças.

– Eu também. Gosto mais ainda do que tem dentro delas.

O Jet riu, abriu um dos sanduíches que eu tinha trazido e falou:

– Nem começa, Ayd. Tô na seca.

Virei para trás, olhei para ele e passei um dedo no dedo do Asa. Era o único pedaço de pele visível no corpo do meu irmão que não estava ligado a algum tubo, um fio ou enrolado em gaze.

– Não teve nenhuma francesa bonitinha nem uma espanhola gostosa para te fazer companhia? – perguntei.

Na verdade, não queria saber a resposta, mas achei que devia perguntar. Não ia mudar nada, mas eu precisava saber.

– Não. E você? O Coletinho de Tricô estava ligando para você quando fui viajar.

Sacudi a cabeça e respondi:

– O Adam é um muito legal, mas não é você. Esse sempre foi o maior problema dele.

O Jet subiu a mão pela minha coxa, e tive que controlar o arrepio que senti.

– Quando você tem de ir embora? – perguntei.

– Posso ficar mais quatro dias, aí tenho que encontrar o pessoal em Amsterdam. Mas, se você precisar, eu fico.

Olhei para ele e dei um sorriso triste e sem graça.

– Não. Não sei como ele vai estar daqui a alguns dias. Se eu precisar, ligo para as meninas.

– Você devia deixar elas virem para cá de qualquer jeito. Estão morrendo de preocupação com você.

Soltei um suspiro e sentei no braço da poltrona. O Jet pôs a mão no meu joelho, e pus a minha por cima.

– Quando a gente era pequeno, era só eu e o Asa. A minha mãe sempre estava longe, fazendo as coisas dela. Admito que ele nem sempre cuidou bem de mim. Para ser sincera, meu irmão era um bosta a maior parte do tempo e me usava de um jeito que nem quero pensar neste momento. Mas a gente era uma família, por mais estranha que fosse. E eu meio que sinto que é assim que as coisas têm de ser agora. Se o pior acontecer, tem de ser só eu e ele, entende?

– Sinto muito você ter de passar por isso, Ayd. E sinto muito por tudo o que você achou que precisava fazer no passado.

– Eu também.

A gente meio que entrou numa rotina durante os últimos dois dias. Eu não queria que o Jet ficasse no hospital o tempo todo, então mandava ele ir para o hotel dormir quando acabava o horário de visita e ficava com o Asa. Voltava para o hotel para tomar banho de manhã, e a gente ia tomar café e passava a maior parte do dia do lado do meu irmão. A situação dele não mudou, e todo mundo tentava me convencer de que isso era bom, mas eu não acreditava muito. Ele ainda estava inconsciente, respirando por aparelhos, e as tomografias do cérebro dele não mostravam nenhum sinal de recuperação milagrosa.

O Jet foi demais. Levou tudo na boa e não reclamou nem encheu o saco por ter viajado tanto para dormir sozinho num hotel vagabundo nem por ter de tomar litros e mais litros daquele café horrível do hospital. Se eu já não amasse o Jet, com certeza teria me apaixonado. Ele era simplesmente firme como uma rocha, e a única diversão que a gente tinha era ficar olhando pras enfermeiras. Todas, das senhorinhas de sessenta anos até as recém-formadas, tentavam chamar a atenção dele. Ele virou o astro da UTI rapidinho. Uma hora, resolveu cantar para mim todas as músicas *folk* antigas do Sul que ele conseguiu lembrar: "Little Birdie", que fala de um homem do Kentucky que foi abandonado pela mulher; "I am a man of constant sorrow", sobre um homem que só sofre nessa vida; "Amazing grace", um hino de igreja sobre ter a alma resgatada por uma graça maravilhosa. Foi um showzinho particular. Quando terminou de cantar, todas as mulheres que trabalhavam na UTI ficaram tão apaixonadas por ele quanto eu.

Um dia antes de ele ir embora, a gente começou a achar que a situação do Asa não ia mudar. Dava para ver que o Jet se sentia mal por

JET

ter de partir, que estava preocupado comigo e nervoso por me deixar sozinha. Tive que prometer que ia ligar se acontecesse alguma coisa com o meu irmão. Ele ficou insistindo que, se eu tivesse que passar mais uma semana ali, eu deveria trazer reforço. Foi doce e amargo ao mesmo tempo. Ele era tão maravilhoso por estar disposto a deixar sua vida de lado por minha causa e deixou tão claro que estava nessa a longo prazo, que eu queria que ele voltasse para turnê sabendo que eu ia ficar bem. Queria que o Asa acordasse e que tudo voltasse ao normal. Mas, pelo jeito, isso não ia acontecer, então tentei garantir para o Jet que, seja lá o que acontecesse, tudo ia ficar bem. E que eu ia ficar esperando por ele.

Eu estava falando baixinho com o Asa, falando sobre meus amigos em D-City, contando da louca história de amor da Shaw e do Rule. Falei da Cora, de como ela é maluquinha, divertida e imprevisível. Falei do Nash e do Rowdy, e que meu namorado tem os melhores amigos do mundo. Mas, principalmente, falei do Jet. Contei como ele é talentoso, que o amei desde a primeira vez que o vi no palco. De todas as dificuldades que tive de enfrentar até conseguir ficar com ele e que nunca imaginei que alguém como o Jet seria o amor da minha vida. Fiquei falando um tempão e, uma hora, quando eu estava falando que estou muito feliz e que a minha vida está maravilhosa, apesar de meu irmão ter aparecido e bagunçado tudo, o Asa começou a mexer os dedos de leve.

No começo, achei que estava vendo coisas. Achei que era a minha imaginação me fazendo enxergar o que eu queria que acontecesse, mas aí ele se mexeu de novo. Quando olhei para cima, estava com os olhos abertos, olhando para mim.

Surtei e chamei todas as enfermeiras do andar para mexer no meu irmão. As pessoas em volta dele, conferindo os sinais vitais e mexendo nos tubos e fios, tiveram de ficar me tirando do caminho delas. Aqueles olhos cor de uísque estavam com uma expressão grogue e confusa, mas não saíram dos meus. E foi aí que eu simplesmente tive certeza de que tudo ia ficar bem. Quando o Jet apareceu, eu estava enlouquecida. Só consegui explicar que o Asa tinha aberto os olhos e mexido os dedos, e que os médicos estavam otimistas, o que era um bom sinal. Era um sinal tão bom que eles insistiram que eu passasse a noite no hotel porque isso tinha sido uma grande melhora. No começo, não quis ir, porque meu irmão podia acordar de novo. Mas era a última noite do Jet, que ia ficar fora mais dois meses. Torpedos provocantes e sexo pelo telefone têm seus limites.

O Jet me levou até o carro alugado e, quando saiu do estacionamento do hospital, nem percebi que ele estava indo na direção contrária do hotel. Eu estava perdida nos meus pensamentos, tão feliz porque o Asa tinha pelo menos aberto os olhos, que não prestei a menor atenção até ele parar na frente do Hotel Brown. Ele tinha me levado para o hotel mais legal, mais elegante e mais caro da cidade. Eu estava de *shorts* e bota, ele de camiseta de uma banda de metal gótico chamada Lacuna Coil e coturno. Nada podia ser menos apropriado para esse lugar antigo e chique, mas o Jet não *estava* nem aí.

– O que a gente veio fazer aqui?

– É a última noite que vou passar nessa cidade. É a única noite que vou poder passar com você nos próximos dois meses. Quero passar com estilo.

Não discuti, ele já tinha feito a reserva. O cara do balcão da recepção fez o nosso *check-in* nos esnobando o tempo todo. O Jet se divertiu para caramba com isso, eu só fiquei de boca fechada e deixei que levasse nossas coisas até o quarto chique. Tenho que admitir que pensar que eu ia dormir numa cama de verdade, com lençóis que eu tinha certeza de que eram limpos, me deixou quase tão excitada quanto pensar no Jet pelado em cima daquela cama.

– Ai, Jet. Isso é tão...

Eu não quis me ajoelhar naquele carpete imundo do outro hotel, mas o Jet não viu problema nenhum em fazer isso aqui. Fiquei sem ar quando me virei e o vi de joelhos na minha frente. Pus a mão na boca quando ele me entregou um anel que era tão original quanto ele. De platina, com um topázio brilhante no meio, cercado de pequenos diamantes amarelo-canário. Nunca tinha visto nada parecido e não fazia ideia de onde ele podia ter encontrado uma coisa dessas aqui nesse lugar.

– Te falei que eu queria te dar um anel de noivado gigante antes de ir embora.

Peguei o anel com as mãos trêmulas e perguntei:

– É tão lindo. Onde é que você conseguiu encontrar?

– Foi o Rowdy. Pedi para ele procurar para mim um anel que combinasse com os seus olhos. Aí ele me mandou um monte de fotos, depois mandou o anel pela encomenda expressa. Meu amigo tem bom gosto, e você tem olhos lindos.

– Tem mesmo. Amei. Amo você.

– Só queria que, quando eu for embora, você soubesse que não está sozinha. Esse anel deixa as coisas mais concretas para mim.

Pus o anel no dedo e fiquei só olhando para o Jet. Ele é perfeito. As *tattoos*, os *piercings*, o cabelo bagunçado, as calças justíssimas. Tudo isso faz do Jet um homem maravilhoso e sem igual. Com ele, posso simplesmente ser *eu mesma*, de todas as formas possíveis. E esse é um presente que ninguém, a não ser ele, foi capaz de me dar. Eu ia ficar ligada ao Jet para sempre por causa disso. Tenho esse anel, esse amor e tenho ele, e só consegui pensar num jeito de agradecer e mostrar que vou ser feliz simplesmente porque vou ficar com ele para sempre. O Jet ficou sem saber o que fazer quando o joguei no chão e comecei a beijar seu corpo todo naquele carpete macio do quarto de hotel chique. Bom, ficou sem saber o que fazer por um segundo. Porque, afinal de contas, estou falando do Jet, e o gato se recuperou rapidinho. E a gente ia incendiar aquele lugar logo logo.

CAPÍTULO 18

Eu vou me casar com a Ayden. Mas, antes, preciso tentar não perder o controle enquanto ela tira a minha camiseta e a minha calça. Tudo bem que a gente tem muita frustração sexual acumulada para resolver. Mas acho que colocar aquele anel no dedo dela deixou a minha gata ainda mais a fim de tirar toda a minha roupa e subir em cima de mim.

Não que eu esteja reclamando. Não podia pedir um resultado melhor para minha viagem de volta. Tudo o que eu quero é que a Ayd saiba que não está sozinha, que gosto dela e quero me esforçar para gente ficar junto. Agora que a Ayden vai ser minha para sempre e não tenho mais dúvidas disso, não sinto mais aquele medo paralisante de que ela vai fugir de mim na primeira oportunidade. Somos só duas pessoas que nasceram para ficar juntas.

Queria passar a noite com ela num lugar chique, mostrar que, apesar de tudo ter acontecido muito rápido, e a gente ser muito novo para querer ficar junto para sempre, eu estava falando sério. Que tudo isso era sério e significava muito para mim. Também queria que ela tivesse uma lembrança legal para se apegar se a situação com o irmão dela piorasse. Só que ela tinha virado o jogo, e parecia estar gostando muito do que estava fazendo. E eu fui parar no chão, com ela em cima de mim. Era um ótimo lugar para estar, mas estava acabando com o que eu queria fazer para ela. Eu estava criando coragem para dizer isso tudo, para rolar essa mulher de cima de mim, pegar no colo e carregar até aquela cama king size gigante, que ocupava a maior parte do quarto. Mas, antes que eu pudesse fazer qualquer coisa, a Ayden fez uma coisa que faz tempo que eu morria de vontade que ela fizesse: pôs aquela boquinha safada no meu pau, com *piercing* e tudo. Acho que ela não tinha mais medo nem receio do negócio.

Soltei vários palavrões que não tinham nada a ver com esse estabelecimento tão antigo e fino, mas que deixaram ainda melhor o que essa garota estava fazendo com a boca e com a língua. Acho que nunca senti tanto, nunca tive um contato tão profundo com o meu corpo. Tinha vontade de dar os parabéns para quem ensinou a Ayden a fazer isso, mas também tinha vontade de matar o cara a sangue frio. Minha gatinha sabia muito bem o que estava fazendo e, se eu não desse logo uma freada naquela situação, nossa noite, que era para ser memorável e romântica, ia acabar sem nem ter começado. Eu tinha a maior intenção de dizer tudo isso para ela, só que aquela linguinha esperta fez uma coisa com a argola na cabeça do meu pau, ao mesmo tempo em que os dedos encontraram um dos meus mamilos, e meu pobre cérebro entrou em curto-circuito. Só consegui ficar lá deitado e deixar a Ayden fazer o que quisesse comigo.

Murmurei o nome dela e tenho quase certeza que disse "eu te amo" e que ia fazer o que ela quisesse para o resto da minha vida, e a Ayden deu risada. Como estava com a boca naquele lugar, a situação só piorou, e desisti de tentar me controlar. Passei os dedos naquele cabelo macio e deixei rolar. Toda vez que ela passava a ponta da língua em volta da bolinha do meu *piercing*, parecia que a minha cabeça ia explodir. As duas cabeças, na verdade. Depois passou as mãos no anjo da morte que tenho no peito e em volta da *tattoo* inacabada nas minhas costas. Sem parar de me chupar e de me fazer sentir algo que eu nunca tinha sentido na vida. Eu estava quase explodindo e segurei a sua cabeça para tirar ela de cima de mim. Quando meu pau saiu da sua boca, fez *pop*. Aqueles olhos me tiram do sério, e juro que podia ficar bêbado só de olhar para eles quando ela me olhava do jeito que estava me olhando agora.

A Ayden lambeu os lábios, que estavam inchados, e me deu vontade de morder aquela boca. Levantou a sobrancelha e se arrastou em cima de mim. Sentou bem em cima da minha barriga, toda quente e molhadinha, pronta para meter.

– Foi você que falou que era para eu aproveitar o seu *piercing*.

Pelo brilho safado naqueles olhos dourados e pelo sorrisinho, dava para ver que ela estava satisfeita consigo mesma. Só para não ficar para trás, enfiei as mãos embaixo da regata que ela estava usando e passei as mãos nas costelas dela. Ela arregalou os olhos e não resistiu nem um pouco quando tirei aquela blusa e joguei para o lado. A Ayd estava com um sutiã bem bonito, de renda, mas que me atrapalhava e acabou indo parar naquela pilha de roupas no chão, que ficava cada vez mais alta. Poder tirar a roupa dessa mulher a hora que eu quiser está no topo da lista de privilégios de ficar com ela por toda a eternidade. Aquelas pernas bronzeadas quilométricas, aquela cinturinha maravilhosa, peitos redondos e empinados com lindos mamilos rosados, olhos luminosos e cabelo preto sedoso. Tudo isso é meu. Essa menina é tudo o que eu sempre sonhei.

– Minha vez – falei.

Aí levantei e levei ela comigo. Era meio difícil tirar aqueles *shorts* por cima daquelas botas de caubói. Ela me deu uma olhada quando a joguei no meio daquela cama imensa e fui para cima dela. Me abaixei para beijar a ponta dos ossos proeminentes do quadril e tremi quando a Ayd passou a mão no meu cabelo e disse:

– Ainda estou de bota.

– Está mesmo.

Amo aquelas botas de caubói pretas. Amo quando ela usa. Amo aquilo que lembra as suas raízes, mas ainda combina com a nova Ayden que ela é quando a gente fica junto. Eu ia total levar comigo na viagem essa imagem dela só de bota preta e mais nada. Só isso já basta para eu me segurar até eu voltar.

Beijei a barriga e enfiei a língua no buraquinho *sexy* do umbigo dela, e ela tremeu. Enfiou os saltos da bota na minha bunda, e me deu vontade de sorrir. Aí beijei um pouco mais para baixo. A Ayd falou meu nome, meio sem ar, se agarrou nos meus cabelos. Espero ainda conseguir fazer ela dizer meu nome assim quando a gente for velhinho. Lambi a fenda molhadinha dela e brinquei com aquele clitóris escondidinho com a ponta da minha língua. Ela se contorceu e me apertou com as pernas. Agora era a minha vez de rir pertinho da parte mais sensível do corpo da minha garota. Adoro as coisas que a gente faz na cama. A Ayden é perfeita para mim e quero ter certeza que ela sabe disso.

Eu lambi, beijei, e deixei a Ayden toda excitada. Quando fiquei metendo e tirando a língua nela, do mesmo jeito que pretendia fazer com o meu pau, que estava morrendo de tesão, em alguns segundos, ela não tinha muito mais como se segurar. Gozou embaixo de mim, falando meu nome e se contorcendo de todas as formas mais maravilhosas possíveis. Me afastei e beijei uma daquelas coxas macias que tinham ficado amortecidas perto da minha cabeça e subi por cima daquele corpo. Ela passou as mãos em volta do meu pescoço e sorriu para mim, com um ar satisfeito naqueles olhos brilhantes.

– Segura, peão! – foi mais um suspiro do que um som.

Me deu vontade de rir. Passei o dedão em cima da sobrancelha preta dela e beijei os dois cantos daquela boca.

– Você é a melhor, também. Você sabe disso, não sabe?

Aí deu uma reboladinha, para encaixar as partes íntimas dela nas minhas. Juro que, toda vez que o couro daquelas botas roçava em mim, meu pau se repuxava de tesão.

– Acho que nós dois somos bem problemáticos, mas a gente se entende. E cada um torna o outro melhor.

Ela passou um braço em volta do meu corpo e enfiou os saltos das botas na minha bunda, para eu mandar ver. Eu ia pedir para ela pegar uma camisinha. Só que, dessa vez, eu estava impaciente e não queria parar. Meti bem fundo, com força, quente e sem proteção. Eu e ela urramos alto com esse contato ardente. Falei um palavrão, e ela fechou os olhos quando comecei a me mexer. Me abaixei para dar um beijo nela, um beijo para selar o nosso destino juntos. Nunca mais ia ficar com outra mulher, e sei que a mesma coisa valia para ela. A gente era como dois lados da mesma moeda e, quando a Ayden mordiscou a bolinha do meu *piercing* de língua, o romantismo e o momento perfeito que eu queria foram para o espaço. Eu só queria meter nela o mais fundo que desse.

Puxei os quadris dela para cima com tanta força que, provavelmente, ela ia ficar com a marca dos meus dedos. Meti até nós dois ficarmos descontrolados e sentir que ela estava começando a se contorcer. Senti as unhas dela nos meus ombros e a força daquele corpo cheio de tesão no meu, e fiquei prestes a gozar também. Quando virou a cabeça para o lado enfiei os dentes naquele pescoço, depois troquei a mordida por um beijinho. Caí duro em cima dela, com cuidado para não jogar meu peso todo. Quando os *piercings* que tenho nos mamilos roçaram nos mamilos da Ayden, que ainda estavam durinhos, nós dois ficamos sem ar.

– Ayd, assim você me mata.

Ela ficou passando os dedos nas minhas costas e virou para mim. Aqueles olhos estavam enevoados, limpos e mais claros do que nunca.

– Você me faz pegar fogo, Jet. Sempre fez.

Eu a abracei e rolei na cama, para ela ficar em cima de mim.

– Sabe, sempre senti isso também. Como se tivesse pegando fogo por dentro. Eu estava com tanta raiva do meu pai, tão frustrado com a minha mãe e queimando a minha vida fazendo qualquer coisa, pegando qualquer mulher, que achei que, uma hora, ia simplesmente virar cinza. Quando te conheci, essas chamas diminuíram um pouco. Não precisava do palco para pôr isso para fora. Era só você olhar para mim, ou falar qualquer coisa com esse seu sotaque arrastado, que sentia que conseguia controlar esses sentimentos. Se a gente queimar juntos, se tivermos nosso próprio fogo, não acho ruim, não.

Ela estava passando o dedo no rosto do anjo que fica em cima do meu coração.

– Você precisa disso. Esse fogo é a sua paixão, é a sua energia criativa. Você é intenso e se preocupa para valer com as pessoas de quem você gosta. Eu dou conta desse seu fogo, Jet. Faz parte de você, simples assim.

É por isso que eu a amo. Igualzinho ao que o Rule falou: você move montanhas só pra, no fim das contas, poder ficar com ela.

– Eu adoraria passar o dia todo nessa cama, mas acho que você quer ir ver como o Asa está.

A Ayden balançou a cabeça e saiu de cima de mim. Pôs a minha camiseta e ficou procurando o celular pelo chão. Vesti as calças e fiquei olhando o cardápio do serviço de quarto. Achei que o mínimo que podia fazer, depois de ter passado uma hora metendo nela com tanta força, era dar comida para ela. Pedi um monte de coisas que, provavelmente, iam custar a mesma grana que a minha passagem para Europa, e desliguei quando ela chegou por trás de mim e passou os braços nos meus ombros.

– Ele está mais ou menos. Ainda não vão tirar o respirador porque ele ainda está muito instável e não sabem ainda quais são os efeitos do traumatismo cerebral. Disseram que ele está respondendo ao tratamento, o que é bom sinal. Eu acredito.

– Pedi comida. A gente pode matar a fome e ir para lá se você quiser.

Aquele cabelo sedoso roçou no meu rosto quando ela sacudiu a cabeça.

– Não. Você tem que viajar de manhã, e isso também é importante.

– Volto logo. Não quero que você fique preocupada com o seu irmão.

– Ainda estou tentando perdoar o Asa por ter sido uma pessoa tão horrível. Espero que isso seja uma intervenção divina, mas as chances de ele continuar sendo quem é são grandes. Quando você for embora, Jet, vai levar meu coração, e isso nunca vai mudar.

Fui mais para trás para conseguir beijar a Ayden e, bem quando as coisas começaram a esquentar, bateram na porta. Pedi para ela cobrir aquelas pernas e abri para entrarem com a comida. Dei uma gorjeta bem generosa porque o sujeito nem pousou os olhos na minha mulher. Mas, quando contei isso, ela chorou de tanto rir. Falou que ele não tinha tirado os olhos de mim porque esqueci de fechar o zíper da calça.

Só revirei os olhos, e a gente sentou na cama para comer. Ela me contou um pouco mais sobre ter crescido num *trailer*, sobre como essas cidadezinhas funcionam e, por mais estranho que isso possa parecer, lembrei de como a minha mãe foi parar nas garras do meu pai. Fiquei ainda mais orgulhoso e impressionado porque a Ayden lutou e conseguiu chegar a um lugar incrível. Ela é impressionante para caramba, em todos os sentidos.

A gente passou o resto do dia na cama e, quando o sol se pôs, estava exausto e acabado, no bom sentido. Peguei no sono com a Ayden enrolada do meu lado. Só de pensar que ela ia estar ali para sempre daqui em diante fiquei calmo de um jeito que eu nunca tinha ficado antes.

Na manhã seguinte, acordei com as mãos e a boca da Ayden fazendo coisas em mim que iam tornar a minha partida praticamente impossível. Quando terminou, fiquei convencido de que não ia ter para ninguém enquanto eu tivesse viajando. Ela é minha. A gente ficou sem fôlego e saiu um pouco atrasado para o aeroporto, naquele carro alugado. Eu tinha de ir para Nova York e esperar duas horas até pegar o voo para Amsterdam. Fiquei puto só de pensar que ia ficar longe dela por dois meses. Ainda estava preocupado com o irmão dela, mas tinha que honrar meus compromissos, e isso ia fazer parte do nosso relacionamento.

A gente foi até o aeroporto tão em silêncio que, quando me dei conta, estava cantarolando "Whiskey River", do Willie Nelson. Acho que lembrei da letra porque fala de um rio de uísque, a cor dos olhos dela. Ela me olhou de lado e tamborilou os dedos no volante.

– Como é que você sabe todas as músicas country antigas do universo e não é capaz de cantar nenhuma do Tim McGraw?

Revirei os olhos, me acomodei no banco do passageiro e respondi:

– Por causa da minha mãe. Ela ama country e cantava para mim quando eu era pequeno. Ela tem uma voz bem bonita, sabia?

– E o seu pai é roqueiro?

De repente, me dei conta da ironia.

– Era, mas é um filho da puta sádico. A gente não vai repetir essa história.

A Ayden esticou o braço, pôs a mão no meu joelho e falou:

JET

– Sei disso. Além do mais, odeio admitir, mas a casa ficava muito silenciosa sem aquela barulheira que você chama de música.

Depois dessa, tive que dar risada e, quando vi, a gente já estava na área de embarque e tinha de se despedir. Ela veio até o meu lado do carro e se encostou na porta. Pus a mão nos bolsos de trás do *shorts* dela e puxei, para gente ficar bem juntinho. Ela abraçou meu pescoço e me beijou na ponta do nariz.

– Vou pensar em você o tempo todo – falei.

– Não faz isso. Só se divirta e seja um *rock star*. Você estar aqui esses dias era tudo o que eu precisava.

– Liga se você precisar de mim.

– Eu sempre vou precisar de você. Vou ligar só por ligar.

– Certo.

Beijei minha mulher com toda a intensidade, só para ela saber que eu ia sentir sua falta. Quando me afastei, os olhos dela estavam úmidos, e me deu vontade de rasgar aquela passagem de avião. Só que ela me deu um sorrisinho e disse:

– Te amo, de verdade.

– Que bom que vou casar com você, então.

Dei uma piscadinha, e ela me deu um soco no braço.

A gente se despediu de novo e, dessa vez, foi ela que me beijou. Era uma droga me despedir da Ayden, mas era suportável porque, ao contrário da última vez que fui embora, tinha certeza de que ela ia estar lá quando eu voltar. Estava usando o anel que dei, me deu seu coração e sua confiança. Sou o seu futuro, e ela é minha completude. No fim das contas, minha banda pode ser a primeira banda de metal a tocar canções de amor.

EPÍLOGO

Alguns meses depois, no Dia da Independência dos Estados Unidos.

— Não acredito que você tem um quintal com grama, sistema de irrigação e churrasqueira. Todas essas coisas de adulto, meu amigo – falei para o Rule.

Aí passei uma cerveja gelada para ele, na boa, apesar de o meu amigo me fazer cara feia.

– Não sou eu que estou usando aliança.

Olhei sem querer para o anel largo de titânio na minha mão esquerda, com um topázio igual ao que estava no dedo da Ayden. Falei que a gente podia esperar até ela terminar a faculdade, que eu podia esperar até o meu novo negócio decolar para gente juntar as escovas de dente. Mas, depois que a gente passou dois meses longe, não era bem isso que queria. Nenhum dos dois tinha paciência de esperar. Assim que voltei para os Estados Unidos, levei minha gata para Las Vegas, para passar um fim de semana prolongado. O que era para ser uma cerimônia simples, só com nós dois, acabou virando um fim de semana épico de balada, porque todos os nossos amigos resolveram furar nossa festa. Eu sabia que a Ayden queria uma coisa mais formal, mas toda vez que eu tocava no assunto de fazer uma festa ou algum tipo de cerimônia aqui em Denver

JET

e convidar todo mundo, ela revirava os olhos e dizia que precisava pagar a Shaw e as despesas do hospital do Asa. Resolvi fingir que aceitava essa desculpa por um tempinho, mas que ia planejar uma cerimônia sem ela saber.

– Não falei que isso é ruim. Essa casa é demais, e esse quintal é irado. Só que nunca imaginei que ia te ver fazendo churrasco, encoleirado.

Aqueles olhos claros do meu amigo eram aguçados como lâminas, e ele ainda pintava o cabelo. Hoje, estava com o castanho escuro natural e as pontas pintadas de verde limão espetadas para todos os lados. Só que parecia muito mais tranquilo. Fiquei imaginando se a Ayden tinha feito isso comigo, se para os outros era tão óbvio que, com ela, eu tinha me encontrado e conseguido apagar quase toda aquela fogueira que me queimava por dentro.

Meu amigo fez sinal com a cabeça para o deque nos fundos da casa, onde as meninas estavam. A Shaw estava morrendo de rir de uma história que o irmão da Ayden estava contando, e a Ayden estava me observando conversar com o Rule. Levantei a sobrancelha para ela, e ela só encolheu os ombros. O Asa é capaz de seduzir até freira. Mas, desde que voltou a andar, tem se comportado. A recuperação dele foi demorada e difícil. Ele teve não uma, mas duas grandes recaídas, e a Ayden resolveu repetir o semestre na UD porque tinha perdido muita aula enquanto ficou lá no Kentucky, cuidando dele. Assim que deu, trouxe o irmão para Denver. Ou seja: eu não só tenho que aguentar a bocuda da Cora, mas o charme seboso do Asa.

A gente não é exatamente amigos. Não confio nele, mas parece que ele está andando na linha. Acho que tem um medo saudável do que posso fazer com ele se der o menor vacilo com a Ayden, e esse encontro com a morte parece ter clareado as suas ideias. Por mais que me incomode, agora que sei como a dinâmica dos dois é complicada, reconheço que ele ama a irmã de verdade. Sei que a Ayden estava esperando uma transformação completa, mas o Asa é muito malandro, sabe interpretar as pessoas e jogar com elas muito bem, para eu acreditar que é isso que vai rolar. Mas acho que ele está disposto a tomar jeito por causa da irmã, então estou disposto a dar uma chance para o Asa. Como viajo pelo menos

295

umas duas vezes por semana por causa da gravadora, gosto que ele fique em casa com as meninas, apesar de ainda estar com um braço engessado e uma bota ortopédica no pé.

– Ele é quase tão bonito quanto ela, não acha?

A pergunta do Rule me tirou do meu delírio, e pisquei para Ayden antes de virar para o meu amigo e responder:

– Ele é um pé no saco.

O Rule bufou e virou os hambúrgueres na grelha.

– A Shaw gosta dele, o que não deixa de ser uma surpresa, depois de tudo o que a Ayden teve que passar. E a Cora acha que o Asa é divertidíssimo – falou.

– É porque elas são mulheres, e ele tem mais charme no dedo mindinho do que nós dois juntos. Não dá para acreditar.

O Rule apertou um pouco os olhos, na direção onde o resto do pessoal estava sentado num círculo de espreguiçadeiras espalhadas pelo gramado. O Rowdy e o Nash mexiam numa pilha de fogos de artifício que pareciam ser completamente ilegal. Acho que eles foram comprar no Wyoming, o estado vizinho, onde isso é permitido. A Cora estava sentada do lado do Rome, o irmão mais velho do Rule, e os dois estavam com cara de quem não estava curtindo a companhia.

– Entendo tudo de irmãos pé no saco.

Eu só tinha visto o Rome umas duas vezes desde que ele voltou do Afeganistão. Um passarinho me contou (um chamado Rowdy) que ele e o Rule não estavam exatamente numas de amor fraternal. Acho que o Rome ainda estava puto com os pais por causa de um lance com o outro irmão. Era bem óbvio que esse lance tinha a ver com a Shaw, porque ele mal estava sendo educado com ela, apesar de ela ser a dona da casa. Sei que o Rule e o Rome são bem próximos. Seja lá o que esteja acontecendo, os dois vão ter que conversar sobre isso uma hora ou outra, mas acho que o Rome está meio surtado, agindo de um jeito imprevisível desde que voltou. O Nash, que está morando com o Rome, falou que nunca o viu beber tanto. Sei que os meus amigos estão preocupados com ele, mas o

JET

Rome é o mais velho da turma, o líder, e é por isso que eu acho que está todo mundo com dificuldade de tocar nesse assunto.

O Rule olhou de novo para mim com aqueles olhos claros e perguntou:

– E como vão as coisas com a sua família?

Encolhi os ombros e fiquei observando a Ayden levantar e descer as escadas do deque. Fiquei imaginando se meu coração sempre ia bater mais rápido toda vez que ela vier andando na minha direção. Toda vez que vier só para mim. Posso passar o dia inteiro observando ela andar com essas pernas matadoras e cutuquei as costelas do Rule quando percebi que meu amigo também estava olhando para ela. Ele só levantou a sobrancelha, dando a entender que aquela era uma reação involuntária.

– Na mesma, acho. Minha mãe ainda não me perdoou por não ter convidado ela para o casamento em Las Vegas, apesar de eu ter dito que ela podia ir, desde que deixasse aquele filho da puta em casa. Minha mãe simplesmente não entende. A Ayd até tentou conversar com ela, explicar que, enquanto continuar com meu pai, não vai fazer parte da nossa família. Tomara que a gente não tenha filhos, porque não vou deixar o coroa chegar perto deles. Às vezes, parece que o sol vai finalmente brilhar, mas as nuvens negras acabam voltando. Tenho coisas mais importantes com as quais me preocupar, e é isso que eu estou fazendo.

Quando a Ayden chegou do meu lado, a puxei pelo pescoço e dei um beijo em sua testa. Ela passou o braço na minha cintura e encostou-se em mim de leve. O Rowdy estava quase terminando a *tattoo* que cobre toda a parte de trás das minhas costelas, e minha mulher estava se acostumando a tomar cuidado com a minha pele machucada.

– O que vocês dois estão fofocando?

O Rule espremeu os olhos, e eu dei risada e respondi:

– Dramas familiares.

Ela fez careta, roubou minha cerveja e disse:

– Eca! Escuta, você vai ficar a semana inteira aqui? Estava pensando em fazer uns cursos de verão para recuperar o que eu perdi no último semestre. Mas, se você estiver por aqui, não estou a fim de fazer.

Era difícil coordenar nossas agendas. Tô viajando muito mais do que imaginava, porque, para montar a gravadora, preciso descobrir bandas novas e, para isso, preciso ir até elas. Como a Ayden está na faculdade, não pode ir comigo. O que é uma merda, mas a gente está tentando se adaptar.

A primeira banda que eu contratei foi o grupo novo que o Jorge montou depois que, finalmente, se encheu das besteiras que o Ryan fazia na Black Market Alphas. É uma banda incrível, melhor que a Enmity, na minha opinião. Acho que posso transformar o Jorge no astro que sempre acreditei que ele pode ser. Amo o que estou fazendo, encontrei minha verdadeira vocação. Mas continuo tocando com os rapazes e compondo quando tenho tempo. Meu momento preferido para cantar é à noite, para fazer a Ayden dormir. Me recuso a aprender essas músicas country novas que ela ama e são uma porcaria. Ainda bem que lembro das canções antigas, e ela nunca reclamou.

Eu ia falar para Ayden fazer o curso de qualquer jeito, porque isso é importante para ela, e a gente tem toda a eternidade para ficar junto, mas não deu tempo. A Cora gritou lá do outro lado do quintal e, quando a gente olhou, o Rome estava encharcado porque a minha amiga tinha jogado a cerveja que estava tomando na cabeça dele. Ela não teria conseguido essa façanha se ele tivesse de pé, porque é minúscula, e o Rome é gigante. O Nash pegou ela no colo antes que conseguisse pular em cima do soldado de cara feia, e o Rowdy se enfiou no meio dos dois. A Shaw levantou num pulo e veio correndo, e o Rule foi pisando duro até o local da treta. O Asa só conseguiu ficar olhando do deque porque, com aquelas pernas machucadas, mal conseguia se mexer. A Ayden só observou a cena em silêncio.

— Você é um cuzão! – gritou a Cora, enquanto o Nash carregava ela para perto da gente.

Ela apontava para o Rome com tanta raiva, que o dedo quase tinha vida própria. O Nash passou por nós, virou à direita, e o Rule gritou para o irmão:

JET

– Que merda foi essa?

Quando o Rome levantou, a Shaw olhou para o Rule, toda nervosa. Ele com certeza tinha quase dois metros de altura e parece que consegue transformar um caminhão numa folha de papel sem o menor esforço. E é bonitão, ainda por cima. Além de encharcado, ficou puto e irritado porque o irmão ralhou com ele. Olhei para minha esposa (sim, eu chamo a Ayden assim em qualquer oportunidade) com cara de ponto de interrogação.

– O que foi isso?

Ela levantou o ombro e pôs a mão na minha barriga, por baixo da camiseta. Ficou passando o dedinho pelo cós da minha calça e me deixou sem ar. Ainda me dá mais barato do que uma dose de uísque e tenho certeza que nada vai ser melhor do que isso.

– Sei lá. A Cora é bocuda e não tem medo de dizer o que pensa, mesmo para quem não está a fim de escutar. E acho que o Rome não é do tipo que leva desaforo para casa. Ele é meio intenso.

Então baixou um pouco mais o dedo e espremi os olhos para ela, que só me deu um sorrisinho safado e piscou.

A situação no quintal ficou ainda mais séria quando o Rule chegou perto e deu um empurrão naquele peito enorme do irmão dele. A Shaw gritou alguma coisa que não consegui entender, e o Rowdy a tirou da frente, porque o Rome resolveu retribuir a gentileza jogando o irmão de bunda no chão. Os dois trocaram uns insultos bem raivosos e, quando a gente viu, o Rome passou correndo e saiu pelos fundos, batendo o portão. O ronco da moto dele aumentou ainda mais a tensão, e todo mundo ficou se olhando em silêncio. Soltei um suspiro e pus as mãos nos bolsos de trás da Ayden.

– O que não falta é emoção nessa turma, hein?

Ela ficou na ponta dos pés – estava usando umas botas vermelhas, minhas novas preferidas – e me beijou embaixo do queixo.

– A gente é uma família, e toda família tem seus problemas. Deixa eles se resolverem. A Shaw vai cuidar disso. Vamos lá ver os fogos de artifício.

– Mas nem escureceu ainda.

A Ayden deu uma reboladinha, ficou bem na minha frente e abraçou meu pescoço. Essa mulher é a melhor parte do meu dia, todos os dias, e sempre vou dar o maior valor a isso.

– Não estou falando desses fogos de artifício.

Ela me faz rir. Me faz feliz. É minha família e meu futuro. Só depois que a gente largou o que achava que queria e precisava para ser feliz, conseguiu enxergar que só precisávamos um do outro. E isso agora estava bem claro.

– Você já acendeu o pavio, Ayd. É melhor estar preparada para explosão.

Minha esposa lambeu os lábios e me deu aquele olhar que significava que ela nunca vai ter medo do fogo e do calor que eu provoco. Fica bem no meio do incêndio e deixa as brasas caírem ao seu redor. E, toda vez, sai ilesa, e eu queimo um pouco menos por dentro. A gente ia embora sem se despedir de ninguém quando a Cora apareceu lá no canto do deque. Ainda estava puta, mas tinha algo a mais por trás daqueles olhos de duas cores.

– Está vendo? Eu sempre disse que vocês são perfeitos um para o outro. É isso que eu quero para mim.

Ela falou isso de um jeito tão triste e melancólico que fiquei preocupado.

– Sempre te digo que você tem muita expectativa.

A Ayden balançou a cabeça e concordou comigo:

– O amor não é perfeito. Dá trabalho e, às vezes, dá mais trabalho amar do que sair correndo. Se você continuar buscando a perfeição, vai perder o amor de verdade.

A Cora sacudiu a mão e foi sentar do lado do Asa, que assistiu a todo o espetáculo de bico calado. Juro que o vi maquinando alguma coisa.

– Pode deixar que, quando encontrar, vou saber reconhecer – respondeu a Cora.

Não consegui pensar numa resposta. Minha amiga é ótima em julgar o caráter dos outros. Mas, quando se trata da sua vida pessoal, mais parece um domador de leões, chicoteando e espantando com uma cadeira quem chegar perto. Não importa se o predador seja selvagem ou já domesticado.

Olhei para Ayden e sabia que ela estava pensando a mesma coisa que eu.

– Vamos nessa?

– Ãhn-hãn.

E foi isso que aconteceu. A gente andou lado a lado, sem fugir, sem temer, sem guardar segredos. Só eu e ela, juntos e em sincronia, apesar de sermos completamente diferentes. Sou o futuro perfeito dela, e ela é meu amor perfeito e é assim que toda canção de amor que se presta devia terminar.

E é assim que a história termina. Pelo menos por enquanto.

Playlist do Jet

Se você não curte metal, é melhor colocar os protetores de ouvido.

Slayer: "Love to hate"
Danzig: "Twist of Cain"
Neurosis: "Black"
Metallica: "Master of puppets"
Dystopia: "Backstabber"
Morbid Angel: "Rapture"
Mastodon: "Black tongue"
Wolves in the Throne Room: "Astral blood"
Jucifer: "Contempt"
Lacuna Coil: "Heaven's a lie"
Memphis May Fire: "The sinner", "Vices", "Prove me right".
Pus várias músicas dessa banda porque acho que o som da Enmity é assim, e que o Jet cantaria desse jeito.
Venom: "Black Metal"

Playlist do Jet para a Ayden

Crosby, Stills, Nash & Young: "Love the one you're with"
George Jones: "Tennessee Whiskey"
Waylon Jennings: "Good hearted woman"
Merle Haggard: "Today I started loving you again"
Willie Nelson: "Always on my mind", "Whiskey river"
Conway Twitty: "Hello darlin"
Johnny Cash: "I walk the line"
Hank Williams: "I'm so lonesome I could cry"
Patsy Cline: "Crazy"
Tanya Tucker: "Would you lay with me (In a field of stone)"

Playlist da Ayden

Com os cumprimentos da pessoa de quem eu mais gosto nesse mundo: minha mãe.

Zac Brown Band: "Colder weather"
Kenny Chesney: "You and tequila"
Eli Young Band: "Even if it breaks your heart"
Brad Paisley & Alison Krauss: "Whiskey lullaby"
Carrie Underwood: "Blown away"
Lady Antebellum: "American honey"
The Band Perry: "If I die young"
Kid Rock & Sheryl Crow: "Picture"
Blake Shelton: "Drink on it"
Hunter Hayes: "Wanted"

Sobre mim

Para começar, sou menina... É, eu sei. Não pensei que fosse necessário dizer isso, mas, depois que andei recebendo uns e-mails bem interessantes nos últimos tempos, achei que precisava fazer essa revelação. Jay é apelido de Jennifer.

Nasci no Colorado e, se você mora aqui, sabe que isso é motivo de orgulho. Adoro tudo o que esse estado tem a oferecer, e é por isso que resolvi usar esse cenário, que conheço tão bem, para os meus livros. Eu tento escrever sobre as coisas que sei e conheço. É por isso que, nas minhas histórias, sempre tem muito *rock'n'roll* rolando e muitas modificações corporais.

Trabalho em bares desde a faculdade e passo mais de quarenta horas por semana assistindo à interação entre homens e mulheres de um ponto de vista muito peculiar. Acho que meu emprego fixo me dá muitas dicas de como os relacionamentos começam e evoluem num ambiente social. Eu adoro.

Eu gosto de escrever para jovens porque me lembro de quando tinha meus vinte anos. Achava que sabia tudo, só para depois descobrir que estava muito enganada, várias e várias vezes. Quando eu olho para trás, vejo que foram esses anos que definiram quem sou. E, bem ou mal, as decisões que tomei me levaram ao caminho que trilho hoje, e é isso que gosto de explorar nas minhas obras. Você quer falar comigo? Pode ficar à

SOBRE MIM

vontade para fazer contato por qualquer um dos seguintes meios. Gosto de saber o que os leitores pensam. O *feedback* de vocês tem sido uma parte muito importante desse meu processo de trabalho.

Até mais, JC

facebook.com/AuthorJayCrownover
@JayCrownover

Agradecimentos

Sempre me perguntam quem são as pessoas que me inspiram. Então, em vez de escrever uma página de dedicatória ou agradecimentos, pensei em simplesmente responder a essa pergunta.

MINHA MÃE. Eu amo a minha mãe: ela é tudo o que uma mãe deve ser. É amável, forte, gentil, divertida. É minha maior fã e, sempre que preciso, ela me faz sacudir a poeira e lembrar que sou demais e mereço coisas legais. Minha mãe é minha melhor amiga, e tudo o que fiz de bom foi porque ela nunca duvidou de mim ou me questionou, mesmo quando fiz péssimas escolhas ou quando tive um cabelo que ela odiou. E nunca, mas nunca mesmo, ela me decepcionou.

MEU PAI. É igual àqueles homens que aparecem nos livros. Um herói de carne e osso que morreria pela minha mãe e sempre – SEMPRE mesmo – fez para mim tudo o que precisei. Desde consertar o meu carro ou ir correndo até a minha casa porque eu estava pirando e ele era único que podia dar um jeito na situação. Meu pai é meu herói absoluto e não existe sujeito mais invocado do que ele.

MINHA VÓ. Ela é sensacional. É a matriarca de uma família de mulheres fortes e decididas. Foi com ela que a gente aprendeu a se conhecer interiormente e aprendeu o quanto a família é importante. Minha avó nunca se negou a me ajudar e, mesmo com vários problemas de saúde, é uma das senhoras mais atrevidas e provocativas que já conheci.

MINHA TIA LINDA. É a pessoa mais inteligente que conheço. Quando mandei um e-mail para ela – em pânico, porque Rule estava começando a vender, e eu não fazia a menor ideia do que estava fazendo, não pensou duas vezes antes de dizer que daria um jeito de me ajudar. Peço o conselho dela para qualquer decisão de negócios que precise tomar. Não é raro minha tia mandar e-mails estressados e um pouco desconexos para mim, dizendo: "Tá tudo certo. Relaxa e aproveita o seu sucesso". Quando eu era mais nova, queria ser igual a ela quando crescesse. E, às vezes, ainda quero.

MINHA MELHOR AMIGA. Minha melhor amiga é cem por cento a voz do bom senso na minha vida. Tenho uma tendência a ser melodramática e esquentada. Ela é a única pessoa no mundo que consegue me fazer parar de olhar para o meu próprio umbigo. É muito divertida e nasceu no estado do Kentucky, então tem todo aquele charme atrevido do Sul dos Estados Unidos. Minha melhor amiga é uma mãe sensacional, supergenerosa, e nunca, mas nunca mesmo, se enche de mim e do milhão e meio de questões que faço sobre toda e qualquer coisa, o dia inteiro. Eu a amo loucamente. A nossa vida começou a dar errado na mesma época, e acho que nenhuma de nós teria dado a volta por cima sem a outra.

Finalmente, ele, que não pode ser nomeado. Se a minha vida não tivesse acabado toda errada e de cabeça para baixo, eu jamais teria sido forçada a pensar em um novo plano. Jamais teria me obrigado a fazer algo apenas por mim mesma, aceitar o desafio de provar que conseguia. A vitória é minha.

E quero agradecer a todos os blogueiros, tuiteiros, seguidores do Facebook e a qualquer um que se dispôs a compartilhar meu trabalho com um amigo. Não demorou para eu aprender como vocês são importantes nesse processo e o impacto que o apoio de vocês tem no sucesso de uma

AGRADECIMENTOS

história. Obrigada por compartilhar esse amor e, por favor, continuem lendo. Dou muito valor a isso, e cada um de vocês desempenhou um papel significativo para eu conseguir entender essa fase da minha vida! Obrigada do fundo do meu coração tatuado.

[capa americana]

Rome

  Cora Lewis é muito divertida, e sabe como manter seus amigos tatuados e *bad boys* na linha. Mas seu jeito esperto e descolado esconde o fato de nunca ter se recuperado da sua primeira decepção amorosa. E ela tem um plano para não deixar ninguém mais partir seu coração: só vai se apaixonar quando encontrar um homem perfeito.

  Rome Archer está muito, mais muito longe de ser perfeito. Ele é cabeça-dura e rigoroso, é mandão e acabou de voltar da sua última missão no Exército americano completamente perturbado. Rome estava acostumado a desempenhar um papel: irmão mais velho, filho exemplar, supersoldado. E agora não se encaixa mais em nenhum desses papéis. É apenas um garoto qualquer, tentando descobrir o que fazer da vida e manter os fantasmas da guerra e das próprias perdas sob controle. Ele sofreria sozinho, sem maiores problemas. Mas Cora entra de supetão na sua vida e se transforma na única cor que ele consegue enxergar em seu horizonte cinzento.

  A perfeição não está no destino desses dois, mas a imperfeição pode ser eterna.

SUA OPINIÃO É MUITO IMPORTANTE

Mande um e-mail para **opiniao@vreditoras.com.br**
com o título deste livro no campo "Assunto".

1ª edição, out 2016 | 1ª reimpressão, mar 2017

FONTE Dante MT Std Regular 11,5/16pt; Corbert Regular 9/16pt; Dragon is Coming Regular 65/40pt
PAPEL Pólen Soft 70 g/m²
IMPRESSÃO Intergraf
LOTE I1098763